骚江

李凤群 著

中国书籍出版社

图书在版编目（CIP）数据

骚江 / 李凤群著 . — 北京：中国书籍出版社，2018.8
ISBN 978-7-5068-6952-2

Ⅰ.①骚… Ⅱ.①李… Ⅲ.①中篇小说—小说集—中国—当代②短篇小说—小说集—中国—当代 Ⅳ.① I247.7

中国版本图书馆 CIP 数据核字 (2018) 第 167724 号

骚江

李凤群　著

图书策划	牛　超　崔付建
责任编辑	张　娟　成晓春
责任印制	孙马飞　马　芝
出版发行	中国书籍出版社
地　　址	北京市丰台区三路居路 97 号（邮编：100073）
电　　话	（010）52257143（总编室）　（010）52257140（发行部）
电子邮箱	eo@chinabp.com.cn
经　　销	全国新华书店
印　　刷	三河市华东印刷有限公司
开　　本	650 毫米 ×940 毫米　1/16
字　　数	355 千字
印　　张	22.25
版　　次	2018 年 8 月第 1 版　　2018 年 8 月第 1 次印刷
书　　号	ISBN 978-7-5068-6952-2
定　　价	68.00 元

版权所有　翻印必究

目录

超　市　/ 001
良　霞　/ 019
耐　月　/ 090
骚　江　/ 120

目录

骚　江

超　市

1

　　母亲把魂落在超市不是没有理由的。就如现在，超市实在体贴入微及时周到：购买十元以上的食品，就能到简易餐桌免费小憩；免费开水机旁配有免费纸杯。她刚找到把免费椅子坐定，母亲已经把免费的生煎包送到她及她的儿子跟前。味道肯定也不坏。母亲带着知情人的神色向疑虑的女儿示意，并帮外孙调整了椅子的高度，让他的手够得到悬挂在免费游玩区的色彩斑斓的免费玩具。

　　母亲显得神采奕奕——虽已年过六十，年轻时健美壮硕，后来渐渐力老气衰，三年前放弃三亩地，从江心洲来城里帮她带孩子。因为目不识丁，不读书不看新闻，跟其他人的攀谈一度很难，她的话题总停留在乡下和过去消失的人和事身上。进城半年多，她开口谈的还是邻居家那只走丢一个月的鸭子在外村遇到主人,上来呱呱叫个不停认亲的趣事,这趣事到第一百遍的时候,女儿女婿都会抿着嘴苦笑,不敢也不忍心抗议。他们经常听到同事或朋友说起,他们的岳母或婆婆突然撂下儿女家一摊子家务以及襁褓中的孩子,甩手就走的事。女儿晓得母亲不是那样的火爆脾气,母亲只会坐在昏黄的厨房边发呆。

女儿体贴地教她适应新的生活:微波炉怎么开,电视如何调台,新式拖把怎么用最省力,她总是听得心不在焉,神思恍惚,满脸焦虑。包括对孩子的哺育,母亲的那一套被弃之不用,她所能做的就是听从女儿的安排。母亲渐渐不像一个母亲,而像一个学徒——而且是最不肯学的学徒,母亲对此深表抱歉,女儿——从最被宠爱的对象转变成母亲的主心骨,她决定房间的装饰,每月开销的金额,购买商品的品牌,朋友间的礼尚往来,窗帘的颜色,母亲只能听从安排。

因为人生地不熟,母亲不喜出门,太阳好的时候,她就蹲在橱柜的角边,不停地擦拭灰尘,玻璃门窗射进来的太阳光下的空气里都充满了灰尘,原本可以打发时间的灰尘,因其无穷无尽、层出不穷,令她烦躁不已。

偶然一天,女儿请母亲到超市买袋洗衣液。母亲拿着女儿写了牌子的购物单找到了指定的洗衣液,一袋500克的洗衣液标价二十六元,因为价格过于昂贵,母亲犹豫了很久,最后决定遵从女命。不过,她耿耿于怀,念念不忘这离谱的价格,洗了一辈子衣裳,五毛钱一块的肥皂能洗一个月,她想,钱拿到这里就不是钱了?

第二天,她在帮女儿整理信箱时,突然在一张花里胡哨的纸上

看到了那袋洗衣液的照片，上面标了个她认得的数字：18.8元。

她左看右看了半天，确定自己没有老眼昏花，她走到正在电脑边上网的女儿跟前，问道：

这个数字是价钱么？

女儿瞄了一眼，点了下头。

是的。

我前天花了二十六块。

女儿又点了下头。我晓得。

这里写18.8。收错了么？

没，这家搞促销。

什么叫促销？

就是拿出一两样东西便宜卖，不赚钱，赚人气。

什么叫人气？

女儿不知道怎么解释，于是找了句大白话：

你们看到洗衣液便宜肯定就去买，你们个个图便宜都往那里跑，他们那里可不就特别热闹了么？

女儿加了一句：

热闹就是人气。

哦。图个热闹。

母亲似懂非懂。一个人坐在客厅里思忖了很久，这往后，她开始留意价格的奥秘。同样牌子的卫生纸，在A超市需要十六块，只要肯多走几步到了B超市只消十三块五，同样一袋盐，C超市比D超市要凭空贵出三毛，它们总是忽高忽低，动来动去。从来没有两处同样的价格，偶尔买的是最便宜的，大多数时候，她发现，买过的东西都贵过广告上的。广告上的价格总是低于她实际买到的，拿着纸到卖场去追究,她被告之要看价格下边的日期,以及图片下方的规则(不要说她不认字,就算认得字不戴放大镜她也看不清)。有回她发现,她昨天花了二十一块五买的水饺,今天却标着二十八块九?为什么?她捡了便宜还是很不爽:万一我昨天没留意,万一今天头一回来呢?当人傻子么?她握了证据,不依不饶地想。母亲经常深陷懊恼,拿着自己买东西的发票和广告对着女儿总结、埋怨和自责。

后来,她行动了。

她花了大半天,做了计划。她把要买的东西:味精、香蕉和酱油一一记在一张纸上,那些字,她是照葫芦画瓢学会了的。她捏着这张纸开始奔走。跑了七家超市,分别把每家的价格都抄了一遍,最后,她选了一家最低的走向收银台。事情比她想象的复杂,三样东西分了三处购买才确保是最低价,而且只能是当天最低价,那天,她省了三块五毛,虽然非一般辛苦,腿脚受了点累,但心无悔意,倒令胃口大开,往床上一倒就睡着了,那晚睡得格外踏实。

这些许的成效带给她莫大的惊喜,最初,只是怕吃亏,后来能在别人傻里傻气、瞎买胡购之时,买回绝对价廉物美的商品,那种成就感会生发出来,使她快乐无比。

购买——购买到最便宜又最好的物品成了母亲生活的最主要目标。购买体现了她的价值。购买的多寡体现了她价值的大小。后来,她不再只为所需而购,单为实惠而买。自那以后,家里堆满了物超所值的商品:熨斗,电吹风,成打的肥皂,每一样东西都是经过价格和质量的几番比较,确定价廉物美才被带回家的。客厅、厨房和阳台以及她卧室浴房里的每个角落,处处都摆放着母亲精心盘算而选的用品。做女儿的承认,母亲买回来的每样东西都正在使用或即将使用。母亲遵循着性价比绝对高的原则,带着这个原则母亲能够大胆做主——即使每一分钱都是女婿女儿挣来的,她亦能心安理得地花出去。

很快,房子显得太小了。那些碍事的战利品,每一样商品都有它来到这个家的绝对理由。一只脚踏车,儿子上小学时就可以骑了,更重要的是,它的价格是两个月前的三分之一。一只取暖器,女儿放在母亲的床头,可是母亲一次没有开过。母亲买它是因为：是去年一半的价格。

而电费只有在晚上九点之后才会便宜那么点,九点之后,母亲会坐到床上,她得为第二天的搜寻养足精神。

一张床,过于庞大了。母亲把她放在阳台上。她告诉女儿：

万一你换了房子,多出一个房间,就用得上了。

因为东西多,又太零碎,所有橱和柜都满了之后,母亲开始寻找更大的空间。贮物凳是最贴心的发明。既能当板凳,又能藏住东西。那些包装都没有拆开的商品有了存身之处,可是贮物凳又重又大,只能摆在客厅的中央：

来了客人就不愁没地方坐啦。母亲快乐地说。

看着老人每天辛辛苦苦地奔波,为来为去还不都是为了她家吗？必要的及时的夸张一些的赞扬和感激就经常从她嘴里说出来,这更使母亲越发自信,并且她胸怀宽阔,把自己的信息无条件地贡献给和她一样为儿为女的隔壁邻里,现在,她身后跟着七八位忠心跟随的老太太,其俨然是这个购买群体的领袖核心。她统领着一群笑哈哈的、老得肆意张扬又极其务实的老年妇女威风凛凛地出入超市,多么了不起啊！家庭局势发生了变化。母亲根据白天的斩获,安排晚餐内容，窗帘最近换成了大红色，那块布质地厚实、花型古典，并没有对房间的布局造成破坏，并且，这块窗帘买来的价格是原价的两折，多么多么合算！女儿的意见被大声地顶回去。

她记得很清楚，母亲说：过日子就得这样！

母亲的声音丢掉了维持了大半年的战战兢兢，带着一种广袤原野的高嗓门，保留着乡下女人的强硬和粗糙，那才是她原来的母亲。同时，她扫除了自己衣着和外表上的乡气，她通过超市学会了如何搭配，混合在一群老太太中间，尤其是谈到超市和商品她如数家珍的时候，权威而内行的声音可以掩盖她往日数十年城市生活的缺席。她几乎算得上是天才。

如果有一天，母亲满头大汗地进门，两手空空，只消扫一眼，做女儿的就能看到母亲空荡荡的内心，那一天母亲都会沉默不语，毫无自信。

2

母亲自然不会放过这个日子——这家超市庆祝建立五周年的大幅优惠。母亲现在认得的字已经上百个：图片对应的文字她能大差不差地念出来，她有一个特价买来的记账本，上面歪歪扭扭地写着每天的账目，这家超市在今天一天之内有三十七样商品大打折扣，这三十七样商品无一不是自家当下所需或即将所需。锅碗瓢盆、床单被罩或卫生用品，她发现样样用得上。我一个人顾不了那么多，你一定要来帮忙。母亲首次向女儿提出要求，她不得不牵着儿子早早赶到。

女儿显然没有母亲想象的那么能干——母亲制定的分工合作

骚　江

被她搞砸了：好几样定量供应、绝对最低价的商品没有抢到手，而且，母亲好不容易挑满的一只推车差点被她丢掉，母亲全身大汗淋漓，最终不得不放弃部分商品，而女儿，在证明帮不上忙之后被允许带着儿子到免费区来吃点东西，唯一的任务是看管母亲斩获的两推车商品。

她坐在免费休闲区的椅子里，看母亲臃肿的背影又汇入到汹涌的人流中。母亲快捷地游走，背影毫无上了年纪的老年人的迟缓与稳重——那是她在超市之外的形象，很快与货架及货物融为一体，似乎跟她毫无瓜葛。不久，她推着推车走向自己的时候，挂着自豪的微笑——又有了母亲的模样。

这家超市没有窗户，数以万计的日光灯覆盖住每个角落，使每个角落都透透亮亮。货架与货架各自矗立，乍一看，是对峙之势，再一看，彼此相像，形同孪生。所有的货架都浸没在繁芜的商品之中。那些陌生的，每天进进出出的造型各异的物品，组成自成一体、璀璨夺目的世界，放置它们的地方泛着金色的、夺目的、耀眼的光，货物与货物常常生离死别。刚才某个货架上摆的还是如人皮肤般淡红色的商品，马上就被人换成了乳白色的。金黄色、暖灰色、淡蓝色，这些色彩被强行安置在一起，冷不丁又被迅速抽离。它们大多都呆若木鸡地听从安排，对触摸到它们身上的千万只手均无动于衷、逆来顺受。

即使每一天都生活在超市这个物的海洋里的人，都不一定叫得出每样物品的名字。就算这家超市是在坟墓的上方翻修的，也不能阻止这日益庞大的人流的不间断涌入。所有的人，都有着任劳任怨的精神，他们在一米宽的过道中，清一色地推着四只轮子的推车，你左顾，我右盼；你伸出左手够高处的货物，我踮直右脚去观察左上角的价格牌，远远望来，没有一个动作不是规范的、在意料之内的。这些被设定好路线和方向的人，在设定好的带着轻盈的迷惑的过道里机械地寻找——寻找那早就存在的答案和谜底。

昏黄的，无数人踩踏过的走道边的壁画上蹭满了路人的痕迹，孩子的水彩笔一划而过时的涂鸦；推车不堪重负、失控的撞击留下的凹痕，这块钢筋水泥却更像一片辽阔的沃土，繁衍着千丝万缕的气味，这气味来自四面八方，每个经过的人带走一些，留下一些，凭着天然的力量，交织着所有人的来处，所有人的秘密，以及所有人的命运——自然包括她的，这位在庞大超市跟前无能为力的女人，她散发出来的是无奈的迷惑的气息，有一瞬间，她没有办法从人群中钉住母亲的背影。母亲仿佛迷失在命运的阴影之中！

她牵起孩子的手，走出免费地盘，走向高高的货架，想帮一下母亲，接近货架时，她有点心慌，她不是担心货物会掉下来砸中她自己，她是担心手里牵着的这个孩子。侧视两边，货物如此拥挤，似乎也呼吸不畅，隐约有一不高兴就会跳下悬崖的趋势，愈往深处，愈仿佛走入到一口又深又暗的水潭，即使是炎炎夏日，这个联想也使她倒吸一口凉气。此刻，她恍惚觉得超市本身就是一个活着的、澎湃的生命，而她置身在这个生灵的一个巨大的心脏中间——迷宫式的跳跃的心脏之中，虽然货物看上去只是摆设，但它也常常与货架狼狈为奸，是这个迷宫的最有力的参与者和建造者。

就连人——忙忙碌碌的人没有一个是主角，甚至连配角也不是，这些人，只是像螺帽一样的工具，构成超市的一个部分。而且，在永无休止的更新之中，她永远无法笃定哪一次的选择是正确的。她选择了一样，就意味着失去了对另一样的尝试和体验权。她这一辈子，无论工作多少年，无论多么冷静客观理智，聪明独立和智慧，她也没有离得开这个地方的能力，最要命的是，无论她带走多少想要的东西，第二天还会有更多的需求。即使她能在这纷繁无序的地方穿梭如飞，识破所有货物的谜团，这仍不能算是对超市的理解和掌控，无论进入多少次，她的脚步肯定跟不上时刻更新的商品，所以，这座迷宫，最令人绝望的不是走不出它，而是即使走出又会再次自愿陷入的永无休止的命运。空空洞洞的物品，增加了实实在在的忧伤，一浪高过一浪。

你一旦购买了即被驱赶，像一群呱呱呱下过蛋的鸭子被赶到外面去。当鸭子的屁股摇摇摆摆时，主人会亲切地召唤它，在下完蛋之后，令其自行觅食，等待它们的屁股重新沉重地摇摆时再发出深情的呼唤，鸭子们会飞快地回来，少有什么意外。就是这样。

她苦苦地抵拒着脑子里产生出来的无助感。她也明白母亲看不到这一点，许多人都看不到这一点，人有时看不到实实在在的东西，因为实实在在的东西有时被不实在的东西挤到了暗处。她看着那些人不管不顾地穿行，生怕落于人后，体力在不停地穿行中枯竭交瘁。就算找到母亲，若认为遗漏了值得带回去的商品，她仍然不会善罢甘休的。带着这种难以沟通的忧伤，她却步回转，回到了免费休闲区的椅子上。

3

嗨，突然地，一个女人，手里牵着和她儿子一样大的小女孩，朝她露出洁白的牙齿。她略一愣神，从下坠的电梯里被拉上平台似的，对方的脸似曾相识。可能是见过面的熟人，她赶紧抱以尽可能友善的微笑。

海涛，小蜻蜓，意识到她的茫然，对方报出了两个名字，她记忆的通道立刻被打通了，年前的一个饭局，这个女人，坐在她的左侧，和她喜爱同一盆剁椒鱼头，频频同时向这盆菜伸筷，共同的喜好，使她们频频会心微笑。此刻，这个女人魔术般地出现在这里，她的孩子已经和自己的儿子握起了小手。两双小手同样稚气、白嫩，毫无戒备地触碰到一起，她有一种一分为二的感觉，一个是想买齐全部打折商品的顾客的女儿，另一个是坐在郊区一家饭馆里吃剁椒鱼头的女人。现在，她也不由自主地相信对方也有一位母亲正在抢购打折商品。

我带孩子出来瞎逛逛。对方的眼睛扫到了她的推车，眼睛里传递过来同情和友善：

买东西真是件苦差事。

她立刻有一种知音的感觉。我母亲……她刚刚想开口，却又噤了声，意识到母亲远离家乡，令她高兴的事寥寥无几，给她依靠的人也唯有自己，现在她却在一个几乎陌生人跟前说她的坏话，她对自己感到不满。带着保留，后头的话题就遮遮掩掩不新鲜了：那天多少人喝醉，海涛后来又闹出了什么笑话，其中某个人现在在做什么，是些不重要的事情，她仍然没记起对方的名字，可是奇怪，一种愉悦产生出来，在对方牵起孩子的手准备离去时，她突然张口邀请对方到家里吃晚饭。

嗯？

嗯。意识到对方不是没听清，而是不敢相信自己的耳朵的时候，她有种恶作剧的愉悦之感。她仿佛瞧见了母亲因吃惊张开的嘴，这超出她规划的事会使母亲惊慌，母亲是个要面子的人，明知由此母亲只会增加购买时间而不是减少，她却更加来了兴致：

骚　江

怎么样，怎么样？她急切地催促，故意不给对方思考的空间，眼睛里更多地流露出夸张的喜悦，对方果然被她感染，微笑着点头同意。

一个小时后，她母亲再度斩获三件打折商品送来，母亲跟早晨来时已是截然不同的形象，她眼袋下垂，露出亢奋接近尾声的那种松弛，然而，母亲怕遗漏掉任何一个地方，决定还得到电子产品区转一转，她拉住母亲，把遇到的女人介绍给母亲，她强调对方是自己很好很好的朋友，她一定得请她到家里去吃顿饭。她的夸张和激动使老太太不知所措，意识到要买招待客人的菜时，母亲条件反射似的脱口而出：

东郊那家超市的鱼肉今天搞特价。

这个要面子的人，说完以后自己脸红了。红着脸的母亲一瞬间像个羞涩的少女。岁月和操劳使母亲变了形，头发粗糙，原本饱满的地方干瘪，原本干瘪的地方臃肿，她的眼神格外谨慎，算计的特点想竭力在生人跟前掩藏，她突然怜悯起母亲来，她不忍心进一步看到，她有一种想立即逃开的冲动：

那超市我认得，我去买，你把要买的东西买齐了就回家，我朋友有车，不用再挤免费班车了。这仅仅作为意外事件的补偿，对母亲显然已经起了作用。她立刻默许了女儿的行为——她是要面子，讲人情的女人，这终究是她从乡下带来的风气。

把母亲和儿子丢给几乎仅仅见过一面的陌生人，一丝不安闪过心底，她吞了吞了自己的口水，已经来不及了。两个孩子已经发出欣喜的欢呼，而这位朋友也坐到她原来的位置上，成了货物新的看守。母亲小声交待了要购买的物品：一斤肉，半只盐水鸭——那家比这家的桂花鸭便宜七块四，二斤西红柿，再加上一斤老姜，事已至此，没有任何理由再等，唯一应该做的是快点把事情办掉。

4

不等电梯下来，她匆匆从楼梯走下去，她的胳膊在拐角被带了一下，她从镜子里看到自己面部五官痛苦地扭成一团，她心里一惊，暗地庆幸没人看到这一幕。经过一个中午的强势之后，下午的街道显得疲沓，放眼一望的功夫，七八辆汽车已经飞驰而去。若以为能在外头呼吸一口新鲜空气，这是个错误的想法，街道上的花样不比超市少，甚至更多：饭馆门口的招牌字，一家比一家轻浮，一家比一家更脑汁绞尽。

从住所到这个超市，有免费班车，从住所到那个超市，也有免费班车，可从这家超市到那家超市是绝对不会有免费车可乘的，她只好凭着直觉步行向前，路上不断向行人打听。楼宇庞大，看似很近的距离，走起来却特别费时，被询问的人说法不一，有人说往东，有人说往南，还有人直接说往西，半个多小时后，她一回头还能望到这家超市那超级巨大的牌子，双腿在这个庞大的空间里显得毫无意义，高跟鞋击打地面发出空洞的声响，她的腿感受到时间的威胁，有一处建筑物正在拆除，房檐全部都卸下来了，外墙的瓷砖碎片散落在枯萎的草坪。脚手架上仍有零星的水泥块往下掉，扬起细碎的灰尘。房子像被肢解的尸体，无能为力地被剁碎，一个月前的这个时刻，或者更早一些，这里充满了人的气息，可现在连门也找不到，工人们形容憔悴，破坏者没有破坏者的恶毒，有的只有疲倦的麻木，有位拄着拐杖的老人，显然得了半身不遂，经过的时候没法加快他的步子，身上也落满了灰土，他的神态跟拆除者一样麻

骚 江

木，背影也带着听天由命的从容。

她狠下心来招了一辆出租汽车，出租车师傅倒是一听那个超市就加起油门调头急驰，她通过车窗刚好来得及看到了太阳正准备到一幢楼房的背后去，日落景致，使时空更加深远，恍若画中，十来分钟的时间，她居然打了个盹，梦里见到一列火车在山腰里穿梭，车窗外的树木"腾腾"后退，她闻得到柳树的清香，那是超市买不到的味道。等她睁开眼睛的时间，明晃晃的白色太阳已经罩了件黄色的披肩似的，一束温和的阳光照在她脸上，视野里的东西显得亲切了一些，出租车将她带到一幢建筑物的楼下，这时她伸出手找钱包的时候，突然想起钱包其实在母亲那里，她好不容易在口袋里四处摸索，这额外的事故使她的惊慌一览无余。

算了，算了！意识到这个女人的确掏不出钱来，司机拉开手刹，准备离去。

这慈悲的、体贴的声音，一只手似的把她从湿淋淋的深水里拉出来，她猛吸一口气，感激地扑到车窗上：

不不不，她张着嘴，急切地呼吸着，同时双手又急速地在身上拍打起来，希望奇迹从口袋里被拍打出来。

算了，算了。车子已慢慢调转车头，她刚好来得及记住他的车牌号码以及那张一直没来得及看的脸———一张辛劳的脸，嘴唇干裂。这张脸散发着焦虑和被时间追赶的那种紧迫感，她感到一阵亲切和同情。她很后悔没有把刚刚买的可乐带一瓶过来，眼睁睁地看着他在一阵烟雾中飞速而去。

真是够巧，车子刚刚淹没在车流里，她真的就摸到了一张纸币。打开一看，仅仅是一张皱巴巴的五角票子，她想着这薄薄纸张的神奇，这印着领袖人物图案的纸张，可以代替手脚，可以拉紧时空，可以换来温饱、喜悦、礼貌，可以驱赶不安、寒冷，可此刻，这东西把人的腿脚全都缠在了一起，让人无法走想走的路了。在它的束缚之下，手脚无力，无路可走了。

现在，她对超市毫无价值，超市对她也毫无意义了，超市需要的仅仅是钱，不，超市所要侵占的可不仅仅是钱。在改变了需求，剥夺了时间，增加了欲望之后，超市已经俨然成了新的藩篱和秩序——已经设定了一个新的界限，把生活无情地切割开来。她怀着把事办砸掉的沮丧往家走去。

她多么想钻进一辆车，那些从她身边苦苦寻觅步行者的空荡荡的出租车，她多么想伸出手，她知道那些方向盘后头，都有一双热切期盼的眼睛，她知道自己一招手，会给那双眼睛带来短暂的惊喜和感激。

然而，她不敢。她一想到母亲一旦得知她没有买到打折的鱼肉，甚至还搭上了出租车的价钱，我的天哪，不是免费班车，不是公交车，是出租车啊，她能听到母亲心底那长长的无奈的惋惜的叹息声。有几次，她出差回来，出租车停在楼下，她在付钱的时候，碰到了窗口母亲的眼睛，母亲绝望地把脸扭向一旁，她明白，母亲在心里呻吟：

两块钱的路硬花了二十块。

可是我实在太累了。有次她婉转地向母亲解释她为什么回家选择出租车而不是公交车时，她以为会获得母亲的谅解，毕竟母亲多么爱她，结果，那一次，她听到母亲绝望的呻吟：

二十块钱能买一斤水西门的烤鸭。

然而母亲是真的爱自己的。她买回来水西门的烤鸭，母亲总是一个劲地叫她：

骚　江

多吃点，多吃点。

步行是此刻唯一正确的选择。她强令自己接受这个理念。现在，她调整呼吸，朝着东边——家的方向走去。从这里到家，至少四十个红绿灯，没有两个钟头她可能无法走回到那个容身之所。

前面的十字路口一条小路突兀地出现，她果断地拐了上去，然而她被欺骗了，那条小路在五百米处突然划了一个长长弧线，向南偏去，兜了一个大大的圈子，她不得不拐回大路上。

一旦你有抄近路的想法，新的小路就会时不时地现出来诱惑你。

她再次迷失在一条小巷里，在两幢平房的间隙，有一个一人宽的地方，这回，她决定不再回头，她带着一种执拗的倔强从中间挤了进去，接近出口的时候，墙与墙的间隙突然小了起来，她的手臂和耳朵都刮到了水泥墙，有一会儿身子似乎要被卡住了，一阵惊慌使她的呼吸急促起来，然而，她终究还是挤了过去，出现在眼前的是一条小河，不，准确地说，一条臭水沟，水沟的两旁倒挂着枯黄的败柳条，甚至还能闻到刺鼻的动植物腐烂的气味，可是，正是这深藏在城市深处的水沟一下子使城市变得动人起来，真切起来，刚才似乎就已消失的太阳此刻却还真切地挂在水沟旁的柳条尖上。

她凝神屏息地看着，当她带着满脸的苍白、茫然回到她自己体内的时候，一阵恐惧骤然降临——她记起超市这个大家伙了：打折商品，高昂的超市的货架，留给几乎还是陌生人的儿子，母亲的购买计划，以及她自己的身无分文，两手空空。

5

她几乎小跑起来。向着太阳落下去相反的方向，沿着水沟边的堤坝，她听到自己的脚步越来越陌生和粗砺。路看上去那么多，通向家的路却只有一条，而那一条现在恰恰不在眼前。要命的是，她不断地看到各种各样的超市。这些超市遍布城市的每个显要位置，任何人想到任何地方都不可能忽略的位置，它们的招牌比这座城市最好的楼房还要高大，招牌的颜色比世上最鲜艳的颜色还要夺人眼球。

她加快速度。内心焦躁不已，一路上，她不断地听到母亲抓扑三十多样打折商品时卯足劲的哆嗦声，听到收银员手上扫描商品的"嘟嘟"声，听到装满货物的推车摩擦地面的呻吟声，她听到自己肿胀的喉咙里发出的喘息声以及——时间在她前面一路小跑的"咚咚"声，她甚至听到了孩子们发出呼吸不畅的哭声，这个她小心翼翼爱惜着的孩子一眨眼的工夫现在就和陌生人搅乱在一起，一种巨大的不安充满了她的脑子，她迈开步子，狂奔起来。

没有再询问，她终究拐回了大马路上，她现在清醒地知道自己所处的位置，家其实已经不远了，在经过玻璃橱窗前，她看到了自己的模样，汗珠在她前额和上唇亮晶晶地闪耀，她的身上就像含着一股热火，这股热火透过玻璃窗很快变成了一股凛冽的寒气，在这六月的黄昏，她的神色，她垂着双臂的样子不像一个回家的女人，而像一个迷路的恐慌不已的孩子。

她已经看得见自己的房子了，不过，若想到达这直线距离不

骚　江

足一千米的地方，从地下人行通道过去是非常耗时间的，而穿过车行如梭的立交桥，也要承担很大的风险。最终，为了尽快到达，她厚着脸皮，假装没有看到桥面上的辅警，小跑着上了立交桥，可是一上桥面她就感到一阵不祥，擦肩而过的汽车带给她的惊惧远比想象的大，桥面在空中划了一个巨大的弧度，愈往高处走，视野越开阔，可以看到右侧楼房的屋顶，从高处能清晰地看到，从桥面上下降的灰尘悄无声息地往楼顶上落，那水泥钢筋的玩意儿显得很是荒凉，跟人差不多高的几株小树有气无力地摇摆，了无情趣，她的肩膀尽量贴着桥栏杆，她的手也不知觉地贴着栏杆，也正是如此，她吃惊地发现，这防护人安全的栏杆也跟她一样瑟瑟发抖。终于有一个出口可以离开桥面，她的双腿仍然不停地颤动着。她的喉头发紧，随时都有放声大哭的可能，但那显然于事无补，尽快赶回家才是唯一的要事。

　　她渐渐接近了自己的房子，熟悉的地域使脑子渐渐清醒起来，不安被驱散了，想着一会儿就能进去休息了，还可以和新的朋友聊聊新鲜的话题，紧张的心情开始放松了，离家越来越近，已经可以看到楼下那堆沙丘了，那是专门给小孩子玩扮家家游戏用的细沙，沙子细腻没有灰尘，这个沙丘上蹲着许多充满着想象力的孩子们。正在这时，从路的另一头，跑过来一个气喘吁吁的人，那个身影越来越近，她终于看清那个人就是自己的小阿姨，小阿姨一看到她，就忍不住高声哭了起来，便哭边问她：

　　你妈妈呢？

　　她傻愣愣地看着小阿姨半天，才听出她哽咽着表达出的意思：

　　在超市做促销员的小阿姨，刚刚接到老家的电话，她的外婆，也就是母亲的母亲，刚刚在老家去世了。

她隐约看到的东西从记忆里挤了出来——小时候泥巴墙上的蜂窝、外婆纳鞋底的节奏声、两个孩子在江心洲岸边垒起沙子做长城、大门上的对联、九月九集市边滚烫的油锅里的油条、煤油灯在小风里晃悠的夜晚——这些都仿佛不是记忆，而是另一个空间里的东西。她也是从尺把长长大的，她也曾目睹过家里的老狗生崽时的血腥场面，还有那烈日下的滚滚灰土。她也有过在河沟里睡着的情景，她没有挨打，被悄无声息地抱起放在床上，早上起来的时候，泥巴粘住头发，母亲恼怒地看着灰头土脸的她，幸好那时外婆精神矍铄，她得到了庇护。

　　多少年来，这些东西像是被石灰覆盖住了，现在却又统统陈旧地露出星星点点。她内心涌动起对亲人的深深的眷恋，然而，覆水难收。她此刻如梦方醒：

　　啊，原来外婆刚刚去世啊，我还以为她已经去世多年了呢！

　　一阵锥心的酸楚瞬间击中了她，她慢慢地蹲了下来，蹲在孩子们经常蹲的沙丘旁，忍不住发出长长的抽泣，这抽泣声久久不息，像一条细流向远处流淌。

良 霞

1

江心洲人不愿意动脑筋,生儿养女取名字都喜欢抄袭加套用。男的非军即宝,非贵即富;姑娘们呢,霞呀英呀,凤呀梅呀,反反复复用来用去。不过,那都是三四十年前的旧习了。

一九八八年的暑天,棉花刚到结桃期,靠了锄,地里没什么活儿。一大早,摆渡的阿三一船坐着两位姑娘到镇上去。一个是三大队的腊梅,这小姑娘才初中毕业,学生气没褪,拿不动锄又坐不住板凳,妈妈说家里没有老姜了,她就自告奋勇到镇上称,其实就是想寻点新鲜。这小姑娘嘴张着,显得有点憨,出门也不戴个帽子,脚上拖着一双塑料拖鞋,鞋尖翘在船舱里,晃荡着。另一侧船沿上坐着八大队的良霞,良霞穿一件无袖的淡青色连衣裙,太阳还没出来，良霞戴着白色的凉帽，一撮头发从帽檐里露出来，她手里捏一只花手帕，时不时擦一下额头的细汗珠。她腰身苗条，胳膊圆润白皙，肩膀上挎一只黑色人造革包，脚上穿一双白色的高跟凉鞋，这种款式不算稀奇，可是她脚上还有一双薄薄的透明丝袜，这就显得洋气了。两位姑娘面对面坐在两侧船沿上，良霞抬几次眼，都撞到腊梅直统统的目光，腊梅几近呆滞了。阿三虽然憨，也瞧出腊梅自惭形秽，他咧开嘴，短舌头打着卷儿开始嘀咕。他一嘀咕，破了凝结在江面上的尴尬，腊梅索性长了勇气，她问良霞：

你打扮得这么漂亮，要去哪儿？

良霞温和地朝她笑一笑：

去趟县城。

听说你在县里交了男朋友是不是？

人家瞎说，没呢！还是那么微微笑的模样，不疾不徐，腊梅被她的和气吸引住，胆子大了，紧追着说，我跟你去逛一逛好不好？

腊梅口袋里只有五块钱。她不晓得住一晚旅馆就要五块，她还当真以为自己不是人家的拖累，可是良霞也没拒绝，只是说：你不回去，不怕你妈妈急？

船还没有靠岸，凤凰镇的街铺就露出眉目了，街道上，有挑着粮食和大白菜的农民，也有骑自行车下班的女工。腊梅一眼就看出镇上人和乡下人的区别。她看到自己的塑料鞋上沾满了泥巴，裤子是她妈妈手工缝的，屁股后头能塞两只鸡，裤腿还皱巴巴的，她突然心虚了：

我还是回去吧。

良霞也没有坚持，可是懂了她的意思：

没有关系，慢慢来。以后注意少晒点太阳。有钱的时候再买几

骚　江

尺布，做条裙子，买得巧，一条裙子也就三四块钱，人马上就不一样。

这些知识太新鲜了，腊梅听着，觉得十分渺茫，沮丧地把脸别过去。她的眼被繁华和美给刺着了，眼泪哗地淌了出来。

那年良霞刚刚二十。江心洲"胡""范""张"三大家族都想娶她做儿媳。胡家老六是牛贩子出身，贩了十多年的牛，已经把大公子的楼房盖起来了。大公子正在做木材生意，走南闯北，赚多亏少，就等娶妻生子，过美满生活。范家二儿子刚刚高中毕业，跟村里的领导班子来往密切，有望接下一任村长或会计。张家的儿子是独子，虽然没上过学，可有一条一百吨的水泥船。小船长皮肤黑，可良心白，都说他为人厚道，举止稳重，掌舵技术一流，大风大浪跟前比五十多岁的人更沉着、勇敢。

这三户人家轮番到良霞家去试运气。因为知道彼此的意图，三户人家在路上碰到都有点儿横眉竖目了。良霞爸爸是个厚道人，媒人不论何时登门，他都耐住性子，要下地时放下锄头，要吃饭时放下碗筷，要睡觉时他套上衣裳，烧壶水，陪来人坐着闲聊。被这些人家请来的说客都不是等闲之辈，嘴巴能说，大话敢吹。在他们嘴里，这些早不见晚不见的人，个个性情温良，敬老爱幼，前程似锦，良霞若是答应了呢，一过门就是王母娘娘待遇。江心洲巴掌大，家家知根知底，可经他们一规划，就像在听书。他们画出来的饼，良霞的妈妈在门里回回听得眉毛竖起来。她坐在门里仿佛不怎么管事，其实屏气凝神，句句不落。

那些被委派来的人总想多探些情报回去交差，经常边说话边往良霞的闺房里瞅。良霞家有三间睡房，良霞睡朝南的大房间，两个哥哥睡在朝北的那间。良霞房里的墙也是老式的土坯墙，可是墙上贴满了明星画。最大的一张是带年历的邓丽君像，还有一张山口百惠、三浦友和夫妇相拥在一起的招贴画靠着良霞的枕头上方。窗帘不是一块花布，是奶糖纸拼接起来的帘子。她床上的蚊帐里头贴着她请人用金纸剪的展翅凤凰。江心洲还没有通电，可是良霞的桌子上已经有了一只台灯，粉红色灯罩，一看就是有心人送她的礼物，一等电线杆架上之后就能派上用场。

良霞家西墙边靠着一条路，既通往镇上的夹江渡口，又通向屋前头的大江滩。屋基旁有块沙地，不适合盖屋，做了菜园。菜园的栅栏边种满了美人蕉，一株一株，一簇一簇，既好闻又好看。种了茄子的那一块地边上还有一棵栀子树，一朵一朵白色的栀子花羞答答地猫在栀子叶里。

因为跟良霞打过那么一次交道，腊梅经过她家门口时，总喜欢瞅一瞅那挂在窗边的糖纸帘子。一个人要有多巧的手和多大的耐心，才把这些帘子串得这么好看，这么齐整？

江心洲的父母声称自己男女平等，其实都是嘴上说说。良霞家的男女平等，也是嘴上说说——良霞念到初三，两个哥哥都只念到初二。良霞没法继续念，那些她瞧不上眼的同学，每天给她递条子、送礼物，不胜其烦，而且她英语成绩好，经常被喊起来做领读。她领读的时候，窗户外头挤满了社会青年，他们吹口哨，用假嗓子发出细长的叫声，严重扰乱了学校的教学。老师们气得哼哧哼哧，怒目而视不敢言。良霞自觉，三五回后，她扛起板凳回了家。

不念书情况也好不到哪里去，村子里只要有良霞的地方，就

骚　江

有年轻男女，男孩子个个想做到最斯文、最突出，女孩们自动当配角，所有的话题都只会围绕着良霞：良霞的眼睛好看，良霞的皮肤好看，良霞的手绢花色好看。良霞站在那里，轻轻一扭，抿嘴一笑，这个样子立刻就有人模仿，有的人像，有的不像，像不像横竖都是良霞最好看。可是良霞不在意，见谁都微微笑，温柔地笑。

这年入秋，良霞终于跟父母坦白，她在县城里确实处成了一个对象。对方要良霞回来传话，问他们何时来上门提亲妥当。对方全家都是县棉纺厂的正式工，城镇户口，男孩子一米八的身高，还是高中毕业生，他迫切地想要两家父母见面，把亲事订下来。

意料之中，也是意料之外。良霞爸爸一时不知如何是好。

他说要订下来才能名正言顺托人帮我弄进棉纺厂上班。良霞羞涩地解释说。

订下来当然好，良霞爸爸面有难色，可是人要脸，树要皮，家里的房子旧成这样，乡里乡亲也就算了，见外头人实在太拿不出。这样吧，等棉花收上来，买些石灰把外墙刷刷白，屋顶上的瓦换一换，再给家里人里里外外添一身新衣裳，让他们来吧。

爸爸不想让她丢脸，她懂。她默认了。

天不遂人愿。

巴巴地入了秋，棉花结桃期，一连下了二十多天雨，棉花地里水流成河，沟沟壑壑到处都是水，白茫茫一片，水往低处流，进来出不去。江心洲人眼睁睁看着棉花一株株被雨浇得蔫头蔫脑，东倒西歪，天一放晴，上头晒，下头淹，不几天，江心洲几百亩地里，快一人高的棉秆全部七零八落，枯死败光。

良霞订婚的事拖了下来。

一直到入冬，家里没称过半斤肉，良霞一个劲儿收到城里的信。爸爸到老师家里讨了些考过的试卷来，说是给良霞妈妈剪鞋样，良霞不好意思在试卷反面写信，她收到许多信都没法回。过年的时候，妈妈见不得良霞失魂落魄，抠出十块钱，让她到镇上买身衣裳，良霞拿这些钱全去买了邮票和信纸。信纸上写得密密麻麻，都不像她一贯讲究的样子了。二哥晓得她积攒了一肚子情话要讲，站在门外笑话她：话比江水还多。

良霞甜蜜地抗议，威胁要喊妈妈来捶他们。

过完年，冰锥子还挂在屋檐上，良霞莫名其妙发起烧来，请了赤脚医生开了点药，三天都没退。旁人要是感冒发烧，总是喝喝开水，吃两粒药罢了，良霞发烧，紧张的不光是妈妈，大哥一天要进来摸她三回头，二哥也靠在门口，直盯着她问好些没好些没，爸爸本来忙着挑土整地基，给两个儿子一鼓动，也跑到良霞床边来问她：

送你到镇上去瞧瞧？

不用，良霞回答爸爸时，把被子从脖颈往下拽了拽，想把头抬高一点，一张苍白小脸，睫毛上像是闪着泪珠。四目一对，爸爸脱口而出：送县里，一天也不拖。两个哥哥积极响应，一人背一段路，一直背到镇上坐上了三轮车。三轮车上，两个哥哥四条腿四只胳膊合成一张床，哥哥的棉袄脱下来垫着妹妹，生怕妹妹被颠疼，两个人的脸都绷得紧紧的，一路护到县医院。车上坐着个认识他们的人，瞅着这几个紧张过头的大男人好心好意地笑。

本来想让良霞快速退烧，可是医生扭过脸来告诉良霞爸爸：

腰子上长了东西，赶紧加大处方退烧，尽快安排手术，不然有

骚 江

生命危险。

爸爸和二哥留在医院,大哥连夜回家筹钱,通知妈妈,带来的这点儿只够当晚用。

县医院医生下药准,没几天烧退了。烧一退良霞就写起信来,信里交代男朋友到医院来看自己。写完信,她从病床上起来找厕所,经过医生办公室,听到爸爸在向医生打听她的病情。她在外头比爸爸早一些听懂了医生拐三绕四的话里的意思,晓得自己不是普通的伤风感冒,她把写好的信当场折起来,塞到枕头底下。

那个男孩子到底得了消息。手术前,他来到良霞的病床前,良霞一见他,就把头扭过去:

分手吧,分手!

虽然发了几天烧,可那说话的劲道还在,口气坚决得很,一看就知道他俩平常交往,她能占上风。

我不走,我不会离开你。男孩用肩膀抵住床头的板,哄了三个小时,请良霞把头转过来让他瞧一眼。

我不想连累你,我是农村的,现在又生了病。你走吧。

撂出这一句话来,偏就不转头让他瞧。

医生来查房,劝男孩子让病人休息,男孩子退到病房的走廊上,蹲下,抱住头,忧心忡忡。吃饭的时候,良霞爸爸买几个白馒头递给他,他不肯接,一声不吭。病房里的人七嘴八舌地发表看法,有人敬重良霞有骨气,有人评价外头走廊上那个是一个痴心汉。最后一致认为病床上的姑娘还真有福。

这些人个个嗓门大、心眼直,床上的姑娘何尝听不到这些议论?越听她的后背越发绷得紧紧的,仿佛转过头来,接受那个伤心人的安慰,就是大大地让人失望,大大地对不起旁观者。

还是做妈妈的疼女儿，又怕那个男孩子真的走掉，趁女儿睡着了，她伏下身子轻声告诉走廊上的准女婿：

没怎么吃过苦，突然受了这些罪，心里不自在，又要强，明天肯定就顺了。

第二天又守了半天，男孩子爸妈差厂子里同事找到他，告诉他再不去上班，厂里要把他开除了，他这才快快离去。他真的走掉了，良霞又努力想把头探出来往窗外瞧，怕他会躲在医院楼下柏树的绿荫里，傻傻朝这间房张望。

不过，她嘴还是很硬：

换病房，下次不要让他再见我。

第三天，小伙子把医院翻了个遍，也没见到良霞的影子。良霞在手术室，手术做了七个小时。

术后，她身上插满了管子，刚能开口，就交代家人：

不要让他看见我这个丑样子！

她不知道还有比丑更大的麻烦，妈妈点点头，泪珠子一颗追着一颗往下砸。

可是他没有来，一点儿消息也没有。

七天后，良霞拆了线，钱也用光了，爸爸借了板车拖她回江心洲。临走时县里的医生招呼家里人：尽量多依她，多给她吃点往年没吃过的，不要让她受刺激。如此这般。良霞卧床不起了。

每天晚上，她妈妈便会端一盆水来帮她擦洗身体，妈妈沾湿一块毛巾，让热气冒一会儿，先是从脸脖子开始，再来到女儿脸庞两侧，妈妈绕开女儿微闭的两眼，也绕开前腰下那道红色的刀口。那个地方愈合得不好，可没有听到她叫唤。还有些地方，女儿也不让碰，伸出无力小手，轻轻一拨，做妈妈的懂。她说：

骚 江

不怕，我是妈。

妈妈一天天擦，觉得女儿一天天往下陷，有几次，她喊来良霞爸爸一起把女儿往上拖，让她坐起来，这个时候，她总觉得女儿的眼神木木的，身子抗拒地往下沉，像是用身体挖掘一口深井。她的头发，不是一根一根，而是一缕一缕地往下脱落，妈妈整理床铺时，悄然把头发拢在手心带出去，再后来，女儿瘦得薄薄的，做妈妈的不劳别人帮忙，轻轻从腋下一提，女儿就能坐起来。可是很快，她会再度陷下去，女孩儿胳膊松软，她看着妈妈——定定地。当妈妈告诉她想帮她翻个身，她那发呆的目光试着听懂妈妈的话，神情是茫然的，仿佛陷入迷雾之中，妈妈刻意不去碰女儿的眼神，听到女儿急促而微弱的喘息，她把脸转过去，害怕听到心酸的抱怨。有一回，在帮女儿擦洗时她听到女儿喃喃说了一句。

什么？她本能地直起身子，问道。

良霞抬起厚重的睫毛，大而黑深的眼睛直视着她。

他怎么想的？两个月来，她头一回开腔。

做妈妈的答不上来，又不习惯作假，只好急急忙忙端出盆去把水泼掉，又不放心，拿着空盆回到女儿床边来，伸手把煤油灯芯捻了捻，让屋子里亮一些。

2

江心洲其实有两个名，另一个印在红头文件和五洲镇地图上的名字叫太白村。太白行政村有八个自然村。八个自然村绕着江沿堤坝，各占一个方位。八大队地处东南。良霞的窗口可以望到刚刚升起来的太阳。天气晴朗的日子，从窗口可以看到东方影影绰绰的扁担洲和八卦洲，江面平静，半个钟头会有一只拖船经过，拖船上或装满沙石，或装满煤炭。它们缓缓地从地平线开到视野里来，等你眼睛疲乏了，便又缓缓地从视野里开出去。

陪伴她的，是一段段翻来覆去的往事。她站在严井湖边的亭子里。说是湖，只是巴掌大的水库。他俩就在这里认识的。她没什么别的好炫耀的，只是告诉他，她家门前的水比这大几千几万倍。

这湖，不是多么稀罕的事。

到底不一样嘛。他热烈地望着她，带着小小的优越感和试探。他在离这条湖不远的国营棉纺厂上班。

你不像县城里的人。乡下人最怕听的就这句，她的脸一红，正待转身离开，听到他接着说：

你像北京来的。

他说这话时，周围是蔓生的蔷薇花和垂柳的枝条。她知道自己好看，从小到大，因她长得好，她被告之将来能吃香喝辣，享荣华富贵，江心洲人的荣华富贵无非就是嫁给城镇人，吃商品粮，住楼房，喝自来水，拿工资。良霞的蓝图就是如此。旁人从渡口往县城里去，摆渡的就会问三问四，做什么事，什么时候回。可是良霞要是三天不到渡口来，摆渡的才会问三问四，出了什么事，良霞怎么不到城里去。良霞晓得她就是这个命。天生丽质，高人一等。

家里的经济不宽裕，良霞进城的钱，有时就是紧巴巴地够两趟路费。她呢，会瞧瞧城里姑娘的打扮、衣裳的样式，记在心里，手头宽裕时买几尺削价的布料照着样子做，大多数时候，她只是来逛一逛免费的严井湖公园。

就是在这里，他把脸凑过来，她闻到芳草牙膏清新的香味。他的牙齿嗑在她的牙齿上面。他的胸口贴着她的。他说：

骚 江

　　一生一世。

　　疼痛的间隙她能回忆起搭乘渡船时听到的潺潺流水和鸟鸣。她去过他家一回。县东城一个巷子里，院墙一人多高，院墙边靠着三辆自行车，一家三口每人一辆，净净亮亮的。院子里有七八盆花草，还有一间屋大的空地，可以种茄子，搭葡萄架，既可遮阳，又能吃水果。那样的生活印在她脑子里：微微的呢喃声，多样的色彩，有力的胳臂，还有他的气息，温热而浓情，又真又切。现在，她的脸被病症的面罩蒙住了，他远得像一场白日梦。

　　来看望她的乡里乡亲一进房门就开始装假，假装没瞧见她瘦脱了形，净跟她说些好了之后怎样怎样的话。她冷冷的，没有表情。她不是傲慢，只是心在别处。她心里晓得他们的好意——所有的问题都在这里——她从来没想过人人都来同情她。这些日日经过她窗口的人：扛着锄头下地的，到镇上去采买的，挑着担子的，空着手的，拿着玉米棒子边走边啃的，有活力、风风火火。朝她窗口的眼神没有一点恶意，也不带任何挑衅和嫉妒——过去的东西被他们一笔勾销了，除了怜悯——这个东西太新鲜了，她一撞到就不自在，只好把眼睛闭得死死的，闭到满头是汗才睁开。

　　躺了差不多一个月，那个男孩突然来了。到底来了。他没在堂屋跟她家人寒暄，直接问她在哪间房，然后扑了进来。她已经挪到北边房里，她大嫂要过门。家里原先就数她的房间朝向好，还宽敞。琢磨着这间房能放得下高低床和五斗橱，外加一个缝纫机，都是女方的陪嫁。这桩婚事，大哥原来不肯点头，大哥是想法多、野心勃勃又乐观不掩饰的人。他想到镇上开理发店，或者跟人合伙买条船，甚至想到村领导那里批块大的地皮把楼房盖起来再考虑结婚。妹妹这一病，用掉了所有的家底不算，还借了债，女方竟不嫌，他的婚事自然加了速度。那个姑娘一口龅牙，现在看上去却不那么挡事了。筹备婚礼这些日子，大哥变得有点反常。有时他脚步声、呼气声和划碗的声音都特别重，有时又听不到他半点动静，再仔细听，才晓得他就坐在堂屋里。

良霞挪到大哥二哥原来的屋里睡。二哥夜夜在堂屋打地铺，他的被褥和衣裳，白天用绳子绑好，摆在屋角，晚上摊开来。

扶她换房间那天，妈妈没忘记把窗帘和邓丽君的画挪过来，可是山口百惠和她丈夫抱在一起的那张被扯坏了。这个窗口，不如南边的暖和，光线也不怎么好，不过还是能望到惯常走的一条路：下地的背着锄头，进城的挎着篮子；有时是四条腿的牛，不紧不慢地过去；有时是两条腿的鸡，低头觅食。

家里人和亲戚都在忙着大哥的婚事，脚步乱糟糟的，可是妇女们说话都不像一贯那样大声大气，她们体恤房里有病人，还体恤病人的心情，说到"新娘""喜钱""嫁妆"的时候，声音都主动压低。良霞头发掉得差不多了，也不要人扶她起来梳头什么的了。那天她格外清醒，没垫枕头，仰面平躺在床上，眼睛里的余光能望到窗户外头的树叶、树冠和那片蓝莹莹的天。

听到有人推她的门，她一转过头，看到他雪白的衬衫一下子映照得房间都亮了，她一急，想摸点什么把头蒙住，可是来不及了。她看到他的脸色慢慢地变了，嘴巴错愕地张着，他没料到朝思暮想的人如今是这个模样。明知是她，他眼睛还加快速度眨巴眨巴地，想看清楚。那么一会儿工夫，她整个人都哆嗦起来了。她揪起身上的被子，遮住了自己的头，拽得太多，还因为激动，那双脚脖子露

出来，抻得老高的脚踝骨，随着她情绪的波动，皮下的骨头一动一动，像是要戳破那层皮。她意识到脚露出来了，双脚想找地方藏，脚背慌张地撞到床头，发出啪一声响，他吓得倒退一步。

　　他背着一只鼓鼓囊囊的大包，里头是洗换衣裳和一些私人物品。他费了许多劲儿才逃出来，他准备不走了，跟家庭决裂，工作也不要了，留下来陪着她、照顾她，把他全部的爱情献给她。他揣来满满当当的柔情想包围这轮明月，可是他眼前望到的只有一摊枯树枝。他抱住头，蹲在地上放声大哭起来。外头的人以为他心疼，想不到他如此有情有义，挤在房门口偷听，个个鼻子发酸，有人开始感谢老天开眼。城里来的人哭得很激烈，然后冷不丁拉开门，垂着头，从挤在门口的人缝里钻了出去。他的背包绊在谁的手臂上，也不管了，使劲儿一拉。一家人目送他往渡口去，背影没在埂下才回过神，全部拥进良霞的房间，良霞的头还没有从被子里露出来，只是带着哭腔一遍遍地喊：

　　不要看我，不要看我！

　　家人把她被子掀开，她大口地喘着气，好久才明白人已经走掉了。

　　当天晚上，她又发起烧来。这个病一高烧就重，烧不退就坏事。

　　爸妈不敢怠慢，又送了一回县医院。人家抽了血，又把她拖到机器上测了测，说不大管用了，让家里人拖回来。到了第五天，她仍然粒米未进。时而清醒些，更多的时候迷迷糊糊。她断断续续听到妈妈的哭声。有回妈妈许是坐到菜园的栅栏边上哭，身子发抖，带着栅栏摇晃，栅栏里有她前年系着的一个唬鸡的小铃铛，久

不管它，锈了，惊出嘶哑的颤音。

男人们比女人沉着。爸爸成天泡在地里，中饭有时都忘记回来吃；二哥守在良霞床边，一声不吭，良霞动一动，他就动一动，良霞昏迷的时候，他就支在墙边，眼珠子牢牢地盯着妹妹，生怕眨眼眨出事故。

有回半夜她有些意识，天一片漆黑，她听到隔壁房间大哥从床上往下摸，灯都不点，他在小心地拉抽屉，乡下男人最多靠捕点小鱼小虾、卖点劳力攒些零钱，良霞心里晓得，哥哥的抽屉里最多也就几张毛票子，估计他又要出门找偏方。但凡听说哪里有偏方，他就往哪里跑，他跟妈妈说的那些地名，最短的来回都要走七八个钟头，家里的草药都是他求偏方抓来的。妈妈把哥哥带回来的草药煎好，早中晚煎上五六碗，方子里有黄连苦胆，喝一碗能吐两碗。有天晚上，她用手背挡，打碎了药碗。妈妈给她跪下了：

儿啊，药苦就有盼头，你有盼头妈妈就有盼头。

伏在床头哭泣的妈妈身子发抖，怕被外人听到，她把头埋到自己胸前，想把声音拢在自己怀里，可是床头柜上一只瓷杯子里放的勺子却在不停地抖动，瓷杯碰撞勺子的声音越来越快，越来越响，响到让良霞的喘气声也跟着越来越重，越来越急。

哭停的妈妈又炖好药端进来，良霞看都不看，由着他们灌，灌完就抿住嘴，硬生生把胃里翻到嘴边的药汁一口口再咽回去。

烧奇迹般地退了。

可是草药一天不敢断，先是到县里的药铺子里抓的，后来，就全家抽空到山里野外去采，一采几十斤，实沉沉地挑回来，到江边洗，太阳底下晒，晒干了切碎，装进蛇皮袋，挂在房梁上，每天从

骚　江

里头抓不同的几把到锅里煎。大半年的工夫，她真的好了一些。

她居然能起床了，站到门前，倚靠着门框，身上渐渐感觉到有些冷。家里人都下地了，只有大哥刚刚挑水回来，正蹲在门口剔球鞋上的泥，鞋帮子上补得已经没有原色了。大哥的后脑勺上的头发乱糟糟地纠在一块，感觉到妹妹在看，大哥一抬头，朝她一笑，他的目光有些呆滞，额头上抬头纹那么重，看上去哪里像刚结婚的男人，哪里像二十多岁的小伙子，哪里像意气风发的哥哥？良霞胸口一阵紧缩，就像一只猫腾地窜到她跟前，细小的爪子透过薄薄的皮肤压到她的心上。

一阵急风起来，门前一株梧桐的叶子一下擦到一起，发出刺啦啦的声响。又刮起了一阵大风，空中响起一阵闷雷，江面黑棉绸一样，柔柔地摇摆。

她想都没有想，就奔着江里去，下了坡，爬过一道矮墙，就拐到了到江边芦柴滩上的小路。她身子太虚，快接近沙滩了，一粒汤团大小的石块刮了一下脚背，她扑通倒了下去，再爬起来的时候，胳膊和膝盖都火辣辣的，她的脸上没有表情，只是用手背抹掉了嘴上的土，继续往江边去。眼看就望到平平整整的江面了，哪晓得大哥却比风更急地扑来，一把抱住她。她挣扎的胳膊举到空中，雨点打在裸露的臂上。哥哥不说话，光是抱住她的腰，又怕触到她的伤口，手臂时紧时松，稍一松，她就往前挣脱，把手紧一紧，就看到她脸色发白，嘴唇也发白。拉拉扯扯，转眼脚尖沾到了江水。她盯着江面，神情很平静，虽然身体被大哥抱住，却仿佛获得了自由，她恨不得马上扑进去，与大江融为一体，痛苦转瞬间消失不见了。

她转过脸，对着大哥：

为我好，就让我去。她讲这话的口气，不像她的性格，也不像她的年纪。

　　大哥不跟她讲道理,他只是箍住她,不松手。她瞧见大哥的手指缝里,全是污垢。他去年还那样讲究体面,如今搞成这副样子却浑然不觉,他甚至不瞧她,只是箍着她。她头回感到大哥怀抱阔大厚实,那心跳却快得吓人,眼珠子圆瞪,带着哀求,好像妹妹再往前一步,先栽下的是他。他的模样把良霞惊住了,她的力气一下子全失光了。看热闹的人已经站在堤岸上了,他们眼里就像看一张画报。画报上的两个人,一个要腾飞,另一个人在托举。

　　雷声渐远,良霞的脖子软下来,贴住大哥的头,不再抵抗。

3

　　家里人的心思全在攒钱。她只剩一个腰子,还不合格。医生说得明白。随时随地要往医院送,这回花钱比上回更多,更没底。

　　可是钱这个东西怎么也存不住,总是左手进,右手出。大嫂进门的时候买了几样家具,给大哥添置了里外各一身衣裳。酒水礼金好歹紧巴巴对付过去了。大嫂一进门就有了,整天吐啊吐啊。都猜怀的是男孩子,她更娇气了。五六毛一斤的苹果一天要吃两个。

　　躺着过和走着过日子完全不一样。走着过日子的时候,她心里只有自己,只有未来,最大的烦心事是怎么把字写得漂亮些,衣裳怎么配时尚,除了爱情,再无困扰;等到她躺下来的时候,世界也歪了似的。房子是笨重的,奔来跑去的脚步声七零八落的,家里人都变重了似的。她原本以为地球是围着她转的,可是现在,她的身子浮沉在自己和他人之中,经常一阵剧痛来袭,之后就能体验到别人的生活。她闻到爸爸劣质烟叶的味道,往年爸爸见到她就笑,如

骚 江

今也天天伸头往她房里瞧，张开嘴，露出牙，发出的声音却不怎么像笑；大哥的嗓音低沉浑厚，说什么话字都少而精，声音还小，就像过去那些特点见不得人似的；她听到二哥在门口跺脚，以前她是不留意的，原来二哥是个暴脾气。

二哥叫承明，只比她大一岁。她一病，承明一下子摆脱了年少无知的模样，往年，他为了一条牛仔裤还跟老头子顶嘴。家里有这么一个方圆百里难得一见的妹妹，巴结他的朋友一拨一拨，他好结四朋，难免学会了大手大脚，还爱热闹，喜欢跟风，看到人家有双卡录音机，也在家里吵了几回，他跟爸爸要钱要了几回，老头子硬是没松口，那时只有良霞站在他一边，她还许诺他：

我要是进了棉纺厂，第一个月工资就帮你买录音机。

这些，远得像上辈子。

妹妹这一病，二哥的朋友全受了惊，不敢来找他出去玩。因为一开始有谣言说这病传染。真是荒唐，他那么爱热闹有想法的人，因为傲气，憋着劲儿待在家里，还时不时进妹妹房里逗她说会儿话。他穿着大哥的旧裤子，他个子长，裤脚高出脚背五六公分，他满不在乎地进进出出。

爸爸劝他谋个出路，家里这六七亩地，他们老两口和大哥承亮就能忙得过来。承明同意了，愿意跟人后头做木材买卖。爸爸去跟胡老六一说，人家不在意过去三番五次碰过钉子，既往不咎，答应让儿子胡大奎带承明下江西，教他买卖的门道。

做买卖才算是正式接触社会。机会给了承明，可他把不住。胡老六在地里抱怨了几回。想必是大奎回家说的，承明傲气太重，又不怎么晓得看人眼色，有九成把握的生意到他手里也能黄。有时说少了一句客气话，有时说多了一句狠话，反正就是不灵活，不是做买卖的料。胡老六零零碎碎说了四五回，良霞爸爸都不顶嘴。二儿子小时候望着调皮，越长越像他，现在，差不多定型了，就是他的翻版。到年底分红时，承明本来本钱就少，一年下来，拿到手的红利还不如在家里种地。其他人都吃了惊，可良霞爸爸早就心里有了底。村里万元户不少，到底还是有经验肯吃苦性子活泛的居多。爸爸又忩恿起大儿子来。大儿子承亮能忍得住事，跟人打交道也算活泛，奉承话他也能说几句。老二太像他爸，太实诚了。这年头，夸哪个人实诚就代表这个人没出息。

承明被发现不是做买卖的料，身价陡然下跌了不少。他比大哥犟，还想依自己的眼光挑姑娘，可是没有三间瓦房，谁家的姑娘也不肯。这对做父母的来说，是个大难题。

良霞虽不能动，营养还不能缺。原来肉一块二毛多一斤，过了个年一块八了。不动脑筋，赶不上这往上猛蹿的物价。爸爸把靠近水源的一块地整出来，搭了大棚，种反季蔬菜：西红柿、青椒和黄瓜。整个县上，搞上大棚的屈指可数，有风险，可利润肯定不错。还没立春，那红彤彤的西红柿就结成了。每天天不亮就到镇上卖，爸爸起床的动静尽量地轻，拉门闩像电影里的慢镜头。天大亮东西就卖光了，他坐在门槛上理毛票子。这个时候良霞能看到爸爸的头发花花的白。五十多岁的人了，还得学栽种新技术，这在江心洲真是新鲜事。他自己也振奋了许多，有天晚上他打了一斤散酒，跟两个儿子坐在堂屋里喝。上一回喝酒，差不多两年前的事了。两个儿子坐在下首，孙子在桌子下面学走路。这情形，也其乐融融。

喝了两杯之后，爸爸在外头鼓励良霞：

能出来坐一小会儿么？

骚 江

  良霞晓得他们在意自己。平日都看她的脸色。她脸色好一些，要水喝，喊冷或是热，他们就能放下心，要是她一声不哼，既不喊疼，也不说话，他们就提心吊胆，吃饭干活都不敢有声响。她披件外套，把着墙走到房门口，在小板凳上坐了刻把钟。

  桌上真没什么菜。几块豆腐乳，一碟花生米，一盘腌菜，他们个个都不望菜，半天啜一口酒，然后就是说他们的计划。

  她听爸爸说他的打算，干个一年半载到村里申请一块地皮，再盖两间屋，一间大点的给二哥娶个媳妇，另一间也要朝南，让良霞住。她现在住的地方不采光，不利于健康。爸爸的额头黝黑，半脸胡子密密匝匝，遮住下巴，他张开嘴，露出白牙。

  她头晕。妈妈也有点紧张，站到她身后，两条腿贴住女儿后背给她当椅子靠。大嫂盛了碗豆腐汤递到她手里，热气腾腾的。

  跟往年一样，她一直受到大家的宠爱，可没有往常的驰高旁骛，她晓得他们个个疼她，她甚至想说一句感激的话，可是她在家娇气惯了，从小到大，没开过这种口。

  大棚菜利润是高些，可不如想象的那么好卖，开头也吸引一些尝新鲜的，越卖却越不顺手，爸爸挑回来的剩菜越来越多。爸爸也不笨，他总结说，镇上的人吃惯了便宜的菜，五毛钱买一根黄瓜，他们也晓得算账呢：再添五毛，能买三两肉了。仿佛为了原谅自己的判断失误，他摩挲着筐子里的西红柿，自言自语：

  换了我，也不舍得买。

  有天晚上，良霞口干，睡不着，生病前她也总嫌时间过得慢，有时下雨出不了门，有时县城里的信几天不来，她免不了轻声抱怨，现在，她知道什么是真正的慢，反而一句怨声也没有。她到堂屋找热水瓶，走出房门，听到爸妈在谈心。

是帮二哥找对象的事。村子里差不多大的姑娘被捋了两个来回，最后妈妈想请人到宝霞家提亲。宝霞个头矮，眼睛有点儿小，都二十三了，肯定能说成。

妈妈说：

说成就要用钱，钱用掉了，怎么带良霞到县里检查呢？手上没钱我心里不踏实。

爸爸说：

承明也不能拖，形势一年一个样，去年王老六的儿子结婚，彩礼一千六就成，今年涨到两千八了，还另加酒水钱。

他们俩轮换着翻身，床板吱吱地叫，夹杂着粗重的叹息。妈妈说腰疼，爸爸想帮她揉，可是膀子疼得抻不过来，肩周炎不是一日两日了。

良霞的耳边出现嗡嗡的声音，她内心里的怨怼被更阔大的恐惧盖住：一场病把我身上的都拿走了，我又夺走了我大哥的前途，还拿走了我爸妈的安生，她胸口一阵发紧，晃一下头，想把这个情景赶走，却又瞧见自己成了凶手，她腰上揣着刀，紧追着二哥，直把二哥追成了一个老光棍，蓬头垢面，衣衫褴褛，鞋子拖在脚上，一副邋里邋遢的样儿……

她轻轻地拉开门，三月天还冷得很，她平日是要十分当心的，就算上一趟茅房，妈也要给她披件外套，可是今晚，拉开门的时候，有意把夹袄脱在屋里，她在门前小心地踱着步，一阵小风一吹，她有点冷，双臂抱紧，却不肯进屋子。

门前的场地这么小，走几步就到墙脚，靠着路的外墙脚有处地势很低，先是长满了青苔，后来砖块碎了，到下雨天，水渍渗到墙里，又晒不到太阳，久而久之，那地方越来越潮湿，要是往年，家

骚 江

里人是顾得到这些,怎么着也运些砖来补补的,这几年,家里人个个累到喘不上气,就由着它了。今天晚上,湿气特别重,带着腐烂的霉味,良霞的心上泛起了一阵阵的恶心。像有什么东西堵在喉咙口,吐又吐不出什么,吞又吞不下。她打了一个冷战。要是现在切断自己手上的筋,那一定不会惊动任何人,而且,淌出来的血并不会是红的,月亮底下的任何东西,都没有颜色。她想这世上有没有一种药,往嘴里一吞,面目不改,头一歪就死掉,根本看不出是寻死的。

她缩起肩膀,眼睛闭起来。听到模糊不清的树枝打在屋角,发出钱钱钱的节拍声。天灰灰的,窗户也灰灰的,她睁开眼,感觉到灰灰的手指上没有力气,全身都没有力气,又像什么东西拽住她的脚,进又进不得,退又退不得。

过一会儿,腰就撑不住了,她轻轻地跪到地上,两只脚相互帮忙,蹭掉了自己的拖鞋。寒气顺着她的膝盖往两头走,她把手臂贴住地面,额头也贴住地面,乍一看像是朝拜,事实上她冷得撑不住了。

到底母女连心。妈妈不多久就到良霞房间瞧女儿,才找到支在墙脚的姑娘,整个身子冰凉发硬。妈妈的尖叫把一屋子人都叫醒了,她不是小题大做。良霞真快不行了。

这回她烧到四十度。赤脚医生一趟一趟跑,一来二去,到底又花掉了爸爸好不容易积攒下来的钱。她一万个不想叫家里再破费的,她心里清楚自己这错没法补救了。她不喝水,水喂进去,从嘴角两侧淌出来。她也不饿,她也不疼。她直挺挺躺着,她等着。

当不了英雄,也不做拖累。

江心洲有两个拖累。一个是方达林,得了肝腹水,肚大如鼓,可又死不掉，一天到晚要人服侍，他的哑巴老婆里里外外都要忙，累得像狗一样舌头吐出来喘气。还有一个是陈五常。他没儿女，自己又死不掉，经常涎着脸东家借西家摸，头上长疮，腿上流脓，人见人嫌，狗见狗躲。

妈妈揪住根稻草不肯松手。她附在女儿耳边，摸着女儿的头发，她的脸抽搐得变了形，吐出来的字被哽咽和泪水糊在一起，明知女儿听都听不见了，她反而越发想说话了：我的儿，这个年纪就走，再怎么说体面，也不是体面，活到老就是体面人，是娘老子的体面，是一大家子的体面。我的儿，老话说，三十年河东，三十年河西，明天的事难讲得很。

到底男人更理智。爸爸不知道从哪里又搞到一笔钱，请了木匠在打棺材。刨子锯子斧子那些声音一直在响。

良霞的意识模模糊糊，手心被拉到妈妈胸口，她手背上的骨头戳到妈妈胸上的皮。那里曾经奶过她，如今薄得兜不住心脏。女儿死在娘的前头，说到底，没有比这更大的不幸了，女儿这口气快接不上了。神志不清的临终之人别的都看不清，独独看清了妈妈胸口的那个窟窿，她奋力呼出了一口气。

棺材打好后用塑料袋子扎得严严实实地摆在西侧屋檐下。

第二年年底，承明在山里头寻着了个姑娘。姑娘皮肤黑，身子短，比二哥矮了一个半头，还胖，下巴贴在胸口。二哥站在门口望江面上的拖船，妈妈就站在他身后做工作，叫他学着点大哥，让他想一想妹妹。妈妈的背影佝偻，白花花的头发随随便便地绕在脑后，她当初也是大美人。良霞爸爸经常说孩子们都有福，都像妈，其实他自己也相貌堂堂。如今，这些都显得微不足道了。怕夜长梦多，没等村上批下来地皮盖新屋，就急急操办了婚礼。

爸爸妈妈想让出睡了一辈子的那间给儿子做新房，新娘子挑剔，要良霞的这间，良霞搬到妈妈房里睡，打地铺的变成了爸爸。打地铺不是个事。兄弟两个看不过去，把东边菜园子整出来一大块，接了间偏屋。里头勉强放得下一张三尺宽的窄床，爸爸进去绕一圈，头要弯下去一尺多，越往里，腰弯得越深，坐到床上，头顶住屋架。良霞不声不响把自己的身体挪了过去。爸爸过来喊她回大屋，良霞说：

妈跟我睡，脚都伸不直。我也怕她翻身踹到我，我情愿一个人睡。

跟惯常一样，良霞的话，爸妈都依着。

这回挪地方，那张邓丽君的像没保住，糖纸做的帘子也灰了。不过，她早就不计较了。江心洲刚通上电，大伙都不内行，不敢乱接电线过来，她仍旧用煤油灯照明。床头放着收拾整齐的人造革箱子，箱子里放着一些信件、几件前几年还时新的衣服和一个装着发夹和粉饼的饼干盒子，另外还有一只硬皮笔记本。初中就带在身边的，里头抄着几首喜欢的歌词、几首诗，还有对几篇文章的读后感——不成熟，尽是憧憬和惆怅，都旧了。可是这个房间，更容易闻到花香。她刚刚闭上眼睛，就听到了丝瓜藤的沙沙声——黑暗之中微弱的低语，像情人的呢喃。到了天亮，新鲜泥土的香气芬芳、清新，二十多年，像是第一次闻到。妈妈到菜园里浇水，一瓢瓢夹着粪液的肥水泼到菜叶上，这是生命的气息，生活的气息。有回她梦见自己突然能走了，脚步轻盈，从这个门口弯腰出去，经过栅栏两旁上了小路，径直奔向渡口，三轮车也不要，靠了两条腿，停在那个人的窗口。在她身后是初升太阳的亮光,在烟雾和尘沙中闪烁着柔和的色彩。

没过多久,她就习惯了矮和暗。移除一些念想,人就到达自由。说真的,她觉得没什么好害怕的。屋子虽小,还不停地有东西往里塞,一只床头柜,二哥给的。大哥的境况也有了变化,他跟大奎合作得很愉快,两个人很谈得来。不过家里说了算的是大嫂。她在困难时候进了这个家门,不能忘恩负义。她把赚到的钱拢在手心里,心思还在申请地皮上,想搬出去单过。地皮的事一拖再拖,她就先买了电视机,房里不用的旧东西放到良霞屋里来。每天下午的夕阳照进来一阵子,照耀着静如止水的脸庞、发了霉的旧书和生了锈的铁架子。

有一阵子,二哥二嫂干架干得厉害。起因是一件小事。他们到镇上赶集,承明一个人甩开步子走,他走得贼快,二嫂想拉一下手都拉不到,好不容易赶上了,他又不愿意跟她肩并肩。一回两回,做妻子的明白,丈夫是嫌她。最可恨的是晚上他不碰她,拿脊梁背对着她,一开始她忍着,后来开始抱怨。抱怨能有什么好结果呢?事情摊开就跟脸皮撕开一样,她疼得半夜在床上尖叫,摔热水瓶和灯罩,男人懒得应战,怒气让女人更强大。她把全家和邻居都吵醒,大家都清醒起来了,她自己却倒头就能睡着,第二天,她起得还特别早,撒玉米粒在地上喂鸡。咯咯咯……鸡们欢快地啄她的手,她夸张地躲闪,哈哈大笑。这样一来,家里没一个睡得好,二哥更是变得蔫头蔫脑。有一回,良霞看到他踢翻一只猪食盆子。什么屌日子。他嘀咕。二嫂几年没生出一男半女,换了旁人,会急,会惭愧。她没有。大嫂又生了二胎,是个女孩,被罚了两千多块。

骚 江

大嫂心疼钱，坐在床上垂泪，不肯给孩子喂奶。二嫂帮着洗尿布，哄小婴儿睡觉。

过了几个月，良霞见着了二嫂的爸爸，他过来借钱买肥料。二十里的路，他走了四个钟头。良霞那天能起来，她坐到门边的竹椅上晒点儿太阳，看着老年人摇摆着肩膀一纵跨进门槛，原来老人家得过小儿麻痹症，一条腿又细又短，走起路来瘸得厉害。良霞望着他用手背抹脸上的汗珠子，想得到他这一生走得多么艰难。吃过午饭，绕了半天弯子，才说出是来找亲家借钱买化肥，田里的稻秧等着肥料养。良霞心想，难怪这门亲结得这么顺：瘸腿家的女儿懂得将就家里有腰子病妹妹的男人。这才是门当户对。

二嫂吵来吵去，爱情没要到，怨恨却更深，再后来，吵闹成了家常功课。这样一来，全家每个缺觉的人脸色都发灰，个个白天都没精打采的，到了晚上，都快快上床，想在这两口吵架前先睡上一觉。没人站出来说话，旁人都等着这家人跳起来，说理，咒骂，可是经历了生死的徐家人，并不怎么在意小吵小闹。良霞心里清楚，自己能活，对家人才是大事，旁的都是小事。

其他人都是等他们一吵歇，赶紧闭眼睡一睡，可是最需要马上休息的良霞，每回在二哥二嫂吵完后，静静地想上半天。她不像人家以为的那样一味站在二哥一边，她晓得二嫂心里难受，可是，一想到二哥这样心高的男人搂着这么个形象睡，她也替他抱屈。她想想就叹气。人世间的苦，哪里只是病得卧床这一桩？

火药味弥漫，病人反而被忽视了些，被忽视反而自在，有一阵子，良霞能出来走走坐坐了。见到门前有几泡鸡屎，也能拿起扫帚扫两下。

有一天，妈妈心血来潮，要带良霞到大棚里看看。麦苗和油菜都散发出清香，麻雀叽叽喳喳的，她克制住腰上的疼痛，想多停留片刻，妈妈怕她腿上没力，扯了根树枝，让良霞拿着撑一撑地。良霞看了一眼，抿了一下嘴，把脸让过去，妈妈只好放下挑篓，跟在女儿后头，关键时候扶她一下。

快要到家的时候，良霞一抬头，瞧见了三大队的腊梅正往渡口方向走。几年工夫，那姑娘大变了样。头发烫成了爆炸，穿了条勒得很紧的裤子，腿形一览无余，可是不直，也不细。完全的模仿。她手里拿着一把黑色的雨伞，那天看不出要下雨，太阳也不辣，那雨伞使她显得不伦不类。腊梅也瞧到良霞，好像被吓着了，两只眼睛瞪得大大的，看上去还是愣头愣脑的。到底年纪还轻，看到跟自己想象不一样的都会大惊小怪，良霞想。很快，良霞就明白腊梅认出自己来了，她脑袋向两边转了转，想找到藏身的地方，可是庄稼地里正空旷，她来不及了，两只脚只在原地动了一下，然后索性停了下来。良霞经过她的身体左侧，感觉到这姑娘的呼吸声特别重。

有一天，二嫂跟二哥又在床上吵。爸爸被吵醒了，见天黑漆漆的，以为天快亮了，就起来挑担子去卖菜。走到渡口把摆渡的喊起来，天还没透白光，船是黑的，水面也是黑的，他估摸着往前一跨，一脚踏空，一头栽到水里，菜篓子翻到他身上，把他罩在水底下。船上又没旁人，只有摆渡的憨老三，憨老三并非浪得虚名，他乐了半天，对着水里说起话来：

菜撒了吗？天亮我捞起来归我。

没人搭腔，等了半天，才觉得有异，他放下桨，跳下去把人拽上来。跌下去的时候，良霞爸爸的脑门刮到锚上，脑门上有一道筷子长的大口子。他被抬到镇上的卫生院包起来,又抬回来,打了消炎针,灌了消炎药,却一直没有醒过来。

良霞耳朵尖。大家想瞒着她,她自己爬下床,扑到爸爸身上。

死的时候脸肿得不像个人,一句话没交代,只在最后一刻喊了两个字:良霞!

良霞紧接着昏死过去。爸爸的衣裳被剥下来挂在门口晒,有细心的人到口袋里掏粘在一起湿淋淋的毛票子和硬币出来,送良霞到县里住院。

她被板车拖回来的时候,爸爸和屋檐下的棺材都不见了。

4

爸爸死后,妈妈待良霞比往年更好。热天要帮她擦三回澡,怕她长痱子。冬天两天晒一次被子。夜里她起来给良霞换三回水焐子。她本来想把良霞从偏屋里挪到正屋里跟她一起睡,大孙子被他妈妈赶到了奶奶床上。小孩子在她脚头哭着睡去,又哭着醒来。她用老皮皱拉的手摸摸孙子的小鼻子小额头。她又有什么法子呢?她本来就不是个喜欢找事的人。

她一句话也不多说,她本来就不管事,何况还有个生着病的女儿。这个媳妇还算厚道,换了厉害的,早就摆臭脸给她们看了。

真正揪心的还是钱,她年纪大了,又不当家,现在的重任也是带孙子孙女,往年手上没攒到什么,想到良霞哪天又要发作,常常会陷入一筹莫展之中。正在这时,村里许多人又开始信佛,她也跟着去了趟九华山。回家后,每月初一和十五,鸡叫三遍就起床,嘴里念念有词一番,开始是一刻钟,可能是不晓得怎样跟菩萨沟通,又去了一趟之后,了解一些典故,对菩萨有了更多的期待,跪在地上的时间也就长了,有时一跪能跪一个时辰,忘记煮早饭。

她求菩萨保佑的事情经常有矛盾。她有时想求菩萨再给女儿十年的寿命,想到女儿年纪轻轻,荣华没见,富贵未享,就这么早早地去了,她心头难受,可是转念又想,她怕自己过几年没了,女儿在世上,谁来给她洗衣,谁来给她晒被,谁给她倒水,谁帮她抹身子?这个时候她又恨不得女儿死在自己前头自己才敢闭目。她就是这样左右为难。有时想叫菩萨给自己多活几年,能照顾女儿,又能照看儿孙,可是又怕菩萨怪她贪心。时不时又会说:我们家良霞,从小没碰过桶,不晓得柴米重,不晓得油盐贵。我们良霞,没瞧过人脸色,向来都是人哄她,她不晓得拿话哄旁人,不是我贪图,是我放心不下。期期艾艾,欲言又止,便不像另外的信徒那样坚定,求菩萨保佑发财、平安和富贵,永远不更改。

有一阵子,良霞很愿意配合妈妈。她被扶起来双手合十朝着堂屋上的三炷袅袅烟雾躬身三拜。

她虽然不像她妈妈那样崇敬之情挂在脸上,但她口中念出"菩萨保佑"时仍觉有一道奇异的光芒,贯穿她的身体。

有几天,她神清气爽时寻思着是不是她的诚意感动了菩萨,可是她没来得及更虔诚时,一场雨一下,她又直不起身子了。

良霞身上还有许多其他症状。比如耳鸣,却又不是通常的嗡嗡声,像是有人在耳边嘀咕,又像是远处有人在呼喊,侧耳听,侧身等,却又什么都没有。无法明白那是什么声音,也不知道那声音来自何方。

有一阵子,她在黑暗里自言自语。妈妈等在一边,想听到与吃喝冷热等有关的词,可良霞的声音不是向外发出的,也不是说给她

骚 江

听的。

逢初一和十五，她妈妈再喊她起来烧香拜佛时，她会把被子往上拉一拉，做妈妈的明白，这就是不肯的意思了。

做妈妈的不死心，她劝女儿说：我昨天还觉得头疼，今天早上拜了一拜之后感觉好了许多，还有我的腿，前几天一直酸痛，今天也不痛了。

那些其实都不是她真正的痛，她真正的痛处在她自己身体外头，在她的眼皮底下。良霞懂。她听话地侧过头，挨着妈妈的臂膀，下床，跪下膝盖，双手合十。

有天夜里，妈妈听到良霞在唱歌。一年多来，这是良霞第一次开口唱歌。她的声音虚弱，歌声飞进寂静无声的黑暗，绕过枝繁叶茂的梧桐，撒向黑压压无边的苍穹，然后，又被婉转地带回来。

没有人留意到她字正腔圆的发声，那嗓音的优美也没有被肯定。他们只会就环绕在黑暗中的动静发出评价：

脑子烧坏了。

妈妈听到有邻居给出另外的总结：

可能药吃多了，更有可能是心里太难受。

突然有一天，家里来了一个老婆婆，坐在板凳上闲扯了很久，吃午饭的时候还不走。妈妈急了，家里又没什么好菜。老婆婆讲了实话。一大队陈宝发，看中了良霞，想娶她回去。

哪里是个宝啊，好吃懒做，偷鸡摸狗。娶过一个四川的，没过上两个月，活活被他气跑了。

良霞是要死的人呀！妈妈的脑子里兴许想到了光棍的邋遢相，声音不免悲凉，夹杂些愤怒，她并不真的觉得良霞快死了，可是她本性良善，不想伤人，一时口急，就说了出来。

来人早有话说：他说了，不在乎，良霞这么漂亮，能做一日夫妻就做一日夫妻。做半天夫妻都是他的福气……他愿意替良霞送终。

她们都以为良霞没听到。

病着的人耳朵好，良霞在自己房里好半天才把那光棍跟自己钩上。她记起先前他娶过的四川女的进了那光棍的房，哭哭啼啼地走出来，对着江滩喊那个光棍：

找不到舀水的瓢，你家的瓢呢？

老子烧水都是拎起桶往锅里倒，哪里用得着瓢？

他瞧不起四川女的，在人前要装得跟大爷似的，一直到四川女的走掉之后，才悔不当初，穷得叮当响，还端着假模三道的大爷气派，现在，他四十了。

良霞只感到有人往她的脸上挠，把她脸上的皮都撕掉了，脸上只剩下血和肉；又仿佛睡着了被人拖起来，往她的脸上扇巴掌，扇得她一时摸不着方向，头晕目眩。什么个世道，一不小心，就被剥落得一点不剩。她的身子抖动起来了。

二哥本来在他自己房里，突然冲将出来，拎起墙边的锄头就要砸这个老太婆，妈妈一把拽住。他气咻咻地发出一声吼叫：

滚！

老婆婆还是小脚，见势站起来走人，她说，我不过是传个话，我是说不该来，不该来，作孽，我都这么大年纪了……

那天夜里，良霞坐在床上，一再回想二哥血红的那双眼睛，发抖的怒吼，他自己过得那么糟心，有人接手这个药罐子，他还像宝一样护。她一再地回想，想到心里麻麻的，脖子和手腕都麻麻的。

骚 江

麻麻的感觉从外往里，不一会儿，把人就裹住了。巴掌大的小窗户外，远远的天上有飘移的云彩和闪烁的星辰。她死盯住偏房外的芦柴草堆，草堆里挤着一条狗，狗身上沾着树叶、粪便和邋遢人的鼻涕。菜园边的栅栏朽了好多地方，鸡鸭们都从空隙里钻进去吃菜，妈妈不会修栅栏，哥哥忙得没空，只在菜园里竖了一个稻草人，给它穿一件透明的旧雨衣，他们不晓得，夜里风大，旧雨衣掀来掀去的，良霞听那声音心里就发憷。现在，她的心反而感觉轻松许多，她的身体紧缩而敞亮，生发出一种无言的力量，让她又惊又喜。

不久后的一天，两个嫂子吃过饭都下地去了，妈妈也背着侄子到地里帮忙，良霞迷迷糊糊正睡着，听到雷声隆隆，她刚坐起来探到窗口一看，豆大的雨点就砸下来。

小侄女的摇床就放在门口，本来是想给她凉快凉快，雷声把她惊醒了，雨点让她的小眼睛睁不开，急得哇哇大哭。良霞一急，掀开被子就下了床。拖回侄女的摇床，望到门前还晒着棉花。棉花淋雨就变黑，一级变三级，三级降五级。还有一家人的衣裳还晒在屋外。她拿只篓子，三把两把将棉花拢进篓子。篓子卡在门外，良霞试了几次还是拖不动，眼看雨点直往棉花上砸，她一阵急火往上攻：蚂蚁尚且搬粮食，我却在这里干瞪眼？

一发狠，篓子被拽动了。

衣裳也都从晾衣绳上扯进屋。

妈妈气喘吁吁赶到门口时，良霞已经回到床上，脸色苍白，浑身发抖。

良霞，摇床是你拖回去的？

嗯。

棉花和衣裳也是你收回去的？

良霞点点头。

没人帮你搭把手？

没人。

谁说我良霞不中用了？妈妈突然两眼放出光来，对着随后进门的大嫂连声说，我回来的时候她已经全收进屋了，一滴雨点也没淋到。

良霞心想，真是会夸大，几滴雨点还是淋到了。

她瞧见妈妈脸上那光持续着。她的光一直被遮挡着，如今却突然地露出来，她的唇角露出了自豪。妈妈高兴，那光变得沉默而明亮。

再过几个月，说不定她就能洗衣做饭了呢，妈妈真敢想，这话都脱口而出了。大嫂也觉得高兴。她说，以后大孩子不用往地里带了，妈妈你还能腾出手帮一把。

是的，是的。妈妈高兴得跟什么似的，连声答应。屋外风声四起，雨点打在空空的芦柴席上，发出啪啪啪的声响，清脆，明亮。

良霞尝试着给他们更多的惊喜。有次她到江边淘米做饭，摔倒在坝下；还有一次，缸里没有水，她提一只桶到江边拎水，勉强拎回小半桶，躺在床上三顿没吃。

有好心的邻居透信给良霞妈妈，良霞这情况是可以领救济的——

一年一百多呢！

这笔钱不是小数目。要是不用写申请，她自己就能偷偷办，可是要打申请，儿子又不在家。这家人几十年没有跟任何人伸过手了。尤其是公开地，让整个江心洲人都见证他们伸手。妈妈晓得良

骚 江

霞自尊心强，费了好大的劲儿，才敢把这意思说给良霞听。

妈妈身上的衣裳，件件大得挂不住肩。她那苦涩的眼睛，佝偻的背，良霞不想瞧也得瞧。什么脸面，什么意义，哪一样有比让妈妈的痛苦少一些重要？就是那一瞬间，她明白有一种看上去了不起的东西其实没那么大不了，那所谓最值钱的并不比此刻妈妈想让她去要的更值钱。

找支笔来。她轻声地告诉妈妈。写的字出乎意料地难看，已经很努力了，誊了两三遍，看上去却还是像小学时候的字。

专心致志的时候，她忘记想那什么过去和将来，写完了之后心里头跟腰部一样麻，时钟的嘀嗒声却不那么刺耳了。

救济款没有办下来，妈妈就去了。有天夜里，良霞听到妈妈轻声的呼喊。她扶着墙到了妈妈房间。一拉开灯，瞧到妈妈惨白的面色，良霞愣了好大一会儿，才慢慢蹲到床边，她问：妈，你怎么啦？

妈妈咧了咧嘴，聚了聚气，才小声地说：

妈妈不中了。

良霞没有听懂的样子。这么久了，家里正式等着的都是自己的死讯，她经常会想到妈妈伏在自己身上哭泣的模样，从来也没把"死"摁到妈妈头上。那夜里，外头的风又大，她脑子一时转不过来，只是怔怔地望着妈妈。妈妈接着说：

以前我不放心你，现在我晓得你能管好自己了。说完又是顿了半天，才接着说完了下半句：

现在我不放心你爸了。

她把手伸出来，想摸摸女儿的脸，手没到良霞脸上就耷拉下去了。

江心洲实行火葬了，妈妈被抬过江装上一辆拖拉机，突突突开到火葬场。回来的时候，哥哥手里捧着只坛子。

后来良霞一直在回想，也没想明白妈妈哪天开始病的，没见她哼哼，也没见她歇过半天。她只是猜测，妈妈喂她吃药的时候，自己的胃正疼着；妈妈帮她擦身子的时候，自己的胸口难受着；妈妈为她煎一个鸡蛋，盯着女儿吃进去才转身，她自己正需要营养。她年纪并不老，可是已经不顾及自身了，开春也好，严冬也罢，她总是有许多事要忙，除此之外，就是陪伴女儿，她守在床边，好似仆人，让她的女儿，即使奄奄一息，仍然像个公主。

妈妈烧成灰的那天晚上，她进了妈妈的房间。没有开灯。江心洲早通电了，可妈妈舍不得用。她的床头有一盒火柴，良霞在黑暗里划起了一根火柴，一点火花照耀着她的胸口，她把光亮拢在手心，火光穿透指缝，照亮了她的手背。

头七过后，大嫂帮着良霞收拾东西，床铺上，旧桌子底下，扫不出半点灰，旧报纸码得整整齐齐的。大嫂当时夸她说，你生着病，居然拾掇得这么清爽，其实往后家里有这一半干净就行了。这看似无心的话，良霞听出了两层意思：一层是肯定，一层是收留。想到往后还有地方收拾，她感到了自己的运气。

这以后她但凡有点力气，就惦记着针头线脑的位置。有天想把鸡笼清理干净些，掏到一半，她没力气了，蹲在地上，她感觉到自己像棉花一样柔软的臂膀，鼻子发酸，把脸埋到胸口，轻轻地抽泣几声，哭比笑更费力气，她忍住了。要生蛋的鸡观望了半天终于等不及了，从她胳膊上扒拉过去，坐进窝里生蛋。

家里没人时，她倚靠在床上，身子微微探出来，床边放着把锄和刀，她会用一下午的时间，把它们擦得亮锃锃的，她喜欢这种清爽。只要想着他人会欢喜，她就有了些干劲儿。

5

两个哥哥都想搬出这老屋，可结果还是二哥得了机会，七大队有一户人家到上海开理发店去了。这户人家立志不回来，坝上两间旧屋，连地皮和菜园子作价五千就卖。二哥二话不说，跑到村主任家里，请他做中间人，准他一个月，然后东挪西借，在规定时间内把钱送到人家手里，从家里搬出去了。

搬家那天，乱糟糟的。承明只搬走了自己房里的东西，大哥提醒他屋檐下几棵树能带走打几样家具，二哥没接话，妈妈房间里两只旧箱子，大哥搬出来递给二哥，二哥瞧了瞧，摇了摇头。碗筷总要带几只吧？大哥急了。

二嫂正想接茬，二哥瓮声瓮气地顶回去一句：

我自己买。

你哪里还有钱，良霞心里也急，这几千块还不知道怎么筹到的。

妈妈床上一盖一垫两床被子，大嫂让二哥带一床走。

给良霞盖。二哥声音粗声大气的。

这么正式地听到自己的名字，良霞愣了愣，装着没听见，把脸别过去。

没过两天，二哥突然回来了。送过来一只砖头大的录音机，还有几盒流行磁带。听厌了你就开收音机，二哥边说边教她怎么在收音机和录音机之间切换。自始至终，他弯着腰专注地摆弄着这个机器，并不与妹妹的目光交会。结婚之后，他就几乎不与妹妹说话，妈妈在的时候，猜测说承明娶了这么个老婆，害得全家不宁，妹妹不宁，他是觉得对不住人，又自卑。直到要走了，承明抬起黝黑的脸庞，他的眼光落在她的身上马上又转开，他的眼睛忧郁而深沉，与几年前判若两人。她一下子明白他不敢看自己，她跟当年也完全不是一个人了。

这个收录机帮了她大忙，感到自己动弹不得时，收录机是通往外界唯一的门。她需要一些韵律、节奏和远方的传奇来驱赶或埋葬某些固定住的时刻、出其不意的疼痛，帮助她建立某种信任，或者验证某种怀疑。收音机成了她的朋友。她坐在床头桌前，侧着耳，听。

搬家搬出了机会，卖房子的那户人家需要帮手，二哥立刻拍拍屁股也去了上海，干起了理发行当，把二嫂一个人留在家里，让她吵架时找不到对手，也找不到听众。

大哥的日子也明显好过起来，他跟大奎等八个人合伙买了一条打沙船，月月能分红。他给老婆买了一条金灿灿的链子套在脖子上。大嫂也是实在人，她到小姑房里扫地，腰一弯，那条链子露出来，晃悠晃悠。她咧开嘴笑，喜人的。天一热，他们买了电风扇、彩色电视机。大嫂喊冬天洗衣裳手冷，大哥又拖回来一台洗衣机。良霞装着不知道花了好几千，她不点破，为了省电，自己的衣裳还是用手搓。大哥身板壮了一些，胸膛挺得高了些，说话的口气也跟往年不大同，底气足，有劲道。

大家都以为他要盖楼房了，结果大哥自有打算。他不在江心洲盖房，他要到县里买房。他叫儿子好好念书。儿子小声地顶了一句

骚 江

嘴,良霞听到大哥幽默地对他儿子说:

嗯,你说得有理,要不,就依你?

口气挺和气,却自有威严,没有半点回旋的余地。那小子晓得这关过不了,老老实实到镇上念初中去了。

大哥家那个超生的小姑娘叫若曦,一天比一天漂亮,她的眼睛黑白分明,睫毛又密又长,她的鼻子秀挺,皮肤雪白,她一张口,稚嫩的嗓音带着微微的娇嗔,既天真又傲慢。人人见到她,都想过来亲她一口,都想着给点儿饼干什么的讨好她。美是有无限的力量的。大人们抚摸她的脸蛋,拿最温柔的眼神瞅着她,赞叹不已,甚至有许多经过的陌生人,不由自主地,停下脚步,看着她,深深地看着她。

跟她差不多大正处在调皮阶段的男孩子也一样,一见到她,都显得比大人还矜持,这样的事不是一回两回,差不多个个如此。门前下过一场雨,有个地方有些泥泞,那孩子想出门玩,却又舍不得她的鞋被弄脏,她站在那里,比画了一下,就有个孩子扑踏踏奔将过来,不管自己的小腿也跨不过那个坑,抱着她趔趔趄趄地走。

良霞是亲眼看到了美的号召力,她第一次对于容貌上的美有了新鲜的体验。她甚至自己也在心里奔了过去,搂住那个小仙女,不让她沾到一点点的污泥。

这个待遇和她的童年何其相似。

到现在还没有人对她的要求置之不理。那孩子一天天地明白了自己的美。她的小胸脯自觉地往前挺起来,她把她的所求放在她的脸上、她的眼睛上、她的嘴唇上,她为着某个目的撒娇的时候,自己都感到了一种谜一样的吸引力,并且这吸引力带给她许多幻想。有人的时候,她总是扑闪着她的大眼睛,等待怜爱,仿佛想不断地、不断地因为这美而得到更多。

有一天，这漂亮孩子走到她床边，想让姑姑帮她拧开可乐瓶子的瓶盖。

谁给的？她问。

他们。

她说话的时候并没有在思考，她是心不在焉的，良霞一接触到她的眼神，就知道她真没记住是谁给的。对她来说，谁给不重要，到手的就是自己的。良霞突然感觉到一种难堪。她接过可乐瓶子，并不急着拧开瓶盖，却只是对着瓶口闻了一闻，然后小声地对小姑娘说：

这瓶里的水有毒。

那孩子疑惑地看着她，过了半天，突然害怕了似的，哇的一声哭着跑开了。

这之后她们开始交恶。良霞不许小姑娘吃任何旁人给的东西，就连赞美的话，她也会趁其不备地将它夺走：

他们统统在骗人。

这个时候，孩子是抗拒的，她不只是抗拒，简直是惊慌了。她本来心情甚好的，到了姑姑这里，都被排挤，甚至是被蛮力驱赶掉。

她毫不掩饰自己的不满，颠颠地跑开了。

那孩子，不是一般的聪明，深深晓得自己有别人没有的。但她以为这就是永远的，谁都夺不走的，可是有一天，她要是晓得自己错了，可有多难熬？瞧着那孩子躲避她的目光，一种微妙的近乎羞耻和惶恐不安的恐惧压倒了良霞。这恐惧跟以往不同，她自己都摸不到门道，更说不出口。

骚 江

夏天的时候,她妈妈开始每天早上煮一只鸡蛋给她增加营养。可她挑剔,只肯吃蛋白,蛋黄闻也不闻。遇到这种时候,她妈妈总是哄几下,可是小姑娘已经深深懂得自己的魅力了,她会抬起那楚楚可怜的眼睛,微微地扬起尖尖的小下巴,微微张开小嘴,轻轻地哼一声,她的妈妈立刻就会败下阵来:

好吧好吧,那明天一定要吃。

终于有天早上,帮她剥蛋壳的是良霞。吃完蛋白之后,小姑娘的嘴不肯动了,可良霞没有歇手的意思,继续往她嘴边递。那个孩子凭着往日的经验,抿住嘴,在姑姑的手想强行塞的时候,她先是抗拒地把头扭转到一旁,然后一步步地往门外退,试图逃跑。

良霞一转身堵在了门口,以平常从没有过的严厉口吻命令小姑娘:

吃。

求饶不能求饶,叫喊不能叫喊,那孩子左顾右盼,门口一个救兵也没有,她只好张开嘴,接过姑姑掰开的鸡蛋,嚼也不嚼,全部吞进了喉咙,委屈的泪水顺着粉嫩的面颊大颗大颗往下滴。良霞几乎也被打动了,她终究板着脸,一句话也没说。

良霞看着小姑娘嘴里一点也不剩下了,才让过身子。

这件事,直接影响了她跟大嫂的感情。她不知道小姑娘怎么到妈妈跟前哭诉,最有可能她是一个字都没有说,她可能只是掉了几滴眼泪,大人的心就碎了。大嫂也不来问原委,原委也显得不重要,她只是交代良霞,以后不要让她哭啊!

大侄子到县里念书那几年,风平浪静。大嫂把地转给别人种,别人代缴农业税。她自己,带着女儿三天两头到县里看儿子。手里牵着天仙一样的姑娘,时不时就有人侧目,甚至有人问她们是不是母女。世态炎凉,她的自尊心受了好几回伤,不知不觉学会了打扮。最碍事的是那口牙,女儿在手上牵着的时候,她尽量不笑,可是哪里忍得住,总有人上来夸那小天仙,她笑着笑着就不好意思,就抿住嘴。

好日子也不是没有惊险的。良霞又犯了几回,有一回是从椅子上跌下来,倒地时,她拉住了椅子背,椅子被扳倒,是那种老柳树打下的结实椅子,椅子砸破了她的额头。那天家里,只有她自己。那时搞全民医疗,不远处有一户的房子,改成医疗室,她捂着额头去了医疗室,坐在一群拄着拐杖和一口等不得一口咳嗽的老年人中,她包扎了额头,慢慢往回走。那些老年人,她个个都认识,其中有些人,说过大话,一定要娶她过门做儿媳妇,其中有一个,嘴角全是疱疹,口水沾在胡子里,可是他的目光掠过她裹了纱布的额头,还是那么不忍看。

头上的痂才结,紧接着又犯了一回,上门的赤脚医生说起了大话,他说熬不过今晚,让家里人守她最后一夜。她听见了,赌着气似的,身子紧紧地贴着床板,全神贯注地有节奏地呼吸,一声又一声。你不是更软弱,就能更坚强。她目睹时光从窗口经过,使窗帘的格子图案一点点清晰起来。医生睡眼惺忪地过来看她,惊喜地咦了一声,她碰到对方的目光,顿时有一种胜利的自豪。

不过,即使脸色苍白,疼得豆大的汗珠子往下滴,她也不像别人那样哼哼唧唧,她不唉声叹气,也不做出痛不欲生的样子来折磨人。有次脸肿得变了形,正好大哥的船回来了,大哥瞧她憔悴得厉害,担心大嫂虐待她,不给她治,不停地问长问短。良霞一声也不吭。既不替大嫂说好话,也不详细说明自己身体内的动静。

骚　江

　　时间和思考改变了她的性情或想法，甚至她的记忆，就像浩瀚的大江主宰了小木船的命运。她体会到一种肉眼看不到的东西。那能被言语分解的事情到头来就不是事情，那能够哭出来的也不是真正的痛苦。真正的痛苦是长久的忍受，而长久的忍受对抗着真正的痛苦。它们在暗地里较劲儿。

　　大嫂还在那里申辩，说是良霞自己的主意。人哥不听，背良霞到镇上打吊针。趁着良霞睡着了，大哥站在诊所门口跟大嫂说话。他说，行船路上有个镇子上，有位六十多岁的孤老太太，一个人在家，有年捡了条狗回来养。哪想到这狗不省事，一窝生了四条小狗。她一个人养着五条狗，东家讨，西家要，硬是养活了这五条狗。这些狗不管她到哪里，都不离左右，前呼后拥，遇到可疑的人或不对劲儿的事，它们一拥而上，叫得整个镇上人心惶惶，久而久之，没人敢欺她年老体弱。镇边上有十里江滩，芦笋老是有人偷，越长越秃，都快成沙地了，因为这些狗凶悍、能干，它们的主人得到重任，被领导看中，让她看守十里江滩上的芦笋。这些狗不负重托，芦柴越长越茂盛，去年还有人到那里拍电视，这老太太现在月月拿工资，越活越威风。

　　大嫂叹口气说：这些狗，比人还能干，给人长脸。

　　大哥说：人家有善心养狗，才有好运。我们不能连个亲妹妹都不养。

　　大嫂一贯讲道理。她扑哧一笑，你还真误解了我，我拿良霞当亲妹妹的。

　　不是，大哥说，老二两口子不容易，本来他们也应该……

　　我不计较，大嫂说，你心里有数就行了。

　　紧接着出了一次意外事故，刮八级大风，偏屋旁边的一棵大树被刮倒，砸穿了良霞的屋顶。断了的檩木落在良霞的床上，若不是她缩着身子睡，脚踝怕是砸碎了。

良霞搬回到自己十年前住的北屋。北屋不再是当初的样子，堆满了杂物、板车、旧自行车、录音机，甚至大嫂当年像宝一样护着的缝纫机也积满了灰土。里头放着的床是大哥淘汰下来的高低床，他们自己垫上了席梦思。梳妆台也搬了来，里头放着一只手表，爸爸留给大哥的，现在，表面模模糊糊，表针早就不动了。

江心洲那块任芦柴胡乱生长的江滩最近似乎大有可为了。有一大片被整平，堆满了从江西运来的木材，渐渐地成了一个开放的木材交易市场；江滩的另外半片，成了一个造船厂的作业现场，江心洲的船主的船也有好几艘是直接从这个船厂造出来的。有买卖的地方就有外人，操着江西口音的木材贩子，镇上的无业青年，甚至那些有些体面的城里人也渐渐嗅到了江心洲江滩上的商机。经过良霞门口的人慢慢多了起来。

有一天，她坐到门口晒太阳。一个男人从屋边的路上停住脚步，走到她跟前，盯着她的脸，突然喊了她一声：

良霞！

她一抬头。她认出了他。他们曾经在县城见过，他也是国营棉纺厂机修工。跟许多陌生人一样，他对她痴情得很，为她魂不守舍，她没正眼瞧过他。无声地拒绝他。他的情书，被她扔在江里，除了第一封看过，其余的拆都没有拆开。那个时期的回忆被掀起来了：她记起走过县城水泥路时更多的人那些巴巴的目光，那轻佻的口哨，嘴里发出的啧啧赞叹，有些人很流氓，有些人很温婉。她基本上都没正视过，的确没有。

骚 江

她稳了稳，装着没听见，慢慢回到屋里，坐了下来，浑身战栗。她拿起包扎头发的头巾，系到头上，仔细扎好，把露在额头的几根碎发塞进去，她需要拿起镜子，看看自己苍白无血的脸，来稳定自己的情绪。午后的太阳穿过树冠的间隙，把碎了的光洒到地上，影影绰绰。

她重新走回到门口，那个人还站在那里，眼睛定定地盯住她，她身后的房子。他如此不掩饰地端详着她的生活，眼珠子转个不停，连锅端似的。

她请他坐下来，问他怎么会到这里来。

他到江滩的造船厂推销一些材料。他早就下岗了。他比她更震惊。他一直说想不到在这里遇到她。他不提她被毁的容貌，她也不提他们共同认识的一个人。过了几分钟，她想起来要倒杯水招待他。她烧好水，倒进茶杯，端出来的时候，他便开口告辞。他得趁管事的今天在，把事情谈妥了。

没办法。他拍拍手上提的黑色的皮革包。我们这一行，就是专门见缝插针找人的。

他的公文包里放着他的辛苦和希望。他让她瞧一眼，又确定她瞧不出什么名堂。

一阵风吹动着晾晒的被单，被单上的碎花，一时花了她的眼。

回来的时候，天已经快黑了。他可能没能谈成什么业务。脸色灰暗，夕阳的余光映照在他的皮肤上，使他比下午更老一些，满身疲倦。

不知何故，他还是勉强自己站在门口聊了几句。

今天碰到你，真像做梦一样。

哦。这抒情的调子多么陌生而新鲜啊，使她不知应做何态，只是低下了头。

　　我差点儿为你死掉。十年了，我都还记得自己的蠢样子。可惜你瞧都不瞧我，说不定，你到现在还没想起我的名字。

　　他说的是对的。她的确不记得他的名字，但她相信他的话。

　　我当时不懂事。

　　她不想道歉，但这句是大实话。

　　他耸了一下肩膀。她看到他腰上挂着一只BP机，但没有留下号码的意思。

　　他再次看了看她，转过身去，走向回县里的渡口，她望着他藏青色的西装，他的后背单薄，走路还有点内八字，皮鞋磨损很重，鞋跟靠里一侧明显比外头的要矮。他没有回头，匆匆忙忙，赶着路。

　　她并不清楚他的意思，同情、怨恨、嘲弄还是惋惜？他也并不明白她的真正处境，他没有给她更多的机会说出她的处境，以及这处境所带来的变化，无论如何，这对他实在太无关紧要了。

　　他扬起的灰尘平息下来。她挣扎着整理晒干的红辣椒，清扫灰尘和落叶。

6

　　进了城的二哥每年回江心洲两趟。每趟都来大哥家坐一坐，每趟回来都说为了离婚。一开始是一种意志，后来成了习惯。他的妻子，一开始抗拒着离婚的要求，过了几年，渐渐死了心，等到她明白强扭的瓜不甜时，十多年的光阴已经没有了。她按捺住某种愿望，把心思放到粮食和蔬菜上。她一个人种两个人的地，空了就去

镇上打短工。一个人吃饱了全家不饿，独自生活反而使她精神了，她在别人眼里漂亮了，温柔了，人缘好了。

这一年，二哥照例回家，跟她提了离婚。她点头同意了。

二嫂说，这些年也苦了你。

那不是真心话，她有这种境界，也算不错。他象征性地客气了一下，他说不苦，苦的是你。

她说，时代造成的悲剧。

这话使二哥感到惊奇了，她有这样的觉悟真是很难得，他在外面见了世面，她在江心洲居然也看出了门道。

他们友好地商讨着财产的分配。她说她可以回娘家。他说你现在回去，哥哥嫂子不嫌你么？反正我不回来，房子给你，又不值什么钱。

她说，你没有房子，没有儿女，往后你老了到哪里去呢？

没有房子是事实，没有儿女也是事实。她专拣事实跟他讲道理。男人在外头除了这两样还有许多事可干、许多乐子可寻，她都装着不知道。

这个失意女人的脸在江心洲的强烈光照下，显得粗糙，皱纹和斑点很多，但是多年没有吵架，她显得温和、明理和宁静，她的肩背很结实，个头矮小，有一种经历了大风浪后的开阔和从容。那一瞬间承明想离她近一点，他想把手搭到她的肩上，被她让开了。说好吃过中饭一起去乡里办离婚，整个上午，承明无所事事地坐在板凳上，照耀着他老婆的阳光也照射在他的手背上，他局促不安，仿佛一颗定了中午要爆炸的炸弹在他脚边。从来没有过这样的感受，至少在这个地方，这种感觉是新鲜的，他并不指望这个地方让他感到舒服，但他现在发现他不能失去。

照理说，他还没到为年老之后忧虑的年纪。再说，他离乡多年，目标是开一家自己的理发店，做一个有资产的老板，衣锦还乡与否他并不介意。他也不太顾影自怜，跟父亲那代人不一样，他们这一代人，梦想浪迹天涯多过安贫乐道。但是，这个势不两立的女人，这个他从没有在意过的女人，却用一只没有挂诱饵的生着锈的钩子，使他被困在原地。像做了一场梦，或是像刚从一场梦里醒来，他变得忧虑而伤感。

莫名其妙地，他心情坏起来。不知何故，他踩着饭点到了大哥家。那天中午兄弟俩喝了不少酒。在儿女双全的大哥家，他坚定的信念显得变幻不定，感觉到自己在某些地方错了。

大哥也算是小有成就的人了，大嫂的龅牙还那么突出，好像大哥也不嫌嘛。良霞坐在椅上，背后垫着枕头，不用说，腰一直疼，她整个人越长越矮似的，可脸色那么平静，没有一丁点躁气和怨气。听二哥说下午去办离婚，也没表态，只是静静地坐着。

承明瞧这家人嘻嘻哈哈七嘴八舌，感觉自己像是要被家庭幸福淹没了，他一激动，开始趁着酒劲儿说话。他透露自己攒的钱的数量，他结交过的女人，没有一个不是年轻貌美，其中有一个还是混血儿。他的本意是炫耀一下自己见过世面，可是他的总结坏了自己的心情：

在城里，人就跟蚂蚁一样。

大哥听出他在找依靠，把手从桌子那头伸过来拍他的肩膀：离婚之后没地方住就来我家。

什么话，什么话？承明一听，呜呜哭将起来，他把头垂到桌子底下，只露出头发在那里颤抖，不一会儿，喝进的酒、吃进的菜全都吐了出来，大哥把他扶到里屋，睡到天黑才醒过来。

骚　江

　　他没有想好，假期就结束了。他继续到城里打工。他老婆则开始门前屋后随时随地呕吐。他再次回来的时候，第一眼是瞧见女儿若云在她妈妈怀里吃奶时翘出来的可爱的小指头。

　　现在，他心甘情愿做个回头的浪子，没费力气，她却占了上风。

　　这些从外面回来的人，这些把"外面"带回江心洲的人，这些和江心洲好好相处的人，让良霞感到了新鲜。就说二哥吧，每年回来的样子都是不同的，第二年他的头发是黄金色，第三年是条纹，到了第四年，二哥的后脑勺剃光了，只有头顶一束高高地立起，使他又高大又帅气。他，和跟他们一样的人们，把丰富多彩的衣服、发型、家用电器和闻所未闻的观念带回来。

　　和美、新鲜与富足感染了病人。病人在电视上瞧到一个新闻，说的是一个人三年工夫绣了一幅"祖国河山"的十字绣，卖出了八百元。做做针线活就能赚钱？良霞让大嫂买了些针线回来，开始学着绣十字绣。她一边绣，一边听收音机，里面播些流行歌曲、小说连播和广告。一开始，她敌不过疲倦，动两针就得歇息两分钟，而且她绣的鸟不怎么像鸟，绣的花不怎么像花，过了大半年，她绣的房子像了，娃娃也像了，再后来，有人说她绣的猫眼比真猫神，牡丹看着就有香气。这个过程差不多有三个年头。良霞心里是高兴的，觉得找到了用处。她偶尔到大坝上走几步。长江的水位，在妈妈死的那年比较凶险，快到坝沿上了，水退了之后，坝下栽的树全部烂了，那些枯死的树，一根根地杵在原地。它的主人们忙着挣钱，没有心思管它们。挣钱的门道越来越多。三十岁上下的年轻人，没有几个在家了。

　　她偶尔也会到地里去，她会采些当季的花，栀子花、金银花、月季和三色堇，都是早年种下，后来自己胡乱长大的。打碗花败得最快，也不香，但是漫山遍野地开，好看得不行，突然之间好像就没有了，绝种了，再也见不着了。实在图新鲜，她也会掐一把油菜花，插在玻璃瓶里。到了冬天，路边的小拇指大的紫兰花也会拔回家，装饰她朴素的屋子。

大江的水位倒是越来越低，江滩上的那个传说中的造船厂，良霞一直不知道规模。造船厂靠近西头，大坝拦住了她的视线。幸好装了自来水，扁担不那么经常被派上用场，何况，男人们都不在家。

现如今，她坐在门口的带靠背的椅子上。一张瘦削的脸，一头稀疏的短发，长不长的。她身前放着一张小台子，她疲倦，可是泰然自若，疼啊睡不着啊，也不说出来。她一天只能做个把钟头，那个把钟头她就不像个病人，手指灵巧，进入了忘我的境界。陪伴她的，是缓慢踱步的鸡。她养的鸡，也不似人家的那般急躁、好斗。还有一只猫，也是她的。瘦，黄毛，睡在她的脚边，很安静。到了冬天，她只能卧在床上，她的绣活和她一起把床挤得满满的。那只猫，看到她倚靠在床头，手里的针不动，就会悄无声息地溜下去。她觉得好点了，就会出来找它，它会猛地蹿到她怀里，乖巧地拱拱背，它用一只猫的方式让她相信它对她的需要。

就这么继续下去，家人如此和睦，兜了一大圈，最终像泥一样和在一起。良霞觉得，就算自己死了，也算是了无遗憾。

可是大哥好上了赌。

跟江心洲有点本事的男人一样，大哥先是迷上了出门，到江西去，往上海跑，把船泊在码头到色彩斑斓的地方找酒喝。别人买了BP机，他的腰上也挂着一只，他嚷着要买一只大哥大，后来感觉这东西在城里不时兴了才把目标对准了全球通手机。带着热忱的自信，他结交的都是江心洲最先富起来的一帮人。他的派头滋润着老婆孩子，他自然不亏待他们，每趟回来都拎只塑料袋，里面装着苹果香蕉和柚子等。

喝花酒出了一次事后，他学会了斗地主。父亲在世的时候，是不许的，现在他从尝试中感受到快乐。先是赢了一点钱，也打发了许多无聊的夜晚，输点钱不碍事，男人之间总得有个话题，有些消遣和应酬。他聊以自慰。

大嫂还在饶有兴致地向城里人学时髦的时候，危机早就潜伏进她的家里。有趟丈夫回来，她催他给儿子交学费，她要一千，他只给了五百。下趟，他的船回来，她看到丈夫从船舱里出来的时候，空着手，身子矮了一大截，他摇晃着往坝上走，她迎过去，心里很慌张，想他是不是得什么病了。现在的人，得病比往年容易，忽然之间，这个得了胃癌，那个得了肺癌。她紧张地追问，可是他不正眼瞧她，往床上一扑，倒头就睡，醒来的时候，胡子拉碴，神情呆滞。她还是在镇上听到了丈夫在外头的遭遇：他跟人赌，输掉了船上所有的股份，而且，还有一张好几万元的借据。

听别人的故事，眉毛挑起来，怕故事不够惊险，听自家人的故事，听到一半脚腿就软了，她最本能的反应像她弟媳妇年轻时一样，拼命尖叫；跟弟媳妇不一样，她不要什么爱情，只要她昨天的生活：走在镇子上，许多人喊她老板娘，她不要一夜之间一无所有。她哭着要上吊。大哥不反击，大嫂扑上去挠他。大哥的脸上、背上都血迹斑斑，她原本温良，这些行为跟她不符。

闹得凶了，逼得做了亏心事的人也反抗了。他说：

老子这么多年待你怎么样？你得理不饶人了？

你待老娘好，还不是想让老娘为你做牛做马。

地都没了，做什么牛马？

地都没了，你那药罐子妹妹不还在？

他想列举她牺牲的地盘小，她想揪出他犯错的地方多。她说，如果不是她，我们早搬到城里去了，你不肯挪窝，还不是因为你妹妹？要是早到城里去了，现在至少还保住了一套房子。再怎么也比现在这个样子强。

她的声音时尖时粗，根本不顾老房子不隔音。他急了，一巴掌扇过去。她结婚十几年，头一回被打，还是在丈夫理亏之后，她鼻子嘴巴都往外冒血，嚷着要跳江。

他甩门而去，不知道去了哪里。

天一直没有亮。良霞的身子从床上探起来。一切声响她都要警惕，在黑暗里，她是个合格的守卫，看护到天明。

大嫂三天没起床。良霞让侄女穿戴整齐去上学。她端着饭坐到大嫂床前，她说：世道变了，男人有了钱就学坏，不是赌就是嫖，没人能除外，好在大哥才四十，他还能翻身。只要他肯回家，这个家就还是你的。他见过世面的眼睛还在，他身子还健康，他脑子还好使，最重要的，他还是有良心的。有些人你就得接受他犯错误，你才有机会跟他们平起平坐。至少这个家还在他的心上。

大嫂听得愈发伤悲，从哽咽到号啕，眼泪哗哗地。良霞等她哭停才回一句：人活一世，谁不要过些深沟深坎！

大嫂平静下来抬头看着良霞的眼睛，发觉她的眼神波澜不惊，像昨天一样亲切安稳，她长得跟哥哥还是很像的，更瘦、更苍白、

骚 江

更无力而已。她分析得有理又有余地。小姑子的眼神给了她重新面对的勇气，她接过碗，喝了一碗稀饭。她不嚷着要离婚了。这些不现实的事放到一边，紧要之事是把地要回来种。

你想怎么办都中。我支持你。

大嫂抬起肿胀的眼睛，她说：良霞，你虽然病着，这个家你最稳当，十几年不变脸，十几年不伤人，十几年还这么稳当。将来有我吃的就有你的，有我在，就不让你死。

这也是十几年来，姑嫂俩第一次敞开心扉，心心相印。她俩都掉了眼泪，感觉到亲情在她们之间流淌，联结她们面对这心如刀割的处境。

之后，姑嫂俩同心协力，共同计划着春季种什么，秋季种什么，怎么花能省下些孩子的学费。那个在城里的孩子，最好不要让他知道家里的变故。说不定能考上好高中、好大学，不会再犯他父亲和江心洲男人通常犯下的错。

良霞虽不能下地，但她变成了好参谋。大嫂像攥救命稻草一样攥牢她，须臾不能离开她的视线。良霞因此而没有工夫考虑自己。不去想自己佝偻的身体，不去看长满了斑点的手背，不再念她的洁癖，洁癖在这里是可耻的。事实证明，可以克服。她意识到，忘掉自己，生活反而显得可靠、有希望。

邻居们无法想象她竟然有如此大的能量，比她身体好的人都没她这么大的热情，有心的人听到婉转又柔和的声音在劝大嫂：

没有关系，天又没有塌下来。

对别人来说，劳动是一种奉献，对良霞来说，劳动是一种占有。占有厨房，占有清晨，占有节气，占有天，占有她脚下踩过的每一块土地。

现在，她不再是任何人的掌上明珠，不再有人因为她而死，不再有人为她跪地磕头，这些她都觉得好，疼痛除外。现在，她是个有用的人，她和大嫂相互依偎。她们不再指望那个赌到穷途末路的人这么快回家。怕他带回一身债务和艾滋病——吃喝嫖赌的人最容易得这种病——听说另外一个大队的跑买卖的男人就得了这个病，家里人全部逃走了，他一个人窝在屋里子，没人敢靠近那间屋子。

很庆幸要债的没有找她们麻烦。

第二年江水又拼命往上涨。坝子外围种的庄稼全部被淹死了。水退了之后，大嫂去清理淤泥，想在立秋之前种上一些玉米。良霞拖着身子也去了。什么事情都是这样，你还别不信，一旦有心奉献，就能凭空生出力气。大嫂弯腰下来，用手扯掉上游漂过来的杂物，良霞不能弯腰，她蹲下来。她们渴望太阳更辣一些，泥巴变硬之后，陷进去的脚能尽快拔出来。整整一天过后，她们全都动不了了。良霞的双手陷入泥潭里，她抚摸着柔软的淤泥，一下子想到年轻时她收到的一条丝绸围巾。到后来，她什么都想不了了，几乎失去了意识。大嫂没让她早点回去休息。希望、幻想外加体恤，这些微妙的情感，经过这几年超出常规的辛劳，从大嫂身上消失了。现在，大嫂的怨恨像井一样深、一样黑，有时都使人产生一种错觉，感觉到她是一根太阳底下的炮仗，轻轻一碰，就能点燃，使之爆炸，燃放。

良霞不去招惹她，有些事情就自己拿主意。地势低的地方种耐潮的花生，而离水源远的地方种黄豆。端午那天良霞没有跟她下地，她裹了二斤粽子。到了过年也是她主事，她会自己在红纸上写毛笔字，贴在大门上。她变得正确、细致，而且不受人批判和质疑。

骚　江

　　有时累过头了,晚上倒在床上,良霞记得自己没有洗脸、没有洗脚。四周模糊一团,没有光,为了省电,灯全部熄了,天上的月亮也不如往年的皎洁。她换着方式睡,侧着,仰面躺着,或者趴着。菜园边的花早就枯成一团团,像受了重伤的士兵一样全部贴着栅栏坍塌下来。母亲死后,这些花草不再有人修剪,体力活对这个家庭来说,越少越好。菜园的地也不怎么平整,积了雨水的低凹处,有些蛤蟆在里头扑腾。来自江面上的风刮到坝上,柳树随风起舞。雨点落了下来,滴滴答答,打在屋顶上,时断时续的。她就这样整夜睡不着,但她能照料自己——对此她颇感欣慰——尽量不给比她更累的人造成负担。屋外有只疲劳的呼唤着的猫,忧伤却不愿停歇。

　　良霞独处的时间越来越少,手心朝上的现象消失了,不再觉得自己讨嫌,即使她仍然干不了什么重活。她跪在江边的石板上,喘着气把衣裳送进水里,摆动数下,过掉肥皂水,拎上来的时候因为浸满了水而更加沉重,她需要憋足劲儿,这使她看上去很不雅,面部扭曲,那些看见的人,难免会替她心酸,然而她打心眼里愿意。良霞觉得某些被夺走的东西被她捞回来了。

　　她的猫也受赌徒的连累,有上顿没下顿,大嫂也不再过问,它瘦下来,但是学会了到邻居家蹭东西吃,它喵喵地叫着,那是良霞熟悉的声音,又完全是变了调的声音。如果它吃饱了,它会回来。良霞翻来覆去,她的腰疼。有时它侧目瞧着良霞,静静地站了许久,一点声息都没有。心里没有同情,怎么能做到这么隐忍?有时它宁可睡在墙根和灶台底下,良霞安静了它才爬过来,什么也不说,就那么蜷缩着。

　　良霞可怜它,感到它找不到自己的位置,乐于待人好,又没什么好奉献出来。她有时把它揽在怀里，轻轻摩挲它的背，仿佛在安慰它，告诉它，她懂得它的心，懂得它的苦。各有各的苦。苦也要受着。

来年春上，良霞的病又重了，脸和腿都肿得不行。大嫂扶着她到县医院。县医院来了个专家，说能治好。姑嫂俩激动得都发出了声音。他说，先开五千块钱的药，回去吃，吃完再来。

她们身上也就四百多块钱。

两个人捏着这五千块的处方，不约而同往回走，边走边看看手上的纸，像是遗失了这张纸就遗失了五千块似的。

走到一条三岔街口，朝北的就是回江心洲的路。这回，大嫂不走了。良霞把手搭到大嫂肩膀上，既是借点力，又是表示亲近：

回吧。

我有金项链。

不管用。

说不定管的。

都是骗子，骗钱的。

大嫂端着薄薄的处方，认出几样药材不是稀奇的东西，周边的荒山上就有。回来煮水良霞一碗碗喝，身上的肿还真的消了一些。

过年的时候，大嫂体恤她，给她买了一件丝绸料子布，蚕豆样花色的棉袄。家里这样了，还买衣裳给自己，良霞端着衣裳不晓得往哪里放。实在没办法，只好坐下来，花一个晚上，把衬衣改了袖长，腰身往里收了一收，第二天早上，侄女上学时，她招招手，帮小姑娘换上。小姑娘一穿上身，就惊奇地笑了，她的感觉是敏锐的，什么到她身上都会美。她舍不得脱了。转来转去，然后要踏出门去，她妈妈边追她边跑，她嘴里说：

小姑，你真好，你比我妈妈还要亲。

那孩子身形修长、牙齿雪白，面色发亮，她的声音那么悦耳，沁人心脾，她仓皇的神色也那么动人，使人忍不住生出怜爱之心。她这几年也没受什么苦。有个那样的爸爸，也没妨碍她招人疼爱。她不做事，她妈妈不舍得她。如今她那样的几句话，她妈妈又站住了、屈服了。良霞呢，靠住门框微微笑着。

7

大侄子十八了。两年前他就辍了学，跟了村上的同学到省里学刷油漆，正式上工没多久，突然回来了。回来时裤子松得像个米袋子，裤裆掉到膝盖下头。他躲到小姑房间里抽烟，一会儿，良霞就咳嗽得上气不接下气。大侄子三口两口，把香烟头在地上踩几下，不多久，他站起身对小姑说：

我到镇上去办点事。

后来良霞听人说大侄子一到镇上就找公用电话。大嫂悄悄推测：

怕是跟哪家姑娘搭上了。

大侄子不怎么跟他妈妈说话，对于妈妈的话，他一问三不知。良霞知道他有恨。他好端端地念着书，突然有一天，缴不上学费，拖了好一阵子，没钱买学习用品，再后来，连食堂的饭票也没法买。他万般不解，走了四十多公里，回来要钱。结果，责任像折断的树枝一下砸到他的肩上，他留了下来，陪着家里愤恨、体弱和幼小的三个女人。

想跟他搞好关系，不是容易事，而且，良霞不太听得见。像许多听力下降的人一样,她喜欢侧着头,对准声音发出的地方。他瞧见她的样子,有点不耐烦,但是不说出来,只是把脸转过来,把没说完的话吞回去,歪着肩膀走掉。似乎江心洲没有他看得顺眼的东西。良霞看着他长大,他小腿上的划伤,他容易打喷嚏的鼻子,他走路时宽松汗衫里的一排排肋骨,他不得不面对的起起伏伏的少年时代,良霞心疼他。

有一天,他走进她的房间。他摸摸搭在缝纫机上的布,把箱子上的锁拨弄几下,想把它拧断。她说:

没什么好东西在里头。

他又暗暗使了一下劲儿,她赶紧说,等一下,我来拿钥匙。可他已经失去了兴趣。她有点吃不透他的神情,他漫不经心地吹着口哨的时候,没人搞得清他是开心还是更加沮丧。他妈妈感觉到他对姑妈的敌意,悄悄问良霞:

他有没有说什么过头的话?

不,他待我跟你们一样好。怕大嫂听不见,良霞大声地回答。

我怕他跟他老子一样,哪一天突然跑掉,到时候,坑蒙拐骗犯了事被人杀了都没人喊我们去收尸。

如此悲观的论调完全来自于生活的突然变故。良霞坚决否定了大嫂:

不要瞎说,他晓得自己姓徐!

大侄子回来继续种地,意味着他有担当,跟他爸不一样。也意味着家人必须耐心跟他相处,从他的态度里听出他的愿望和他对生活的计划。小伙子习惯一声不吭,无事的时候,他会坐立不安。撞到母亲幽怨的眼神,他抬起头,望向天空。他离开家去镇上卖棉

骚 江

花，三天没有回来。他妈妈以为他拿着卖棉花的钱走江湖去了——江心洲半大不大的男孩子们的集体野心。但是第四天，他回来了，紧随其后的是他父亲。他真是老了，但是仍然懂得难为情。他把头勾在脖子底下，撞到认识他的熟人，咧开嘴，露出自嘲的笑。

这个四十五岁的男人，有过体面的日子，经历过大起大落，然后挣扎着想站起来，可是如今他显得松弛而自在。除了第一天比较难挨之外，其余的日子，他焕然一新。

你的皮真厚。他的妻子象征性地批评他一句。

但是良霞喜欢大哥这一点。大哥不像他们想象的那样长吁短叹、起早贪黑地苦熬，他不再想改变任何人：儿子的个性或者女儿的成绩。在过去，他总是显得过分贪心，他的心并不真的在这里，现在，他的脸开始发胖，肚子也腆了出来，但显得更亲切。一家人挤在一起，说不上多么舒服，那些发财成功的故事每天在上演，四周一天一个样，但是，他们也没什么特别不舒服，不该犯的错也犯过了，走不通的路都走了一遍，就像从战场回来的人感知活着就是胜利一样，他反而变得从容了。由于他变得随遇而安，凡事不较真，家里的气氛成了二十年来最好的。

团聚的一家人尽释前嫌。日子还是紧，时时刻刻缺钱花，可是笑声多起来了。他们的话题总是说不完，因为分开那么久，见过的事情又那么多。良霞被呵护着回到床上。他们都看得出来，她的胳膊不怎么能伸得直，除了五只手指还灵活，还有她的眼睛，越来越看不清眼面前的东西。侄子花五块钱帮她买了一副老花镜，使她不至于不能绣她的十字绣。她多么热爱这样的生活啊。热爱她呼吸过的每一口空气，当然她也热爱她记忆里的县城以及大哥嘴里描绘的大城市，那里的街道，摆满鲜花，到了节日，灯笼挂到电线杆上，这是她从来没有真正踏进的人世间，她曾经半只脚跨进去过……她多么用心地倾听——遇到下雨，或者腰疼得厉害的时候，他们说话的声音就像蚊子在哼哼。

为了避免听不清产生的沟通不畅，也为了让这一家人更轻松自在一些，她尽量不在他们在家的时候出来。

她的腿疼，正睡着，侄女喊她吃饭，她答应着从床上爬起来，挪动的时候觉得那么吃力。她坐在床上，心里想着快快走到饭桌前，可是腿上像是压着磨盘石。她感觉到劳累了一天的人都焦虑地瞅着她，无声地帮她加速度。她在心里打定了主意。她说：

今天晚上一点都不饿。

她立刻接收到担忧的目光一齐聚过来，赶忙补充说：

没有不舒服，就是不饿。

第二天晚上，她仍起不了床。开饭了。她听到大嫂交代侄女：

去，喊你姑来吃饭。

她在里头答应着，声音脆得发亮：

你们先，我赶完这几针。怕他们进来戳穿她，她拿起针，比画着，嘴里朗朗地交代：

不要等啊，针线活催不得。

一刻钟后，桌上的菜吃得差不多了，吃饱饭的人供血不足，力气小，懒得说话。她走了出来，边走边扯身上的线头，为如此忙乱不好意思地笑着。

两回，三回。他们开饭前都会象征性地喊喊她，她总是磨磨蹭蹭老半天，很快，他们习惯了她会在他们吃得差不多的时候出来，剩汤喝汤，剩水喝水。专心地吃，面带微笑，从不说话。

骚 江

到了晚上,她缩回到床上。虽然每天上床前,她都要给自己用玻璃瓶装满水,一只放在脚头,一只放在腰上,被子越来越厚,仍不觉得暖和。这个时候,她反而又能听到些了,她能听到大江的流淌,缓慢、悠长,渐渐陪她进入梦乡。

大侄子二十二了,这天家里来了几个人,那个跟大侄子交往了几年的女孩的父母、舅舅和舅妈都来相亲。良霞在厨房里烧火。好不容易酒菜上了桌,帮厨的也走了出去,灶里的火渐渐熄了,她的脸,由火光映照的红晕清白了之后,她听到板凳在水泥地上拖来拖去的、筷子碰到划空的碗发出清脆的声响。她的腰疼,一时直不起来。她慢慢酝酿着气力,客人要走时,她怎么也得出来说句客套话,她毕竟是唯一的姑妈。她盘算着箱子里的两百块钱。真的定下来,这点礼数还是要尽的。

她没来得及起身,大嫂进来了。

客人走了?她问。

走了。

你累着了吧?

没。

大嫂一屁股坐在引火柴上,她刚想说自己好歹是长辈,要不要尽点心,大嫂打断她:

算了,都走了。

说完她坐下来,说话支支吾吾的,复述着女方的要求:同意在老屋结婚,但是要一整间房,闲杂物都不要,一台彩电,一台冰箱,三金也是要的。彩礼一万八。没要盖楼房,已经是很幸运了。要是提出这条件,八成就会黄,她哪里拿得出盖楼房的钱?听她那口气，她感激那几点要求是识大体的。她被牵着鼻子走，也觉得很合理。良霞听着，渐渐抓住了一点意思。她由于体弱，脑门渐渐有了汗，看到大嫂急切的眉心，嘴巴一动一动的。她赶紧频频点头表示赞同，间或插上一句对方想听的话：

是的，是的。人长得不错。长辈又讲理。要求还不高，算是我们徐家运气好。

她还竭力表示全然领会了大嫂的意思，甚至恨不得献计献策，令好事锦上添花。

大嫂的眼神和她碰上后，找到了她要的慈悲同情和理解。大嫂切到正题上了：

我们是不好意思跟老二家开口，好在他的女儿才七岁，住到那边，你帮他们照应照应，看家护院、收衣晒谷这些，你哪桩不内行？

说到良霞的内行，她是真心舍不得良霞的，可是亲家的要求是不能不答应的，毕竟，她家能谈条件讨价的资本几乎没有。

你哥哥怕你不愿意挪，我心里没这么想，说通情明事理，这江心洲谁比得过你？

良霞眼神恍惚。她准备附和的嘴半张在那里，空空洞洞的。这一瞬间，就仿佛她被一阵疾驰的风一下子带到了别处，四周没一样东西是熟悉的，她满面茫然。

一棒槌，她被敲回到灶台间。她定了定神，把目光对准大嫂，脸上的血色眼看着就没了。她嘴唇动了动，有点前言不搭后语：

碗洗好倒开水烫一烫。

她说出来的话声调虚浮。这张平静温和的脸，这张未经世事却又事事操心的脸。

骚　江

　　大嫂双眼一闭，不忍心看她，可是把头转过去又显得不近人情。

　　良霞感觉到她在堤坝的下端，再没有更低的去处了。她的二嫂，心肠不坏，脾气也比往年好了许多，只是她没有足够的思想准备。良霞挟着刮来的冷风往二嫂跟前来，二嫂从椅子上站起来，像是迎接几十里外的亲戚。她说，我来拿，我来拿，她接过良霞手上的袋子。袋子里是良霞这些年的针线活，鞋帮子、泡沫鞋底、十字绣。绣了十多幅，她的岁月，减缓疼痛的方法。没有画框裱起来，只好卷起来，用毛线头扎起来，拎在手上，沉甸甸的。

8

　　二嫂跟大嫂，十分不一样。良霞初来的几天，她天天买点儿肉，或者鱼，饭菜端到桌子上，筷子先摆好，头几顿还一个劲儿往良霞碗里夹菜，她不太喜欢抒情、说客套话，良霞也不太吭声，姑嫂常常闷头吃饭，空气里只有咀嚼的声音。

　　早上起来的时候，良霞帮着刷锅、放鸡出笼，力气够用就扫地掸灰，白天她找把椅子放在门边，倚靠着绣着十字绣，到了傍晚，她会收衣服，晚饭后她仔细地抹桌子，她来了之后，桌子明显地光亮了。良霞对若云和对若曦的态度完全不一样，那孩子胆小，个头也不高，怕鸡、怕狗、怕雷电，受到惊吓的时候，良霞把她搂在怀里，用娓娓动听的声音吸引她的注意力，尽量让她胆大些。有一次，她甚至拿根棍子去触摸那条狗，向孩子证明那条狗其实不能把她们怎么着。

　　二嫂到底悟出来，良霞不是客人，良霞是家人，家里多出一个人，是多么可贵，何况大嫂每月还补贴点菜钱，遇到买药，基本都是两家平摊。二嫂习惯沉默，可这沉默多半是明白自己的话，最初男人不听，后来女儿太小，还听不懂，现在，她振奋起来了，她可以说得更多，良霞是很好的听众。良霞眼睛不好，看不得电视，所以二嫂看电视的时候，遇到惊险刺激的情节，她扭过来复述情节给坐在外头的良霞听，她一开口，良霞就停下手上的针，饶有兴味，从没有打断过。

三个人相处得很好，可是，命运自有安排。徐若云七岁整，和她妈妈一起，被开着美发店的承明接到了上海，缴一大笔赞助费，上了城里一所小学。一年的赞助费相当于江心洲两间房的价钱。不知道出于什么原因，承明这样形容给良霞听。良霞没他想象得那么闭塞，样样东西贵，样样东西新，她懂，她甚至不需要问为什么。家家如此，户户这般。

原本作为江心洲人发财致富的江滩一日一日冷清下来，木材市场散了，造船厂也停了工，说到底，再大的船也赶不上高铁的速度。人们花在路上的时间和耐心都没有了。江心洲好几条千吨大船没有卖掉，成了野猫野狗的栖息地。眨眼之间，房子里不拥挤了，岂止是不拥挤，简直太空旷了。跟良霞差不多大年纪的，比大嫂再大些的，跟二哥一起玩大的，跟大侄子一个岁数的，或是更小一些的，全都离开了江心洲，他们进入各行各业，各显身手，各展宏图。就连六十左右的也都吃香，到城里帮儿女看孩子，到城里去看大门，到城里去卖水果，各有各的活法，留在家里的，尽是些太老的，或是太小的，再就是像良霞这样，病得动弹不得的。

大哥大嫂是最后一批出去的。不晓得从哪天起，江心洲人见

骚 江

面，不再问吃了没，而是问在哪里发财。有人问大哥，他就说：

我们不出去，种地也一样能活。

当着良霞的面说得挺大声，有让良霞吃定心丸的意思。这话还在耳边，大嫂的行李就收拾好了——娘家亲戚打电话来告诉她帮她在一个新开的菜市场抢了一个摊位卖果品蔬菜。她走没两天，电话像机关枪一样扫向大哥。大哥动身之前，电话里问了承明，让良霞一个人过妥不妥？以为承明会阻拦，可是承明很理解地说，生存要紧。他们商量一个方案，就是雇一个人照顾良霞。

大哥坐到良霞对面，做出推心置腹的姿态谈话。他先说到物价，他说往年一亩地能挣五百，五百能吃半年，那是三十年前了，现在五百块钱，只能买到一件衣裳。

过去造三间屋，两万块也就差不多，现在呢，二十万也只能盖两间。

良霞听到这里就表了态：

不要担心我，我自己行。

话不多，口气坚决，也不是商量的态度。大哥等了一等，明白不需绕弯子，把家里钥匙递过来，站起来，提着行李往渡口去。

更多的钥匙落到她手上，邻居家的，堂房亲戚家的，甚至别的生产队从来没有打过交道的人家。还有一个人，不沾亲不带故，连名字良霞也叫不出来。他们把钥匙递到良霞手上。像他们希望的一样，良霞不多问也没推辞。一串钥匙就是一户人家。一户人家不止一把：箱子的，抽屉的，五斗橱的，前门的，后门的，串串钥匙沉甸甸。

良霞目送他们一个个的背影，男的女的，高些的矮些的，胖些的瘦些的，姓徐的不姓徐的，一个一个鱼贯而出。经过她的门口，她不忘叮嘱他们带雨伞和扇子。有人答应，有人装没听见。

剩下来的徐良霞，自由，可以随心所欲，想睡在哪张床上就睡在哪张床上。梅雨过后，她会检查所照料房屋的状况。她拿着保管的钥匙，隔几天就挨个去打开一扇扇紧锁的门，瞧瞧里头的状态，她一走动，松紧鞋踩响了空旷的房间，声音从墙上撞回来。回声响亮。

天气好，她就绣她的十字绣。她的一部分十字绣被哥哥裱了起来，挂在堂屋里。最令她自己珍惜的是《清明上河图》和《蒙娜丽莎》，几乎爱不释手，这两幅共占了她五年时间，江心洲的人都在绣花绣草绣鸳鸯，只有她，喜欢绣历史和域外的生活。如今她膝盖上摆着《金字塔》和《太空漫步》。她的眼很不好，手关节也疼，绣得慢，她不急，就那样安然、沉默地绣着，累了就听一听外头的动静。有时，病人会听到突然一声微弱的声响，说不清是什么声音，也不知道从哪里传出来。风啊树啊水啊草啊，熟悉到心里透亮了。风树水草都有自己的习俗和脾性。有风有水的世界就是生命的天堂。

比起眼睛和耳朵，良霞更喜欢用她的鼻子。疾病对她的嗅觉毫无损害，闻到饭香，良霞就知道哪家人回来了。如果有人愿意打赌的话，一准能发现她没有夸张。一艘拖船过去，她能闻到轮船上装载的货物。你可能一眼就看到是煤或者木材，然而她真的看不清那么远。她凭嗅觉。有一艘经过的轮船上的汽油泄漏，她在村长通知前就已经提醒过大家。那么重的油味，她说。她能嗅到第一朵栀子花的香气，麦苗抽穗时的气味也很特别，她不用到地里就能知道

骚　江

它们长成什么样子。天气变化更不在她的话下，她能料到午后有雨时，便会提醒邻居老奶奶不要晒衣服，省得没晒干又要往回收。

再后来，撂了荒的地越来越多，差不多，大半个江心洲都荒芜了。起先，不种棉花的地里还长了杂草，但是，渐渐地，有土的地方不长草，长草的地方不生虫了，她明白有一个新名词叫"污染"。堤上坝下许多花草绝种了，再也开不出花、长不出嫩芽来。夹江里原先常常有小鱼苗在那里翻腾，落雨之前，水面像煮开水，如今，水里无鱼，鸟也无声，江心洲旧了，电线杆上的、水泥大门上的油漆轮番往下脱落，也没人管。

在横店跑龙套的人回来说，横店许多景点平时就是一座空城，到了拍戏的时候，摄像机、小汽车、群众演员、街市、货物、家禽和牲口就都魔术一样变出来了，到处热闹非凡、人声鼎沸，戏一杀青，那些东西又立马一夜之间消失不见，一片寂静。

江心洲就跟横店差不多，平时，留守的人，像江面上的行船，隔多远一个，再隔老远一个，可是到了过年，所有的人都会从各自发展的城市悉数归来，小汽车并排挤在原本堆草垛的位置，后备厢里拖出来大一包小一包，保健品、营养品，或者是流行的衣服，全部来孝敬留守的亲人。徐良霞家也不例外，亲人们挤在良霞周围。房子里全是新鲜的气息。大哥蓄起了络腮胡子，二哥穿着大红的衬衫，大侄子手上拿着的平板电脑，里面发出阵阵怪物的吼声，小侄女手上把玩着"打飞机"的游戏。走南闯北的人再回来，平平白白多出的一样就是聪明。更有意思的是，有的人明明有钱，穿得却不体面；有的人一个月才挣三千五千，却喜欢到处显摆。

二十二岁的徐若曦是个标准美人，她的美超过了她的姑姑，身高也高过姑姑半个头，天资和运气，她两样全占了。她在帮妈妈卖菜的时候，被星探相中，签约在模特公司。凭着她的美，她已经去过许多地方，有许多人为她做了许多荒唐事，她得到的倾慕只比姑姑多，不比姑姑少。江心洲潮湿的风，掀起她的裙摆，裙摆里头是肉色的丝袜，她不怕冷。她大有前途——人们都这样预测。她带回来的男孩子不是县城的，也不是省城的，是香港的，讲一口不拐弯的普通话，说的人难受，听的人更难受。可是他们幸福。他们的幸福晒在太阳底下、江滩上、堂屋、姑姑的眼皮底下，不留死角。

惊羡和恭维声中，良霞慢慢转过头去，不吭声，挂在屋外给旁人望的幸福她总觉得不牢靠，想提醒点什么，又晓得孩子们会嫌她多虑。若曦已经把姑姑太严厉的性格发布给她的对象：

我姑姑把我抵在墙边，鸡蛋不吃，不准出去玩。姑姑对吧？我没记错吧，我知道是为我好，姑姑最疼我。她自己一口也不舍得吃。对吧，姑姑？

良霞点一下头，若曦就过来亲她一口，热烈得像个天使。反而是若云，仍然像小时候，提防着门外的一条狗，不敢随便乱走。

大嫂二嫂抢着做饭、洗碗、给房梁除尘，都说在城里比家里还累，回来却也不得歇息，忙完家务就陪良霞，晓得良霞平常闷，争着说外头的新鲜事，想让热情把良霞屋子填满。晓得她们一片好意，良霞再三招呼她们不要管她，她们哪里肯，竞相从包里掏出来的衣帽鞋袜，样样都是精心挑选的。她们在意良霞怎么看她们。

酒一上桌，大哥二哥的话才会多一些。男人的话题比女人大，从生意上的不良竞争，到国与国之间的领土纷争，什么都谈一些。说到心坎里的话，就频频点头，不同意的也不争，摇摇头，吃口菜，虽说是亲兄弟，虽说是在家里，也是一年难得见一面，和睦是

骚 江

第一。

短暂加热闹掩盖了许多真相，关于夫妻相处，关于儿女独立，关于物价飞涨，这些都不会在过年时抱怨。他们展现轻松和谐，展现自在和悠闲，那些掩盖不了的，比如白发和皱纹，会多少泄露一些天机。

归来者带回来的繁荣衬出她的落伍。他们的生活像在天外，她不好意思问，也不好意思装着没看见。不过，她还算沉着。她不添乱。

我们的姑姑。

先是自家侄儿侄女，再到人家的侄儿侄女，有的年纪太小，或者在外头出生的，不了解良霞的情况，被父母要求行礼，他们就随大美女若曦喊"姑姑"。渐渐地，哥嫂也这么喊。到末了，整个江心洲，尤其是过年，这些昔日的主人，今日的过客，向良霞发出亲昵的呼喊：姑姑，我们回来了。良霞变成了"我们的姑姑"。这亲切的呼喊声此起彼伏，他们向"我们的姑姑"问起霉干菜、糯米团子和豆瓣酱，他们问她要他们的童年、他们的记忆、他们的过去。说到过往的人事，他们把"我们的姑姑"拉出来做证：对不对，姑姑？没错吧，姑姑！

有时是控诉受过的苦，有时是证明自己勇敢过，全凭当时的情境。

徐若曦最记得姑姑的好：我姑姑晓得我爱臭美，我要上学时，她一夜没睡，为我做了一件衣裳。徐良霞不纠正，脑子里记住好的事，总比记得坏的强，脑子里只有人家的好，这样的人，也定能遇着好人。良霞微微地笑，看着他们打成一片，他们也喜欢良霞微微的、想笑的嘴角。走的时候,他们总会有人索要几幅姑姑的十字绣,送给体面的朋友。一般的东西拿不出手,他们说。

这十年工夫攒下的是"不一般的东西"。良霞是知足的,她咧开嘴角,微微地,想笑。

正月十五之前,他们会全部消失,就像她做的一场梦。

春节后的一天,从渡口走来的路上,有一个人经过良霞坐着的门口时突然停下了脚步。那个女人穿着件紫色长款大衣,头发简单地盘在脑后,这样的穿着,既简洁又端庄,符合她的年纪,如果她不开口,单从她的外表,良霞已经认不出她了。她站住,看着良霞说,良霞,我是腊梅。

当年那个在良霞跟前窘迫得想哭的姑娘已经完全变了样。比起多年前,腊梅那愣头愣脑的神情不见了,岁月在她的额头和眼角留下了操劳过度的印记。短暂的交流,良霞听明白了:她曾经在北京的秀水街卖过服装,她在那里学会了打扮自己,后来生意不好了,她又在服装厂干过一阵子,这几年,她又开了家网店,今年的生意渐有起色。她的儿子,也快高中毕业了,等他一毕业,说不定会接手她的网店,她今天回娘家是来看望留在江心洲的寡母,兄弟们待寡母不好,她跟丈夫商量好了,今天就打算把老人接到她所在的城市,亲自照料,如此等等。说这些的时候,她的眉头紧锁,焦虑的事好像还不止这么多。

说完她自己,她看着良霞。她没有像大多数见证过良霞的美的人那样,张口就是:你当年可是多么漂亮啊!她也没有回忆当年那刺激到她的渡船上的邂逅,她问起良霞的健康,听着,静静地坐了一会儿,然后起身告别。她站起来的时候,良霞留意到她的腰背臃

骚　江

肿，也到了发福的年纪了。

　　过完年，再热闹起来的就是清明节，外头的人会回乡祭祖。二哥也回来了，还特意帮良霞带了台净水器，他清楚长江里的水不能直接喝了。快到门口时，二哥老远地瞧见一个老妇人站在门口晾衣裳，堤坝上有风，晾衣的绳子直晃，衣裳没甩上去，反而掉到地上，那老妇人，小心地往下蹲，蹲了两回才捡到衣裳，明知沾上了灰，竟也不在意，仍旧往绳子上搭去。

　　走到近前，果然是良霞，喊了两声，她才听见是二哥回来了，二哥上前扶她。她的手背和额角，因为排毒不畅，布满了老年斑，但是她的眼角，并无太多的褶子。良霞挣脱二哥，问他饿不饿，要进厨房给他做饭。

　　大嫂也是做奶奶的人了，也还是隔三岔五回来看她，送来米、盐和钱。有一天，大嫂来的时候，看到良霞坐在板凳上择芹菜，芹菜是连根拔的，良霞的手上沾满了泥巴。她一个人的日子过得很放松，因为她的神情很自在，人也胖了些。她的头发几乎全白了，她扎的头巾不紧，白发从两侧露出来，看不出她介意，更为重要的是，她懒懒的，大嫂来了，她并没有站起来招呼的热情。大嫂惶惑了，一瞬间感觉这个人没有半点值得同情的地方。临走时，病人还叮嘱做嫂子的：

　　想家就回来。

　　良霞的语气充满着安慰，好像过得不好的人是这些走来走去的人。

　　她瞧见太阳底下自己的影子，挤成一团，分不清肩膀、腰身或腿。她晓得自己越来越佝偻了。再热的天，她都把双脚缩进衣服里，一切是那么安静。她听到了熟悉的、空洞的水流声，然后是一片沉寂。

九月重阳那天她发起了烧。

发烧的时候，良霞却觉得自己是走着路的——许多许多年前的太阳底下，她空着手，在严井湖边，沿着树篱的阴影往前走，她在那里生出对新生活的向往，她朝他一笑，凭着她的笑，她获得了崭新的希望，可是突然有一天，好像跟雨有关，她突然被卡在了跟现在躺着的不远处，一直到今天，动弹不得。

现在，她处于上升状态，她的背，她的整个身体都仿佛没有贴着床板，而是飘忽在半空之中，又好像站在崩塌了一大块的险滩边。她就那么站着，随时能飞起来。她觉得有点不能忍受这没有根的感觉。她嗅到了早晨青草的气味，栀子花的香气在飘荡，向她的身上笼罩。她注意到一只蜘蛛在床尾爬行，她喜欢这宁静的涣散的意识，既不觉得冷，也不觉得饿，她的嘴巴微微张开，触到了自己的小臂，第一次被人亲的就是这部位。那是三十年前，他冷不丁亲了她一口，除此之外，至今还从来没有一个男人真正抚摸过她的身体。她来不及有更多的体验，她假装对被亲吻惊恐无比，这是小小的狡黠，是用这种方式告诉对方这么做对她是何等大事。事实也是如此，她从小被百般呵护，深知美貌、洁净是她唯一的砝码，她死死地守护着整个地区。一吻定终身。她贪图这个美好的传说。

江心洲的夜万籁俱寂，黄鼠狼发出微弱的叫声，还有老鼠，趁着病人在床上翻身的时候，迅速从床边穿过。在这无风的夜晚，柏树一动不动地屹立在屋檐上方。良霞仰卧着，两眼紧盯着黑暗的苍穹。

　　第三天，一个邻居路过，探头进来问候她。她说她刚刚躺下——她撒了谎，然后闭目休息，她不讲客套，也不跟人道别。

　　第四天，她从床上起来，望了一会儿大江。江滩上又有一个工地，听说又打算建一个造船厂，水泥、黄沙，再往前是粼粼的波光。哦，说不定又有热闹起来的一天。

　　她死的那天，雾很大，太阳像躲猫猫一样出来又没了，良霞家的大门和房门都是敞开的。最早发现的是邻居老太太，她来回几趟都没有看到良霞，到了傍晚，她再次经过良霞家，出于对死亡的敏感，她呼喊了三声：

　　良——霞。

　　良——霞。

　　良——霞！

　　没有回应，邻居老太太径直走了进来，很快，她退到门外，开始向东西两头大声地叫唤。不一会儿，村子里的老人和孩子们纷纷往这儿跑。他们一个个站到房门口，小心地把头向里探望。

　　徐良霞安静地平躺着，薄薄的被子下面盖严实了脚，上头蒙住了脖子，她的双手放在身体两侧，前额的刘海夹到两耳边，露出光洁的额头，嘴巴微张，保持着呼出最后一口气时的轻松。她的睫毛覆盖住眼睛，显得那样的坦然而从容，似乎她离去得那样自在，并没有辗转。她沉着的气质一下子把人给镇住了，她的被遗忘的美把人都给镇住了。那不可冒犯的感觉，使人一下子想起她二十岁的样子，那时，她令女人羡慕、男人垂涎。她羞涩而骄傲，对未来充满向往，谁都会相信她前程似锦。

耐　月

1

　　有那么一些人，放在本来的位置，让人惋惜，可若再往上抬高半寸，又让人觉得高攀。

　　许耐月刚到县政府做服务员那会，许多同事说她抹桌子拖地板委屈了。有一天，上头来人视察工作，负责接待的人手不够，耐月被喊到贵宾室倒茶递水，她穿了旗袍，身体僵直，像捆在衣服里的木偶，显得拘谨、难堪，给领导倒水的时候，茶杯盖在她手里颤颤悠悠。

　　耐月是江心洲人，脸上隐约可见江风吹过的痕迹，红里泛着黑，她容貌平常，身材也适中，走在大街上不惹眼，服务员里头，却算出众。服务员必须每天穿制服，这一点很恼火。制服样式其实也不丑，妃色，立领，收腰。可是，整个大楼里只有服务员才穿这样的衣服。

耐月年前新婚，丈夫的包工队在芜湖县接了工程，便把她带到城里，她在出租屋里干守了个把月，嫌闷，丈夫便托了熟人，在县政府大楼里帮她谋了临时工作。

那天，她值晚班。八点多，她换下制服，穿上早上出门穿的裙子，准备下楼，

在楼梯口，见管文教卫的副县长张文浩蹒跚着从楼梯往上爬。

许耐月，他一抬头，含糊不清地喊了一声，然后，踉跄着开了办公室的门进去。

听到自己的名字，耐月一惊。培训的领导教过：服务员做得最合格的就是不让人意识到你的存在。

办公室传来一阵剧烈的呕吐声，耐月进去，副县长正趴在茶几上朝着纸篓子猛吐。她端来热水，拿来毛巾，等他吐完了，替他仔细清理了，然后泡了一杯茶放到他跟前。

耐月，他头垂着，摆了下手，丢人现眼了我。

此前她没机会如此近地看他，帮他理桌子倒篓子擦擦书柜，都是趁他不在时，偶然碰到，她学着其他清洁工的样，侧身垂目，让他过去。如今，她与他的脸贴近相对，她头一回有机会看他的手，修长、洁净，听说他会拉二胡，会吹笛子，还会写诗，因为有才华，才调到县里来管文教卫方面的工作。

耐月眼下亲见的却是这般萎靡。他眼袋虚肿，面色发白，脖子无力松弛。眉心纠结在一处，形成面疙瘩似的，好半天，才松开。

胃疼么？耐月问。

今天晚上这酒度数太高，我午饭又没来得及吃。

没有哪顿能推得掉。他的口气，毫无怨怼，边说边像个孩子一般，双腿往里缩，手按住胃部，一米八几的男人，窝在沙发上，竟这般小。

他渐渐往沙发深处滑去。整张脸埋进沙发里，过了半天，怕是呼吸不过来了，才把半张脸挤出来。挤出来的一只眼，迷离而浑浊。

耐月站直身子，向前或是后退都似乎不妥。

他的眼睛渐渐闭上，鼻息轻微，似要睡着，三月的春夜还凉，耐月想找条毯子替他搭上，才走了一步，他发觉了，眼睛没睁，说：

不要走。

他的声音，这般温和、近乎乞求。这个形象陌生又新鲜，耐月觉得大祸临头，却又涌动出期待。

他又做出要吐的样子，头伸到纸篓子前，嘴巴张开，却只是干呕了几声。耐月赶紧上前，递他水，他不接，却把额头贴到耐月胸口，先只是轻触，再把整颗头的重量全压过来，耐月小心地把杯子放到茶几上，茶杯刚一放下，他整个肩膀都倾斜过来了，脸庞已全部沦陷在耐月胸上，嘴里也说着稀里糊涂的话，听不清。

啊？她问。双手向上举着。

真暖和。

这回听清了，她的身体往后抗拒地躲了一下，然而他的手臂从后腰暗地里使了劲，她脱不开身，他的头垂下来，后颈脖子露出来，白衬衫的领子磨得有点破，还有点黄。靠领子边上有一颗褐色的痣。

她来三个多月，看到过他许多张合影，他坐在正县长右侧的位置,个头高,身姿正,面目也清爽,办公室墙上挂着许多省里大干部的合影里,他最夺人眼球。雪白的衬衫领子和西装,没有一丝皱褶。然而,他醉了后,却把这最隐秘的部位摊开给她瞧。她生出一丝怜悯。

他说:

真舒服。

怕她逃似的,双臂又箍紧了些。真要逃,是逃得脱的,他毕竟喝了酒,又胃痛。后来,耐月经常想到这个节骨眼上,知道是在这里错了。不过,她不后悔自己忍住没动,也不后悔把手放到他的头上。他到底是讲究人,头发细软,她轻轻地拂过去,又拂过来。仿佛如此这般,他的胃痛会好一些,又仿佛如此这般,能够替代千百句恭维和关心。

他抬了一下半睁的眼,他的眉心锁在一起,面目有点扭曲。

还疼吗?

嗯。他说,像个孩子似的撇了下嘴,然后又把头埋在她胸口。他久久不起身,她感觉到越来越重,忍不住压低声音问他:

你要怎么样嘛?

她给了他。在黑色的皮沙发上。

2

在县政府做服务员比宾馆酒店和一般单位更讲究。主要办公室的钥匙在后勤部。每天早上领导上班之前,后勤部派人逐一把办公室打开,让楼层服务员以最快的速度,开水灌好、桌子擦好、玻璃抹得锃亮。耐月算是新人,负责五楼会议室和资料室等不重要的办公区域的卫生清扫、盆花养护。

四楼有个开水间，有只炉子整天嘟嘟冒热气，开水间里头还有个小隔间，里间放些横幅、招牌之类的杂物。放着四五只塑料小板凳，没事的时候，姑娘们围坐在一起，打毛线玩手机说说闲话。

晚上六点县政府大楼里正式工全部下班后，她们放开声响干活，椅子归位、窗户关闭、残茶倒掉，也可以边唱歌边冲刷厕所。七点钟，姑娘们全部下班，留下一个值班的，要待到九点。

接下来三天，她都没见着他。四楼不是她负责的区域。她只好去找人。有次去找杨梅问她头上的发夹在哪里买的，还有一次去告诉后勤科的领导，楼上会议室有一盆花好像不行了。

他的门关得很严实，里面没有声响。

晚上回去，她在网上查到了醒酒和养胃的方子。她把方子揣在口袋里，天天检查一遍还在不在，没两天就摸旧了，她又重新抄了一遍。

仍然没有遇到他。

一个星期后，一个同事说，东边的楼里建了个健身房，要从她们中间抽一个人去管理器械。

她的心一阵乱跳。他竟想着我！她一阵激动，可是我要是去了那边，不是更没机会见着他了么？

我不去。她脱口而出。

呵，同事白了她一眼，哪轮到你？肯定是吴燕。

她后来知道，吴燕是财务处长的外甥女，做服务员是过渡的。

半个月后，人手不够，后勤部赵科长把服务员召集起来重新排班，耐月举手：我老公每晚到半夜才回来，家里我也是一个人，不如晚些回去。

骚　江

你值下午班还不行。赵科长说，会议室经常上午九点就要用。

没关系，我早点来也不碍事。

有雷锋的精神了。她的脸在一片善意的哄笑中红得发烧。

晚上下了班，她在开水间，开水间离他的办公室只有三十米。每天晚上她换了衣裳后听着风吹着走廊上的窗户发出孤单的响声静静地等，等楼梯口有重重的蹒跚的脚步响起，她会上前，扶住他。然而，一直没有。

中间，她两次看到他的背影，一次是他进办公室，她只看到他半个身子，没等她反应过来，门"砰"的一声关严。还有一次，她从窗口看到他坐进车里，到外头参加什么文艺汇演。他的后背挺直，双腿修长，神情优雅，带着点懒散的样子；他的表情，漫不经心却又若有所思，看不出什么颓丧，更不存在什么落魄。边弯腰进车里边跟站在台阶上送他的人说了句什么，车门关上的一瞬间，她看到他嘴角隐隐的笑意。她的心突然抽了一下。

二十天后，她到底正面遇着了他。她从三层往四层上，他从四层往三层下。他手里拿着文件，本来急匆匆的，一见着她，突然吓了一跳似的顿住了脚，她也一慌，眼神一闪，就那么一瞬，他侧身从她跟前过去，一阵风扑到脸上，瞬间没了。

她眼前的楼梯突然变得又窄又陡，腿上一点力气都没有：

原来在躲着我。

又到下班时间了，开水间的灯坏了，月亮又照不到开水间，仅靠走廊上的节能灯挤进来一星明亮，她换了衣裳，坐在炉子边的塑料凳子上发呆。就是那样措手不及的，原本重要的事现在不重要了，原本明白的日子却糊涂了。

她的心情越发惨淡，手里拿着递不到他手上的方子，瞧不清楚，觉得一点用处都没有，她从中间开始撕开，撕成条状，再折过来重新撕。直到片片撕成指甲大小时，却又悔了似的铺到地上，把它们拢到一起，想拼凑起来。

门口暗了一下，她一抬头，竟然是他捧着茶杯进来。她一下子慌了，手一划，拼成一小半的方子顿时又成了碎片。

他一愣。半天才讪讪地说：

我赶个材料，还没吃晚饭……马上要走。

他先是到炉子上接了点水，朝开水里间放拖把消毒剂等杂物的屋子瞧了一瞧。

没有人。她喃喃地说了一句。

他走到门口，半个身子在门外，半个在门里，朝走廊里了瞧了一瞧，才转过头，盯住她：耐月！他的声音低沉、压抑。就这一声，她一下子听出来，他还在那天，还是那个萎靡的、胃痛的男人，没那么陌生，没那么冷漠。她一阵战栗。不敢抬头。

我最近忙得很，而且这种地方人多眼杂……

那种无奈的、弱不禁风的气息一下子弥漫出来。这句话，算是解释，也算是叮嘱，是开始，也是结束。前后不过一分钟，他匆匆而去，没有说再见。

等到楼下汽车发动声一响，她才悄然地站起来，把碎纸屑扫了干净，走出大楼。不晓得什么时候，街面上竟然堆满了落叶，折断的树枝湿漉漉地横陈在斑马线上，凹进去的地面上积蓄着污水，有路灯的地方则亮晶晶的，显然刚刚下过一场暴风雨。这样的雨里，一个男人不知从什么地方冒出来，对她说了几句话，然后又不知道奔向了哪里，她被一种深深的爱怜和感激所笼罩。如果刚才的情景再重来一次，他再度站到她跟前，她会毫不犹豫地扑上去，紧紧地抱住他。如果这可以使他的胆怯和忧伤不那么深重的话。

后来，她一再想到他要她的那晚，他找不到她裙子的拉链，她慌不迭地主动拉开，他酒醒后，却一言不发地穿衣走掉。没人的时候，她捏紧裙子的拉链，轻轻地拉开，再合上，每次拉开，她都能找回些许那个晚上的记忆。她反复重温。

3

超过三个女人的地方就是家小报社，何况五个。每天单位和外边的新闻都从这个开水间滴出来。某某司机是某某局长的外甥，某某女文员是某某处长的女儿，这些都能让人心平气和地接受，但是某某秘书被发现其实是某某的情人，这一点，女人们就会义愤填膺了：

切，靠着跟人家睡，才做个小秘书。划算么？

事实肯定被扭曲了：应该是先做秘书，才会认识这些人的吧？

耐月的话立刻被打断：你等着瞧，过段时间就会升的。

也是在这个开水间，她被告之大楼里每一个体面女人的来历：夫人，情人，外甥女，侄女，干女儿，诸如此类，错综复杂，一个都得罪不得。

这些整天不戴塑料手套便去搅消毒液、拎拖把的女人们，承认自己低人一等，并且在低人一等的处境下用她们业已坚固的低人一等的气势，制造壁垒，击打那些面对面时需侧身让道的人。

耐月清晰地记得那个小秘书。小姑娘的脸上并没有开水间形容的那般骄傲、以此为荣的模样，耐月跟她有过近距离的接触。她回想对方的表情，那拘谨的、略带倦容的眼神。闪电击中似的，耐月突然看到了"爱情"这个东西。她的脑子里清晰地浮现出副县长的影子。他的衣服上散发出某种气息，这气息带着夜晚特有的倦意在召唤她的怀抱，却又遥不可及，她的喉咙发紧。

后来她们再说得起劲，耐月不再接话，她在心里一字一句地重复：

我跟她们不一样，我什么也不图。

增加底气似的，她拼命干活。该她干的，没轮到她的，她都热情上前，她的眉目清澈而灵动起来，她的头发，整日里，一丝不乱地披在肩上，她挂在开水间的毛巾，比谁的都用得勤。她的神情，也朝着开里奔了，似乎自信了，带着老员工才有的满不在乎的神情，见到领导们，也只是微微颔首，过于不卑不亢，有点骄傲的意思了。

只是在丈夫身下竟然不能如同往日了。

丈夫叫小马。他不姓马，属马。认识他的人全这么喊他。他们断断续续恋爱了十年。小马的老家离江心洲不远。他俩是高中同学。一开始，他们偷偷摸摸的没有公开，因为年龄还小，再后来是因为小马去当兵。她是说了要等他，可他的心思不在她这里，一心想转成志愿兵，几年没有回来探过亲。有半年他的信来得勤了些，她估计他转不成了，重新燃起些希望，要是连着三个月收不到信，她估计他可能要转成了，把酸楚压回喉咙，重新物色跟她相配的。人人都想着心爱的人平步青云，可是耐月不得不诅咒他不能如愿。志愿兵没当成，小马开始热衷练武，想被招去当特种兵，吃了许多苦，绕了许多弯子。她呢，在城里打了几年工，又相了几次亲，都没合适的，如此一耽搁，两人都不小了。小马退伍回来时，两家父

骚　江

母都主动积极起来。

小马的干练保持住了。在床上也舍得给老婆许多承诺。他说：我争取三年内在市里面买一套房子给你。

他还说过：等你有了孩子，不要出去上班，我帮你开个服装店什么的。他想给她别的女人都想要的，他想给她人人都认为是最好的。她懂。

发力的时候，小马胳膊上全是硬邦邦的肌肉，有时贴着他睡，感到靠在一根粗壮的木头上。

这天晚上，他仍然是积极昂扬的，可是她一点声响没有，一直到结束，他翻身躺下了才气喘吁吁地问了她一句：

哼都不哼一声，今天不爽么？

就是这么直接、这么露骨。她的心突然抽了一下，耳边响起副县长轻轻的呢喃：

没想到你这么好！

现在她才晓得，自己心里是喜欢这样的：年龄长她一些，动作舒缓一些的，温柔的手拂过她的皮肤，在极度的愉悦面前，稍微停一停，说一句猜不到的话，甚至，她喜欢自己的怀里，有个大男人，依靠着她，汲取她的热量，任她抚摸着睡去。

梳妆台上的镜子里，映出欢爱后的她那恍惚而失魂的脸。

她一阵空虚，觉得身体和脑子里都空空荡荡的，这感觉如此突兀。房子还在，小马还在，身下的床、床头那只放了些许积蓄的柜子还在，可是，都像电影里的布景，看得见摸不着似的。

她一动不敢动，嘴巴抿得紧紧的，生怕泄露天机。

4

哪有女人愿意被男人白睡呢？经历再多失败的女人都会找到睡她的男人的好，这样心里才会稍稍的平衡，或者是他曾经带她吃过一回馄饨，或者在她耳边夸她是世上最美的女人。数年之后，她们一定只愿意记住能抚慰自己的细节，而本质的东西倒会被撇开。

这是耐月在开水间得出的经验。这些多少都经历过一些事的女人但凡有机会聚到一起，便回忆过往，她们尽量不提负心人的背影。比如陈洁，说到自己的初恋男友，陪她手术的时候，那个不到二十岁的男孩子因为紧张，又没吃早饭，又急又饿又担心，扑通晕倒在走廊上，她佝着腰出来时，四处找不到人，护士告诉她：

在急诊室抢救呢。

当时那个难堪仇恨啊，觉得他真没出息，真靠不住，现在想起来多么温馨啊。

可是耐月想，为什么要分开呢？你都刮坏子宫，不能生了，三十好几还没嫁掉，他又在哪里呢？

那些被省略和过滤掉的都是女人的痛和苦，能不说就不说，尽找些芝麻蚕豆大的小事，把被摧毁的岁月里的好提炼出来反复回味。

耐月也经历过几个男人。最早碰过她身体的是江心洲的邮递员。那时小马刚刚当兵，耐月高中毕业后回到江心洲，最热衷的事就是写信和等信。一来二去，和邮递员就熟了。有一天，邮递员的

骚 江

自行车停在她门口,她好心递给他一碗凉开水,结果他猛扑上来,说了句:

相见恨晚。

知道她有男朋友,才那样悲壮地喊了一声,双臂箍住她,紧紧地。没等耐月反应过来,他松开她跨上自行车头也不回疾驰而去。还有一个男孩子出现在小马之后,感觉小马能转成志愿兵时,她觉得没希望了,就处了对象。这个男孩子,为什么没修成正果呢,原因就是他在床上那嬉皮笑脸的样子让她想发疯。小马在床上,是勇猛的、奉献的,好话儿不断的,可是这个男人从开始到结束,一直都似笑非笑,冷不丁还会说出句调皮话,他自认幽默,耐月有被猥亵的感觉。他送给她一块手表,一根金项链,江心洲式的求婚。耐月没有应允婚事,也没有还掉礼物。她倒不是真的稀罕这些,她是一想到跟他睡过那么多次,这些东西会令她舒缓一些。

现在,她觉得,她就喜欢这样的,轻轻柔柔的,不猛烈也不轻狂,就是那么一下一下,那么恰到好处,那么贴心贴肺,那么回味无穷。

那天上午就有个会在五楼开。她就在这里端茶递水来着。会议桌边围坐了三十多个干部,他坐在斜左边背对着窗户的位置,明显的生僻、孤立,不怎么能说上话,有点受冷落,不过,他仍是沉着的、淡然的、与世无争的样子,那么沉静,那么脱俗。她听着听着就明白过来:

话说得漂亮的人,往往是权力最大的。

不过,这次,情况略有不同。会开到一半的时候,坐在正中的一把手突然朝着发呆的副县长发出了诘问:

你的汇报演出方案我看了一下,还是有点问题啊!

他闻听此言，立刻想张口，可是一把手抬了抬下巴，示意另一位干部发言，话题扯到了一边。

她眼睁睁地看着他把话憋回去，喉咙猛烈地动了几下，脸色渐渐发白，那只做会议记录的笔抖来抖去。如果能够由着性子，她多么想上去，把他搂在怀里，告诉他，那些人其实多么不重要，你才是最好的。

十一点钟时，所有的人都散了。她过来打扫，他的位置，他坐过的椅子，她一看再看，不舍得挪动。

后来她惊讶地想起来，这个在皮沙发上要过她的男人竟然没有亲过她。从头到尾，他的嘴唇没有在她的唇上触碰过。这些没有过的情节，闭上眼睛，耐月在想象里替他完成。她想象他亲吻她的情景，她把他搂在怀里，一米八几的大个儿，竟然温顺地伏在她怀里，撇着嘴，对于自己的疲劳和困顿长吁短叹。她在心里轻声细语地安抚着他。等她清醒过来的时候，一种罪恶的快感从脚后跟慢慢升上来，她在被窝里打了一个寒战。她隐隐明白了自己：

她爱着这个男人的软弱。她钟情于忧伤的男人。她身上有无穷的爱的能量。她想要照拂跟她的经验完全不一样的世界。她想缓解他心里的压力，温暖他的心。她要散发她的光。

有一次，她正在家里腌咸菜。小马回来了，直奔厨房。小马做工程应酬很多，经常深更半夜才回，可是每次都会在厨房里找夜宵。他的癖好很怪，半碗饭，夹两筷子耐月腌制的咸菜，囫囵吞枣地吃下，然后往床上一躺。

这个人健壮、随意，是个确定无疑的靠山，可此刻，他显得遥远而生硬。某种联结着他们的如棉絮般的东西不见了。她打量他的目光理智而清晰，像看待一个陌生人。

骚 江

她悄悄地解下围裙，小心地靠到沙发上。她的眼睛看着酣睡的房子，手脚老老实实地放在那里，心里却不停歇地念念叨叨。她想象那高个子男人坐在她对面。她看着他的眼睛，一个劲地说话：她上小学时的趣闻，她第一次被人欺负时的样子，她想谈谈对江心洲的怀念，她想告诉他她对他这日日夜夜的怀念。

5

他再次要她已经是两个月之后的事了。

一个周五下午，外面下着雨，她坐在空荡荡的会议室里。身后有微微的响动。她立刻明白，他到底来了。

起身的时候，腿被椅子背绊着了，她想推，使的劲过大，椅子被哗啦一下拨倒在地，他笑了一笑，过来扶住了。她碰到了他的眼神。他的眼神，那前几日还沉静着的面目一下子离去了，相反，显得很紧张，像在想一件重大的事情，又像是背上压着点什么，就是那样。就是那样。陌生感顿时消失无踪，她在心里喃喃地告诉自己：

就是他，就是他。

他坐到她旁边的椅子上，手里拿着一个黑色的文件夹。

他只是来看看她，问她工作好不好，最近好不好？

那天晚上，她敲了他办公室的门。还在那张黑皮沙发上，他静静地要了她。过程仍旧很快，来不及有更多的表现。可是她喜欢。她光是看着他的脸，就被巨大的快感淹没了。她在他身下颤抖。

半年时间，他前前后后一共找过她五次。或者在开水间，或者在五楼。有多少次她等得心都焦了，他不来，可却总在她以为不可能的时刻，会出现。他说：

今晚你来么？

这怎么可能是询问？她当然会来。她会悄悄地在开水间等着，确保所有的动静消失，所有的门紧闭，所有的灯熄灭。

他至今没有留给她手机号码。她想问来着。她想问他究竟四十几，四十三还是四十四？她想知道他的老家是哪里？她想说电视剧里的废话，她想听电视剧里的废话。那些废话一句都不是废话。

有次，他仍然停了下来。她静静地看着他，料到他有话说。他把头凑近她耳边，她个头矮，他的上身弓成虾一样的。他说：

你多么安静呵。

本来有许多话想说的，他这么一说，她立刻明白，她最好少说话。倒是他自己，断断续续地说过一些闲话，说他看不惯咋咋呼呼的女人，不喜欢一点城府也没有的女人，不喜欢太艳俗的女人：

有些女人只贪图男人的钱……

他说话的时候，声调很低，每说一句嘴角都会习惯性地一撇，露出那沉郁的、无奈的表情。他一定会在这样的女人跟前束手无策，他一定受过这种女人的委屈。她情不自禁地抱紧他，摩挲他的头发，什么也不说。

他的臀部有一块拇指大的疤瘌。这种东西，她再熟悉不过了，乡下放养的孩子都会有的，他的腿上还有条二寸长的刀口，缝了针的痕迹，还有他的两鬓丝丝缕缕的白发，凑近了就能看得出，不仅胃，可能肝也不是很好，否则，怎么会这么瘦。不过，他的手指倒是修长、干净。不像她，拿拖把久了，手心里有茧。有次，他拉她的手，她躲掉了，觉得自己的手不怎么配得上他的。

还有一次，他起身穿衣的时候，她大胆地从后头抱住他，亲了他臀部的疤癞。一个人，经历了多少事才能走到今天，而且恰巧与她相遇？她紧紧地抱住他，恨不得抱进骨头里去。女人跟男人多么不同啊，男人只爱漂亮和正当时候的女人，爱女人光鲜亮丽的一面，而女人，她能够爱着男人的落魄和软弱，爱着他的伤痕、痛苦，过去以及未来。无论多少负重，或是两手空空。

片刻之后，他让开了。

最后一次时，他倒是说了换届进常委的事。他说：

没什么把握。

她顿了一下，才小心翼翼地追问了一句：

为什么？

他没有回答，她再不敢多问。除第一次外，后来他也没有在她的怀里睡着过，他事后说不到几句话就会理好衣裳站起身。她不得不紧随其后，整理自己，站起来。一站起来这个地方就威仪起来，特别让她不自然了，走到门口，听一听外头的动静，拉门的时候，他会说：

路上小心。声音轻轻地、柔柔地，那恍惚的不快会被驱散，她喜欢这轻轻柔柔的声音。

但是她会哭。有一天夜里，她哭着醒来，小马侧起身来问她：

怎么啦，谁欺负了你，我替你做主！

就是这么一针见血！她不敢看小马的眼睛，双眼紧闭，妄图从这个出租屋里飘出去。她慢慢明白过来。那个男人是吃定了她。他知道只要他一招手，她不会不来。他知道她忍得住事，他还知道她嘴巴严实，他都四十多岁了，他什么看不明白？

她不是没想过跟他一刀两断。万一被人知道了，会连累他的前程，她想象他失魂落魄地上前问她，她哽咽地告诉他：

你傻呀你，没有不透风的墙……

心里生出一股酸楚。牺牲的机会并没有。她从来没有给过对方失魂落魄的机会，他像一根随随便便、松松散散的绳子，随意垂在她眼前，随风摇摆，而她抓不住这根绳子，所以没有机会甩开这根绳子。那刚刚生出的酸楚里平添了一层苦涩。酸楚会涌到喉咙口。怜悯变成了悲伤。那条裙子，她再也不愿意看一眼，她把它塞进一只旧包里，再把那只旧包塞进门后的一个死角，可是，她还是经常想起那个凉凉的拉链头以及拉链拉开时发出的"嗞啦"的声音。

有一阵子，天一直下雨，下过雨后又天天刮风。整个城市的树枝日夜拼命舞动，发出长短不一的呜咽，尘粒弥漫整幢大楼，处处显得颓废和肮脏，人手不够，她被允许在各个楼层任意办公室整日擦拭：门框，玻璃窗，书柜和地板。她很乐意不停地寻找灰尘。每一个经过她身边的人都被她卯劲的样子逗乐了。她找来一个高脚板凳，专门擦拭门上那两块玻璃。

擦拭到他办公室的时候，她能看到他门里的日光灯是亮着的。她站在高脚板凳上，佯装要擦洗门上方的玻璃，理直气壮地从玻璃里看进去。

那个男人。

坐在办公桌前的副县长，正在训斥陈科长，耐月听不清他说话的内容，但是能听得见他的声音，他落音很重，吐字很快，脸红脖子粗，说了几句之后，他一拍桌子，桌子上的茶杯盖弹了一下。被骂的陈科长有五十多了，个头本来就小，头垂得厉害，根本看不到脸。骂人的时候，他比留在她记忆里的更年轻、更精神。他的头发，曾被她摩挲过的头发一丝不乱，还有他的白色衬衫，领子雪白、袖口整洁，更重要的是他的表情，恼怒、凶狠。他不再是那个腼腆、羞怯，对她的怀抱怀着依赖的男人。他是个副县长！骂累了，他端起茶杯猛喝了一大口，然后出了一口粗气，整个身子往椅子上一靠！

这是她第一次见着他发火的样子，是那样的陌生和遥远。这个形象竟把她吓着了。她的腿在高脚凳子上瑟瑟发抖。

她突然明白，她并不了解他，她只是断断续续听人议论过他。他指望下半年换届时进入常委班子，他担心下面人工作出岔子，他希望文化节上能有些出彩的节目以获得认同。

他的愿望不是秘密。是大家都知道的事实。

与她毫无关系。

那只皮沙发。那只牢牢贴过她皮肉的沙发，冰冷得发亮，黑沉沉地靠在墙边，跟他，毫无瓜葛似的。

她失魂落魄地从高脚凳上下来，抓着抹布快速逃离了走廊。

剩下的时间，她坐在开水间里，一动也不动。像是被一场雨淋透了似的，她从来没有像现在这样感到毫无希望。老实讲，她倒是真的没有想过什么希望，但是眼下，却分明被一种绝望击倒了。

晚饭的时候，她一口都吃不下，闻到鱼的味道都想吐，第二天，她仍然动不动就想吐。到了第三天，同事让她到医院瞧一瞧。

你有了吧？

下了班，她就去了医院。医生恭喜她的时候，她迫不及待地问：

多少天了？

医生掐了一下：四十天不到。

那怎么会吐？

这个很复杂，但日子不会错。

她高兴不起来。来的路上她就算过了，他最后一次要她快五十天了，而且，紧接着来过一次例假。她曾经生过这个大胆的念头：生个他的孩子！这个想法使她的内心一阵涌动，二十八年了，她没偷过人家一针一线，没冒犯过任何人，她交往过的人都能拿得上桌面的……现在，她心里有着邪恶的念头，生一个像副县长一样的孩子。她想象小婴儿被搂在怀里，合情合理地让人观摩她的疼爱，就算被唾弃，就算声名狼藉，永远回不到江心洲，可是有一个他的孩子，她才真的接近他，骨肉相连！有次算准了排卵期，她进过一次他的办公室，想问他晚上会不会留下来赶文件，结果电话响了，他赶紧接电话，没有来得及回她。

眼下，这个梦破灭了。怀着小马的孩子，她不愿意承认这个事实，甚至都不愿意往下走，走到那两居室的出租屋里。在那幢出租屋里，最要紧的是那盘咸菜，小马说了，什么都能没有，不能没有老婆腌的咸菜，从江心洲带出来的手艺。

遇到玻璃门的时候，她看到自己的面孔很僵，不像一个快做母亲的，倒像一个被检查出绝症来的。

她木木地往医院四周看：一个卖气球的老人正应付着挑三拣四的小姑娘；一个报刊亭子，风把最上面的一张报纸吹得哗啦啦地响，一个小男孩对着草丛撒尿……她觉得自己脱离了生活。没有什么力气了。

回到大楼的时候，四五个同事坐在开水间里吃苹果：

有没有问题？

没有，没有。她做起一个扬眉毛的动作，表示什么事也没有。

哪里来的苹果？她随口一问。

是张副县长的，单位发的，忘记带回家。都要坏了，喊我们处理掉，我们把里头几个好的挑了出来。

她推开同事削好的半个苹果，慢慢地走到杂物间。她装着想找到一件什么东西，背对着开水间里的那些眼睛，可是她的胃不听使唤，几乎有着倾巢出动的意愿，把她的整个心肝肺都要倒出来似的，拼命往上涌……

6

过了半个月，她便不再吐了了。她一天假都没有请过，谁也没有告诉。她知道小马一定会令她辞了工作，安心养胎，还会把她的母亲调来。她惧怕那热闹，像判她的刑一样。

她瘦了些，脸色苍白。她吃得少，像是下了决心，一定要在某个时刻之前什么马脚也不露出来。有时她拖地，劲使得格外大。像什么眼睛在看她，又像是自虐似的。她感到脆弱，孤苦伶仃，同时，更清醒了、有主意了、心思缜密了。

天气渐渐凉了。街上的翠绿开始往深里去，开水间女人的议论声也渐渐放缓了声，有了慵懒和倦怠的气息，甚至会出现长时间沉默的气氛。到了下班时间，一个个都争先恐后地往外溜。只有她，每回还是头一个来，最后一个走。

那天上午，她被喊到四楼。原来张副县长老家来了客人，五六个乡镇干部模样的人，挤占着皮沙发。那些人你一言我一语地回忆他们在一起的童年。他们早料到他会有今天。他们的声音里满是崇敬。办公室里全是烟味，每个人的手里都夹着一支。她看到他也大口吐着烟，对于恭维和客套，他打着哈哈，全盘笑纳。

来，抽我的，抽点好烟，不要客气，你们随意！

他完全不同往日，西装脱了，白衬衫的袖子撸到了大臂上，领带干脆没有。他递烟的样子特别慷慨大方。藏匿起来的乡音全部袒露在外，打手势的动作幅度也很大，看上去兴致很高。她给他们的杯子里续满水，出门的时候，他朝她的后背喊了句：谢谢啊！

这是头一回对她说客套话。她听到他对后勤人员说过这句话，她也听到他对司机说过这句话。她僵了一下，没回头。

中午她又过去了一趟，破天荒头一次，他人不在，门却是敞开的，可能是陪老家人吃饭，也可能送他们到车站。她细细地擦着茶几，她数了茶几上烟灰缸里的烟蒂，十九根。他桌上那只烟灰缸里也有六根烟蒂。

真来了兴致，他跟其他男人也是一样的。

她从来没有像今天这样精心地打扫他的房间。沙发她来来回回擦了四遍，像是擦洗她自己的心爱物件，又像是表白什么。所有的茶杯洗了，消了毒，放到门边的柜子里。她不是在工作。她在跟他谈心。她在抚摸他的气息。她在陪伴他……

他的西装搭在椅子背上，这件藏青色带暗纹的西装，质地精良，款式也好，真是衬他的，可眼下一股浓烈的烟味。这不是他一贯的味道，也不是她闻得惯的味道。她抬头看了看窗外的晴天，然后把西装送到了五楼的平台上。

平台上三四个民工在修补防水设施。其中有个男人，那双不老实的眼睛朝她瞟过来。嘴里吹起了轻佻的口哨。她白了他们一眼，那人的头发乱蓬蓬的，宽大的裤腿皱巴巴的，脸上有着一种四十岁男人才有的放肆轻狂的神情。她有点恶毒地想，他不知道穿

骚　江

成这样，挂着这样的表情出门多么遭人讨厌。他身边的几位也好不到哪里去，工服脏兮兮，身上永远有股汗臭味，不止如此，还有一种四十岁以上的男人她也很是反感：肚子腆出去许多，下巴直接按在锁骨上，即使位高权重，摆出一副凛然不可冒犯的样子，她也能看到他们内心的猥琐。这之前，她从来没有留意到四十岁以上的男人。这些隔了代的人，不在她的关注和理解范围内，一经出现就会被一笔带过。

她想起他，正襟危坐，双手搭在双膝上，不旁顾，但谁也不能说他是闭目塞听的傻瓜。走路的时候，他腰背也挺得直，目不斜视，脸上有一种淡定雅致的神情。

谁也不能与他相提并论。然而，多么遥远……

平台上系的两根绳子，平常用来晾晒抹布毛巾什么的。她先用干净毛巾把西装上上下下掸了一遍，然后将它挂在晾衣绳上，小心地理平整。她想等到一点多钟的时候再收回来，就一点味也没有了。

她再次走到五楼平台的时候，工人们已经不见了。一眼就看到西装被动过了。不祥的预感向她袭来。她几乎是扑到绳子边上，西装的领子边上赫然一个大拇指盖大的洞，她的心像被刀剜了一下。

她使劲睁着眼睛，既想知道是个梦，又想看得更清楚一些。她差不多站不稳了。

负责四楼卫生的陈洁看到耐月在平台上打转转，纳闷地走上来。一看到西装，就惊叫起来：

哦，天哪，你闯祸了！

一听这话，耐月反倒平静了，她看着陈洁，凌厉地逼问：

谁，谁干的？

可能就是刚才那几个民工。

可是，说什么都于事无补了：我赔。你不许吱声。

她的严肃劲把陈洁震住了：

我不说我不说，可是，他就要回来了呀！

领口上几个英文字母清晰可见。这是个大品牌。县里最大的百货大楼一定有这衣裳卖，一定的。

她有了主意，到开水间里拿了包就冲下了楼，招出租车的时候，有两辆空车都不停，她才想起自己穿的服务员的工作服。她赶紧脱了它，胡乱朝包里一塞。

来不及了，她开始奔跑，不过四五里路，不要多少时间。风很猛，行人太多，她差点撞上一辆迎面而来的三轮车，耳边呼呼的，她的眼里只有路，红灯算得了什么？喘不上气算得了什么？头发散了算得了什么，摔了一跤手心蹭破了块皮算得了什么……

百货大楼一共四层。二楼卖男装。她几乎是扑上自动扶梯的，她等不及自动扶梯那慢吞吞的样子，三步两步往前赶，撞了一个又一个人。她到底找到了那个牌子。

她不走运。

这种款式没有了。她贴着门口一个塑料男模就要倒。营业员心肠好：

我们县还有一家专卖店，那里可能有这个款。

一阵风。她觉得冷。阳光稀薄，有点透不过气来。专卖店不远，横穿一条马路，穿过三个小巷，再有一个红绿灯就到了。她在心里默念营业员的交代。横穿马路不怎么容易，街口一个辅警，戒备地看着耐月，只等她往前迈一步，便一声断喝。他们的眼光毒得

骚 江

很，有些人好言相劝，有些人呵斥。耐月心里急，越发对这些人有了怒意。她心里想：

狗眼看人，狗眼看人。

然后趁他转头，她一个箭步向前奔去，在那身后，是汽车急刹的刺耳声。

怎么样？我赢了！

怀着隐隐的恶意，疲倦不那么重了。再往前，是一条老弄堂，青砖，白灰拉的缝，斑驳陆离的，有一种年月久长的意味。她的心不那么躁了。

然而，走几步，便是新的街道，两旁都闪着霓虹。幻觉消失了。她得赶紧。

算她走运。这个牌子的衣裳店里有，这个尺码只有一件。四千八。

她没那么多现金。留下一百块做押金，她交代卖衣裳的小姑娘：

任何人也不准买，这件是我的。

她一出门，就有点转向。现在，我要去哪里呢？但是她的脚步看上去一点也不茫然，反倒显得笃定和沉稳。县城到底不大，她跑得又快，半个钟头便拐回了出租房，拿出柜子里的四千元现金，加上她包里的九百，还多出一百块。

西装被检查了两遍后放进袋子里。现在，一切都挽回了。她感到如释重负。数钱的时候，她手抖动得厉害。她看到营业员狐疑的手伸过来想接又缩回去。她想表现得自然一些，咽了一口唾沫才说：

我跑急了。

她说话的时候，嘴唇也哆嗦得不自然，她懊恼自己出洋相，她们一眼就看出她是闯了祸的。她们还一定以为自己买不起。自然是买得起的，小马也有一件一千多的西装，他也经常跟有头有脸的打交道，每回要见客的时候，她都会提前替他熨熨平。

营业员并不急着把钱放进抽屉，反而停下来告诉她：

其实你手上那件可以补好的，华联商厦门口有许多纺织厂下岗工人，她们补的衣裳跟原来的一模一样，你甚至都不用买。

怎么能？！她说。

往门外走的时候，身体很重，其实她心里很轻松，一件难题解决了。一到阳光底下，她的心情平复了许多。事情已经办妥，仿佛要归于平静。街上的人流也比刚才多了起来。人就像是从地底下冒出来似的，一个一个急匆匆的样子。反倒是她，经历了刚才的骚动，感到从没有过的轻松和虚脱。

陈洁的电话打来了：

买到没有？县长回来啦！声音压得低低的，耐月隔着街道和楼都能看到她一幅担当不起的表情。

我知道了。她说。

然而她走不动了。

华联商厦到底出现在十米外的地方。她挣扎着站起来，果然，在门左侧台阶上，坐着位皮肤黝黑的老妇正在补衣裳。她把西装递过去。

一百块。

能补到看不出跟原来一样么？

一个钟头就行。老妇人的声音生硬干脆。每个字吐出来有力、急促，寡淡无味。像是有把剪刀，在她的话从喉咙里出来之前，把

骚 江

杂音和水分都剪掉了似的。

补不补？

她摩挲着他的西装。这跟他朝夕相处过的衣裳，随着他来来去去的衣裳。她不忍心看这个洞破坏它。

补。

老妇人不再说话，接过西装。习惯性地掏了掏口袋。从其中一只口袋里摸出了一张纸递给她：

就这张纸，别的一样都没有啊！

这阴冷的声音使她很难受，这位老妇人像一根绷紧的钢丝绳一样将她跟周围的人和物都清楚地分开着。

她想：今天的事小马能料到么？这么多钱怎么跟他交待呢。还有母亲料到她怀了么？她们简直急得挂不住相了；还有开水间的同事，每回她们说别人的丑闻，都是义愤填膺，或是幸灾乐祸，这小小的芝麻大的消遣，她们哪里想到她的心里也藏着奸情呢？

我是多么表里不一的人啊！这个念头往日会使她生出羞愧，可是现在，生出的却是些许骄傲。她被这骄傲鼓励了：

我是真的什么也不图，我赔了。

前头有一个小小的公园。公园里有几张木头椅子。她挺了挺腰杆，咬着牙关往前走，几十步路，她差不多走了一刻钟，几乎是摔到了公园的椅子上。

现在，她不仅觉得冷，而且觉得累，她看到自己的鞋尖，跟制服统一配发的布面塑料底的鞋子，鞋跟略有点高。她看到鞋尖上沾上了一些泥，她看到脚下的青草地里开着一些白色的碎花。她还看到自己的双腿肿胀得像馒头似的。丝袜深深地嵌进了肉里。

又一阵疼痛向她袭来。

疼痛减轻之后，她慢慢展开他西装里的那张纸。原来是一张上岛咖啡厅的发票。一百五十九元。

上岛咖啡就在公园西侧。她从来没有进去坐过。她再笨，也明白，不是钱够不够的问题。

她站起身来，慢慢地走向上岛咖啡。足有四米高的落地玻璃门里放着一排排宽大的沙发。靠她最近的窗户边面对面坐着一对男女，那位长发飘飘的小姑娘，不知被什么话逗的，正乐得身体上上下下地颤动。

多么亲昵的关系，才能让人如此开心又松弛啊！她怔怔地看着那幸福的小女人可爱活泼的脸。

他一定也是和某位漂亮的小姐这样面对面坐着，一定也会如此用宠爱的目光欣赏着对面的女子吧？他会不会握住对方的手，向她表白他是多么爱她？

然而这都是臆测，她并不了解他。不是睡了就有权利了解，了解和睡其实是两码事。他的梦想，他的前途，他的信仰……伤口是深藏的，黑暗也是深藏的。他的愿望达不到的地方，捅不破的迷雾……全部跟她无关，就算踮起脚尖，也够不到他的灵魂……她再特别，也不过是个特别的服务员。

她转过身子，慢慢走回公园。

疼痛再次袭来。硕大的疼痛从她的腹部往外蔓延，渐渐向着她的胳膊，大腿，心脏和脑门……她记得自己捏住拉链头，她一发力，拉链"嗞啦"一声。

广场上的大钟悠长而清脆地响了起来。五点整。天色黯淡了许多，好像有层纱布从上面往下一罩。她站起身来，走向华联商场门口。西装上使她胆战心惊的小洞魔术般地不见了。她递过去那张

骚　江

仅有的百元票子，摩挲着那件似乎恢复如故的衣裳，心里充满了温暖。反倒那件新买的，捏在另一只手里，她从头到尾都不曾摸过。

手机又在包里呼喊起来。她装着没有听见。现在，路更不如刚才平坦了。

她上了一辆公共汽车。拉着吊环，身体仍旧不稳，她摇摇晃晃，她的眼睛直逼几位坐在那里的男人，谁都看得出她浑身哆嗦，身体有恙，可没有人给她让座。

她紧盯着靠她最近的一位年轻男人的侧脸。她盯住他轮廓分明的脸，那张脸意识到她的目光，不自然扭动了一下，然后把脸向窗外侧了侧，她不依不饶地跟着他的脸移动自己的目光。她感到温热的东西充溢在双腿之间。她感到有东西撞到她的腹部。这摇晃的、空气浑浊的车厢令她感到窒息。她吞了一口唾沫，艰难地盯住眼前的这张脸。仿佛这可以缓解疼痛似的。

车子开了两分钟，她突然拍起了门，下车，下车！

哆哆嗦嗦，带着歇斯底里的哭音把她自己吓了一跳，被她的声音吓着的还有整个车厢的人。他们看向她。仿佛她是个怪物，又或者是个刚刚作案的贼，怀里揣着赃物。好在，车门打开了。她跌跌撞撞冲下去，跌坐在街边。

眼前是座架了脚手架的高楼。到处都在建设之中，到处都是废墟。

手机再度响起。一种恶意的念头生出来，她很想对着手机说：

你知不知道，我跟他睡过？

这个念头使她的疼痛感一瞬间减缓了……这颗炸弹一扔出去，立刻能看到火光万丈，直冲云霄……她被这虚幻的场景振奋了。

然而，从此之后我就是开水间代代相传的笑话了。

黑夜降临了。绿叶红花全部隐没在暧昧的泛黄的路灯之下，天地楼房都灰蒙蒙的，嘈杂、带着暖暖的凉意。

　　一辆肮脏的渣土车驶了过来。地面的震荡，使她的疼痛成倍加剧……并不像有什么东西在撞击她的腹部，倒像有只手伸了进去，正在里面摸索什么……

　　她有点不相信似的用手抵住了自己的腹部。身子尽量佝到一起，剧烈的疼痛过后升腾起奇妙的无力感，汗水浸染了她的额头，模糊了她的眼睛，她并不觉得难受，相反，她觉得往日那平平静静的身体显得过于平淡和含糊了，这一刻，像汹涌的波涛，又像是身在风驰电掣的火车上……

　　她想起第一个跟她睡过的男人。他给她送过鱼，表达过对她从上到下的需要和负责；她想起小马，给过她体面的婚礼；可是这个人呢，这个她心心念念朝思暮想的男人，他甚至都没有带她去过旅馆。开水间的女人议论那些不合法的事情时，不是说，睡觉、上床，就是说，开房。她也很想在那白色的席梦思床上有那么一次。她也很想听他在耳边轻轻地说句我爱你。这样，她就有勇气对他说：

　　我爱你呵我爱你呵。

　　她多么想自豪地说这个字，如同是她的发明。然而，他没给她这个权利。他是高她一等的。他是一直向前走的人，经过她的时候也没有停下脚步，而她，在经历他的那一刻便留在了昨天。她隐隐约约而又真真切切地看到了这个男人，看到了他亲自展示给她的片刻，也看到了其余的时光。

　　身子底下越来越热乎，像贴着刀片一样热乎乎的感觉……

骚 江

  一个骑自行车的人缓慢地经过她，又频频地回头瞧……
  不要看我的脸，她在心里乞求，不要看我的脸……
  她倚靠在树干上，像一个无所事事的乞讨者，又像苦苦思考着的哲学家，身体不再有什么感觉，灯火在闪烁，一切都很平静。
  困倦袭来。痛楚奇迹般地消失了。
  ……她不恨他。她看着拉开自己拉链的那只手，想到当初，她是那样的毫无招架之力，说到底，不是他强迫她，是她自己，看到了虚幻的光亮……她想起他那愁容满面的脸——她想起那压低的声音：这里不是说话的地方……他真可怜，他比她认识的所有人加起来都可怜！

  去单位已经太迟，什么也无法弥补了，可是带着两件如此昂贵的西装回家，则意味着要编排更多的谎言。何况她失去了所有的力气，一步也走不动了。
  现在，她的命运一目了然。

骚　江

1

　　整桩事情的前前后后，革美望在眼里。

　　最开始是那年热天。七岁的革美亲眼望到江心洲靠西头渡口的芦柴荡崩进去老大一块，大江一下子拐进来一大块。江边的哪个洲不是这样连崩带漏，几年就被长江吞成心窝子去的？但今年不一样，先是一只白色的轮船"突突"开过来，停在了江心洲的渡口。从船上下来十几个穿中山装和皮鞋的人，有的戴着眼镜，有的胸口挂着水笔，有的扛着一只三脚架，上面摆个收音机差不多大的东西，对着江滩东看西看。没等江心洲人明白什么来头，轮船又"突突突"开走了。过了几天，江边上停满了一条条水泥船，每条船上都装着满当当的大石头，石头个个顶磨盘大。十大船的石头扔进

骚 江

水里。哗啦啦，每掀一块，都能扑进几丈高的浪头。随后来了一批人，等水位一落下去，将江里的石头搬到岸边，像垒房子一样和水泥，披缝，忙活了半个月，这些石头全都平展展地贴着江滩，像一队训练有素的士兵把在江滩上替江心洲大队站岗放哨。江滩不叫江滩，叫石滩了，有风大浪大或是有轮船经过，浪头往石滩上一打，打个滚就自动溜回江中；石滩呢，纹丝不动，过一会儿，浪头又不死地扑上来一串，末了还是灰溜溜地退到江心里。人们惊奇地发现，在石头面前，气势汹汹的江水第一次变得不那么可怕了。不久，这些被江水和阳光轮番拍打和照耀的石块就光滑锃亮，太阳一照，闪闪发光。

有石头护住的江滩果然牢多了，一浪接一浪，没码石头的地方纷纷塌方，而原本只用来堆坟头的渡口四周一点动静也没有。不多久，这一排五百多米长的石滩成了江心洲人们的骄傲和排场；原本最危险、每年防洪重点的坝头现今成了最安全的地带。一到天黑，来往经过的船只三三两两地往这边靠，先是一两只，后来是三五只，有划桨的小摇船，更多的是吊着粗麻绳的水泥船。

当江心洲的男男女女忙于挑水、浇肥、种棉花，行走在地头田间，为几个工分忙得屁滚尿流、汗流浃背时，船上的男老大坐在船头打盹，而他们的女人和孩子则大白天躺在巴掌大的船舱里弄扑克。他们集体呈现出游手好闲的姿态，摆放在辛辛苦苦的江心洲人面前。

每天早上，他们还挎着一只篮子，穿过江心洲的堤坝到镇上去买菜。

那时，革美还不明白这是怎么回事，跟江心洲又有什么相干。母亲史桂花对着父亲家富耳朵边上的唠叨似乎就是这艘水泥船的注解：

你瞧瞧，真有不种地不挑水就过的日子，你望望那些女的，手不提肩不挑照样顿顿吃肉！

顿顿吃肉是母亲夸大其词。可是经过母亲的注解，革美明白了世界不只江心洲这么大，生活不只是种地拾粪、养鸡喂猪。而母亲希望父亲有一天也能使他们全家过上这样的生活。

随后，革美看见大伯家义一趟趟往渡口跑。他今天贩猪，明天贩黄豆，后天贩菜刀。有一次，革美瞧见风尘仆仆的大伯穿了件四个外袋的毛涤中山装，在他往家走的路上不停地摸着脸的手指上套着一个黄灿灿的圆圈。

在江心洲人好奇的注视下，吴家义停下脚步，热情地告诉她们：不要以为这是耳丝，套在耳朵上叫耳丝，套在手上就叫戒指。

吴家义自作聪明的解释当场引来哄堂大笑。可是就在这一天，革美从母亲那里听到了新的注解：

你比你大哥差？你大哥扁担大的一字都不识。你呢，上过四年学，他都能挣到钱，你就不能试试？

没过几天，吴家义就说服了一贯跟他水火不容的大儿子保国，带着保国一起走起了发家致富的大道。

可是父亲每天照常侍候刚刚分到手的五亩三分地。浇园子，施肥，整枝打杈。

你就把这些棉花供起来每天磕三个头，它也结不到三十个棉桃。

家富不作任何回应。她的话就像掉进水里的水，她不得不提高频率：

你就望着别人吃香喝辣干瞪眼？

骚 江

你瞧瞧，一到雨天，这屋哪能住人？

革美上头有一个哥哥胜水，下头有一个妹妹贵珠。兄妹三个的床挨着后门边的灶台。一到下雨天，他们的床上床下放满了盆盆罐罐。

你不怕房子倒下来把他们全部砸死？

史桂花利用自己的白天黑夜能接近吴家富的优势，加大了游说的力度：

儿女个个眼看大了，老是挤在一张床上也不是办法。

革美放眼望去。墙灰驳落，屋梁发黑，屋后墙上全是蜂窝，捡漏时换下的瓦片用手一捻就碎了。后屋墙根长着青苔，绿得发黑，用手一摸，光溜溜滑手。

后来，村里不断有人成了小贩，成了木匠，成了瓦匠，成了猪贩子，木材贩子。

革美晓得父亲终于动了心。有天她听到父亲在小脚奶奶马兰英屋里说话。

我要是也能跑买卖，说不定也能发大财！

大财是什么屌东西？她听见爷爷吴四章把胡子一吹。

发了财这屋就能换砖瓦的。

老子不稀罕！

眼看老三都要念书了，这些嘴巴吃起来也凶得很，哪天没有两三斤米挡得住？

老老实实种地，肯定饿不死！

饿不死就中了？还得让他们念几年书，不能当睁眼瞎。

爷爷奶奶的屋子连着革美家，中间只隔一堵墙。一有空，革美就瞧见爸爸往爷爷的屋里跑。一回二回三回，革美望到爸爸悻悻然地回来。

腊月头上，一天夜里，革美被一阵窸窸窣窣的动静惊醒。她从被窝里探出身子，瞧见父亲拎着一只蛇皮袋，偷偷打开后门，一闪而出。革美刚要叫，妈妈立刻紧张地摆手，还踮起脚尖走到床边，瞪起眼珠小声警告她：

不要吱声，不要给隔壁老货听到！

第二天天亮，父亲离家的秘密就被爷爷奶奶发现了。这对老人举着双臂，满脸被泪水裹挟着向渡口冲去。哪里还有儿子的影子？

后来革美才晓得，父亲转瞬之间已经成了一个木材贩子，跟一个镇上人一起去了江西。

跟妈妈预想的一样。爷爷奶奶头几天哭、闹、咒骂、咆哮，有两回还带根棒槌要砸妈妈。有心理准备的史桂花一概以躲避应之，她小声告诉儿女们：

等着瞧，你爸要是赚了钱回来，他们俩眼珠子瞪得比谁都大。

可是接下来，这老两口并未因为史桂花的忍让而有所收敛，他们表现出的惊恐和狂怒大大超过了史桂花的想象。

他们站在门前，用手轻抚门前的万年青。革美晓得万年青是爸爸从外头挖回来栽的；他们走到粪坑，粪坑边的砖是家富码的；他们望到板凳，有一条是儿子经常坐的；家富用的锄头靠在门后；家富下地的球鞋摆在墙边；家富养的三个儿女个个眼珠子骨碌碌转，活的。

他们一次又一次在半夜哭醒，儿子在他们的梦里三番五次地死亡。头一回自然是死在滚滚的长江里，后来他俩的梦有了分歧，吴四章梦见儿子沉入江底，而马兰英则梦见儿子漂到了江滩上，她声

骚 江

泪俱下地告诉吴四章：

他是活活冻死的呀！腊月里水凉哪！

疯子，一对老疯子！

隔着墙，沉浸在财源滚滚的幻想中的史桂花恼羞成怒地告诉儿女：

你两个伯伯一个是上吊死的，一个是放牛淹死的。你爸爸不想上吊也没去放牛，不晓得他们发什么神经？再说了，要是命里注定你爷爷没儿子养老送终，就是把他藏在茅房里，他也会掉进粪坑里淹死。

根据吴家富临行时的预计，他将用四天的时间到达江西，再花四天的时间回来，中间购买木材时间三到五天，这样，他会在半个月后赶回来过年。史桂花在腊月二十八赶往镇上的木材贩子家，遭到了木材贩子老婆不以为然的嘲弄：

江西的钱放在大路上就等他们弯腰捡一捡？

看到史桂花臊得通红的脸，她缓和了一下，用一个城镇居民的见识安慰六神无主的史桂花：

想发财哪能不担点惊受点怕？

史桂花从镇上失望而归，面对公婆的注视第一次别过了脸。

一个月过去后，吴家富仍然杳无音信，史桂花由期盼发财的喜悦逐渐过渡到亲人无归的焦灼。在再度赶往镇上的路上，这个每时每刻喜欢挑剔和抱怨丈夫的女人，像一只不安的老鼠瞪着警惕的眼睛。

这回合伙人老婆的口气缓和多了：木材长在山上，总要一斧子一斧子砍吧？

现在，她不敢面对公婆了。她公婆石破天惊的号叫已经慢慢变成悠长而低沉的哽咽了。

　　大正月里，唱戏班子一场接一场的演。村子男男女女相扶相携着到田家墩、饺子湾看戏，可是吴家富仍然杳无音信。史桂花已被煎熬得六神无主，寝食难安，这次她铁了心要到镇上问个青红皂白。结果刚一踏上人家的门槛，那个女人像见到亲人一样一把抱住她：

　　我不想活了。

　　到此时史桂花才知道，她男人根本就没去过江西，此前也没有贩运过木材。更要命的是，他鼓动家富借了这笔一百元的巨款，而他自己只筹到了四十块，如今，债主已经将他们家的饭桌搬走了。

　　兴许早就饿死在江西了。

　　对丈夫的担忧使这个妇女已经好几天羞于吃喝。她现在唯一热衷的就是历数自己的不是。她对着史桂花眼泪汪汪的，城镇人的优越感无影无踪。到末了，还是史桂花烧了碗稀饭送到她嘴边。

　　我不吃，我对不住你，不如死了好。这个女人心神不定地抵挡稀饭的香气，悲伤也随着冉冉上升的热气向空中扩散。

　　说不定他们发了大财，一时半会走不开。

　　这句话好歹安慰了饥肠辘辘的女人，她推了一会便顺从地接过碗，呼哧呼哧地喝起来。

　　后来，两个丈夫双双满载而归后，这两个女人突破城乡差距，结成干姐妹。史桂花深信自己是结识这门镇上交情的有功之臣：

　　要不是我，她饿死在家里也没人知道，镇上人情寡淡。

　　而当其时也，吴家富音讯渺茫，江心洲种种推测已应景而生。更有些人对异想天开的吴家富给予强烈的批评，批评愈强烈，同情愈深厚：

骚 江

种田怎么说也不会死人哪!

这口气像是断定吴家富已遭遇不测。

还有人悄悄建议史桂花去九华山烧烧香、拜拜佛：

兴许能感动老天。

史桂花的豪迈被恐惧笼罩了。她本来就缺少经验和判断的眼神茫然无力地盯着那些倚老卖老、以为了解天下大事的人们。

革美那时还不是很确切地明白什么是死亡。令她恐惧的是恐惧本身。就是从那时起，她不断地听到关于自己家族的奇怪的命运，关于爷爷吴四章命硬的传言：他第一次掉进长江，害死了自己的父亲；六四年大水，他失去了掌上明珠二儿子；同年，他的好端端的小女儿家秀又得了脑膜炎成了哑巴；七〇年，他的大儿子为一个女人就上了吊。七九年，前途无量的女婿田会计莫名其妙得了胃癌。现在，轮到仅存的小儿子了。经过搅拌的谣言在空气里来回窜，回到革美家的房梁上盘旋。母亲史桂花身上那种咋咋呼呼的辣劲就像是从别人家借来的东西一样不得不归还了。她每天偷偷地躲在被窝里一阵呜咽，天亮后头也不梳，脸也不洗，饭也不煮，浑身绵软地坐在门槛上朝渡口张望。她的脸上已经呈现出预知大厦将倾的绝望，麻木的表情活像一团捏成人形的面粉，随时等待有人将她捏回成烂泥。吴胜水吴革美如今也习惯了抻长脖子对着渡口看。只要有人影子出现，他们的瞳孔就会放大，最后，在来人愈走愈近的身影下垂下失望的眼皮。

二月初二，史桂花终于彻底放弃幻想。她抱住儿子吴胜水哽咽地倾诉悔意：

是我财迷心窍，把你爸害死的呀!

话音刚落，吴四章突然从旁边横到跟前。史桂花抬起泪眼，以为除了悲伤，她又要开始一场口水战，结果，吴四章在史桂花停住喘气的当口，绷着脸字正腔圆地宣布：

从今天开始，一日见不到尸首，一日不准哭丧！哪个敢哭，老子敲掉她的牙！

震慑住史桂花之后，吴四章的口气缓和下来：

天大的事由老子来顶，老子就不信那狗日的敢不回来。

他的小脚老太婆紧跟其后。她咬住下嘴唇，硬是把满出来的咸水逼回眼眶。

这对婆媳斗了十多年，吵了十多年，让吴家富夹在中间为难了十多年。突然之间，婆媳二人冰释前嫌，一个门槛里，一个门槛外。你绷住腮帮子，我咬紧牙关，把过去十多年的仇恨都吞进了肚子里。新鲜的和平在房子里出现了。

学会从脸上看人，就是从那一回。革美清晰地从吴四章的脸上看出了他没有说出口的话：

老子不相信什么狗屁命里注定！

吴四章不信！他不相信老天真这么搞他，他不相信这就是他的命、他的下场、他的结局。月亮从吴四章的头顶扑出来了，把绰约而迷离的光慢慢地铺出来，像一只眼睛，打量着这个安稳、冷清、温馨的村子。革美记住了这个情境长达三十年。

那天之后，吴四章一直保持着从未有过的平静和豁达。在史桂花打不起精神整天萎靡不振的时候，他一大早起来，扛起锄头踏着露珠，走向地里，给早春的麦苗松土、施肥、拔草。他干完自家的活，便分秒不停地挪到儿子的地里又是锄草又是浇肥。到了傍晚，他端坐在他的四方桌前，让晒得黑黝黝的光头裸露在风里。四

骚　江

方桌前摆着一碟花生米和一壶烧酒，他独自一人，倒一杯烧酒，抿一口，吃一粒花生米，再抿一口，吃一粒花生米。花生米在嘴里嘎嘣嘎嘣地响，他神情平静地盯着鸡鸭上笼、猪狗进窝；在他的脸上更看不出对儿子生命的担忧，也没有对难以把握的未来疑虑重重，似乎只有对酒的细心品味。端坐在他对面配合他静默的是他往昔争斗了几十年的老太婆。老夫妻干了几十年的仗，针尖对麦芒地斗了许多年，在许多事情上水火不容，彼此什么难听的话都拿出来相互攻击过。可如今，他们保持原状久久不挪动一下的身影，显现出恩爱夫妻的气味。他们久经沧桑的背部长时间沐浴在夕阳之下，皱纹遍布他们那两张饱受风吹日晒的脸，堆在他们的眼角，堆在他们唇边。

一九八一年的三月初三，那个阳光明媚的午后，一望无际的江面上，出现了一只几十根碗口粗细的木头扎成的木排，缓缓沿着长江北岸从下游驶下来。木排慢慢接近江心洲头的水面。吴家富头戴草帽手持长杆站在排头，敏捷地撑着木杆，忽左忽右，树枝和水草在他的木篙下一一闪开，排尾站着他的合伙人。在一望无际的江面上，他的出现如同昏暗夜空下的一轮明月，令人瞩目。

吴胜水吴贵珠欣喜若狂地往江滩冲去。听到叫喊，吴家富略带羞涩地轻轻一笑，轮起长杆拍打了一下江面，以飞溅的水花作为对孩子们兴奋呼喊的回答。不久，史桂花也响应了儿子的号召，她边梳理头发边迎向岸边，她好久不使用的能惊飞整群鸡鸭的嗓门同时响了起来：

你还晓得回来啊！

她的嗓音颤抖，显现主人虚脱无力的体征下掩藏的如释重负。

革美和哥哥妹妹几乎在同一时间捕捉到这个信息，他们不仅看到了父亲，同时找回了原来的母亲。叫喊变成了狂呼。终于，邻居们纷纷也涌到岸边，观看由吴家富带回来的这个奇迹。

木排离江滩还有几尺远，吴家富迫不及待地一个鱼跃跳上岸来，大伙这才注意到，吴家富双脚上的解放鞋千疮百孔，裤腿湿淋淋地沾满泥巴，露出一截脚脖子，脚脖子黑乎乎的，而脚脖子下面的脚丫则泡得胖乎乎、白生生的，像一截截刚从地里拔出来的白萝卜一样醒目。

众目睽睽之下，吴家富威风凛凛地踏上江滩，踩过芦苇根，他欢快有力的脚步每落到脚下的土地上，就能听到泥土吱吱的欢呼；为了不显得过于浮躁，他有意放缓了步子，可是他的目光早已从众人头顶掠过，直达倚在门框上的马兰英和吴四章。吴家富朝门槛边的母亲投去充满自豪的目光，他还没来得及喊出一声妈，就看到在马兰英的身后一个高大的身影轰然一声倒在地上。

"哪个狗日的说老子命硬，老子信个屁！"吴四章嘴角咧了咧，说出了只有马兰英才听得见的话。在他眼睛里渐渐熄灭的光中，是一朵蘑菇状的白云悠悠飘荡，白云的上头就是老天。在老天下头，是活生生的儿子带着笑一路小跑着奔向家门口。这一刻，他已经向老天证明事实站在他这边了。

大！

吴家富甩掉手上的草帽，他的笑容一瞬间被甩进了空气里，巨大的惊恐同时哗啦啦地灌进他张大的嘴巴里。他爬上堤岸，一个箭步扑向倒在地上的吴四章。在家富抱起父亲身子的一刻，吴四章松软无力的眼皮猛地一瞪，咔嚓一下，再次把儿子从头到脚装进了眼眶。他松弛的嘴角微微一扬，仿佛一丝笑意在心里展开，随后满足

地闭上了眼睛。

2

吴革美亲眼瞧见了整个家庭从父亲归来的喜气洋洋中迅速奔赴到悲痛欲绝的全过程。这快速转变的过程给了她无比怪异的体验，一种极不可靠的感觉。成年以后，吴革美才找到确切的比方来形容当时的情景：才见阳光明媚，空气清新，紧接着就大雨倾盆，悲水成河。

那年她八岁。后来，她到了十八岁，她没有忘记那些事；二十八岁，那些事仍然历历在目；纵然再过十年，革美仍旧记忆犹新。革美终于承认这些事长在她身体上了。

从江边停靠第一艘水泥船起，江心洲人就意识到，这世界上有另一种生活。

在吴四章的葬礼上，吴家富的哭声盖过了自己的姐姐妹妹。他大口大口地喘着粗气，伴随而至的是他响彻云霄的号叫：

大，我再也不出门了，大，我是不孝的罪人哪！大，我不该财迷心窍啊！大，我往后怎么办哪！

他初次闯荡的成果被邻居们一根根从江里拽上岸，一路湿淋淋地拖向岸边。很快，队里最好的木匠被请来给吴四章做棺材。当好心的木匠准备挑一些有枥疵的木头打棺材时，吴家富嘶哑的声音果断地响起来：

拿最粗的木头，给我大做最厚的棺材！

在左邻右舍的帮助下，吴四章换上了里外一新的寿衣。他顺从地躺在那里，任人翻过来、覆过去，举胳膊抬腿。丧事的全部大小事项：选坟地，买蜡买香买纸买菜等诸种巨细事务，全是吴四章的侄子吴家义做主。而吴四章一辈子的爱人和敌人马兰英则反反复复地诉说了吴四章的冤屈：

你还一天都没来得及享儿子的福啊！

你儿子才刚刚出头啊！

马兰英的呼嚎一刻不停。

说吴家富出头可不是马兰英的瞎话，那江心里扎成一排的硕大的木头，个个都无声地展示着吴家富的本事。

不久后，整个江心洲都听说了吴家富首闯江湖的传奇。吴家富在对外部世界一无所知的情况下，凭着流言赶赴江西。第一次出远门，身上揣着老丈人担保借来的一百块钱，和合伙人风餐露宿，日夜兼程，吴家富终于在十天后到达江西。到江西后，他知道了两个基本事实：第一是江西没有不花钱就能砍的山，第二是他的合伙人手里只剩十块钱了，他自己还剩六十。一路上，吴家富已经亲眼看到了外部世界的繁华富丽，再看看自己的寒酸、不起眼的外表和合伙人茫然布满血丝的眼睛，他立刻感受到一种刻骨铭心的悲哀。他知道就算想逃避也无法回头了。这是一次冒险，也是一次革命。当他们又用了六天的时间找到了一片待卖的山林时，他们两个身上加起来只剩下五十块钱。当地人一看到他俩那失魂落魄的模样，看都不愿看他们一眼。屡屡碰壁，已经在别人的屋檐下睡了两三晚的吴家富和他的合伙人又冷又饿又累，甚至发起了高烧。然而，他想到一回去，就要过吴家义的日子，他就身上发冷。这样回去连累了父母，遭人嘲笑，不好跟丈人交代，说不定会被债主追上门活活打死。他的脑子里已经出现了悲痛欲绝的父母，同时仿佛也看到父母

骚　江

　　得到自己的死讯后双双携着手走向江心的情景；他还仿佛已经看到自己死后儿女们就跟吴家义家的保国保地一样连粽子也吃不到，念不成书，人见人欺。巨大的绝望一点点一点点把他淹没。他被这泛滥的恐惧震醒，想到父母就要死了，他又被巨大的伤心笼罩住了。再度平静下来后，他明白了，自己根本不怕死，一想到自己快要死了，他没有感到难过，相反，有时也觉得是巨大的轻松。但是他怕他死后还能看到父母死，这才是世上最可怕的事，比死更可怕。

　　多年之后，吴家富透露过给儿子：

　　绝路走到底，前头还有一条路！

　　他没有对此展开描述，儿子也没有细问。他说的正是此时的心境，他知道自己无路可走了，无路可走的吴家富脑子突然开窍了。

　　他捏着自己的口袋，只露出小小五张十块钱的一只角，凭借这种暴露而引出的神秘感，他们反复给对方讲明自己是头一批，是来探路的：

　　要是我真能带木材回去，你这一片山就不愁卖不出去了！

　　接着他肯定地告诉对方：

　　我要是买得太贵，他们就不会来了。

　　这句话产生了决定性的影响，对方接过吴家富的五十块钱后，顺手画了一个打麦场大的圆，慷慨地说：这里面归你们了。

　　吴家富目测了一下，这打麦场大的地盘上的木材大大小小少说也有四百根木。接下来的问题是如何把这些木材砍到地上，又如何把这些木材运到山下，从江西运回江心洲。

　　吴家富和他的同伴徒步走到山下，走了几十里地，终于寻着一处靠水不靠山的村庄：

　　帮我砍十根我送你们一根。

这种诱惑很快吸引了几十位满身力气的农民,他们自带镰刀和斧头浩浩荡荡奔向山头,用了一天的时间,将他们地盘上的木头统统放倒。

运到山下十棵送你们一棵,吴家富用同样的手段使自己的木材到了江边,在跟运输船谈判时,吴家富运用的还是这一招:

搬十根上船,搬九根下船。

虽然一路上,他们不得不一次次利用自己的木材跟江船上的人换来盐、大米和肉。每经过一次关卡,他们总要反复研究他们的作息时间,在确定什么时间段无人时才过卡,偶尔他们也会遇到突如其来的检查,这时他们就会拨过去一批木材来孝敬工作人员。千里迢迢的路途,吴家富就是用这种方式一步步接近自己的家乡。到了芜湖境内,他再也舍不得仅存的一百多根木材了。他们晓得,再雇一条船的话,到达江心洲,这里的木材最多只能剩下五十根了。接近家门给了他们一股新的勇气和力量,他们买来铁丝和麻绳,将这些木头编扎木排,沿着江岸漂流而归。

他们一次次在汹涌的浪涛前受尽惊吓;在湍急的水域,他们的排几次被激流冲散,好几根木材来不及捞回而顺流漂走;吴家富因为不会游泳,用一根木材从一艘水泥船上购买了一件救生衣,他们在江里耗时二十多天后带着仅剩的成果到家。他分得的四十根木材有三十多根卖掉还了高利贷,其余的别无选择地成了吴四章的棺材,而他吴家富除了一肚的悔恨和悲伤之后仍然跟当初一样两手空空。但关于吴家富空手套白狼的故事已传遍附近的各个村镇,他成了江心洲英雄式的人物。

在很长时间内,吴革美都不敢面对父亲的眼睛。那双刚刚上

骚　江

　　岸时喜上眉梢、志得意满的眼睛在一分钟后就被惊恐灌满了。他嘴角的笑容刚刚飘在空气里，绝望的呼号就紧随其后，吴革美仿佛看到，笑容和悲伤的号叫在空中"呼"一声激烈相撞，最后，悲伤像一张网，把整个房前屋后统统盖住了。欢喜则像条狗一样腾就地溜走了，没影子了。

　　慢慢长大的革美，听到娶亲、祝寿、参军、房屋落成、婴儿出世等一切喜庆的鞭炮一响，内心就会一激灵。她会跟随人流奔向喜庆的场所。那里有大红缎子被，有穿戴一新的大姑娘；她记得新娘子昨天在挑粪的时候，苍蝇还跟在后头，她响亮的嗓门一路追随着落日，走向地头；今天，她就焕然一新，羞羞答答地低头垂发，迈着矜持的小步走向新生活。她挂在脸颊上的两滴微小的泪珠根本压不住她眉梢上的喜悦。如果说是鞭炮将大批的孩子吸引过来，不如说是这突然间焕然一新的姑娘令人感到人生神秘。在孩子们等待散发喜糖的时候，吴革美的眼睛会左顾右盼，她在等待一种不幸快快降临，她仿佛已预感到一股悲伤的洪流即将滚滚而来。糖果、红枣，方片糕洒下时，吴革美还不忘警惕地捏紧自己的双手。当她突然意识到，糖果洒下来那会儿，要是她的手还捏得这么紧就抢不过别人时，她企图张开手指，但是，糟糕的是，此时，她的手突然不听使唤了。她怎么也伸不开自己的手，仿佛有一根绳子紧紧地绑住她的手指，这根绳子小声交代她：

　　手一张开，就要死人了！

　　所以，每次糖果纷纷扬扬从天而降时，最后弯下腰来，瞪着呆鹅一样的眼神颗粒无收的肯定是吴革美。

　　革美身上那种孩子在接受无法理解事物的聪颖和恐惧，到了史桂花这里只是弱智和笨拙，史桂花只会用手心里糖果数量来衡量孩子们的本事：

呆货，上不如哥哥，下不如妹妹。

史桂花发现，革美跳房子，跳不到格子里；踢毽子，踢不到毽子上去；就连躲猫猫，她也没哪次不被找到。

当吴革美屡屡空手而归并被责骂时，她内心的放松和快乐远远大于没有得到糖果的遗憾。她庆幸自己的失算，庆幸事情比想象中好得多。犹如站在悬崖峭壁，即将栽向无底的空洞，而今平安回到家里，内心的挣扎和回归现实的喜悦使她看上去脸色苍白，就像跟谁打了一架。虽然遍体鳞伤，到底是胜利归来，可是哥哥妹妹们吸吮糖果的咝咝声，却更使她显得委琐呆滞。

有好多次，吴革美暗暗要求自己，喜庆的鞭炮一响，立刻冲到孩子们前头去。有次当远道而来的新娘子露面时，她跟抢位的孩子们发生冲突，发出了像别人一样刺耳的大喊大叫，但是，盘旋在她脑子里的那个强大的声音并没有被驱逐、被遗忘，相反，她叫得愈大声，那个声音就更迫切地喊：快来了，要来了……

直到硝烟散尽，人群离去，天色大暗，她才大病一场似的拖着疲惫的身体回家。她没有为空手而归沮丧。她的身体里藏着朦胧的轻松欢快。她这样离奇地稀里糊涂地面对自己的失败，在史桂花看来，是如此匪夷所思。吴革美长得像极了吴家富，而吴家富长得像马兰英，所以吴革美的眉目也像极了马兰英，她不止一次听到母亲忧心忡忡地说她：

长得像那个老货，肯定没什么好命。

从母亲嘴里，革美已经断断续续地搞清楚家里的状况。爷爷一生共养了三儿两女。两个伯伯死后，为了保住仅剩的小儿子家富，吴四章把远在十里墩的大哥的儿子家义过继过来，帮他全家在江心

骚 江

洲落了户口，分了地基和菜园子。果然不久，家义心血来潮，借遍了整个江心洲，筹得二百九十块，干起了贩牛的买卖。结果，好端端的牛没来得及出手便死在半道上。吴家义从把"四大"喊成"大"之后，就立刻成了江心洲最穷的一户。这个雄心壮志的江心洲第一穷养成了打老婆的习惯。打老婆的习惯使他和儿子之间常常恶语相向，甚至有一次被儿子用棒槌砸碎了鼻梁骨。而前途无量的大姑父，由于娶了她的大姑家珍便早早死于胃癌，留下两双儿女给大姑。至于她的哑巴小姑呢，也只有村里的二流子方达林才肯娶。

吴革美明白无误地接受了母亲灌输的理论：吴家人不主贵。吴家富能活到今天，完全沾了她史桂花的光；而她自己，吴革美，则因为长得酷似马兰英，肯定有着难以避免的噩运在等着她。

你看我们胜水和贵珠，长得像我，多让人放心哪。

父亲下葬后，吴家富像一个从没有生过杂念的农民那样一心扑在了土地上。合伙人渴望再接再厉，在吴家富服丧期间悲痛欲绝的当口，三番五次上门游说他再下江西，回应他的无一例外均是吴家富仇恨而厌烦的目光。

合伙人掉头组织新的人马，以同样的方式一次又一次地将江西的木材贩运回家。很快，他成了本镇最富有的人。他们一大伙人穿着中山装，腰杆子挺直地从停靠在江心洲石滩前的满载木头的水泥船上下来，各人手里拎着装有苹果和梨子的网兜，一次又一次神采飞扬地经过江心洲的沙滩回凤凰镇。他们身后经常黏着一群满脸好奇、口水差点掉到胸前的馋孩子的眼珠子。

而曾与他在湍急的河流里生死与共的搭档吴家富，却扛着锄头、挑着粪桶，佝着背，种植着他的黄豆和玉米。黄豆和玉米的枝叶将他瘦弱的身影遮盖，他似乎甘愿被人遗忘。

为了挽救吴家富的沦丧，史桂花做了许多工作。她利用一切时间渲染别人的成功以及吴家富的错误：

程小根的老婆昨天穿了一件灯芯绒裙子，你猜是哪个买的？猜不出吧？程小根。想不到吧？他这种肚子里没一滴墨水的人也能发财！

昨天我经过马大友家，看到门前堆了一堆砖，一问，才晓得他要动手做砖墙瓦房了。这年头麻子秃子个个能出头。

本来马大友家不过是儿女大了，要分房睡，所以在屋后添个小灶间，到了史桂花这里就是发大财了。心急如焚的史桂花整天唉声叹气：

别的女人到地里干活带着收音机听听故事，我为什么就没这个福气哪！

二丫头又要念书了，变魔术也变不出学费哪。是哪个狗日的说的，不想叫儿女们成文盲。

要不就是：

瞧瞧这房子哪里还能住人哪！

别的妇女穿了一件新衣，史桂花也变魔术般地买回来一件。前头喊没钱买盐，第二天又从裁缝那里拿回来一条裤子。吴家富问她裤子怎么来的，她不耐烦地回他：

怎么来的？天上掉下来的。

这么一翻白眼，吴家富基本上就没下文了，偶尔一两次，他提醒她：

手头这么紧。

紧你还坐得住？

骚　江

史桂花言语的炮弹一天到晚狂轰滥炸。一开始，吴家富装聋作哑避开它，有时把棉球塞进耳朵里避开它，有时赶在史桂花的炮弹之前溜之大吉。最难过的是晚上。家里总共只有两张床，三个孩子睡小床，吴家富不得不猫在史桂花的脚头。床上的每个角都塞满了史桂花的炮弹。这些细碎的炮弹堵塞住吴家富的每个毛孔。他感到每个毛孔都随时有爆炸的可能，但是他不言不语，总盼望着轰炸之后的寂静，如同电影里枪战结束时的鸦雀无声，他希望敌人无心恋战，自动撤兵。他还盼望着史桂花有一天从梦中醒来，突然变成家秀一样的哑巴。可是史桂花的嘴上既没有长疮也没有缝合，她一如既往地抱怨，一如既往地攀比，一如发既往地旁敲侧击。

她每天把一只蛇皮袋包放在床头，等候吴家富有一个清晨突然开窍，跟第一次下江西一样，心血来潮，拎起蛇皮袋就走。

吴家富从没有机会跟史桂花解释一路而来的艰辛。因为他鲁莽的闯荡，断送了父亲的性命。父亲一生如此不易，他养了那么多的儿女，一生吃尽了苦头，他却以这样的方式死去！一想到父亲已经被埋葬进土里，很快就会腐烂，不再被人记得，这世上再也找不到父亲存在过的痕迹，而他自己却见过高高的楼房、见过电灯泡、坐过火车，甚至吃过一根烂香蕉，他被一种深重的愧疚所笼罩。他知道，他不能再失去母亲了。他必须善待母亲，好对得起父亲的死，他必须好好地活着，好配得上父亲的死。

他是真真实实地老实起来了。他知道外部世界的危险是多么的致命，在江里，他的竹竿好几回戳到肿胀变形的死人身上。他一次次被大浪吞没，他晓得一大意，史桂花就将成为寡妇，孩子们将成为没有父亲的孤儿。他知道史桂花对此一无所知，她只知道那些利益，却无视于利益背后的悲伤；她无法体会他满载而归之后面对父亲的尸体时的绝望；她也不会体味一家人全部活着守在一起的幸福。她是一个根本不动脑子的女人！不体谅人的女人！她只见到眼面前的东西，见不到人心里的东西。就算跟她说，想必也说不通。吴家富再一次切实地感到他身边的这个女人是多么的贪婪，多么的幼稚，没脑子，只想着进，不顾后路；他再一次想到刚结婚时他对她作出的评价：身在福中不知福。

3

　　吴家富除了干活，就是陪在马兰英身边。马兰英背后的那面墙上，挂着一张吴四章的画像。这是一张有争议的像，因为画像师没有见过吴四章，他所画出来的吴四章是吴家富描述给他的吴四章。这是一个无限慈祥，情意绵绵的吴四章。除了马兰英，没有人认为这张画像像吴四章本人。

　　嘴巴画小了点。

　　腮帮子哪有这么多肉？

　　但这也仅仅是说得出的名堂，他们不知道，画像中这熟悉而又陌生的吴四章只是家富心目中的吴四章，或者也正是真正的吴四章，而根本上，是一个表面上的吴四章。真实的吴四章那股子犟牛一样的性格根本就没有体现。不久，关于对吴四章画像的关注逐渐消失，随后，他成了墙面上的摆设，被熟视无睹。

　　吴四章死之后，马兰英便成了孤胆英雄，独自作战。养儿防老，积粮防饥。眼下马兰英的心里只有两件事：留住儿子，多存粮食。

骚　江

　　马兰英的粮食放在她的床边。是她能伸手触摸到的地方，是她睁开眼能立刻望到的地方，是她一吸气就能闻到的地方。为了看管粮食，她现在的活动范围不超过这房子的前后十丈远。

　　看管儿子显得更吃力一些。每当有生人上门时，便瞪起警惕的双眼。她担心每个经过家门口的人都是来拉拢儿子出门的人，她每天至少要见到吴家富三次才能确信吴家富没有背着她再度溜走。

　　有次家富到县上卖棉花，担着棉花上船的时候，他母亲颤颤巍巍地站在岸上，对他说：

　　不要坐在船沿上，小心浪打。

　　马达发动后，她又想起一句话：

　　下船的时候眼睛要望着跳板，不要踩空！

　　而此时马达的声音盖过了马兰英的叮嘱，吴家富没有及时点头。意识到儿子没有听到自己的话，马兰英的心揪住了，她几乎是带着哭音告诉家珍：

　　他下跳板的时候踏空怎么办呀？

　　不会的，不会的。不会的。

　　家珍数了几百遍不会的才让马兰英安静下来。

　　当天晚上卖棉花的那只水泥船没有回来。村里许多人都猜测卖棉花的人太多没排上队，马兰英拎着筒灯坐在江边上等，老远开过来一只船，她就会站起身来，喊着家富的名字。

　　到了早晨，当吴家富站在船头慢慢接近时，他看到的正是一幅他最害怕的场景：他母亲马兰英坐在石头上，露水在她头上一闪一闪，像珍珠一样发亮，而她面如死灰，眼里最后一缕光就快熄灭了。

　　吴家富差点再度目睹母亲因为惊恐而死。他跪在江边的茅草上向母亲发誓：

从今往后，不离开江心洲半步！

可马兰英不信。只要哪天家富到镇上买个油盐肥皂，马兰英就会感到肚子疼，可是家富的脚一从渡船上踏下来，她的疼痛就会自动消失。头两回，家富帮她请了顾医生，顾医生说不出所以然来。过段时间，她又犯了病。这回家富要带她到镇上就医，马兰英摇摇头：

你要是在外面瞎混，我还不如疼死算了。

史桂花以一个局外人的智慧立刻就看穿了：

老货就会装！

每当马兰英喊疼的时候，她就能发现儿子的眼珠子瞪大了，瞪大的眼睛里写满了恐惧，当儿子鼻子开始抽动时，马兰英又心软了，她又反过来安慰儿子，

儿呀，妈还是想多陪陪你呀！

只要看见一个男人喜滋滋地走向村口的渡船，马兰英就会无限忧伤地坐到门槛上，面无表情地嘟囔着发泄自己的不解与不满：

这么好的庄稼，这么肥的地，还往外跑，贪念害死人！

她忧心忡忡地告诉下一个路过门口的邻居：

坐船的会掉江里淹死，坐车的掉到轮底下碾死；要不就是饿死、冻死；最惨的就是被五大三粗的强盗勒死扔去喂野猪。

马兰英对远行人的临别赠言，因为她滚瓜烂熟不打结的语速而显得含糊不清，如同倾盆的大雨落下，不分先后。这使那些送行到渡口的亲属还会客气地问候马兰英：

您老吃过了吧？

对于惹是生非的吴家义，马兰英更是满怀愤懑。吴家义三番五

次的失败之旅，也成为马兰英阻止儿孙们出外的有力武器：

你大哥这个人算是能人吧？一挑能挑一百五十斤，又怎么样，从外面捞了什么回来？

她以抬高吴家义的方式巩固自己的理论。因为就在此前，那卖菜刀、镰刀的父子俩，合作仅年把工夫突然有一天挑着整担叮当作响的刀具回来了。上次带走的刀具如数挑回来，而临走前交了订金跟镇上铁匠铺子订的菜刀也送来了。这些寒光闪闪的刀具全部码在堂屋里。在太阳底下，这些上等的刀具闪着刺眼的光芒，而到了晚上，月亮底下的刀具则放射出冰冷的寒气，差不多改变了对他们的态度的邻居们在寒光跟前望而却步。

父子俩弃商从农的行为换来了邻居们无尽的猜测，他们怀疑吴保国打了架斗了殴，杀了人放了火。

这年头菜刀的买卖不好做了。

对于邻居们的怀疑目光，吴家义的解释显得那么假惺惺。半个月之后，经过七嘴八舌的补充和想象，传言有了头尾，就是吴保国因为卖菜刀跟人讨价还价不成，起了纠纷，打了起来。别人人多势众，他们父子没来得及逃跑，只好手持砍刀，连杀数人，现在只能躲回江心洲避难。

这个谣言传到保国的妈范文梅的耳朵，范文梅立刻被吓倒了：

我的儿啊，躲在这里怎么是好，快投奔你大舅去吧。

吴保国唯一的舅舅是走家串户弹棉花的，范文梅也不晓得，他眼下在哪里。正因为如此，她才要儿子去投奔他。

吴保国一而再、再而三地向母亲保证，他既没杀人也没放火，但对于父子俩为何突然中断这热火朝天的菜刀贩子生涯时却缄默不言。

他的莫名其妙的行径刚好吻合了马兰英的理论：

外头凶险哪，还是保国识大体、顾大局！

每每此时，她都以热烈而赞赏的眼光望着保国，使人误以为吴保国是马兰英最器重和疼爱的孙子。可每当跟屁虫吴胜水对着保国问一些可笑幼稚令保国不屑解释的问题，保国会毫不客气呵斥他：去，去，去。这时，明明不在身边的马兰英会出其不意地出现在保国面前。她仰面站到保国跟前，经过悠久的沉默之后，她才认真而又严肃地告诉保国：

他是你兄弟！

如同队长发布一个上面下来的通知。

然后她会在保国转身离开之前作出毫无根据的补充：

虽不是一母所生，胜过一母所生。

她仿佛透过昏花的眼睛看到柔弱的孙子失去兄弟的庇护而面临种种欺凌：

你要处处护着他。

这时，保国其实已经不见影子了。

吴保国从没有顶撞过马兰英。虽然他认为她的话莫名其妙。他从来没有用对待父亲一样的态度对待马兰英和吴家富，这得益于马兰英长期以来孜孜不倦的渲染和熏陶。在计划生育政策的大剪咔嚓剪断史桂花的生育能力后，马兰英便已经为仅有的孙子胜水营造最可靠的生存环境了。在吴家义屡次穷途末路的时候，她会及时踮着小脚送来一升米。马兰英自认为掌握了很好的火候，她认为人在最饥不择食的时候既不会挑剔粮食的优劣，更会牢牢记住雪中送炭的恩人。她从不在吴家义有吃有喝的时候踏进他的家门，就算有什么事，她也会站在门外解决掉，她只有在给吴家义送东西时才踏进他的门槛。于是，吴家义全家都形成了马兰英期待的思维惯性：只要马兰英一进门，米就有着落了。

事实上，马兰英错误地高估了自己在吴家义全家心目中的地位。吴家义以及他的儿女们比马兰英想象的更脆弱。每次马兰英跨进家门的那一刻，他们其实已经饿得眼冒金星了。他们心里清楚地知道他们饿着的时候马兰英肯定会送米来，这使他们够坚持下去，但空着肚子闻着别人家的饭香的忍耐使这一段时间变得悠长而昏沉，到末了，理智上的感激之情全在饥饿的等待中消失殆尽，他们的心里对期待出现而迟迟不肯出现的马兰英产生了一种无力的痛恨。

饥饿的过度体验只能加重人们的仇恨而不是感激。

马兰英做出自以为是的种种努力，其所有的目的就是为了吴保国吴保地能够在长大成人之后对吴胜水像亲兄弟一样庇护。

所以，马兰英除了不同意吴家富出门之外，同时也不希望保国保地兄弟俩出门。在范文梅被各种病症折腾得没有能力烧出一碗热饭热汤时，马兰英会改变一些以往的做法，在保国保地收工回家的路上塞给他们每人一块热气腾腾的糍粑垫垫肚子。紧随其后的保霞甚至马兰英的亲孙女革美、贵珠，则都只有眼巴巴看的份。

吴保国吴保地从来没有拒绝过马兰英的糍粑。虽然他们也曾惭愧于自己堂堂男子汉，却伸手接一个年过六旬没有劳动能力且爱食物如性命的老人的施舍。事实上，根据村里的规定，吴四章一死，他那两亩地已经自动划到吴家富名下，马兰英每年能从家富手上得到二到三百斤粮食。也就是说，马兰英已经从一家之主沦为靠人赡养的负担，她的粮食就已经不纯粹是她个人的粮食。保国明白，一旦被小婶发现，将会给马兰英带来怎样的麻烦，但饥饿从他们出生那一刻时就像影子一样跟随着他们。他们的肠胃已经被饥饿折磨得没了性格。眼睛一跟食物接触，他们的肚子立即同时发出咕噜咕噜的叫唤，这也正是使得他们没法说出那个"不"字的原因，那会使他们显得虚情假意。吴保国知道，自己家的日子，如同围着生产队里的粪缸绕圈子。这是孩子们常玩的游戏，他们赛跑、猜谜，谁输了就转圈子，闻屎臭，吴保国一想到自己的娘老子，就感觉自己像在粪缸边转圈圈，转来转去永远在老地方。

至于胜水，吴保国吴保地从来就没办法拿他当亲兄弟看。亲兄弟是什么，亲兄弟是穿衣不遮蔽屁股，半年没尝过肉滋味，只要走出家门，随便走来一个人就是债主，要不就是债主的老子或债主的儿子：你爸买老牛欠我家钱。

到最后，连孩子们要是感觉到吴保国兄弟对他们的威胁，或者需要吴保国的友谊时，就会亮出这个撒手锏：

你大差我大爷家钱。

你大差我小姨大的钱，我小姨大是我亲小姨大。

吴胜水是什么？吴胜水从出生那一天起，就没下过水。吴保国瞧见吴四章背着他串门；瞧见马兰英给他新崭崭的棉袄、棉裤、棉鞋；瞧见史桂花搂他在怀里，左一口我的亲亲，右一口我的肉蛋；吴保国兄弟们亲眼瞧见过他吃肉馅的包子，油炸的麻花，洒了芝麻的鸡蛋馓子。他们还以为保国保地是聋子哑巴瞎子没长鼻子？

4

田会计死后，他留给家珍的两双儿女。顶大的一对龙凤胎大龙

骚 江

大凤才虚十八。二凤十五,二龙才十岁。田会计死那年,他大儿子大龙刚好高中念完了。老子一死,他就得顶梁。

大龙长得跟田会计一样,甚至更长一点,因为缺少锻炼,他手不能提,肩不能挑。不过,念了书总不错,凭着高中生的学历,回来半年就顶了原来的出纳,成了干部。

大龙身高个头卷毛都跟他过世的父亲一样。但有三点不像,一个是不麻,二个是牙齿整齐,三个是比父亲胖一点,这样,他成了公认的美男子,他才真正有会计相呢。有会计相的大龙给人感觉前途无量。大龙先跟他舅说起了国际形势,然后说到打倒四人帮的事,再说到邓小平。见舅舅寡言淡语很少搭腔,知道再耗下去,自己怕说不出口了,他搓搓手,把牛拉到正道上。

舅,人死不能复生,你要坚强。

他上一个话题是某个大队亩产一千斤麦子,一下子从粮食问题过渡到生死问题,就像一脚从江南跨到了江北,他自己也觉得不太自在。

他舅装没听见。

他说,舅,去了的去了,活着的要生存。

他瞧见舅舅吴家富摆一个后颈根给他。

他说,舅,这年头鼓励发家致富,致富光荣,允许一部分人先富起来。

他舅动了一下眼珠子,意思是,哪个不晓得?

舅,依我看,家里五亩地养五口人,还有外婆,怕是不太容易。

大跃进我家都没饿死人。这回家富搭腔了。

话是不错,想要发财就……

大龙，有些事你还不懂，不要以为有了点文化就懂得多，有些事不是你想的那样。

大龙臊红了脸，垂着头半天没吱声。

如果说大龙替小舅妈做说客完全是迫于面子，他至少对形势有正确判断，是真为舅舅好，那么方达林的到来完全就是利益的驱动。史桂花承诺做好工作后杀只鸡谢他。他好久没尝荤了。这位结婚三四年至今没能有一儿半女的男人看上去仍像一位未婚青年。他从婚姻里尝到的最大甜头就是：

家秀从不顶嘴！

吴家秀继承了母亲的勤劳和节俭，对男人又缺乏必要的比较和挑剔，所以，清晨起来沉默地做饭，沉默地下地，晚上在方达林的身子底下沉默地被耕耘。而方达林每天要睡到太阳晒屁股才从床上爬起来，吃一些吴家秀热在锅里的早饭，慢吞吞地踱着步子下地。到了地里，他割草会被草划破手；锄地能被锄头砸中脚丫；挑水的时候也会被扁担绊倒。三番五次之后，他成了自家地里的看客，看着吴家秀挥汗如雨却毫无怨言的模样，他深感人生美好。吴家秀那默不作声的品行使方达林对自己三年来所有言论所有行为都产生了绝对正确的感觉。他唯一不满意的就是在他肚子咕咕叫的时候，吴家秀听不到，他只好一次又一次把她粗糙的手拿到自己的肚子上：

还不快回去做饭？

于是吴家秀急匆匆地挑着粪桶往家赶。三四年来方达林家里千篇一律地出现这样的情景：吴家秀到江边洗衣、挑水，方达林站在岸上望；吴家秀到地里上肥，方达林坐在门口望；吴家秀为没有米下锅到娘家来要的时候，方达林候在离丈母娘家两三丈的地方。直

骚 江

到此时，马兰英才明白找个不秃不麻长相俊俏的女婿对自己当真有多少好处了，可是现在明白，也没办法了。

在他俩的婚姻中，江心洲人持两种不同意见。一派人坚持认为方达林配不上吴家秀，吴家秀是聋哑没错，但她爱干净、勤快、踏实、肯吃苦；另一派人认为吴家秀配不上方达林：方达林有文化、能写会算、口才好、讨人喜欢。这派人相互用事实来证明自己是对的：

能说会道又怎么样，杂草能用嘴巴吹掉？我要是女的，打死也不找这种好吃懒做的东西！

而站在方达林一边的则说：换了你，你愿意娶一个哑巴？你怎么不娶一个哑巴给我瞧瞧？

反驳的人就讪讪地笑，想想也对，要是自己肯，家秀也轮不到方达林。

要是生在旧社会，方达林说大鼓唱大戏，说不定能演小生。

可是到了正月里真有说大鼓唱大戏的来一比较，方达林各方面又都差了一大截，文不会唱戏调，武不会耍大刀。

两碗米饭和七八块鸡肉下肚，方达林想不说都管不住自己的嘴了。方达林毫不掩饰对江心洲生活以及江心洲人的失望，可是想请他出门闯荡江湖，他却又做到毫不动摇。这个让人猜不透的家伙却能为一顿好饭而费尽口舌不嫌累。

他告诉吴家富，如果爱老婆孩子就得为他们着想，他的老婆不适合一个人在家，不会买东西，不会上街，一个人在家睡会害怕，所以呢：

我就什么财都不想发，专心种地。

而他吴家富呢，既然史桂花希望他出门闯世界，他就应该为此而义无反顾。不要说出门贩木材，就是赴汤蹈火，也应该在所不辞。

吴家富说：那做儿子的孝心呢？

老婆跟妈妈不一样，老婆儿子都是自己挑自己养的，父母上人呢，什么时候由下代挑过？

他惊世骇俗的言论使吴家富瞠目结舌。吴家富今天算是领教了，就只好闭口不言。

史桂花的行动马兰英一目了然。她的惶恐愈行愈远，已经波及下一代。

有天晚上，得知外孙大龙第二天到区里开会，第二天早上，她抱着一件吴四章的旧棉袄端坐在大龙的家门口，穿得整整齐齐的大龙一打开门就吓了一跳，他急忙问：

外婆你这是干什么？

你把外公的衣裳带在身上，过河走桥他都保佑你。

我不是去坐班房，我是去开会！

这世道乱得很，到哪里也不让人放心哪！

大龙只好接过这件破棉袄把它带到了大队，藏在自己的办公桌下，到了晚上开过会又到大队披上这件棉袄才进门。

她一有时机，就谆谆教诲儿孙们：牢里没罪人，床上没病人，这种日子就是好日子！

如今能够对她的理论执行得不折不扣的就是她的小女婿方达林。方达林哪儿也不爱去，不要说江西省了，就连河边也不去，到了冬天他伤感地告诉家秀：

要不是怕臭，我真想把茅缸安在家里，冬天到雪地里拉屎真不

骚　江

好过！

可惜哑巴吴家秀没听懂。

马兰英一望到方达林站在树荫底下跟老头们吹大牛，就气不打一处来：

这种人才该到外头吃吃苦！

有一次，她突发奇想，拄着拐杖上了方达林家。家秀下地去了，方达林正在竹床上睡中觉，马兰英直截了当地告诉他：

男人不经世面一辈子枉为男人！

睡眼惺忪的方达林用一副见多识广的眼睛直视着自己的丈母娘，说：

各人对过日子的要求不同，我要是心高，能跟家秀过？

现在的马兰英哪能跟田会计在时比，她生生地吞了一口气，回去了。

光阴翻着筋斗似的往前冲，让人眼花缭乱。连着几年风调雨顺，江心洲的庄稼长势喜人，大队干部还带了县里的记者到地里拍照片，说是要登到县里的报纸上。地分到手后，空闲日子多起来，有的人在家晒太阳，有的人出去做小工，做买卖。做小工的发不了大财，一天下来，能称一斤肉；做买卖的差别就大了，有的发了财，睡一觉起来一拉开门，就看见这个邻居屋顶上的草换成了瓦，那家土墙也正在换砖墙；有的折了本，门口站了许多债主，要三劝四哄才肯走。

日子就这样过出千差万别来了。

江心洲有点不像江心洲了。

这给史桂花造成了一个错觉，除了自家门前之外，任何地方只要腰一弯，就能捡到钱。

可她这边还没把工作做通，那边马兰英的肚子疼的次数越来越多。每看到一个人踏上渡船离开江心洲，她的肚子就会疼一次，可是她一旦发现儿子仍然坐在她边上，由衷的喜悦就会使她忘记自己的肚子。好几个月中，她都活在又惊又喜、悲喜交加的幻觉中。只要儿子往她床边一站，对着她发誓诅咒说决不乱跑，她的肚子就不疼了；她的肚子不再疼的时候，她又似乎感觉到儿子在蠢蠢欲动了。终于有一天，当儿子连着坐在床头三个小时她肚子依然疼得厉害时，她才明白肚子疼原来不是自己编造的谎言，她才恍然大悟地告诉吴家富：

我没骗你吧？

一九八二年三月十四，她被儿子扶向了镇医院，当医生把吴家富拉到一旁嘀嘀咕咕时，马兰英才意识到死神真的近了，她迫不及待地要求儿子带她到县里去治。

迟了，马兰英的阑尾已经穿孔了。

吴家富把马兰英背到县医院，又从县医院原原本本地背回来时，马兰英的肚子已经没日没夜不间断地疼痛，在辛苦一辈子积攒的粮食面前，马兰英没有吃饭的欲望了。

得知自己要死了，马兰英一下子放开了，她变成了畅所欲言的人：

小货，把我的玉米给我还回来！

她指的是史桂花拖回娘家的玉米。

你这挨雷劈的东西，你害死我大儿子。

你再仔细听，听听这挨雷劈的东西是哪个，却又听不到下文了。

骚 江

过半天她有了力气再骂：

老娘心知肚明，就是你这狗杂种把我儿子推到水里去的。

你要是当真以为她晓得什么冤情，她倒又不说了。

声讨和诅咒长时间得不到还击，马兰英失去了斗志。她把所有望得到的人见得到的事都当成了敌人。家里吃干饭，你若是盛一碗给她，她就说：

我要能咽得下这个，我还会死吗？

要是烧点稀米汤给她端去，她又拍床板又拍巴掌：

你们吃山珍海味，给我吃这汤汤水水。久病床前无孝子啊！

史桂花是个对吃特别有兴趣的人。同样是一个鸡蛋一碗饭，她洒点葱花做成蛋炒饭；手里有两个钱，就会买一瓶罐头梨，撬开跟儿子你一口我一口地吃。马兰英一卧床，史桂花更放开了手脚：糯米磨成粉，粉再揉成汤圆，麦粉加上发酵粉，蒸成馒头。马兰英不能吃，可鼻子还灵，她躺在床上气喘吁吁地数落：

鬼子没打来时，我娘家是方圆十里最阔的人家，什么没吃过？你吃过人参汤吗，你吃过桂圆吗，你尝过银耳莲子羹吗？

婆婆的描述占了压倒性的上风，史桂花目瞪口呆。婆婆说的这些她听都没听过。毛主席肯定天天吃肉，她想得到，但她没想到，连这么个婆婆居然也吃过这些好东西。史桂花的沮丧没使马兰英高兴一点，有时候，听到外头有人在笑，她的哭声就起来了：

老娘冬天不舍得烘火坛，热天一把扇子都不舍得买，老娘一生养了几百只鸡，一块鸡肉都没尝过，老娘辛苦一辈子，操心一辈子，到头来就养了你们这些不孝的东西。

那天晚上，吴家富正要端晚饭到母亲床前，史桂花坚决不让：

饿她两顿，她就没力气吵人了。

吴家富就跟她抢，史桂花捏住碗一边，吴家富捏另一边，你拽一下，我拽一下，碗里的稀饭三下二下，洒了一大半，最后还是吴家富先松了手。

第二天，马兰英果然老实点了，她骂起动物来了。听到狗叫，她就骂道：

要不是你上辈子作了孽，这辈子怎么投胎成了狗？

听到猪在外头哼哼，她就骂猪：

你上辈子干的坏事，你当老天不记得？不记得你怎么没投人胎？

要是实在听不到什么她就骂起窗外叽叽喳喳的麻雀：

你让老娘不得安宁，老娘变成鬼也不放过你。

后来，她的力气越来越小了，骂人也简洁多了。

她说：

狼心狗肺！

不得好死！

给鬼拖去！

她听到儿子的堂屋叮叮当当地响，晓得儿子在给她打棺材。

不要太厚，她虚弱地告诉儿子：在路上不散架就行了，留点好木头以后给胜水打三门橱。

吴家富心里如万箭穿心。史桂花这边还不识相地骂：

心里要是有儿女，就早点死，你瞧瞧儿子给她拖累成什么样子了？

史桂花每天关心吴家富端进去的饭菜，根据少了多少来判断马兰英还能撑几天。要是吴家富满面愁容出来时，史桂花就看到了希望，哪天吴家富端出来只空碗，史桂花的脸就情不自禁地拉长。

骚　江

等死的日子，一心相信天上有神地下有鬼的马兰英盼望遇到儿子的心情就异常迫切。她三番五次半夜挣扎着爬起来在屋前门后晃悠，三番五次之后，她仍然没有见到过儿子女婿的鬼魂，她忧心忡忡地告诉吴家富：

我现在又老又丑，他们肯定不认得我了。

不会，家富安慰他说，哪有儿子不认得妈的。

世事难料，阴朝的事更难料，我死了以后，千万要看紧了，不要让你家那个贪心的货把我耳朵上的银耳丝摘下来。到时候，我要凭这个跟你两个哥哥相认。

你放心，我不让她拿！

吴胜水把奶奶的话告诉史桂花，史桂花把眼皮一翻：

只要她肯早点死，我就算捡到银子了，那个东西我才不稀罕。

史桂花还警告自己的孩子们：

少到她床跟前去。

马兰英做了被鬼往鬼门关拖的梦，整个江心洲都能听到她凄惨的叫声：

不要拉我，不要拉我！

受到启发的吴革美似乎明白了什么。这个爱思索的姑娘发现她的父亲、奶奶以及姑姑们自从她记事起，个个整天愁容满面；而她的母亲则能够在一切有可能的时候跟邻居们谈笑风生，即使是挑着一百斤的粪桶在肩上，她也能在换肩的时候开个玩笑。她一度为母亲的欢笑和开朗而深深陶醉，而当她置身于母亲面前，她呆滞的神情总会引来母亲不耐烦的训斥：

呆货，杵在这里像根木头。

革美隐隐地感觉到自己这张酷似马兰英的脸是令母亲反感的最初原因。她会识趣地走开，心里却始终觉得奇怪，为什么只有她长得像奶奶，而她的哥哥和妹妹则幸运地像极了母亲，难道自己生来就低人一等吗？

三十年后，革美都记得自己巴巴地注视着母亲，渴望母亲向她投来一丝赞许的目光。长大之后，革美才意识到，她和母亲之间的关系，其实从她长出奶奶那样的脸，瞪着那双木愣愣的眼珠子，寻找藏在欢笑背后的灾害时就已经成形，不可更改了。

八岁的革美缺少这样的认识。最大的爱好还是听妈妈说话。史桂花最大的爱好就是聚众聊天，她以她高亢的嗓门儿压倒一切有或者没有意义的话题，她让自己置于目光和声音的最中央。不过，他们的谈话是一块禁地，一旦她发现有孩子在偷听，会责令他赶紧离开。然而，吴革美却恰恰迷恋史桂花嘴里那些大人世界的各种纷争。后来，她聪明起来，在这些话题刚刚起来时，便躲在一个不会被轻易发现的地方。

倾听他们的谈话有一种新奇、别扭、难堪混合的感受。偷听使她明白，村庄表面上不声不响，但暗地里浪潮流动、神秘莫测。有次吴革美听见母亲将嘴凑近妹妹史桂兰的耳朵小声地说，那老货，瞧我怎么整死她！史桂花的嘴角撇了撇，她这种动作吴革美再熟悉不过，是那种胸有成竹的表情。

为了向母亲表示自己的坚定。吴革美在很长时间不愿面对病床上的马兰英。吴家富不在身边，马兰英很想喝口水，她不停地呼唤着吴革美：

小二子，给我倒碗水。

起先吴革美坐在堂屋里，她在听到奶奶的声音后，移到了屋檐下。当奶奶的声音再度响起来,她干脆到床铺上拽一缕棉花塞住了自己的耳朵。

到了晚上,她会邀功请赏般地告诉史桂花:

我没倒水给她喝!

她以为母亲会露出开心的一笑,甚至会夸她两句,然后她换来的只能是母亲不信任的诘问:

你没扯谎?

没有,我没有。她发誓的声调太大,说话又不连贯,一句话说完,她耽误史桂花的时间已经太长了,史桂花不耐烦地叫她:

走,走,走!

马兰英已经不吃东西了,她床上的味道越来越难闻,许多人已经不敢近她的床了。即便如此,她也不忘指挥忙里偷闲来看她的家秀帮她晒大米,她能透过飞舞在她眼前的飞蛾,看着床边那一袋袋袋散发出粮食香味的小麦和玉米。

有一回,感觉好一点的马兰英挪到太阳底下晒太阳,放学的胜水走到奶奶跟前焦急地问:

奶奶,你到底什么时候死?

你也想我死?马兰英抬起耷拉的眼皮,她皮包骨的脸已经呈现不出伤心的表情了。

我妈说,你死那天我们能吃红烧肉,还放鞭炮。

马兰英的嘴角抽搐了一下,她轻声地叹了口气:

年景不同了,人心里都长蛆了。

见孙子瞪着茫然的眼睛眼巴巴地盯着自己,她温柔地安慰他:

我快了!

说完，她从板凳上坐起来，扶着墙又挪回到了床上。挨到床板后，她痴痴地望着窗外跳跃的儿孙。她望到贵珠的小辫子翘在头上；她望着自家那只野蛮的公鸡正在追啄邻家的母鸡；望到江边的芦柴迎风飘扬。她把这一切深深地望在眼里。对她的儿孙，对她的房梁，对她的鸡鸭，以及对望不到头的江水，无限深情地凝望。一股酸涩的味道淌进她的喉咙，她轻声地说：

我到下头的头等大事就是保佑你和你爸，旁的事我一概不问。

她说话的口气宛若一个能翻手为云、覆手为雨的神仙！

然而她的孙子早已逃之夭夭。

一连几天，胜水都在迫不及待地等待奶奶的死讯传出来。自从母亲描绘了比过年更美妙的日子后，吴胜水的期待就愈发强烈了。有天在长时间没听到马兰英屋里的动静时，他小心地踩到踏板上，把脸凑向已经缩成一团的马兰英。多天滴米没进的马兰英已经越陷越深了。吴胜水紧张地看着她，一小会儿的工夫，他的心跳得厉害了，他感觉她这回像是真的死了。但是不幸得很，就在他准备向屋外的母亲报告这个好消息时，奶奶的眼皮又动了一下。

吴胜水沮丧地走到母亲身边：

死人眼皮动不动？

史桂花明白她的期望又落了空，没好气地回了一句：

你爷爷死的时候你没看到？

吴胜水沉思了一两秒后，说道：

不动。

马兰英死在一九八二年端午这天。

骚 江

那是个和煦的午后，在经过无数次探访后，吴胜水终于证实奶奶已死。他欢快地跑向正在地里干活的母亲。他要把这个消息第一个告诉史桂花，这是他多少天以来的最大心愿。他气喘吁吁、满头大汗。

吴家富远远地看到吴胜水朝他跑来，由于跑速过快，他几乎趔趄着要跌倒。吴家富紧张地注视着儿子，生怕他哪儿磕碰了，他大声地提醒儿子：

不要跑，不要摔着！

而吴胜水经过他身边的时候，只是拿眼睛瞟了一眼父亲，用激动得发抖的声音告诉他：

我不告诉你！

终于他看到在另一块地里的史桂花，他的欢乐终于爆破了：

妈，我们家要过年了。

所有锄草的、浇水的、捉虫的农民都抬起好奇的眼睛，看着上气不接下气却满面春风的吴胜水：

怎么，天上掉饼啦？

妈，我们家过年啦，我们家要吃红烧肉啦！

到这时，史桂花才明白家里发生了什么，她慌忙去捂吴胜水的嘴巴，可是吴胜水的第二句话已经出来了：

妈，放炮的时候我要点火柴，行不？你答应的，我点火柴。

史桂花慌忙去看吴家富。

转瞬之间，吴家富的背佝了下去，他仿佛聋子一般默默地放下右手的镰刀和左手刚割下来的藤条，他没有再看家人一眼，径直走向家中。

马兰英入棺那天，村上人都过来看热闹。他们很想欣赏矜持的吴家珍哭丧，并且根据历次看哭葬的经验，吴家人会竹筒倒豆子，把鲜为外人知的陈年往事一一数来，跟听故事没什么两样。这时的话都是真话、实话、平常听不到的话，吴家秀的鬼哭狼嚎也挺有劲，她哭起来就跟上了杀猪凳的猪一样，年纪大的人都说听起来像土匪进村，年纪轻的能听出鬼怪出入。小孩子们喜欢看女人们打滚拍屁股，戴白头巾的景致也好玩。

　　但是这次大伙失算了，直到压棺人手拿钉锤要把最后一颗钉子钉死棺材盖，马兰英的亲儿亲女们挤成一排，跟老娘做最后的告别时，家珍、家秀和家富几个傻呆呆地看着母亲的遗体，竟然没半点哭音出来。在这古怪的寂静中，大家你看看我，我看看你，正要扫兴而归时，谁也没有料到，从这一片寂静中突然迸发出史桂花那悲怆的哭声，她涕泪滂沱地扑打地面：

　　我的好婆婆呀，你这一辈子吃了多少苦啊，受了多少气，担了多少心啊！

　　我的好婆婆啊，我对不住你啊！

　　史桂花在棺材板合起来最后一秒，在长明灯的注视下，清楚、仔细地看到了婆婆的脸。躺在即将被钉子封死的棺材里的马兰英是那样的单薄和小巧。因为疼痛和愁苦而数月彻夜不眠的脸上已经只剩下一层老皮，这层老皮上嵌着深深的皱纹。她微微张开的嘴巴乍一看像深不见底的地窖。那略略有点吃力的倾斜的身姿，显示出她筋疲力尽却仍然没有罢手的打算。这是一张自认命苦、隐藏着无尽不安和悲哀的脸，就算她有许多缺点，就算她恶毒地骂人，可岁月在最后时刻呈现出的却仅仅是她的痛苦。在这之前，史桂花居然不知道婆婆是这副模样。她心目中的婆婆仍然是十几年前她嫁过来时给她吃陈米霉饭的婆婆。一种发现错误的悔意盖住了她。这一秒钟，一种陌生的感情一下子击倒了史桂花。她跪着的身子扑通一下跌倒，额头一下磕到了棺材板上，情不自禁，大哭起来。

在场的人全都被震住子，大伙目瞪口呆地看着她。

史桂花不擅长哭丧技巧，她的第二声"好——婆——婆啊"，"啊"字上来时噎在嗓子眼、差点背过气。她吐字也不像她婆婆那样清晰；后面的辅音也不够长；她拍屁股的样子也不地道，胳膊生硬、肩膀紧绷，一点也不熟练。这跟料想中的哭葬很不一样；但是她已经给江心洲人带来了足够的意外。顿时，吴家的堂屋被里三层外三层挤了个水泄不通。

在史桂花天花乱坠的哭喊中，头戴白丧帽的吴家富有板有眼地写办葬礼的清单，安排保国借桌椅板凳，让大龙给主事的人递白布，向每一个吊丧的客人下跪。他把生前不和睦的父母合葬在一起。他安排这些的时候，不再是一年前在父亲遗体前哭得直打滚的小儿子，而是一个不折不扣的男子汉了。

5

大堂哥保国的英雄事迹发生时，革美还没出生，她对这段往事的了解纯属道听途说。有年过节，家家都裹粽子，范文梅怕孩子们嘴馋，也裹了两斤米粽子，粽子还在锅里没烧熟，香味出去了。

先是最近的债主上了门，有钱买糯米，没钱还债吗？

范文梅佝着头跟人家解释，就二斤米，旧年剩的。

话没落音，又来了一个，粽子有得吃，几块钱没有吗？

江心洲真是小地方，烧几个粽子半个村子都闻到香，还有半个村子只听听这些人的嗓门也都知道了。

吴家义一进门就明白了，他收不了场了，随手拿起一个耙子就照着范文梅身上敲一下，你吃了粽子进棺材啊？

我不想吃。

不想吃你裹什么粽子？

我怕孩子们嘴馋。

争辩到这里，她的头上、肩上、腰上已挨了几十下了，起先她站着，后来她往门后闪，门后躲不住人，她只好往地上蹲起来，裹成一团把肚子护住，她看起来真像只粽子。

吴家义的耙子还在往她身上敲，讨债的一个接一个拉着脸走了。他们怕担逼人命的罪名。

保地和保霞见讨债的走了，就过来拉扯他大的裤子，他们走了走了，大，人都走了。

他们以为他大打他妈是打给讨债的人看的。吴家义腿一甩，两个孩子像落叶一样扫到了一边。吴家义说，你们这些小狗日的也不是好货，成心让老子没脸见人。

他继续朝范文梅抡他的耙子，范文梅的叫声把江心洲晚上青蛙蛤蟆的声音甚至是江浪的声音全压了下去。整个江心洲就剩下范文梅一声比一声急的哎哟声！

吴家义的手像上了发条，一时半会停不下来，范文梅叫得越响，他打得就更急；他打得更急，范文梅就叫得越响！

突然一只棒槌敲到吴家义脑门上。吴家义"哎哟"一声，摇晃了一下，想回头，棒槌迎着他的嘴上又是一下。他一把把脸捂住，再一打开，那脸就成红关公了。他说，你狗日的造反啊！他说话的时候，那嘴里的血像唾沫一样往地上溅，他又赶紧两只手抱住自己的脸,生怕它掉下来似的。范文梅一看吴家义不打她了,赶紧抬起眼睛来望,她一望就明白怎么回事。她从地上伸出一只手一把拽住吴家义的裤腿,对大儿子喊:保国,快跑,快逃命!

保国看看他大,又看看他妈,再看看几个呆鹅一样的弟妹,扔下棒槌就跑出了门。

吴家义的鼻梁骨缝了六针,是上海来的下放户老顾帮着缝的,没收他一分钱;掉的两颗牙,顾医生说他没法子。

老顾的医术是自学成才,因此缝补技术不太到位,那条疤疙疙瘩瘩地从鼻子左边扭到鼻尖中间。像一条纳鞋底的麻线贴在鼻子上。

从老顾家出来,他见人就撂一句话:老子要是放过他,他就是我老子。

范文梅第二晚就生下了她的第四胎,是个男孩,出来好半天没听到婴儿哼声。接生婆拍后背,从他口里掏血水,折腾了半天,他仍然没哼一声。范文梅虚弱地看着这团不动弹的肉球,小声地对接生婆说:

算了,算了,救过来也是受罪。

保国在外边躲藏了二十几天才回来。他走的时候是空着手赤着脚走的,他逃跑的样子还是个不到十二岁的怕被父母惩办的孩子。回来的那天,保国左肩上挂只布袋,右肩上挂只布袋,脚上穿一双长帮胶鞋,他突然长高了一截似的,头发遮住了半张脸,他一路走来,嘴里叼根柳树皮,一路嚼,一路晃,他一进门,把两只袋往屋中间一放,说,大,你要是敢打我妈,老子马上就走,以后再也不回来了,你要是不打我妈,也不打老子,老子好好挣钱帮你还债。

儿子老远走来的时候，吴家义就拿了镰刀，他试了试刀刃，不怎么快。儿子跟他说话的时候，他正蹲在磨刀石边磨镰刀。保国的后边早就跟着一帮子瞪大眼睛准备看热闹顺便拉架的男男女女了。

听到这个粗声大气的声音，吴家义有点疑惑，他怀疑这不是自己的儿子，儿子什么时候敢这样说话，自己的儿子什么时候能说出这种话。他抬头看了一眼，这一眼把他挥镰刀的冲动砍没了。

是他儿子没错，不过这狗日的已经变了一个人，他卷起袖管的胳膊上毛茸茸的，吴家义记得这王八蛋还没成人，怎么胳膊和腿上都是毛？吴保国的裤子也不是走的时候穿的松紧裤，是前面留了扣子的男裤，吴家义这么一愣，就跟吴保国的眼睛对上了，这一对，吴家义吓了一跳，这哪是儿子，这分明是强盗！他愣了一下，接着他的手一下子软了下来。

范文梅得到消息已经大呼小叫地从菜园里往回赶，她仿佛已经看到血肉模糊的儿子倒地不起了，她眼泪汪汪地哀求：

不要打了，不要再打了！

人群一让，她也吓了一跳，她儿子吴保国正毫发无损地站在堂屋里，像一座厚实实的草垛。她咧开嘴笑了一笑，她的笑过于古怪，皮肉在她脸上四处乱窜，令人不敢多望。

接下来开饭。

那天天气不好，一到变天，范文梅的全身骨头里就像爬满了蚂蚁一样让她坐立不安，在给吴家义端上饭菜的时候手脚过慢，等得不耐烦的吴家义习惯性地用筷子往她头上一敲。

吴保国冷冰冰地站起来横到他跟前：

你再敲一下？再敲一下老子拆了你的骨头！

吴家义往那一站。饥饿的双眼一下子被愤怒填满了。

骚 江

保地保霞和范文梅个个紧张得大气不敢出,他们提心吊胆地盯着吴家义的手,生怕他崛起、咆哮,挥起镰刀反抗,可是,吴保国那满不在乎的神气轻而易举就盖住了吴家义的胆气。对峙了一会儿,吴家义的气瘪了,一屁股坐到板凳上,就跟舀光了水的大缸,空荡荡的一点东西都舀不出来了。

吴保国的壮举,很长一段时间成了江心洲村民上工时和晚饭后的唯一话题,十二岁的儿子敢打老子,本就是一件大事,何况他还摇身一变,长成一个大人雄赳赳地回了家。回家就回家,还敢口出狂言,跟他老子谈条件,要替他老子还债。他走的时候不到五分工,这一趟门一出,回来变成了七分工,顶他小姑吴家秀了。

队里也有跟吴保国一样大的孩子就不干了,队长不客气地呵斥说:你有他那力气,照你老子头上敲一棒槌来瞧瞧?

从那天开始,吴保国从一个低着头静悄悄的毛孩变成了一个大模大样的男人了。

到了十四岁,别的同龄孩子七分工,吴保国已经一个半工了。

贩过黄豆卖过菜刀见过世面又回到江心洲的吴保国的世界有了异乎寻常的改变。表面上,他什么也没变,身高马大的吴保国穿着打着补丁的裤子,挑着一担担粪走向地里,他整枝、洒药水、给棉花除虫。他一天说不到三句话,一句话超不过三个字,但是关于他十二岁便替母报仇,拿棒槌砸碎父亲鼻梁的行径经过江心洲人的口舌渲染,已经使他有了一种说不清道不明的东西。如果他在挑水,旁人看到的肯定不是挑水的吴保国,而是抡起铁钩子砸人的吴保国;如果吴保国在割黄豆,人们看到的就是举起镰刀向人砍起来的吴保国。总之,吴保国的身上似乎潜伏着一种超乎寻常的随时能暴跳出来的力量，这种无形的力量可能使人们对他不敢冒犯和招惹，同时也没法喜欢和亲近。

吴保国从来没有想过，十二岁的一念之差使他的形象如此牢固地刻在人们心里，在他人生尚未真正开始之前就被定了位。江心洲人都心照不宣地相信他很快将成为靠拳头称霸一方的恶棍。对此浑然不觉的吴保国仍然挑着他的粪桶一趟又一趟奔走于粪坑和庄稼地之间，他的行径更多地被理解为猛狮暂时的瞌睡。

说句公道话，吴保国身上除了偶尔爆发出来的蛮劲和怒火之外，平时算是个闷葫芦，既不赌也不偷，和邻村小青年打群架、结伙到镇上看电影的事他基本也不参与。

可是自去年起，这家伙居然将如火如荼的刀贩子事业一刀砍断，重新回来扛起了锄头，气得吴家义胸口疼了半个月。而他自己呢，却是若有所思而又魂不守舍地在村子里晃荡。这年冬天，邻居们经常瞧见吴保国站在大门口，一边伸胳膊蹬腿，一边借黄昏的余光东望西望。

吴保国的东边是吴家富家，门口没人。

西头隔几家是大凤家，她家门口更是静，悄无声息。不过，过一会儿，大凤会出来倒簸箕垃圾，再锻炼一会儿，还能望见大凤出来把放在门口的簸箕拎回去，天擦黑的时候，还能听见大凤轻轻地喊二龙回家吃晚饭。

往往二龙已经在屋里，大凤没瞧见罢了。

天全黑下来的时候，连狗也懒得叫了，可是吴保国还是在门口运动四肢。许多人以为这是吴保国从外面带回来新的利于力气和肌肉生长的练功方式。一个冬天下来，透过吴保国薄薄的单袄，可以看到他背脊中间凹下去一道很深的沟，他的两只膀子粗圆，他像一

骚　江

株得了足够雨水的小树，十分有力地生长着，果然更加厚实、更加魁梧。

事实上，这头声名狼藉的猛狮已经一不小心掉进了一个铺着棉花糖的陷阱里。如果说以前他始终感觉到自己的生活就在粪缸边转圈圈的话，这一次，他明确地发现自己跌进了一个装满肥皂泡的小坑，这小坑里五彩缤纷，满头满脸闪耀着急速升腾又急速破灭的小泡泡。

这个小坑的建造者叫大凤，是田会计十九岁的大女儿。

吴保国正式记得大凤，是搬到江心洲那年。大凤十岁，头上扎着两只细小的小辫子，衣领上别着一条白色的手绢。她朝他一笑，礼貌地喊他"哥哥"。那时的吴保国全家受不了十里墩那黄土四起的干巴生活，如同奔赴战场一样来投奔吴四章；投奔吴四章是假，投奔吴四章身后的田会计是真。一路上，吴家义反反复复地盘算如何接近田会计，如何能同这位大人物讲上话。以往他们是在一张桌子上吃过饭，可到底不是亲郎舅关系。吴家义一路向家人描绘他所知道的田会计源源不断地向马兰英赠送粮食的情景。如果大队里的权不在他手里，他哪里来那么多的粮食？被饥饿纠缠着的一家人在这一刻已经将田会计想象成孙猴子一样能力无限的靠山。这种想象支撑一家五口马不停蹄地从十里墩走到江心洲。现在想起来，那应该需要多大的勇气和魄力啊！所以，当十岁的吴保国第一次站在大凤跟前时，那样的蓬头垢面、饥饿寒碜，听到大凤亲热地毫无保留地认他为"保国哥哥"时，心上就像挨了一拳，这拳头下手不重，却能够使他的心腾地一下动了起来，晃了一晃才稳住。很久以后，他知道这是一种感激之情，他对田大凤怀有深深的感激之情。感激她拿他当人看。从那天开始，只要哪天碰到大凤，吴保国就会感到心跳猛然加速，周围的氧气也严重稀缺，如同朝深水里扎猛子，铆足劲探底时那种感受。从来都不细腻的吴保国无数次和大凤擦肩而过时都有类似的感觉。

再后来，他们一起为吴家秀送亲。那满世界的穿红着绿的人群里，唯有大凤是那么闪亮夺目，她仍然扎着细小的辫子，甜甜地喊他：保国哥哥。在送亲的路上，她一走动，衣裳便摇摆起来，小辫子也一上一下地有节奏地抖动，那悦耳的、从容不迫的声音成了吴保国今生今世最温暖的声音。可是短暂的温暖过后，他便仿佛被谁捂住了鼻子，呼吸很不通畅。他那么紧张，全身颤动得厉害，他以为自己得了什么见不得人的病。他忍着，装着没事人一样直直朝前走。再后来，他们一起跪在吴四章的棺材前，大凤的眼泪啪啪往下滴，吴保国的心再次抽紧，一股焦虑之情伴着空气吸进了喉咙，然后就卡在那里，像被谁在喉咙装了一根麻绳，这根麻绳将他的喉咙越勒越紧，直到大凤平静下来走到一边，他才感觉到空气回来了。

更糟的是，在他逐渐长成大人后，他这该死的毛病根本没有好转。就算大凤不在眼前，他只要脑子里一闪出她的模样，他那没出息的根本医治不起的心脏就会膨胀或者缩小，紧接着像水泡一样的东西就会塞满他的胸口。这使吴保国产生了深深的恐惧。他生怕自己的心脏长期经受这莫名其妙的伤害会短寿，所以他答应吴家义开始了贩卖菜刀的商贩生涯。但是没有用，走家串户的日子，无论是睡在好心人的厨房还是睡在别的大队的牛屋，数不清的漫漫长夜，他枕着他的菜刀，搂着他的菜刀，心里想着那瘦瘦的，小小个头却扎着长长辫子的喊他哥哥时细声细气的田大凤。

就在吴家义在睡梦里看到自己发了大财、盖了大瓦房、买了大

骚　江

水泥船时，吴保国一脚踢醒了他的父亲：

我要回家。

卖完这几十把就回。

不行，老子现在就回。

你不想娶媳妇啦？

你再不回去，我就去砍人，到时你就等着跟我坐班房吧。

他身上一种沉默急躁、专横傲慢的情绪，一种古里古怪、隐晦曲折、固执己见的力量，把吴家义的怨气撞回肚里去。身强力壮的儿子减轻了刀斧的重量却加强了奔波的安全感。正觉事业蒸蒸日上、翻身在即的时刻，吴保国意外倒戈，使吴家义一时间难以调整，气得大病一场。

就在马兰英水米不进，即将进棺材的时候，不死心的吴家义正重整旗鼓独自上路。然而没有了吴保国的吴家义挑着沉重的刀具刚刚到县里集市，就被一条高大的野狗追赶得扔掉了扁担挑子，到底还是被野狗咬中腿肚子。等那条野狗没有影踪时，他的所有家产也被路人一抢而空。被咬断了腿筋的吴家义对失败毫无准备。他一瘸一拐、沿路乞讨才回到了江心洲。听说马兰英已死，吴家义茅塞顿开：

老子就算把老骨头都累散了，这帮狗日的也不见得领我的情，就算搞回来一箩筐金银财宝也只会便宜了这些杂种们。

他看着史桂花把马兰英床底下的粮食统统扫出来喂鸡，地上洒了厚厚一层，小鸡们吃得直着脖子只噎得慌！孩子们也在这些粮食上踩来踩去，他想到马兰英把这些看得比她的命还重。结果呢？

他望了望菜园里马兰英的坟头，哽咽着补充说：

说不定下一个就轮到我了。阎王叫你三更去，绝不留你到五更！

他立刻如释重负，想通了的吴家义突然闲下来了。吴四章一死，他成了吴家最年长的男人了。他不知不觉有了吴四章的派头，有事没事，到镇上打一壶白酒，就两粒花生米一盘炒黄豆能喝上两个小时。耳朵边枨着范文梅的苦脸，腿边上是涎着口水的狗不停地蹭他裤腿。他哪里有骨头多出来喂它？只好赏它几脚，赏得它嗷嗷嗥叫。

从吴家义的堂屋西墙的那条裂缝里，就能望得见西埂头的渡口。那些在外做买卖的年轻人都是从这条船上出去，也从这条船上回来。他们在渡船上大声地招呼熟人，给摆渡的阿三扔大前门香烟时，吴家义知道他们的口袋里肯定还揣着十元的大票子。趁着酒劲，吴家义对着这些经过他家门口，对他熟视无睹的邻居们的背影粗声粗气地训斥道：

现在老子要是有钱去买条牛，老子绝不会上当！老子要是发了财，还轮到你们这帮嘴上没毛的东西在我跟前摆阔？

怀念结束后便为自己的晚年表示莫大的忧愁：

指望这几个杂种养我？大白天做梦，太阳从西边出山。

对自己悲苦晚年生活的糟糕预测更加重了他喝酒的理由。而频繁的酒精渗透，又使他一次又一次地重复对晚年场景的描绘。久而久之，他把自己的预测当成了真理深信不疑，后来他又有了新的发现：

我腿断手麻，我哪里还能干活？

在他的意念中，他辛劳一生，可这不走运的生活如同江水里的泥沙逐渐搅拌了他的精力和意志，使他的脑子处在一种混沌不清的境地。他那充满激情和活力的青年时代的勇气和信念如同那些卖剩的镰刀一样在墙脚生锈、蒙灰,变成了一堆派不上用场的废铁,最终这些铁锈糊住了他自己的心脏。眼下,他眼里闪着混沌不清的光,抖动着手摸索着夹一筷子菜到嘴里,在嚼动嘴巴的时候也没忘忧心忡忡地补充:

我的儿子们都要打光棍了。

宣布这个预言,说明他对儿子还是有责任心的,只是他无能为力而已。说完这话,他通常都能心安理得地睡去。

二十岁的吴保国在经受了心脏数番膨胀或紧缩后,挺不下去了。他也奇怪,自己那么经饿、那么经冻、那么经压,可就是这时做不了自己的主。不在沉默中爆发,就在沉默中灭亡!这句话吴保国从没听说过,但他此刻就是这么想的:老子要憋死了!老子忍不下去了!

他终于要跳起来反抗了。腊月二十清晨的寒风里,吴保国迈着强盗式的步伐走向正在菜园里浇菜的大凤。老柳树的枯枝上,栖着一只打单的鸟,冬麦刚刚出头的地里,空空荡荡。忙碌着的田大凤,瘦弱、小巧,如同江心里一只打渔船,风一吹就会东倒西歪。

原以为对方会撒腿逃跑,结果,田大凤在吴保国浓重的喘息声前抬起头来,她看到了一张阴沉热烈、软弱无力的脸。吴保国清晰地把他的绝望暴露出来。他以为她要尖叫了、逃跑了,结果,她只是定定地注视着他反常的脸和身躯,随后一如既往地轻轻地喊了一声:保国表哥。她的声音犹如一只抚慰人心的手!他的四肢立刻接收到了她的言语和眼神放射出来幽暗而奇怪的光芒,这光芒恰如一把稻草,立刻将他从沉沉下陷的泥潭拉了回来。吴保国的心一软,他的腿也跟着一软，差点儿跌到地里。他肩膀一下靠在了大凤家柳条扎成的丝瓜架上。丝瓜架上只剩下一些没锄掉的枯藤，脆弱的丝瓜架经不起吴保国厚重莽撞的身躯，和依赖着它的吴保国同时倒下。

在倒地的一瞬间，吴保国的眼睛不经意地对准了天。一块云团从他眼前掠过，他惊喜地发现，江心洲的冬天的上空是那么蔚蓝，蓝得直让人想哭。

窗户纸捅破之后，一切都好看了起来。天、山坡上的遍地的焦黄的野草，门前的晾衣线上随风摇摆的衣裳都使吴保国有焕然一新的体验。保地到镇上买糠回来喂猪，他瞧见保地扛在肩上的扁担上系着两只白布袋。两只布袋在保地的背后跳着舞，池塘后站着一群鹅摇头晃脑，还有青蛙大白天就快活地聒噪。

吴保国开始到江边洗头了。每天早上他起床的第一件事就是把头发沾点水梳得光溜溜的，因为他第一眼肯定能望到在门口洗衣裳的大凤；他不晓得费了多少力气才攒下十块钱请裁缝给他做了一件中山装，雨天的时候，他穿着它，晚上吃过晚饭洗过脸的时候也穿着它，天再黑，他也穿着它。

6

摆渡的阿三越来越长见识了。这一天，他的船上站上了背着帆布袋子的吴家富。阿三饶有兴趣地跟家富打了个招呼：

去江西？

去江西。

问的人一副料事如神的神气，答的人呢，也如同江西就是他家的菜园子，他天天去，从没间断过。

一个人哪，不带个帮手？阿三算见多识广了。他天天听人说江西木头大，重，值钱，搬不动；他也亲眼看到，人人都不能单干。

不带！

事实上，吴家富头天晚上倒是找过妹夫方达林。他问妹夫最近有什么打算，方达林说，他最近打算把粪缸里的粪挑到地里去肥地，眼下正缺一个帮手。

一缸粪半天就能挑完，我是问最近。

半天，方达林说，挑快了撒出来一滴能臭半里路。

臭半里路又不是什么大事。

说大事不是大事，说小事也不是小事。

吴家富气不过，也失了耐心，他直截了当地告诉妹夫，他想带他到江西贩木材。

现在是七月天，据说江西七月蚊子大得很，咬一口要肿半个月。

吴家富说，你又没去过，哪里晓得这么清楚？

正所谓：秀才不出门，能知天下事。毛主席见过马克思？

家富只好打断他：今年一亩地能收多少棉花？

方达林说，从理论上讲，如果粪能及时挑到地里，如果过两天再及时下场雨，我能保证亩产三百斤不成问题。

除了交农业税，能剩几块？

大哥，你怎么张口闭口就是钱？

不谈钱，你们这屋要是半夜倒了砸死你们怎么办？

首先，这房子一时半会倒不了，再说，下江西就能趟趟赚？俗话说，计划不如变化快。

吴家富把火硬生生吞回肚子里,他说,就两亩地,家秀肯定干得了,跑趟江西顺利的话强过种五亩地。换了别人,想跟我去,我都不带他。

方达林说,人跟人之间的关系就是这样,你有时出于好心,但未必能办好事。你妹妹她对我是要早也见晚也见,她又不嫌我穷,不好攀,不好比,我就不信这水这土能饿死人!

没志向的东西!吴家富气鼓鼓地掉头回家,家秀的一只鸡已经放了血,她咿呀咿呀要拉哥哥吃过饭再走,吴家富把她的手甩掉,她又拽住,再甩掉,再拽住。到底,吴家富挣脱了妹妹的手,走掉了。

吴家富和方达林的谈话,成了吴家秀众多解不开的谜中的一个。接二连三的事情她搞不清了。她搞不清村上人为什么拎着被子挎着包成群结队地上了渡船。渡船外有哪些地方?那些地方有哪些东西?吴家秀一律不晓得。她只晓得自己家的日子清汤寡水地过,她整天看到方达林的嘴巴在动,方达林的话她一大半没听清,一小半没听懂;她只能从他的脸上分辨他今天高兴不高兴,看她顺眼不顺眼。

从那天开始,吴家富正式成了一个走南闯北的生意人。他这次只用了二十八天就和合伙人带回一只装满木头的水泥船,他们将这上百根木头从船上卸下来,他用麻绳将木材牢牢绑在门前的树桩上,到了晚上,他还睡在江边,直到买主把这批木材带走为止。当时史桂花还不能确切地明白吴家富这些行为的真正原因:这些木头缝里藏着钱?史桂花对着木头左看右看,我门前屋后不有的是柳树?

那不一样，这批木材可不是用来当柴烧的，柳树能与红木比？黄铜能跟金子比？

你上回忙了两个月不也只赚了一口棺材？

木头的种类多着呢。红木、槐树木、杨树木、桑木、柳木、苦楝和泡桐木，成千上万种，学问大着呢！

吴家富一口气说出这么多种木头，他少有的伶俐和学问使史桂花无比崇拜和惊奇，她对这批木材的价值仍懵懂无知。吴家富略一思索，打了一个比方：

比二十亩棉花值钱。

史桂花显然被吓住了。她哎呀一声瞪圆了眼睛。吴家富好意地看着妻子，用自己的平静来缓解妻子的紧张感：

这算什么，有人跑三五趟就能成万元户。

史桂花这才明白吴家富正在做的跟她要求的其实不是一回事。她原来指望的是一块手表、一件涤纶褂子，或者是跟村里人平起平坐，没想到吴家富要给她楼房、给她万元户的头衔、给她出人头地的地位。他比她野心大多了。

连着数夜，夫妻俩不断重复这批木材的价值问题。他们的关系空前融洽。木材在他们嘴里转换成楼房、收音机、自行车这些从来只能听听的好东西。史桂花每次在谈这些问题时总不忘朝门外张望。

怕什么？外面比我们发财的多得多，现在有钱是好事。

出门一个多月的吴家富由于饥寒交迫，此时已有胃病的症状，但他依然劲头十足，热衷于对财富的描述和外部世界的点评：江西人人都穿牛皮鞋。

卖掉了木材给你买一双。史桂花情意绵绵地说。

男女平等，一人一双，吴家富干净利落地决定。

史桂花当即也拿来枕头陪丈夫睡在江滩上。随后几天里，这夫妻二人走到哪里都一前一后。他们相敬如宾，说起话来轻声细语。卖掉木材赚来的钱还了债后，他们去了一趟县里，买回了一台收音机和两双皮鞋。孩子们也都有收获，吴胜水得到了一双白球鞋，吴革美得到了一本《故事会》。她感激地看着父亲，不晓得他怎么就晓得她要这个！

随后几年里，吴家富一趟趟往返于江心洲和江西之间。史桂花每次看到丈夫从渡船上下来时，都专注地盯着丈夫的脸色。她知道他的脸上隐藏着结果，要是赚了，他的眼睛是亮的，嘴角是向上的，头发是整洁的，胡子刮得光光的，裤腿的泥巴也少；要是哪趟赔了，他的忧虑就在嘴角边挂着。吴家富的嘴角一挂，脸就显得长，本来他人就瘦，脸上又没有肉，脸一拉长就特别难看。史桂花会根据这个来决定对他的态度。

在赚了钱的情况下，史桂花是比较宽容的。她指使革美烧洗脚水，自己呢，去称豆腐，炒花生米。她走起路来脚下生风，说起话呢，声音又细细的，软软的：

快，洗洗上床睡，大老远的回来，肯定没睡好，缺觉。

要是吴家富哪趟折了本，史桂花一筐筐往外倒的就不是柔情而是牢骚：

我一个女人，背三十斤的药水桶打两天才把五亩棉铃虫打光，别的人家都是男劳力在干！你倒好，一出去半个月，手不提，肩不挑，进了门还要烧还要洗。这些东西个个不争气，大的呢，书念不好，二的呢，洗盆衣裳还嘀嘀咕咕，现在更不得了，你要说她一句，她能顶你十句。我一天到晚累得腰都直不起来。

骚　江

　　她一个劲地倒苦水，吴家富呢，一声不吭地听，真假也不问。

　　吴革美心里真不服。她指望吴家富挑挑她话里的假。他难道不晓得她说了大话，她怎么就不说她一巴掌把女儿的鼻子打出了血？她怎么就不说她当旁人面骂她骚货？她只要跟吴家富的眼睛一对上，就明白爸这回又受了罪。她能从他的头发缝里、眼睛里和手臂上看出他吃了多少苦头，不光是赚钱赔钱缺觉受冻的问题。

　　后来的几年，总的来说赚的时候多赔的时候少。发了财的吴家富还是三番五次地去找方达林。但他三番五次悲哀地承认，发家致富对方达林没有诱惑力。这是一个没有斗志的男人。他想到自己的妹妹将永远生活在贫困中，心里难受极了。他如今晓得外面的人穿的衣服不打补丁，外面的老年人不搞封建迷信活动，外面的年轻人个个识字、懂礼貌，外面的房子是砖顶石灰墙和水泥地，收音机手表和缝纫机早就不算什么大件了，往后还会有自行车、电视机，到那时，自己的妹妹只有眼巴巴地看着的份了。

　　一个人一个命！他无奈地摇摇头。

　　吴家富出外闯荡之后，教育儿女的重担落到史桂花一个人的头上。史桂花说话的口气不知不觉有了男人的威仪。她坐在桌子旁边看儿子吴胜水做作业，说：

　　胜水呀，你要好好读书，你妈我这么辛苦，为的就是让你考上大学，将来做城里人。

　　吴胜水的铅笔咬在嘴里，眼睛直愣愣盯着他妈，史桂花说：

　　不要望我，望你的作业本。

　　吴胜水于是把眼睛对准作业本。史桂花说：

　　别光顾着看，要在作业本上写字。

吴胜水于是把他的铅笔对准作业本上的小格子，左一笔右一划地写将起来。

史桂花一边纳鞋底，一边监督儿子的手，过一会儿就叮嘱一句：

手不要歇！

作业本上的字，她看不出所以然。她不愿意承认儿子脑子有点不开窍，她晓得儿子分不清什么形容词、名词和动词；她晓得写秋天的景色和我的家乡这样的作文是吴胜水最受罪的时候，她也晓得超过一百以上的加减乘除，吴胜水脑门就大片大片地冒汗。

冒汗他也不吱声，上课老师的话句句他都听进耳朵里去了。他的眼睛瞪得比谁都大，老师写在黑板上的字，他个个记到本子上。全班就数他的硬面抄厚，全班也就数他的铅笔多。他的书包比别人都大，不是光为了装书，还要装些吃的，免得他饿着。他拿这些孝敬拍他后脑勺的同学、踢他屁股的同学、踩他白球鞋的同学。旁人晓得这个同学金贵，要是哪天哪个同学想戏弄他一下，不留下痕迹就没事。吴胜水不喜欢告状，可是不小心留下什么红印或是破了一块皮，史桂花那天晚上肯定锅也不涮、饭也不烧就上门问罪去。江心洲的孩子都晓得吴胜水好欺可史桂花厉害。最折中的办法就是在吴胜水头上摸一把，不能摸红也不能摸出印子，然后和颜悦色地对他说：

去，回家告诉你妈，你被打破头了。

吴胜水觉得史桂花让他丢丑太多次了。但是他没办法，一点办法都没有。他晓得爸妈对他期望大，他晓得自己不好出差错，他把要求背的课文背得滚瓜烂熟。吴四章没死的时候，对着他背给他听；马兰英在的时候，偶尔也要听听；现在，史桂花抽空来听。在

骚　江

不同的时间和地点，他们一致认为这孩子老实，不会打马虎眼。的确，在背诵这件事上他没打过马虎眼，但超过背诵，他就扛不住了，他一晚上趴在桌子上写作业写到半夜；第二天早上急慌慌赶到学校，还要借别的同学的作业抄半个钟头，昨天才算正式过完了。

他如此用功，却又这般不走运，各门成绩在班上都垫底。这消息被史桂花听到，她就到处喊学校真不是公平的地方，怕听的人不信，她让儿子即兴背一段课文。这个不难，刘胡兰、董存瑞炸碉堡还有放牛郎王二小他背得更熟稔。听的人到这时也都会异口同声喊学校不公平。

末了，史桂花也承认儿子动作有点慢。她苦口婆心地告诉儿子：

你要不好好念书，你就跟我一样，一辈子面朝黄土背朝天。

你要是当了农民，砍一辈子，锄一辈子，挑一辈子，到头来，连买件衣裳的钱都拿不出来。

你见过农民住楼房吗？

你见过农民穿金戴银吗？

你见过不晒太阳不淋雨的农民吗？

你见过不挑粪的农民吗？

你见过有人给农民点头哈腰吗？

所以，史桂花告诉吴胜水：你一定要好好念书！

史桂花教育儿子的言论，是从吴家富那里剽窃来的。在对待儿子的前途问题上，她和吴家富极少发生分歧。为了儿子能得到点特殊照顾，家富把江心洲小学五个老师全部请回来吃了一顿，可吴胜水的成绩也没好到哪里去。请过客后儿子的样子还是一副没睡醒的样子，史桂花这才感觉后悔，她悻悻地告诉邻居：

好鱼好肉吃到狗肚里去了。

革美躲在一旁,把这些全望在眼里,全听在耳里。她妒忌他。

三升四的时候胜水留了一次级,如今跟革美同上三年级。革美嫌丢人,上学放学不跟他一起。她还恨他,恨他穿得比她新,本子比她多,上课呢,一被老师喊起来就冒汗,他冒他的,可是偏不,班上女同学都朝她看,害得她跟他一道遭人笑话。

除了这个,吴革美还瞧不上他娇气,她常常发现胜水的稀饭底下多了只煮鸡蛋。史桂花做得漂亮,吴胜水却吃得不干净,老是露点鸡蛋黄被吴革美发现,上学的路上,吴革美就忍不住戳穿他:

笨蛋,好吃精。

这种话千万不能被史桂花听到。一听到,吴革美的头发就要被揪下来一大把。好在,要不是旁人多管闲事,吴胜水是不会告状的。

成绩单一发放,吴革美升到四年级,而吴胜水呢再一次成了留级生,还得待在三年级。新学期头一天,吴革美暗暗得意,终于摆脱了哥哥。她妈妈却叫她把板凳扛回家。

那我坐哪里?

坐?你不是比哥哥能一万倍吗,这么能的人念到四年级还不够吗?

那天上午十点,还捏着自己的成绩单的吴革美从学生变成了农民。就跟葫芦被刀一切两截,一边被切成块放进锅里炒着吃,而另一半则晒干做成葫芦瓢一般。她这只下了锅的葫芦愤愤不平地盯着即将做成瓢的吴胜水,一心想着报复他。吴家富那天不在家,吴革美含了一肚子委屈没地方说,晚上吴胜水和吴贵珠在做作业,她呢，得去洗碗，扫地，烧洗脚水。

吴胜水在等她把饭桌上碗筷收拾干净写作业，她则先找扫帚扫地。史桂花喊她：

呆货，做事要分前后，米还没下锅，柴先烧掉一捆，也烧不成稀饭，这个道理不懂？

哪个不懂，吴革美在心里大声地顶嘴。

她人是过来了，却还是磨磨蹭蹭。史桂花要上来敲她猪脑子，眼皮一翻，吴革美的心提到嗓子眼上了。她已经听到史桂花吐出的脏话了，她已经看到史桂花扬起的巴掌了，她进而感到脸上头上火辣辣地疼了，她的心缩成糯米团大的一块，她感到她自己的全身都缩成糯米团大的一块了。

还好，她懒得动！

吴革美的胆子又大起来，故意将一粒米饭落在桌子上。吴胜水近视，白生生的米粒视而不见，把作业本啪往米粒上一放。吴革美扑哧一笑，吴胜水这才狐疑地东看西看。这一看，他的嘴角就撇下来了，本来米粒用手轻轻一夹，就去掉了。他不，他先是拎起作业本甩；甩不掉，用袖口擦。一来二去，他的本子真正脏了，皱了。他苦巴巴地望着吴革美，吴革美晓得他不会告状，不会埋怨她。事情结束得这么寡淡，她快快不乐地去洗碗、去扫地、给吴胜水烧洗脚水。她憋了满满一肚子气等吴家富进门时吐出来。她想象吴家富一准会大惊失色地批评史桂花：

孩子不念书怎么有前途？

她指望吴家富跟史桂花说：

你要是不让她念书，她就跟你一样，一辈子面朝黄土背朝天。

她要是当了农民，砍一辈子，锄一辈子，挑一辈子，到头来，连买件衣裳的钱都拿不出来。

她晓得妈妈来教育哥哥的话全是从爸爸那里抄来的。

吴革美从地里一进门，就瞧见爸爸已经从江西回来了。吴革美一个箭步上去，立刻向他发布重大消息：

爸，妈不让我念书。

吴家富像没听见女儿的话。他忙着扫地、挑水、端盆猪食去喂猪。吴革美从他屁股后头横到他眼面前，吴家富还不吭声。她不解地抬头看父亲，结果吴家富的眼睛却朝着史桂花，史桂花把嘴一撅，吴家富就说：

保霞才念到二年级呢。

他果然忘记请老师吃饭时给老师敬酒时说过的话：

我从不重男轻女。

不让念书让吴革美恨，可最让吴革美害怕的是跟母亲朝夕相处的恐惧。吴革美不晓得母亲的肚子里怎么揣了如此多的怒火。她发火的理由太多，雨落下来了衣服没及时收进去；洗碗的时候掉了一只到地上，就算没有碎，她受了惊吓也要骂半天；偷笋被逮到；摸螺蛳被钉子扎了脚——扎的是我吴革美的脚，割草时割到手指上。凡此种种，吴革美都要挨骂：

这些错只有你这种人才会犯！

吴革美心里不服气，他们不犯是因为他们不干。

再顶嘴，史桂花的扫帚就甩过来了。吴家富一见这架势，就要过来拉她拽她抢她手上的家伙。

这算什么？史桂花不耐烦地告诉丈夫：

我娘家门口一个姑娘，手指都被她妈给剁了。

骚　江

又或者：

戳瞎一只眼睛的也有！

你比老年人还重男轻女！这是吴革美当面听到的吴家富为她仅有的抗议，他的抗议就像一根受了潮的火柴，划着之后，咻一声响后就没了动静。

那段时间吴革美整夜想着寻死。父母在他们的房间里嘀嘀咕咕到半夜，吴胜水直僵僵地睡着，吴贵珠倒也无忧无虑，只有她吴革美没有任何悬念成一个农民了。她从床上爬起来，她想到自己要是跳了江，她爸爸吴家富就不会像现在这么悠闲了。她迈着气鼓鼓的步子向江滩上走。

十岁的吴革美能感觉到自己正在脱离一切，房子、房子前的石板、父母亲、猪以及哥哥胆怯的眼神。她清晰地感到自己是被那些排除在外，其他人在继续，只有她将结束、将离开；她的心凉到了极点。她迫不及待地想冲到江心里去，了结算了。

江浪有节奏地拍岸声缓缓响起。她放缓了脚步，在一棵树下，她看到月光下灌木丛里有一团东西会动。她一惊，想想会不会是鬼，一秒钟后她心里笑了一下，我马上就变成鬼了，还怕鬼？话虽如此，她还是缩起脖子，踮起脚后跟，怕发出惊动鬼的响声。脑子里头一个念头想是江猪，随后马上推翻自己，她想江猪不会在岸上，鬼，看着又不像。她轻手轻脚地走过去，在广袤的夜空，她听到了异乎寻常的对话——

你身上香得像挂面！

挂面才不香呢！

你怎么知道？

我老早就吃过。

你的头发像挂面那么滑手。

挂面才不滑手呢,挂面毛糙糙的刺手。

你的膀子像挂面那么软。

呆,挂面才不软呢,挂面脆,一折就断。

全部错了之后,吴保国不吭声了。

保国一不说话,大凤就服软了,好吧,挂面就挂面。

保国已经忘记挂面了,他说,你肯跟我住窝棚?

住。

服侍我妈?

服侍。

给我大打酒?

打酒。

真的?

真的。

……

两个影子又贴一块去了。

吴革美躲在树背后,看他们贴到一块,就像两块和了水泥浆的砖头,一贴上去就水泄不通。

那天夜里吴革美大气不敢出,蹑手蹑脚地进了门爬上了床。在漆黑的夜里,她的眼前出现了一个新颖的、神秘的、触摸不到底部的世界。这个世界轻而易举地击败了死亡。她忘记了原本是要去死的,以便让他们重视她。她蜷着身子趴在床上,她听见全家人的呼吸,这真是简而又陋的房子,她感觉到秘密随时会从自己的胸腔里自己蹦出来。

第二天白天,她看见保国挑了粪桶去浇菜地。不管是在坑洼

骚　江

不平的地沟里，还是在尘土飞扬的大道上，他走起路来都是四平八稳、神采奕奕。他在庄稼上比父母用心，他施肥施得准，翻土翻得深，犁地犁得快，锄草锄得干净。他家的庄稼比边上的高出一大截。突然之间保国眼睁睁从一个危机四伏的男人变成了一个种庄稼的好手。如今，吴革美晓得原因了。

保国看见革美，笑嘻嘻地打了个招呼，他说：

革美，不念书就不念书，反正你认得许多字了。

吴革美好奇地发现他说话的声音跟昨天晚上大大不同，根本不像一个人，再一望他脸上，鼻子眼睛嘴巴，一样也没多一样也没少。

第二天晚上，吴胜水描红的时候把沾墨汁的毛笔浸得胖鼓鼓的。可还是描不黑。他一笔描不黑，再添一笔，直到把纸描穿了，这才哭起来。

儿子的哭声就像一根火柴，一分钟不到就把史桂花的火气点燃了。她瞄一眼，就不问青红皂白抡起巴掌扇革美。你这个货，一天到晚使坏。

倒不是存心使坏，是觉得哥哥墨汁用得太快想出来的妙点子。她先是倒几滴，发现还一样黑，再倒几滴，还是一样黑，她觉得墨汁跟米一样，兑了水烧出来的还是饭，结果是个馊主意。

史桂花给她两毛钱让她将功补过，到代销店买瓶新墨汁，一看母亲掏钱买墨汁那么爽快，吴革美心里更气，拿了钱却径直往江心里去。就不买，就不买，气死你。结果气得眼泪汪汪的是她自己。

她又往江滩上走，芦苇滩快走完时，她停下来，她侧着耳朵听，果然，昨晚的声音还在。这个声音就像从昨晚一直延续到现在，仿佛她白天见到的是他们的影子。

保国说，我从早上眼睛一睁盼着天黑。

大凤说，我也是。

保国说，我怎么闻着江心洲的味道越来越好闻了？

哪里好？

哪里都好。

我一想到你，我就有使不完的劲。

不吃饭也有？

不吃也有。

我给你绣的鞋垫你怎么不垫？

那么好的鞋垫垫在脚底下太可惜了。

真傻，鞋垫就是垫在脚底下的呀。

月光下的江边冷风四起，吴革美直缩脖子。她晓得寒冬腊月真跳到江里，还没淹死就先冻死了。一想到这里，她的心跟手脚一样凉起来，一丛丛落了叶的灌木被风吹得摇来晃去，发出啧啧吱吱的响声，一切都冷得瘆人，而江滩上的两个人相互抱着，就跟抱着烤火坛一样对寒风毫不在意。

吴革美已经清晰地感到一种新鲜而神奇的东西在江滩上滋生出来。在以后的日子里，她看到傍晚收工的时候，保国会随手摘下一朵野花，他不像旁人那样一边走一边撕扯它，相反，他小心地握着它。在所有人毫不留意的情况下，吴革美却敏锐地感觉到保国对野花发自内心的怜爱。她一下子明白过来，他之所以在这里，之所以行走在一群不相干的人边上，之所以面带微笑，全是因为另外一个人。如果没有那个叫大凤的人，这片仅够生存的农田，这宽阔的喜怒无常的大江以及那矮得必须低头才能进门的房子，是容不下保国的。她知道，江边上那些摇曳的芦柴花，那些嗞嗞响的风都是属于

骚 江

保国和大凤的。那漆黑的夜晚,那所有人沉睡的时刻都是属于保国和大凤的。她清晰地看到了一个圆圈,像西游记中孙悟空为唐僧画的那个圈,现在,那个圈里坐着他的堂哥和表姐。懵懂无知的吴革美已经感觉到芦柴滩上的闪着金光的圈有一股超越一切的神秘力量的存在,是那么无法无天、逍遥自在、神通广大、不可侵犯。

这往后,吴革美不敢再到江滩上去。如果没有深深的委屈和愤恨,她是没有勇气往江滩上去的——江滩上太黑。她怕水鬼,现在知道江滩上有表姐和堂哥,她仍不敢,她怕表姐发出像牙痛一样的声音,那分明不是牙痛,牙痛保国不会若无其事地沉默或者喘气。

后来的情节吴革美自己都会设计了,她白天黑夜地想他们的对白。她一会儿模仿保国,一会儿模仿大凤。

大凤问保国:

保国表哥,你喜欢我什么?

我喜欢你皮肤白。你喜欢我什么?

我喜欢你皮肤黑。

我喜欢你胳膊细。

我喜欢你膀子粗。

我喜欢你头发长。

我喜欢你头发短。

我喜欢你说话声音细。

我喜欢你说话嗓门大。

吴革美相信,现在的表姐是吴保国的皇后娘娘,要是表姐让保国用刀把自己身上的肉割一块给她尝尝,相信他也会毫不迟疑地立刻动手。

可是她的父母呢?尽管吴家富已经从农民变成了生意人。可他和史桂花之间仍旧冷战和热吵，常常像一对仇人一样势不两立、剑拔弩张地对峙，而江滩上的男女又向她展示了男女之间最温馨伟大的誓言，白天和黑夜的巨大差距使吴革美整天魂不守舍、睡眼惺忪。

腊月，保国突然准备下江西了，原因跟一场冰雹有关。本来麦子长势不错，一场冰雹把一地的麦苗冻成了枯草。眼看着白忙了一季，再种什么都来不及了，来年五季里肯定要收空了。出门做生意的人家还好点，光等着这些庄稼糊口的人家日子不好过了。范文梅仿佛已经看到儿子们饿死了，她带着哭腔坐在门口叹气：

都怪那头牛。

那头牛早已尸骨无存，现如今却被反复提起，范文梅的眼泪是世上最难挡的武器，明明白白不想离开江心洲的保国见不得老娘伤心，他决定出去碰一回运气。他往镇上一站，虎背熊腰，立刻为他不花一分钱就赢得了一百块钱的股份，这意味着他带给同伴的那种安全感是眼下贩运木材最好的本钱。他上路的那天，一只脚跨上洲头的渡船，另一只脚踩在岸上，脖子扭回来望着大凤的家，大凤站在大门晾衣裳，三五件衣裳她晾了一早上，吴保国不肯上船，阿三的小渡船只好在原地打转，急得对岸的人直怪阿三。阿三不恼，他笑嘻嘻地看着神不守舍的吴保国，热情洋溢地打趣：

发了财回来江心洲肯定还在！

吴保国这才把脖子归到原位，剩下的那只脚终于离了地，他腼腆地一笑，载着他的小船慢慢驶向对岸，在流水的轻歌中，他恋恋不舍的身影逐渐小去。

骚 江

7

人一死，好多事情就成了谜，只有想象，不能还原！

保国走了三天了。
保国走了五天了。
保国走了十天了。
保国走了一个月了。

在过去的一年多时间，身材娇小的田大凤就是江心里那盏探照灯，专门为吴保国亮起来的。以往她天天晚上偷偷起床，悄悄穿衣，开后门，生怕吵醒一张床上的二凤，出了门，她还要左顾右盼，看门前屋后的动静；月光有时把她的影子剪得白生生的。要是哪家屋里有光，她的心就跳得凶；要是家家都睡了，她深一脚浅一脚又常常被绊倒，但她不吱声，爬起来再走。天气热的话蚊子就多，她身上不免红一块肿一块，但她不说，跟谁也不说；天气冷就更糟，有时一脚踩到沟里，沟里一摊烂泥，且不说脚冷，那一摊泥很容易暴露行踪，但她熬着，自己把事情解决了。除此之外，芦柴地里的黄鼠狼、半夜逮耗子的猫都踩过她的脚、吓过她的胆。后来一切都熟悉了，她闭着眼睛开门，闭着眼睛去江滩；就算听到什么古怪的动静，她也装着没听见，有时怕得不行，她就在心里念叨：

鬼别犯我，我不犯鬼，鬼若犯我，我定犯鬼！

她走夜路手里拿过棍子、树枝、砖和石子。每回保国要到门口来接送她，她都不肯。她晓得姑娘要注意名声，虽说这年头允许自由恋爱，说到底江心洲的人还没人敢干她干过的事，她心里晓得自己自由得太过了，她心里常常怕得一抖，一身冷汗。

但这不是最糟的，最糟的是她晓得母亲不答应。她要她找家世好的，有三间砖瓦房的，一定是认得字的，最好找干部家庭的，最差的也要找个手艺人。大舅名声不好，保国名声不好，他妈常拿他们做反面教材。提亲的一直不断，来一个大凤就受一次惊，来二个大凤就受吓两次，她感觉她快顶不住了，她晓得要是保国有钱盖房，要是保国也是个生意人，要是保国能买得起缝纫机、五斗橱、手表和八套衣裳的话，事情没准就能成。

你再搞不到钱，我不晓得哪天就被我妈卖了。

她心里晓得不会卖她，可是她心里急，一急就把话说狠了。说狠了就是叫保国想办法。

大龙的亲事也订下了，女方是另外一个大队会计的女儿，这婚事双方都满意，明年五季能丰收的话，这门媳妇就能娶回来。明年五季要丰收，她也能让保国拎点像样的礼来提亲。

偏偏今年又早早下冰雹，早早断了明年的活法。

要不咱们跑掉，到哪里都无所谓，只要不在江心洲。她被自己的念头感动了：到山里去、到海边去、到山东去、到江西去。在那里，他们就能大大方方地像夫妻那样搂抱、在太阳底下同进同出。

不是真的，光是想象就充满了甜蜜，甜蜜不一会她便愧疚，对母亲和家庭的愧疚，她回到了原地。

她以为那是最糟的，保国没钱是最糟的。现在保国一走，她才晓得什么才是最糟的。最糟的事情就是现在，她的心疼得在床上抽。以前天天晚上头顶露水，脚踩露水，晚上一出门就是大半夜，

骚 江

她不觉得困，不觉得累，可是保国一走，她每天老早上床，上了床就做梦，醒了身上就疼，疼了就不想起床，她终于知道还有比保国没钱更糟的事情。

她的梦五花八门，有天晚上她梦见保国回来了。保国一见到她就从口袋里一掏，掏出一大把十块钱的大票子，她心里一乐，就笑出了声，结果她把自己吵醒了；还有一回她梦见她结婚了，她妈妈给了她三床被子，两只箱子和一只柜子做陪嫁，她心里感激她妈妈的成全，又有点舍不得。她一伤心，就哭出了声，结果又把自己吵醒了。她恼火起来，直怪自己糊涂。

下一回做梦，她发誓不吭气。

这次她梦见保国喊她，头天她就下定决心不吱声，结果保国以为她没来，就往回走。她想喊，又晓得这是梦，一喊自己就要醒，她这一口气憋在心里，一直把自己憋醒了。醒了之后，肚子里的东西一口就吐了出来，吐了一床。

保国走了半个月了。她被自己的梦搞怕了。有天晚上她从床上爬起来，跑到和保国约会的江滩上。她瞧见江一直向前，她心里晓得江有两条岸，江对岸还是村子。可是晚上望见的就是一片江，没有尽头的江。阿三和他的渡船在江心里睡着了。偶然一只大拖船经过，随后一股浪就会冲到护滩的石块上，一撞，撞成碎片，她回过头来瞧见自己的村子隐没在夜气里，死了一样，她脑子一乱，只觉得这世上只有两样东西，江水和水边上的死气沉沉的村子。

那天受了凉，回去后她一直胃里难受，家珍给她刮了痧。按理说，应该好了，她却还是不能吃，一看到桌上两块鸡肉，她就想吐，好不容易吃了点咸菜帮子，不到一刻钟又吐了出来。

她晓得事情更糟了。

正月要过完了，二月里来了！三月一到，棉袄就要脱了。歇了一冬的锄头忙活起来了，保国没回来，开春的新品种黄豆种到地里了，保国也没回来；现在黄豆苗快半尺高了，他还没有回来；别人的棉袄都脱了，她也穿不到几天了。好几回她抛开姑娘家的脸面，去找大舅妈。她问她纳鞋底的线是几股绳，她问她腌一缸咸菜要几勺盐，范文梅就咧开嘴笑：

我哪里有你妈妈内行，要说这些事，江心洲哪个能比你妈妈强？

她硬着头皮添一句，保国表哥怎么还没回来？

哪有这么快，大舅妈回答她，不回来给人招女婿更好。

还有一次她看到范文梅到江里洗衣裳，她也拿起水桶去挑水，她装着漫不经心地问，保国表哥有信回来吗？

她的问话声抖得很凶，换在别人跟前早识破她了，她心里也想着大舅妈最好识破她，可是大舅妈仍然没留心，她说：

他要是识字肯定就写了！

大舅妈什么也不懂。她和气，光顾着笑，却不晓得把大凤最后一点希望给扯断了。

她的力气明显小起来，身子明显懒起来，什么事都不想干，就连对面的空气都能压趴她；饭量呢，一天不如一天。她的肚子迟早会鼓起来，那时候呢，她已经着手想了：她就要被人泼水，戳脊梁骨，骂：婊子！

她想到她妈妈会拿棒槌捶她，这不算什么，妈妈会寻死，她爸死的时候，她就想跟他去，这世上没她什么念想，要不是这几个听话的儿女。

骚 江

听话的儿女？她要是晓得自己错看这表面上听话的儿女，她会说她没脸见人，她会往门框上撞，她还会往江里扑，她晓得妈妈说到做到，换了她自己是妈妈，也没力气活了。即使她给她一条路走，要是保国还没回来，她就想把自己嫁出去也没有人娶，还能比这更糟？

她去了两趟镇上，想知道镇上有没有船到县城去；县城有没有船到江西去。她不知道除了船她还有什么法子离开江心洲，可是两回都到了镇上她又回来了。她是在江心洲生，江心洲长的，别的地方她什么都不晓得；她什么也不想晓得。她望着人来人往。街上全部是生人，路又不熟。她站在街心，脸色发黄，两眼像老鼠那样惊恐、嫌恶和惧怕。她的心里产生了一种冰凉麻木的孤独感。她哪里也不想去，她活到二十一岁，是哪里也不想去的，她只想跟保国好好过。

她晚上还不停地做梦，她梦见自己的肚子盖住了脚，梦见妈妈二话不说，"扑通"跳到江里去了，她甚至梦见她爸了，梦见他气得发抖，手指指着她，不停地抖，然后头一歪，死了。原来爸不是死于胃癌，原来爸是让自己气死的，原来我是凶手？！

她在梦里不停地哭，哭累的时候，她又做了一个好梦，梦见跟保国躺在一张双人床上，床头板上绣着龙凤呈祥，她心里一乐，时间立刻就停了。她又回到自家的床上了。

她现在是真后悔了，她不是后悔跟保国好，她是后悔跟保国那个了；要是不那个，就是再等十年，她也是等得起的，她会拼命护住自己，不让哪个来把她娶走的，她有这个信心。可是现在，晚了。

女人真可怜，走错了一步，就只能下地狱。再美，也是下地狱，没人救得了，也没地方跑！

又一个夜晚来了。夜晚总是来，保国却不回。她想到他可能死在山里了，江西是有野人的，野人吃了他，她的眼前立刻出现被分成一块一块的保国，看到他光剩一只头，睁着眼睛望着她。她的心一抽，疼得身子蜷到一块去了。她听舅舅讲过江西经常发山洪，山洪一过，寸草不留，她抱住自己的两只脚，继续想，就算躲过了山洪，也可能在回来的路上淹死了，这回保国没分成一块一块而是肿成两个大，她见过漂在江里的尸首，鼓鼓囊囊的，她感到自己也跟着胀起来了。

堂屋里油灯芯在摇曳不定。她妈妈在补袜子。她觉得闷，原来天真要热了，沉闷的热气从床铺上往上蹿，又从屋檐往下撒。她坐起来，她想出去透口气。她妈还在堂屋，她只好坐在床上；她望着窗外，月亮照得树影子发亮，照得江水也发亮，照得到江边的这条路也发亮。她又望到了他，他就等在江滩上，她一望到他，他就伸出老长老粗的胳膊把她一搂，他跟她爸真像呀，爸也这么搂过她，是像，爸老早就没了，如今，他也没了。

她如今只剩下自己了。她觉得透不过气来；她听到自己的心在"扑通扑通"地跳，就跟锤子在捣一样，一下一下又一下，巴不得锤子把自己捣烂。烂了才好呢，烂了就不疼了。她心里产生了一种信马由缰的任性感。从那时开始，一切都变得毫无意义了。

堂屋从门缝里照进来的灯光慢慢暗下来，最后不见了。她晓得妈妈端着灯到房里睡去了；她晓得她不必一动不动；她像放了捆的柴草，她的心松开了。

一出大门，她深深地呼了一口气，跑到茅房里，拿出了茅房里一瓶农药。她小心地拧开瓶盖，把药放到鼻子底下闻闻，一股

骚　江

怪味！怪味算什么，不就跟男人喝的酒一样的味么，男人不天天喝么。

她把瓶子举起来，月亮照在瓶子上，玻璃瓶也发亮，真好看，她想。她摸索着把它对准嘴巴，她想到小舅妈有天开的玩笑，说人真是聪明，就算不看着碗，也从不把饭吃到鼻子里。她想想也是，药水顺着舌尖往喉咙里淌，她又想起这个笑话，她也觉得自己跟旁人一样很聪明，嘴角和衣裳都没有沾到药。

半瓶药喝光，她又把瓶盖盖好，放到原来的地方，三块六一瓶。她想到妈妈要用时才发现给女儿喝光了，又要多花三块六了，她觉得到死了还给家里添负担，真对不住妈妈。

她从茅房里出来，一下子发现跟刚才不同了。她觉得地面都在动；她觉得自己在往上升，一升就升到大树边上；她觉得自己一举手就能攀到树枝上头去。她想到江滩上去。她觉得坡在摇晃，自己也在摇晃；她想抓住什么，可身边到处只有几根茅草。好不容易到了芦柴地里，她一把抓住一根芦柴，咔嚓一声芦柴断了；她又扯一根，芦柴又断了。她就这样跌跌撞撞走到江滩上。那块石头还在，晒了一天，热气还没散尽，她的后背贴上去，有一种温乎乎的感觉。她放心地躺上去。起先还觉得很受用，不久，她感到石头上越来越热，热气慢慢地往她的毛孔里钻，不一会儿热气就从后背进了她的肚子。她换了个姿势，侧过身睡，哪想到，热气从胳肢窝里进来了。很快，热气闹腾起来，变成了大火，开始搅她的五脏六腑，搅得她的身体一伸一缩的。她的耳膜里也有大火在熊熊燃烧；她的嘴巴里也在熊熊燃烧；她的肚子里更是火烧火燎。这样才好，这样才好，她的脑子里没有保国了，没有妈妈了，没有爸爸了，空空的。空空的才好，空空的才好，空空的既没有怕也没有想没有念也没有羞耻了，这样真好。

她的眼睛望着天，开始，她望得见月亮和星星，现在，月亮变成了浓痰，而星星如同发硬的泥块。

她突然明白过来：爱情这东西其实跟太阳一样，只能远看，不能靠近，靠近了就会被烧死，她已经感受到太阳炽烈的热火在她胸口燃烧。在她以为自己即将化为灰烬的一刻，她脑子里一机灵：要是保国明天回来了，怎么办？她一惊，立刻想爬起来，可是她不晓得自己的手脚哪里去了。她扭过脑袋找，找来找去找不着，眼前黑乎乎的。她继续坚持，使劲睁大眼睛，她感觉到眼珠子都跑到眼眶外面来了；她的嘴巴也张开了，可是涌出来的不是呼救声，而是一口口热乎乎的沫子。再后来，她感到自己的嘴巴上像套了只锅圈，又重又厚，压住喉咙不让气出来了，再接着，她感觉身子一抽一动、一抽一动，她知道一切都来不及了。

我要死了！她的耳朵里的火和嘴巴里的火和心里的火像烧到一块了，烧得她全身都亮堂了，死就是这样啊！原来是这样！她像个明白人似的安静下来了，脑袋歪到一旁。

8

每个人的死亡不是以呼吸停止为结束，而是以亲人哭声的响起来确定终止。

第二天一大早，一个挑水的邻居老头看到大石头上堆着一团东西，他惊喜地想：

是不是江里漂上来一只江猪。

他喜滋滋地往跟前一凑，立刻被闪电击中似的，手脚横了起

骚　江

来，水桶被弹出老远，他歪胳膊歪腿地一路往回奔，口里不停地喊：死人死人！

看热闹的人顿时蜂拥而至，其中有刚刚起床的二凤；有保地保霞；还有吴革美。当他们跟在大人后面慢慢接近石头上的大凤时，吴革美第一个从那件灯芯绒棉袄认出了那变形的身子正是自己的表姐，她发出了惊心动魄的惨叫：

大凤姐！

吴家珍正在后门的菜园里摘菜，听到二凤的哭喊，她斜着眼睛，绷着嘴，以责备的眼神应对二凤带来的消息，意思是说：你肯定疯了，死人怎么可能是你姐？

在去确认大凤的路上，她还把手上的麻布袋理理整齐，以便在确认死人不是大凤时再到菜园去摘菜。喜事也好丧事也罢，吴家珍一向不喜欢瞧热闹。人群纷纷为她闪开，她先看到了呆若木鸡的吴家富；然后看到顾医生在翻死人的眼皮；又才看到抱住死人脚的大龙二龙正在嗷嗷乱叫；最后，她看到了她女儿那紫气檀檀的脸，她和麻布袋同时一软，烂桃子一样落到了地上……

吴革美自以为自己是保国和大凤爱情的唯一目击者，也是猜出大凤之死的唯一知情者。当她哭哭啼啼地准备把大凤的死讯发布给妈妈的时候，却看到惊慌失措的吴家义一家脚步零乱地从坝埂上快速而过，冲上通往镇上的渡船。一家五口像五个聋子一样对几十米开外震耳欲聋的哭声毫不理会。吴革美注意到，大伯那根没系好的裤腰带还挂在屁股上；大妈范文梅的鞋跟还没来得及拨上；保霞还没从睡梦中醒来，被范文梅拽得双脚不时离地；而身高腿瘦的保地则极不情愿地跟在最后，不时地回头撵跟在他们后面的狗。那条老黄狗显然对主人的集体出走充满疑惑，它亦步亦趋地跟在主人后

197

头,直到保地伸出脚朝它的肚子上狠命一踢,它才痛苦地嗷嗷叫着停下了步子,无限不舍地望着离去的亲人。

而保霞,那个一贯没心没肺的姑娘一踏上渡船就开始哭,她呜呜咽咽地把江心洲的泪一路带过了江,线一样把江心洲和对岸连起了一体。她的哭声使这家人的逃亡显得那么拖泥带水,藕断丝连。

三个时辰之后,在输液和强心针的多重作用下,吴家珍从自家的床上醒了过来。她仅仅用了三秒就找到了死亡,她声嘶力竭地高喊起来:

田会计啊,田会计你人呢?

意识到田会计不在了,她塌了一半的天整个没顶了,她对着江面厉声高叫:

我要跳江!

她的声音里有马兰英特有的尖利。这尖利像被刀子剐成一截一截似的在江心洲的大埂上抖。紧随其后的是家秀那特别的号叫声。这号叫每响一次,都让人感到江心洲的地心在摇晃。而吴家富的哀号则像一根桨,把一江水都搅动起来了。江心洲被层层叠叠的哭声紧紧包裹得密不透风。所有人都过来帮忙,有人抱住家秀,有人拖住家富,可是要想按住吴家珍就得动用四个人。吴家珍一边喊着要跳江,一边就用肢体配合自己的语言,可是四个人围在她周围,这使她的声音和动作不够协调,她一次次地高喊:

我要跳江!

可是她只能扑到亲戚们的怀里为止。她被人死死拦住。仿佛那愿望让她生出无穷的力气来,她一次又一次冲击人墙失败,又一次次重来。后来,死亡的愿望被她淡忘了,摆脱亲戚们的纠缠成了新的目标。她一声又一声地向这些亲戚们叫嚷:

骚 江

放开我!

人们能听到她的骨头被扯得吱吱响,大伙都明白再用一把力,吴家珍就要散架了。他们惊恐在放开她。可旁人一松手,家珍的第一个愿望立刻复苏了。她闭着眼睛冲向江边:

我要跳江!

人们醒悟过来,冲到她身前,再次用人墙堵住她的前路,在广阔的刚刚发芽的芦柴荡里,她毫不费力地绕过人墙往回跑,她边跑边喊:

我要上吊!

一批亲戚赶紧手忙脚乱地掉头往屋里跑。他们把绳子、线、布头布袋以及挂蚊帐的钩绳都统统抱在怀里。

东闯西突地在家里来回乱窜了半天,吴家珍也没找着一根可以上吊的绳子。情急之下,她一把揪住自己的头发,顷刻之间,一把头发捏在手心。她把头发往脖子上一绕,发现根本绕不过一圈,又伸手往头发揪,在所有人的合力制止下,她又被按住了手脚,她那张自由的嘴又喊出了新的愿望:

我要喝药。

在亲戚们略一放松的时候,她又起身奔跑,很快她突破人群进了屋后放农药的茅房。随后,她想起自己为什么要来喝药了:

大凤呀,我的儿啊,你喝了妈妈的药了呀,那是我的呀!

大凤被安置在门前的坡下搭起来的简易棚里,她的脸上用裱纸盖住了。

突然,刚刚哭歇的家秀突然扑到了家珍身上,她口齿清晰地喊起来:

妈！妈！

就在这时，所有人都惊奇地发现，吴家珍转瞬之间从一个受过宠的矜持的干部家属变成了另一个马兰英，除了她的脚略比马兰英大一些外，她的哭腔，她的动作，就连她伤心过度蜷缩成虾米的肚子都活脱脱另一个马兰英。

大哥！大哥！在被人群拉开后，恍恍惚惚的家秀又转身扑向被安置在坡下简易棚里的大凤，悲伤把她带回到了过去，带回到初到江心洲的那一天。风把大凤的蒙脸纸刮开，可是家秀还是熟视无睹地高喊：

哥，哥！

还是有经验的老人把她按住，放血，灌了一瓢童子尿，才把她拉回到现实，重新来哭她的外甥女：

凤，凤！

她多么想晓得其中的原委啊！她多么想晓得谁是凶手啊！从她四处张望的眼睛里，任何人都看到一个大大的问号亘在她眼眶里，从眼眶里淌到颈脖里，从颈脖里淌到心里……

黑暗渐渐包裹了江心洲。这个凄凉的江心洲里弥漫出来的悲伤此刻遍布整个暗夜。在长明灯的光影里，蜷缩着吴家富塌陷的背影，他不哭了。关于大凤的死，他能恨谁呢？他能向谁发泄、呐喊、诅咒呢。他是清醒的，也是理智的，他心如刀绞，却无计可施。远处的江心里偶有一只过往拖船上的灯光鬼火般闪烁着远去，人影模糊之中，哭声沉入水土，江心洲安静下来了。

此后很长时间内，吴家珍都是用哭声表达自己的存在。她的哭声一起，吴革美就能想起雨，想起雨前的惊雷，对于吴革美来说，

骚　江

死亡就是暴雨前的那几声惊雷，惊雷响起，人们惊恐地捂住耳朵，事实上，随后而来的却是倾盆大雨。

再后来，哭声成了吴家珍迎接节日的表现方式。她瘦弱的身体里贮藏着绵绵不尽的滔滔大雨，一到逢年过节这雨要下。大年三十她要哭女儿；二月初二她要哭女儿；别人家女儿嫁了，这雨就下；人家的儿子娶了，这雨也下；就算哪家的孩子结干妈，请一桌酒席，她的雨也要浇下来，淋透她自己的屋子才罢。

江心洲哪个有我的命苦啊！

痛苦无法缓解之后，她有了新的愿望：

儿啊，你活过来吧！

她望着门前的芦柴滩。大凤在芦柴滩里掰过笋，她的魂肯定能留在这里。她于是整日整日地盯着芦柴滩；她到江边去洗衣裳，想到大凤在这里洗过她的手帕，她就坐下来等着大凤的魂魄归来；再后来，在大凤走过的路上，睡过的那张床上，甚至大凤上过的茅房，她都期待这是女儿还魂的地方。她的愿望一直没有实现，后来，她的要求开始降低：

儿啊，你跟妈见一面吧。

久盼无着，她变得更加谦卑了：

儿啊，跟妈说句话总行吧？

最后，她彻底妥协了：

儿啊，你总得告诉我你在那边过得怎么样吧？

这个愿望竟然很快就被满足了。一天，一场暴雨刚刚过去，昏沉沉的天空望着泪痕满地的大地，在这个潮湿的黄昏，一个姑娘远远从渡口走来，她穿一件白色的风衣，这件风衣家珍无比熟悉：

哦，儿啊，你回来哪！

虽然来者面目不清，家珍仍然欣喜地站起身来，她伸出双手想抱住女儿。女儿往后一退，指指自己身上的风衣，家珍立刻恍然大悟：

是的，我这满身泥满身水的。

她擦擦眼里的泪：

儿啊，你吃过晚饭没有？

大凤摇摇头。

哦，儿啊，那你肚子饿不饿？

那张面目不清的头又摇了一下。

儿啊，那你冷不冷？

我不冷。

儿啊，幸亏你不饿又不冷，不然的话，我就急死了。

大凤说：妈妈，你不要急，你要吃饭，你要睡觉，你不能这样一天到晚哭。

我怎么能不哭呢，你这么年纪轻轻就死了。

算了，大凤说，我要走了，那边也有那边的规矩，我这回是偷偷来的。说着就往渡口去，她的白风衣飘摇而过，家珍一把没抓住。

儿啊，妈舍不得你啊！儿啊，你活过来吧！她最初的愿望又抬了头，回答她的是逐渐暗下去的天地。她一着急就想站起来，她往起一站立刻把持不住，昏厥过去。

第二天，家珍逢人就说大凤回来的事。江心洲人都觉得她想女儿得了失心疯。鬼魂返世、神灵在天的事人人都信，可毕竟人人没真得见。

家珍被保地强行按在床上。

骚 江

就在全世界都在怀疑她的时候，革美悄悄地来到姑妈床边：

姑妈，姑妈。

家珍睁开眼睛，革美凑到她耳边，轻声而清晰地告诉她：

我也见到大凤姐姐了。

我就说嘛，她回来过。家珍一跃而起，一把逮住革美的手，你说说，她现在是胖了还是瘦了？

她没瘦，跟活的时候一样。

她还说了什么？

她没说，她可能晚上还来，你这么伤心，她见了也难过。

好好，那我不伤心了。你叫她晚上再回来。

好，她晚上来找我，我就跟她说。

那天夜里，革美老老实实地睁大眼睛躺在床上，她静静等候大凤的到来。她记忆里的大凤就是在江滩上和保国紧紧搂抱的大凤。直到她死，她仍然是一个没有忧伤和迷茫的大凤，有的只有一团火一样的愿望，被火一样男人紧紧搂抱！

大凤的死，就像一块石头掉进了江里，"扑通"一声溅起一片水花，旁人都以为这水花湿透了家珍，事实上，这水花还淹没了吴革美。大凤冰冷变形的尸体犹如巨大的惊叹号，向她充满幻想的心里狠狠地扎了一刀：

一件喜事后面肯定跟着一件坏事，你笑得多开心后头就会哭得多伤心。

这种理解在革美身上种下了深深的恐惧和宿命感。

但是直到她被睡眠强行拉到天亮，她也没有见到大凤。她一出房门，就望到姑妈倚在屋角等她汇报了，她硬着头皮强作镇静地走向姑妈：

姑妈，大凤姐姐说了，她在那边能吃到仙桃。

话一出口，她便对自己的谎话吃了一惊。

仙桃不是神仙吃的吗？她怎么能吃到？家珍又惊又喜，激动地搓着手。

好鬼魂能上天，天上神仙让她咬了一口。

就一口？家珍失望地叫了起来。

一口顶十口。革美赶紧补充。

接下来的日子里，家珍从悲伤过度的母亲变成了又惊又喜的幻想家。她每天早晨第一件事就是倚在屋角，等见到过大凤的革美给她讲女儿在天堂的各种事情。接下来的半个多月里，大凤见到了王母娘娘、七仙女、织女和土地公公。她不仅吃了蟠桃，还尝到了琼浆玉液，她之所以有如此好的运气，全都是因为她的孝心：

但是，她不能再犯。头回下凡，是不知者不怪罪，再回来，就是明知故犯。

可是我想她呀！家珍委屈地申诉：神仙不懂做娘的心吗？

十三天后的一个上午，风尘仆仆的吴保国刚刚从阿三的渡船上跳下来，看热闹的立刻把他围住了。下地的不下地了，本来要到镇上买酱油酸醋的都不买了；放牛的不管牛了；玩水的不玩水了；到菜园子里摘菜的也顾不得中午饭了，统统望着吴保国。

不知就里的吴保国立刻想到父亲旧年有外头回来炫耀戒指的事，他低下头看看自己是不是也带回了什么笑话，结果，他什么也没有发现。

他扫视着这些神情怪异的跟随者。他一回头，人群就装着没事似的往左右看。他一迈腿，人群在他身后发出了一连串长长的叹

骚　江

息——唉，要命哪！"

这声好心地提醒是江心洲人肯给吴保国的唯一信号。他们已经看到暴风骤雨滚滚而来了。可区区几步路，不值得冒险当汉奸，该晓得的事马上就会晓得。吴保国浑然不觉其中的奥妙，他经过大凤家门口的时候，突然闻到了一种不祥的气味，刚刚死过人的这家门前没有鸡啄米鸭呱呱叫，没有晒衣晾被，坡下的杂草被哭葬的人群踩踏得横七竖八。他停在姑妈的门口，正准备以一位娘家侄子的身份跟这家人打个招呼时，紧闭的大门无声地打开，大龙和二龙一个手握棒槌，一个手拿菜刀直桶桶向他走来。好戏果然上演。人群一下齐声发出又惊又喜的"噢"声，纷纷退后三尺，吴保国紧随人后，也"噢"一声叫了起来，就像听到一个巨大的谜团被揭开后的诧异。

大龙抡起棒槌朝吴保国的额头砸来，他砸了一下，吴保国居然连声音都没小下来，他又砸了第二下，这一回，吴保国的身子歪了一下，可他没还手，只是茫然地看着大龙的手一上一下的，嘴里仍然"噢、噢"地叫个不停，就像大龙不是在打他，而是在表演一个把戏，他呢，正真心地喝彩。大龙的手有点犹豫不决了。他回头示意二龙上。二龙比大龙矮一头，一看就没什么力气。他手里的菜刀在太阳下亮闪闪的，明显刚磨过。他看看哥哥，又看看吴保国的头，再往黑洞洞的门里看看。黑洞洞的大门仿佛给了他勇气，他肚子吸了一下，举着刀过来了。人群又齐声尖叫，在菜刀到达吴保国头顶的一瞬间，二龙一下把刀翻一个圈，刀背落到了保国头上。

"轰"一声闷响后，吴保国的"噢"声戛然而止，大伙看到他闷葫芦一样往前一扑，整张脸整个胸膛全贴住了地面。人们手忙脚乱地把他翻过来，他那张沾满鲜血的脸上咧着白生生的牙齿，他的模样立刻将所有人吓住了。大龙二龙早已丢掉了刽子手的架子，变成了吴保国的亲戚。他们号啕大哭，以期哭声可以驱赶走盘旋已久的恐惧和软弱。于是，一副奇怪的场景摆在了江心洲人的面前，两个杀人者面对面手足无措、抱头痛哭，被砍者张开大嘴却不声不响。这奇特的现象也使见惯场面的江心洲人不知如何是好。不一会儿，保国头颅上的血就沿着他的身体悄然无声地渗透入地面，然后向周边蔓延，很快，有了箩筐大小的面积。

在田家兄弟为荣誉而战的半个多钟头里，吴保国的脸上始终是那种木呆呆的神情，那样失了魂的、狠巴巴而又直僵僵的神情。他的眼睛好像不属于他的脸，他的耳朵好像也不属于他的脸，他像一个用木头拼凑起来的假人一样一动不动。那种强劲的、暴烈的、豪放的有着野兽一样活力的男人不见了，他像一头被猎枪击中要害的熊，沉重地、绝望地蜷缩在潮湿的泥巴地上。一动不动，一声不吭。

尽管吴保国身上血迹斑斑、脸色苍白，像被猪油蒙了心似的，所有围观的人却还小声地发表看法：

他一个指头就能干掉兄弟俩。

痛苦和仇恨经过血水的稀释，已经稍有缓解，现在，他们对峙着。不，对峙和戒备是田家兄弟的看法，他们的器械还握在手上，吴保国自己完全不是，他无言地，直挺挺地躺在田大凤的家门口。他的身体其实并无大碍。田家兄弟的怯懦注定不会要他的命，他的心已跌入万丈深渊。不，他已经死了，命运如此无情而血腥地偏离了他的想法，将他整个人生生地击溃了。

吴保国被邻居们拖到自家空无一人的屋里后，仍然瞪着茫然的眼睛望着重整旗鼓的大龙二龙一样一样把范文梅这两年刚刚置办起

骚 江

来饭桌、铁锅、板凳、十几只碗全部砸了个稀巴烂。

夜降临了，天边笼罩着褐色的雾霭，除了江心里那几条缓缓驶过的轮船上的几星灯火之外，眼前的东西一样一样被黑暗夺了去。没等人分辨门外踩踏枯枝的是一只野猫还是一只寻食的老鼠。他记得这些夜晚，正是这些夜晚支撑着他挺过一重重风浪、忍饥挨饿、靠着这些夜晚的温暖回忆，他得平安回来。他记得那静寂无人的沙滩和慈祥的陪伴他们的柴草，头颅下的泥土，他每天都在回忆江心洲泥土的芬芳以及这泥土带给他的滋养和力量。他和爱人的窃窃私语在江浪的扑打声中时断时续，现在，他木然不语，内里一片虚空，也有一种绝望到底的麻木。

得到消息的吴家义全家悄然回来了。

快到吴家珍家门口时，他们多此一举地从埂上绕到埂下，猫着腰悄然无声地越过了吴家珍的房子，等过了吴家珍家门时，他们才直起腰，呼出一口气。他们头一眼望到的是那条不管事的老黄狗。看到主人们出现，它还没来得及发出欢迎的吼声，就被保地制止了，然后，才是树桩一样的吴保国。刚刚还噤若寒蝉的范文梅还没来得及向儿子表达思念之情，就突然发出了惊心动魄的哭叫：

我的大门啊！

大门被斧头砍得稀巴烂地横在一边。

随后在保地点燃一根火柴时，范文梅的叫声就像点着的鞭炮停不住了：

我的饭桌啊！

我的水缸呢！

凡是经过她嘴巴叫出来的物品全都已经粉身碎骨了。

直到半夜，整个江心洲都还听到范文梅嘶哑的无限绝望的呼叫：

我的腌菜坛呢！

她的呼喊就像是大队部里盖了章的红头文件，向江心洲人展示她为大凤之死所付出的代价。

到了天亮，她的声音微弱到吵不醒靠着没腿的凳子后打盹的吴家义了：

我还不如留在十里墩呢。

在用尽全身的力气数落完这些之后，她还坚持发表了最后的看法：在十里墩，哪里能想到贩牛。

哭完东西后，天已经黑到顶了，他们这才发现原本躺在地上的保国不见踪影了。他们赶紧借来油灯，滩前屋后开始寻找，半夜的江滩上灌木重重，每丛灌木都像保国魁梧的身躯。江心里远远漂过来一堆鼓鼓囊囊的东西，她也会不问三不问四地喊：保国啊保国啊！他们既害怕灌木丛中突然横亘着僵硬的吴保国的尸首，更害怕江滩上漂着鼓肿的吴保国的尸体。

到了渡口，阿三从渡船里探出头来告诉他们，吴保国早就过江了。

保国走的时候脸全部肿胀起来了，眼眶子鼓得老高，头发上全是结成块的血，脸上也黏了一块块血，不像从身上淌出来的，倒像直接涂上去的。乍一看不像保国，再一看又不是旁人的个头。阿三才确信是保国，可这分明已经不是保国了，这是一个空壳，一只破茧子，一只没了底的烂船帮子；他昔日威风凛凛，吓破他大的这张脸此刻就像一座破庙的门槛一样发出朽烂的气息；他被打得皮开肉绽的膀子像脱落的墙皮。他的荒芜如此彻底如此迅速，根本看不出

骚　江

他昨天还是个有着钢铁船身躯以及靠拳脚闯天下的男人。他下了船就直着身子向埂上走，他走路的样子不像是过于悲伤，而像是过于焦急地要赶到什么地方去。

面对忧心忡忡的范文梅，阿三草草安慰说：

放心，他打赤脚能走多远？

事实上，吴保国一去就是一年多。

丢了儿子丢了家产的吴家义立刻硬气了，他站在门口拿眼望着长江叫道：青天白日的，砸人家的锅，放人家的血？算什么屌干部？

而范文梅的重点就在于她的无辜：

我们哪个舍得害死自己的骨肉？

次日早上，长江又能接着听到吴家珍的诅咒：

杀人偿命，我女儿怎么死你女儿就怎么死！你等着瞧！

爱极其有限，但恨，如同攀根草，很难根除。埋到土下三尺照常冒头，有时，它就粘在舌头上，一吐即出：有你哭的那一天，不是不报，时辰没到。

有一天吴家义听说吴保国的合伙人贩回来的木头赚了大钱，可是吴保国回来当天就人影子不见，人家一分也不给，他讨要几次空手而归时，气冲冲地告诉大门口：

自从沾上姓田的，哪里顺当过？

两个人二重唱似的你来我往，就这样没完没了地进行。一个是笨拙吹大牛的大块头哥哥，一个是伤心欲绝、报不了仇的寡妇妹妹。他们的家丑就这样断断续续地暴露在江心洲的光天化日之下，给江心洲人的黄昏黑夜留下了无尽的谈资。

江心洲人在这件事上还是两派，一派认为吴保国有种，打成那样也不还手，另一派认为吴保国是流氓，干了这种见不得人的事，应该坐牢房。

大凤的死开了个坏头。她死不久，江心洲许多女孩子都喝药死了。有的是因为父母不允许她到镇上学裁缝，有的是因为相了不中意的对象怎么也悔不了婚，还有的是因为父母当着旁人的面骂了她一顿，她下不了台面。

只要哪里喊：喝药了喝药了，江心洲的老老少少，烧锅的放下柴火，洗衣裳的扔掉棒槌，挑粪的扔掉粪桶纷纷向出事地点奔。老太太的小脚今天也能快起来稳起来，小孩子们也能放下泥巴和弹弓纷至沓来。他们把喝药的人团团围住，哭得最凶、嚎得最响、手脚乱放的肯定是亲妈，亲姐姐和亲弟弟。邻居们各自分工。男人们绑抬架，女人们灌肥皂水、掐人中，也有人帮喝药的人擦洗下身。每次，吴革美都无一例外地发现，每一个喝了敌敌畏的人，都会在人前尿裤子，甚至大出便来，那个场面上屎尿的味道，亲人的哭喊，乱哄哄的场面只要一见到就永生难忘。

有的人当场死了，有的人几经折腾活了过来。

不到一年，江心洲死掉了四个姑娘。阒寂的江心洲如同一堆沙堆，哗，遇到一阵强风，哗、又遇到一阵强风，吹得江心洲人都望不到自己的手脚了。这风不是一鼓作气，吹完拉倒，这风是忽然一来，忽然又一来，江心洲人一致认为是大凤在那边太孤单了，她是找人做伴。江心洲的父母们都聪明起来了，他们把敌敌畏、一六零五都藏在只有自己才知道的地方，结果有一天，一位藏敌敌畏的妈妈自己把它喝光了。

骚　江

仅仅是因为被小叔子打了一耳光。

那段时间，江心洲陷入了一种强烈的不宁里。男人们的狠劲明显弱了，平常喝酒的如今也不敢多喝，平常赌钱的也不敢常赌，平常晚上喜欢到沟里捉黄鳝的也不敢去了，那些出门在外做点小生意的也学会了用香皂和甜言蜜语来讨好老婆闺女了。

江心洲的天突然阔了许多。

9

父亲吴家富一天比一天活泛，最先发现这点的不是革美、不是父亲自己、不是史桂花，而是那些天天起早到公社读初中的孩子们。他们先觉得吴胜水的爸爸越来越时髦了，有一个礼拜天回来，他们看到吴胜水的爸爸穿着一件四袋中山装，乍一看，跟干部似的，过了一两个月，他们在放学的路上蹲在沟里烤山芋的时候又遇到他，吴胜水的爸主动打招呼说：放学啦？多学文化没坏处。这些孩子长到十三四岁，还是头一回听到吴家富说话，而且不像别的大人一看到他们拿着弹弓，揣着木枪，蹲在沟里烤土豆就端着大人架子训他，他只是说：

就要想法子多吃。

不仅像干部，又像个外头人。

马兰英死了好几年后，大伙才相信吴家富和史桂花其实是很般配的。他俩一个主外，一个主内，配合得好才会比旁人发得更快。

最近一直有人在猜测，吴家富家到底有多少钱？

一麻袋没有，也有半麻袋。

大伙明明知道就算有半麻袋，吴家富也不会承认的。枪打出头鸟，哪个晓得暴露出来会有什么后果呢，过一两年又会倒霉也说不准！

一听到有人议论这些，史桂花就很紧张。婆婆活着的时候，到处哭穷、装穷，她自己呢，吃了这顿没下顿，却偏偏笑着下地，唱着干活，气死她。现在呢，她突然明白婆婆的谨慎是对的了。江心洲人对富贵生活怀着潜在的向往和外在的嫉恨。一个大队几百口，有些人，到冬天没棉袄，夏天没草帽，三十多岁还打光棍。这些人要是盯上你了，有多少会被偷了去，就算不偷，三天两头来借，你有多少也不够他们眼馋。

现在史桂花也跟婆婆一样，到处哭穷：我家家富那个脑袋，那张嘴你们不是不晓得，跑买卖要能说会道的，你瞧镇上那些卖百货的哪个不见人说人话，见鬼说鬼话，我家家富有这种出息？

但是大伙对吴家富以及这个家庭的看法全部变了。而且马兰英死后，大伙才发现吴家富其实不是原来的吴家富，原来的吴家富不是他自己，吴家富实际上比较狂。

有回吴家富到地里去掰老玉米，歇脚的时候，有人当面猜测他是本大队最有钱的人。

是的。

吴家富出乎意料地严肃地点点头：

我肯定是第一，我家钱多得确实没地方放了。有一大包都发了霉，刚才我跟儿子抬麻袋出来晒时，把脚还给崴了。

说着他的脚果然跛着走了起来。可是到挑起玉米来，他的脚又恢复正常，大伙这才发现这家伙跟他们玩了回"将计就计"，这样一来越让人摸不到深浅了。

骚　江

摸不到深浅肯定就是深呗。

吴家富的门前"突突"开来两艘水泥船。水泥船上的堆满了准备盖房的砖瓦、水泥和石块。细心的邻居们发现吴家富家的砖不是土窑里烧出来的青砖，而是从几十里外的大窑厂买回来的红砖。原先那些不相信吴家富真发的人现在看到堆在坡边上的这些东西，也不得不相信吴家富那天抬麻袋出来晒钱真把脚崴了。

二油子开玩笑，大家都知道是玩笑；老实人开玩笑，大伙都往真里面想。这以后，只要吴家富门口堆着麻袋，明知里面装的是喂鸡的糠，还有人上去捏两把，有回史桂花挑着两袋晒干的鸡粪去肥地，也有人盯着她的袋子看。

我还能把钱放粪袋子里？

那可说不准。

史桂花头两回也当大伙反过来开她的玩笑，时间一长，她心里直打鼓。可是传言自己会飞，吴家富富裕的名气已经翻山越岭到了十里墩。许多年不来往的家仓家有来跟他借买猪崽的钱，借给孩子上学的钱。史桂花心里不平衡了：

这些鬼亲戚，长了千里眼、顺风耳不成？

过不久，就连一贯将姐夫形容成"烂狗屎"的大舅子史得福也过来借了。不久，刚满十八岁的小舅子史得寿也频频上门，在酒桌上，他伤感地告诉大姐夫：

我这辈子要是有一副墨镜，有一件风衣，手上拎一只双响录音机，然后能坐一回摩托车，我就死也值得了。

真的？吴家富问他。

真的！史得寿肯定地告诉姐夫，要是你能成全我一下，我下辈子就为你做牛做马！

满身豪气的吴家富潇洒地点了点头。很快,一副墨镜和一件风衣买了来,一只收录两用机买了回来。吴家富跟镇上的照相馆借了一辆用来拍照的不能发动的摩托车,把收录机挂在摩托车上交给了史得寿,史得寿颤抖地跨上摩托车,他误以为摩托车跟牛背一样天生是平衡的,所以松开双手,对着镜头理了理头发。他的手一松,身体就失去了重心,一下子摔倒在地,随后倒下的摩托车结结实实地朝他砸了下来,在众人的合力搀扶下,他才爬起来,不好意思地告诉姐夫:

这鬼东西,沉得很!

史得寿对这个貌不惊人的姐夫产生了强烈的好感,他回到家,把吴家富的豪情壮举添油加醋地一番吹捧,史家庄许多多年不走动的亲戚也开始向江心洲涌来。他们有的来借钱买砖,有的来借钱看病,也有的想跟在吴家富后面发家致富。傻了眼的吴家富早已从亲戚的奉承话里清醒过来,这才明白父亲几十年前说过的一句话:

人怕出名猪怕壮!

史家亲戚一走,吴家的亲戚肯定就要上门。史桂花恨恨地想:

我们快成唐僧肉了。

史桂花决心装穷,正巧方达林来借钱买化肥,当着许多人的面,史桂花叹着气告诉方达林:

你哥上一趟亏了本,家里几个钱这趟都带出去了。

方达林走后,史桂花庆幸地想:

幸亏家珍跟吴家断绝了关系。

可是第二天史桂花从地里回来的时候,刚放下行李的吴家富正在向邻居们展览自行车。他先从后面慢慢上了车。在门前绕了一圈后,告诉邻居:

骚 江

这是男人的上法，还有一种比较斯文的。

这回他让右脚从坐垫前面跨过去，溜了一圈后告诉围观的：

一般城里的女人就这么骑。

史桂花气不打一处来，她没好气地接过话头：

你见过城里女人骑自行车？你是不是光顾着看城里女人骑车，把自己的姓都忘了呀。

吴家富被打断了兴头，他大度地挥挥手，很有风度地打了个招呼：回来哪，辛苦啦。说着就伸手去接史桂花肩上的扁担。史桂花一扯，他被拨拉到一旁，他仍然不恼，继续笑着发问：

哪根火柴把你点着啦？

这话不像吴家富，不像生产队里的任何一个人，倒像他死去的姐夫田会计。邻居们哄一声笑了起来，吴革美也跟着笑起来。在一片笑声中，吴革美头一次发现父亲居然有一口雪白的牙齿，他灿烂的脸庞无限温和，在夕阳的照耀下尤其生动。多少年之后，她仍能清晰地记得父亲那自信从容、柔和微笑的脸庞。

晚上没人的时候，史桂花还念念不忘家富白天的神气劲：你不要这样显摆，你妈老早就说过，显摆没什么好处。

我的哪分钱不是我自己挣来的，我一没偷，二没抢……

过去那些跪在台上批斗的人都偷过、抢过？

哪能跟过去比，这点眼光我还是有的。吴家富仍然心平气和地跟史桂花解释。他的耐心和温柔如同一注细雨，浇熄了史桂花冲到头顶的火苗。

自行车的出现，第一次让江心洲人觉得，日子不是以往那样往前走，而是在向前冲，要冲到金光闪闪热气腾腾的地方去，冲到看不见摸不着的地方去。

立冬前后，吴家义从堂屋西墙的那条裂缝里，眼睁睁地看着自己盖房的梦想被弟弟吴家富实现了。在家富盖新房的两个月，他几乎每天都静静地站在门前观望，他的脸上挂着严峻、痛苦和大惑不解的神情。表面上，他对眼前的热闹和兴旺没发表任何看法。他看上去是一个正常的漫不经心的兄长，他甚至已经表现出不想干出什么事搞出什么新气象的模样。然而，范文梅明白，他的舌头被酒精麻木了，但他的心还没死。家富的新房给了他一个不小的刺激。过去这些年，他从没把家富瞧在眼里。他的野心、他的智慧和他的干劲没一样不在家富之下。可现在，难以置信的是，他看着家富的大宅子一天天筑高；看着一根根木头竖起来；一排排砖墙砌起来。还有比这更受罪、更上火的事？吴家义清楚，这幢房子不是房子这么简单，它是能力的证明。它更是一个象征，为江心洲开创一个新阶段的象征。

家富的房子每高一尺，家义的怒火就高一寸，家富家逐渐高去的房沿，遮住了家义眼前的阳光，也遮住了家义出人头地的希望。可是怀着这么一股旺盛的怒气也没使他有什么作为。他喝得更多了。

年前，吴家富三间楼房竣工了。他的房子有一个敞亮的小客厅，每个房间都装了带双保险锁的门，每个房间都装上了宽大的玻璃窗，窗户上挂着大红窗帘，白天黑夜都展开来，让外头人能望到窗帘布上的大牡丹花。院子里栽了一棵挺大的迎客松，房子因此而显得神圣高雅。不过，最让人津津乐道的一个地方就是厕所——吴家富让泥瓦匠在楼下的左边房外头，接了间三个平方大小的房，门上写了两个毛笔字"厕所"。

骚　江

　　江心洲户户在坝上挖一个坑，埋一个缸贮粪，在这只缸沿上搭两块木板，人只需要蹲在这两块木板上解决问题，等到粪缸满了，把木板挪开，拿一只粪桶把粪舀掉就行。吴家富家的厕所里只有一个葫芦瓢大的洞，拉的屎撒的尿进了这个洞口后，再舀一瓢水一冲，水就由一根管子淌到了坡下的那只粪缸里。

　　江心洲人一致认为吴家富聪明，刮风下雨寒冬腊月解决大小便就不要出门了，蹲在家里拉，屎和臭气却能淌到外头。

　　直到老顾说起，大伙才明白这主意不是家富自己想出来的，他在学城里人。当初老顾刚下放，不习惯到坡下大便，在家里备一只桶，还让江心洲的人笑话了很久，他也是好几年后才习惯上茅房的。

　　这以后，吴胜水站在自家的屋顶上对着大轮船比画时，不再做一个瞄准的姿态，而是挺起胸膛，尽量把身子向前倾，他想让轮船上的人看清他自己——这几十里江岸边唯一楼房的主人！

　　上梁那天，家富请了镇上的放映队来放了两场电影。一场是《上甘岭》，一场是《小兵张嘎》。聚在家富门前等电影开始的时候，老顾帮吴家富算了一笔账，盖这幢楼房的费用差不多有八九千了。

　　这么说，我们村也快有万元户啦？有人立刻惊呼。

　　当然了，这不秃子头上的虱子——明摆着的嘛！老顾说。

　　不对，就算他以前是万元户，眼下他的钱不是全都花掉了嘛。钱成了房子，他就不能叫万元户了。

　　一样一样，房子也是钱。

　　房子就是房子，房子怎么是钱？房子是黄沙水泥石灰和砖。

　　这些不都是钱买的嘛！

　　所以嘛，钱没了。他不是万元户了呗！

老顾说，真是对牛弹琴。

水泥地浇好后，公社书记到江心洲来视察工作，他站在房前，仰着头啧啧称赞：

县里的大江剧场也不过如此。

尽管吴家富已经走南闯北见过世面了，他知道这房子绝对不能跟县里的剧场相提并论。但既然书记这么抬举，他也就不能否认，错上加错地回答说：全是党的政策好，全是领导操心。

吴家富受宠若惊，拿出"大前门"香烟，双手合起来递到乡长手里。他带着乡长从楼下往楼上参观。在楼梯口，乡长对楼梯下面一块地方产生了疑问：这地方做什么用？

做鸡笼！

书记把头探进鸡笼愣愣地望了许久。鸡笼还没正式使用，里面水泥地平平整整，一扇通风的玻璃窗亮堂堂的。他的沉默使吴家富大气不敢出，不知道书记脑子里在想些什么。好半天，书记清清喉咙，粗声粗气地说了一句：

他妈的，我还住在土坯房里呢，你家的鸡都住进砖瓦房了。

他的声音里既有对自己辖区社员脱贫致富的喜悦和自豪，也有对自己落后处境的委屈和失落。

这以后，上头领导来视察工作，队长老早就叫大龙带信过来给吴家富，让他把家里收拾得干净一些，供区领导参观：

区领导不是没见过这么大的房子，他们就住在楼房里。他们是没见过我们村有这样的房子。你是在替我们村脸上争光。

大龙把公社干部的话转给舅舅听。吴家富是见过世面的人，不需要多做工作；关键是史桂花工作难做。吴家富在外头跑，家里地里的大事小事都是她，三个孩子两个念书，就一个吴革美还算不上

骚　江

好帮手，是个倔脾气怪孩子。现在无端多出这些事，她能想得通？大龙一走，她就发作起来：

他们上我家吃饭是给钱还是直接给米给肉给柴？

算我们请他们吃。

凭什么？应该当官的给便宜老百姓占，哪有当官的来占老百姓便宜，我不烧。

吴家富想这回我终于晓得什么叫头发长见识短了。他说，你这叫不识抬举，树活一张皮，人活一张脸。家里来有脸面的客人吃你几顿算什么？他急得直跳，恨不得喊史桂花姑奶奶：

我求你了，他们要是来了，看我家冷锅冷灶，这后果不堪设想。

连哄带骗，史桂花总算开始逮鸡、拔毛，吴家富指挥胜水到江边的渔船上去买鱼，自己则急急地往镇上买肉。

干部们的嘴巴是很刁的，这一点吴家富很清楚，他姐夫就吃过许多好东西。好在史桂花对吃有先天的爱好，做起菜来也就无师自通，三下五除二就能搞出一桌三荤五素来。

史桂花每次忙得满头大汗把干部送走后，都要冲吴家富发一通牢骚：

都是你，盖这么大的房子来招这些麻烦上来，你瞧，这顿饭又花了三十多块。

吴家富白她一眼，说你不懂你就不懂，他们能白吃我们的？

怎么，给钱了？

钱钱钱！你除了钱能不能看到点别的？

钱是没给，好处肯定是会给的。再说了，你瞅一眼，整个第二生产队，哪家招待过干部，而且还是公社干部？

按你这么说，给人白吃白喝还要笑？

事情果然像家富说的那样。过年分鱼的时候，鱼塘里那条最大的鱼不晓得怎么就上了史桂花的手，史桂花拎着鱼乐得直蹦，一回到家，吴家富就提醒她：这是村干部在暗地里照顾咱家。

这以后，村子集体砍树、筑堤坝，吴家富算一个半工，史桂花算一个整工。别的妇女能算八分工就知足了，史桂花身板不比人家厚，走路不比人家快，算工分白白多出两分工，她终于晓得这是村干部在暗地里帮她。

和干部的亲近使史桂花胆子也大了许多，每次大队干部酒足饭饱离去之后，她在邻居跟前抱怨：

这些狗日的，九个菜一个汤一筷子菜都不剩，害得我家胜水扒两碗白饭去上学。这些当官的肚子就是比一般人大！

史桂花传达出的是她能与大队干部平起平坐的荣耀。

她甚至能说出更多老百姓不知道的秘密：

张书记为什么整天戴着帽子，因为他头顶一根毛也没有。

在和大队干部平起平坐之后，史桂花发现了他们的本来面目。她告诉吴胜水：大队干部是芝麻官，不值得一提。我听说下三天三夜的大雨，城里人照常能穿皮鞋出门，水泥路就跟镜子一样平，存不住水。

水到哪里去了？胜水问他妈。

水到农村来了呀！史桂花告诉儿子：听你爸说，城里人不望天吃饭，不望江吃饭，干一个月拿一个月钱，旱涝保收。

这边吴家富把他的发现传播给史桂花，那边史桂花传播给没来得及出门的同村妇女。其他妇女还在想着怎么跟得上史桂花，史桂花已经有了更高的念想：就算有吃有喝有得住又怎么样？住在城里才是人上人！

在丈夫的激发下，她情不自禁地树立了更大胆的生活目标：

我要让儿子当人上人！

本来，当人上人不过是嘴里喊的口号，是所有江心洲的父母在劝儿子好好念书时的口号。眼下，到了史桂花这里，变成了理想，是下一个目标，是走在人前的证明。

可是吴胜水没家长那么意气风发。小学的时候他对数学恐惧，到了中学，他恐惧的东西又多出了数理化。他整天垂着脑袋怯生生地在家和学校之间穿梭，他完全没有那种有钱人家的孩子该有的娇气和霸道，他没觉悟到自己有可以骄傲的地方，更没能利用父母对自己的宠爱多做一件不该做的事情。每天早上，史桂花五点多就起床，头一件事是淘米煮稀饭，同时放进去一只鸡蛋。米刚刚煮开的时候，她会舀出一碗干饭，捞上那只鸡蛋。史桂花不止一次小声告诉吴胜水：

城里人早上也只吃这个！

当优越和享福的城里人的向往让史桂花加重了对儿子的爱护。她晓得不念书休想进城。她每天反复强调城市的好处，而她的大女儿吴革美除了烧饭、扫地、洗衣、担水之外，还要下地劳动，即使如此，她也只允许大女儿和自己一样喝稀饭。当吴革美抱怨稀饭不经饿时，她便拿出她婆婆的表情来：

多喝两碗就是了，你出门瞅瞅，哪家早上吃干饭？

如果这时候吴胜水的干饭还没吃完的话，她便会掉过头来温情脉脉地叮嘱一句：

读书真伤脑子。好像她曾被狠狠地伤过。

史桂花就是用这种方式一次又一次地提醒儿子在她心目中的地位，也用这种方式让吴革美对她以及吴胜水的不满日胜一日：

我也愿意伤脑子！

我还愿意上天呢！史桂花满脸不屑地盯着这个酷似马兰英的大女儿。吴革美斤斤计较的性格常常令她怒火万丈。吴革美死死地瞪着史桂花的胸口，仿佛要用眼珠子把史桂花的偏着的心掰到正中去。史桂花被瞪得浑身不自在，她一火起，劈头盖脸朝吴革美一阵乱捶，捶得自己气喘吁吁才罢手。

打归打，骂归骂，早上一起上工，晚上一起烧饭，施肥，下种，栽棉花，样样离不开这个丫头。吴革美是史桂花唯一的帮手，她个头不高，一张酷似马兰英的脸，却没有马兰英的俊俏和小巧，经过长年的日晒雨淋，她肩背结实，腰身有力，手脚麻利，干起活来有一股子舍得下力的狠劲。

就是疼不起来。史桂花无奈地摇摇头。

10

一九八四年的大江也发了一次脾气，可是这回受气的不是江心洲，而是三十里外的扁担洲。

谣言说，扁担洲外围的大坝在下半夜里破了一个口子，在天亮前将扁担洲全部吞噬，一个活口也没留。

这么说，这些人准以为自己死掉是做梦呢。

充满同情的江心洲人推测说。这种推测充满了不切实际的天真。立刻有聪明人出来纠正：

怎么可能呢，大水一进门，人就能醒了，等他们从床上爬起来，想找点火柴看看怎么回事时，一摸，肯定就能摸到满屋子的水，把他往屋顶上顶，所以他喊救命的声音被屋顶盖住了。

可惜江心洲跟扁担洲没有亲戚关系，否则跑一趟就晓得真假了。

虽然传闻的真假无从验证，只是从那天开始，江心洲的人都在睡觉的床边放只澡盆；还有的人家晚上留人值班，一听到水声就赶紧起来爬到澡盆里去。

传闻如饥似渴地扩散，可是江心洲人面前的江水显得很平静。这条江像江心洲土生土长的老母牛一样，温和地端详着这片大地，望着地平线，望着从地平线冉冉升起的太阳。

今年江心洲的棉花长得好，眼瞅着每亩产量三百多斤。棉花还没从地里摘上来，就听说棉花价格比去年翻了一番。可是一直到汛期结束，江心洲人还保留了把澡盆放在床边睡觉的习惯。

九月中旬，江心洲八大队何老六的儿子何德阳从铜城回来了。

他是前年背上铺盖卷出的门，一回来，就把家里一间房专门腾出来，把一张盖着红章的证书挂在墙上的相框里，说是花了三年时间在区里考来的行医证明。在门前放了几挂鞭炮便正式开门营业。小伙子才二十出头，可自信满满，他向每一位经过他门前的江心洲人解释说：

有这证给人看病是合法的，而像顾医生这样的呢，说不定哪天政府就要管他了。

江心洲的好奇心被何医生激发起来了。纷纷转投到何医生诊所。何医生做事果然细心，他先拿听诊器对着你胸口听好大一会儿，然后拿笔往纸头上记，然后在手腕上扎一针，等二十分钟才正式发药打针，病人嫌麻烦，就催他，何医生耐心地说，国有国法，家有家规，看病也有看病的程序，少了哪道就会出人命。

病人要是打吊针，何医生就坐在边上端着本书讲外面的事，哪里哪里哪个过敏死掉了，哪里哪里哪个哪个又吃错药死了。言下之意，像顾医生那样看病，这样的事迟早要出的。有怕死的就听进去了，一想顾医生虽然是城里来的，看病马虎得很；而这位何老六的儿子，把人命看得真是重。要是有人烧得太重，直喘粗气呢，何医生就会动作快速地往人家嘴里塞一粒药：咽下，咽下，平躺休息。

事情有点乱。城里来的倒成了赤脚医生，自己本土的青年，倒是国家承认的正经医生。可是顾医生一回来，大伙就立刻把这些都忘到脑后。到下回有个头疼脑热，江心洲人还是自动往顾医生家里来。

有天早上天刚亮，隔壁吴家奶奶到江里洗被子，老远看到马兰英穿件黑衣裳坐在江边的大石块上。吴家奶奶吓得扔掉水桶就往回跑，她惊魂未定、可怜巴巴地向邻居们哭诉：

头一个见到鬼的头一个死，看来我今年就要去见阎王了。

这个发现自己要死的人立刻感到自己过去的大半辈子过得亏极了。她哭哭啼啼地告诉儿子：

我这辈子没放开肚子吃过一回肉，要死了，我想吃两碗肉。

她煞有介事的严肃和悲伤吓坏了原本不搞迷信的儿子。他反驳了几句后又唯恐母亲真的突然死掉。他到底到镇上称了一斤肉，炖得烂烂的，端到母亲跟前。吴家婆婆一口气吃光了。然后穿上过年的衣裳躺到床上开始等死。

等死的那天，她上了七八回茅房，她蹲在茅房里告诫自己的

骚 江

儿子：

不到临死，不能吃一斤肉，就是天上掉下来的，也要分两回吃，不然肚子受不住。

她连等了三天，拉肚跑稀好了，又能喝点稀饭了，她才不好意思地承认自己躲过一劫了。她让儿子暂时不要请木匠，她自己拖着虚弱的腿好心好意跑去找史桂花：

我见着你婆婆的魂了。你婆婆想必在阴曹地府怕冷，回来找焐脚头的？

阴曹地府里真的冷？史桂花问。

不冷才怪，听说那里潮气重，一年到头是冬天。

史桂花嘴硬得很：找就找，反正她恨我，不会找我。

不找你找她自己亲儿亲孙？

吴家奶奶的话吓得史桂花好几天不敢到江边去。缸里没水，就是吴革美挑。

我奶奶要带我去焐脚头怎么办？这丫头顶嘴的毛病怎么打都改不掉。

她那么讨厌你，能带你？

她更讨厌你，你怕什么？这话吴革美没敢说出来，她气鼓鼓地去挑水，还好，石头上没人。

第二天，范文梅到江边也从半道就转了回来，她一边跑一边口中念念有词地嚷：

奶奶，你要保佑我们多子多孙，奶奶，我年年清明冬至给你烧纸，你保佑我们保地找到媳妇，保佑保霞到婆家不受罪。

然后，她坐到自己的门槛上惊魂未定地大喘气。

史桂花不得不相信，婆婆真的从阴曹地府回来找她报仇了。

紧接着，更多的人看到了马兰英。有的人看到了她的后背，有的人看到了她的头发，有的人还声称听到她在哭。

那几天，不到天大亮，江心洲人都不敢到江滩上去，一定要去的，也绕开这块地方。江心洲人心惶惶，许多人晚上都到镇上买了大裱纸回来烧给自己死去的老祖宗。一到晚上，江心洲的坝下东一堆西一摊的尽是一堆堆小火，留意听，还能听到一些人念念有词地跪拜。

史桂花也叫胜水带了纸烧，他让胜水求奶奶不要再回来了，再回来胜水心里怕！

史桂花特意叮嘱胜水：

告诉奶奶你害怕，她要是晓得你怕，她就不回来了！

江心洲人以为烧了纸就没事，哪想到更坏的事还是来了。

自以为见过世面的阿三渐渐老去的渡船上，这一天踏上来三个全穿着喇叭裤戴着大墨镜留着长头发的小青年。当船到达江心洲的岸边，这些人站到船头准备从渡船上一跃而下时，阿三没忘记把船悄悄挪离岸边：

还没付钱呢。

你晓得老子是什么来头吗？

反正不是江心洲的。阿三在船尾把手伸了出来，一共一毛五分！说阿三没脑子，可是阿三要账不差一厘。

噢，其中一个人立刻笑嘻嘻地把手伸到到口袋里，阿三放下桨伸出手来准备接钱时，这人从袋里掏出一块石子，瞄着伸着手的阿三的脑门一弹，阿三哎哟一声把伸着的手缩回去捂住自己的额头，嘴里哇哇直叫起来！小船在阿三的摇摆下惯性地冲到岸边。

骚 江

三个人趁机一跃而下，站到岸上，他们仍笑嘻嘻地说道：

我还没给呢，你的手怎么缩回去了！

阿三从淌着血的指缝里瞥见三只屁股扭动着上了岸，他咧着的嘴半天憋出几个字：

强盗，土匪，鬼子来了！

那天傍晚，这三个人重新上了阿三的船，此时，他们的手中拎满了嗷嗷叫的活鸡活鸭、蚕豆和玉米棒子。他们细皮白肉的手禁不住不老实的鸡鸭的乱扑乱动，额头的豆大的汗珠显示出他们对负重的极为不适。到达渡船前，他们气喘吁吁地责备阿三：

太沉了你不能搭把手？

阿三略一犹豫。一个长头发的手就伸向裤子口袋，阿三立刻跳跃着奔到岸边，一一把东西拎到船上。

坐定后，刚才的长头发还亲切地对阿三感叹说：

真想不到，你们农村人比我们还有钱！

阿三那扎着白布条的头猛烈地点了几下又摇了几下，他比没受伤时更大力摇动他的桨，以最快的速度把这些人送到了对岸。几分钟后，江心洲洲头出现了一批拿着铁锹、锤子的江心洲人，阿三的船靠过来时，他们没有一个人踏上来，眼看着对岸的三个人翻过大坝，没了踪影时，才出现排山倒海般的诅咒和叫喊：

我日你妈，狗日的强盗，日本鬼子，汉奸！

我操你祖宗八代，老天看在眼里，你们不得好死！

江心洲人的骂声此起彼伏，凌乱不堪。不要说过江，就连近在眼前的阿三也听得不明白。

这伙人倒是没介绍，不介绍江心洲人也晓得他们是镇上的，要是其他大队的，其他生产队的，江心洲是肯定不会白白让他们拿的：

要不然，打断这些狗日的腿。

今天之所以没有打断他们的腿，因为江心洲人晓得，打断他们的腿，江心洲人就不能上街了。

远近三十里，只有这条街。

街东头到西头总共才一家理发店；两家杂货店，卖油盐酱醋和布；一家卫生所，卖跌打损伤药和中药，顺便也卖一些针头线脑；再就是一家油条店，也卖包子和面；另外一家裁缝店和一家豆腐店。

江心洲人晓得这些人有的是裁缝的儿子，有的是剃头匠的孙子，还有的在油条店打过照面。没哪一家是江心洲人能得罪起的。

江心洲人以为这只是特殊日子的特殊遭遇。就在他们连续数日还在为被夺走的半袋蚕豆懊恼时，新的强盗和土匪一拨接一拨地来了。后来的这些面孔就有点陌生了。这些人跟正常人明显不同的就是他们的喇叭裤和长头发，偶尔也有几个光头光膀子的，从他们腰里别的刀也能区别他们的身份。

他们一般选择天晴的时候到来，他们大摇大摆地从江心洲头走到江心洲尾，起先，他们什么也不拿，他们吹着口哨，弹着烟灰，有时还带着一个双卡录音机，录音机里放着动听的音乐：

你的声音，
你的歌声，
永远印在，
我的心中……

骚 江

　　看到漂亮的姑娘时，他们唱得更来劲，姑娘们惊叫着躲闪时，他们友好地提醒她：

　　慢点，别摔着！

　　他们在阳光明媚的下午迈着悠闲的步子来到江滩上，在沙地上用树枝写字作诗。玩得兴起，会在江滩上追逐嬉闹。芦柴砍掉过后，他们在一览无余的江滩上跳跃。他们捧起沙子，扬到同伴的颈脖里去。当他们无拘无束的笑声让坝上的村民误以为这些人已经洗心革面、改邪归正时，他们已经抖擞精神上了岸，从洲尾再走向洲头。江心洲的公鸡母鸡都还没学会分辨坏人。这些人会抓起一把主人家的米随手一扬，立刻有许多肥大的鸡蜂拥而来，束手就擒。这一路下来，他们的手里已经提满了家禽和粮食。

　　起先，他们瞄准的只是鸡鸭鱼肉，好像江心洲没他物，只有这些东西。有次，他们用耙子耙住史桂花家的一只鸡时，史桂花好声好气地提醒说：

　　这鸡是我家的呀！

　　你家的？他们惊异地问道。

　　他们的态度壮了史桂花的胆，她进一步责问道：你们自己家没养鸡吗？

　　我们那里虽然没有地，可草地是有的呀，我们怎么能不养一两只鸡呢，可是我家的鸡要下蛋呀！

　　我家的鸡也要下蛋啊！

　　那多不方便啊，我来回拿几个鸡蛋都要过江，麻烦死了！

　　这时史桂花突然明白，他们和气的言语之下顶着绝不可能讨价还价的立场，在对方出手之前，史桂花已经识相而绝望地闭了嘴。

　　这伙突如其来的强盗同时也带来了新的着装习惯，新的说话方式，在这之后，江心洲的小伙子做裤子时也一再地要求裁缝：

腿有多粗，裤子就做多粗。

江心洲的张裁缝呆头呆脑地反驳：那腿怎么塞得进裤子呢？

这不要你操心。

江心洲这唯一的裁缝因为屡次不敢把裤腿做小，裤脚做大而渐渐失去了业务。到后来，他落伍的手艺只能给跟他年纪相当的老人做衣裳——跟他年纪相当的老人一般一年做不到一套像样的衣裳——除了死后要穿的老衣。他只好把给儿子种的地要了半亩回来，扛上生了锈的锄头重新当起了农民。

当江心洲人人学会防备，把家禽都关在笼子里后，这些小痞子的目标有了转移。有天，他们带走了某家厨房里一只旧花碗，主人直庆幸那些新的没被拿走。再后来，他们搬走了一家的木箱子，这只木箱子是这家唯一的一件家具，在经过几番争夺后，他们心平气和地告诉对方：

你不让我带走，我也会砸掉它的。你还拦，不是脱裤子放屁——多此一举吗？

这是旧的呀，你去拿人家新打的吧！

旧的叫古董，才值钱，说你外行还不服！再说，不值钱我会扛吗，这老沉的东西！

他们的战利品经常把阿三的小渡船堆得没有落脚的地方。在他们长达数月的光顾中，唯有一次遭到过阻挡。那回，他们企图带走一个张秀海家的澡盆时，张秀海不客气地举起砍刀，口里喊着：跟你们拼了，直冲过来。没等张秀海到跟前，一个长头发伸出一条腿一绊，张秀海重重地倒在地里，牙齿磕在了刀背上，顿时满嘴是血。

骚 江

一个长头发探下身来好心地提醒张秀海：

没有一身绝技，我们敢出来闯？！

张秀海的母亲直呼出人命时，他们挥挥手示意：

没，没，小菜一碟。

每次在送走这批人之后，阿三就眯着眼靠在桨上，闭着眼数数，一般在数到一百过后，洲头准会跑过来几个哭哭啼啼的妇女：

不得好死的王八蛋，拿了我的碗。

你们这些挨枪子的强盗！

他们的叫骂声到了阿三这儿还算清晰，不过，就算风再大，还是到不了对岸，更没法追得上那些早就翻过堤坝的痦子们。

后来，江心洲人通过这个教训都学乖了，他们明白反抗是没用的：

他们既然敢来，就一定有他们的道理！

同时，他们也耳闻全中国到处都是这样的人，赶走这个，会来那个，今天不拿明天还有人来拿，躲得了初一，躲不了十五！

这一年，凤凰镇上的锁比往年多卖出许多把，每家每户下地的时候，都不忘把大门锁起来，把鸡笼锁起来，把箱子锁起来，还在米缸上边上放一只屎桶以迷惑小痦子们。

不过，这些小把戏很快被识破。尤其是史桂花，比任何人都更加惶惶不安，她的钱，不得不从床底下的装花生的桶里挪到橱柜顶上的座钟下；座钟搬起来到底容易，她又把钱移到箱子里；箱子外边换了一把新式大锁，新式大锁来看惹眼，再说它再新式也敌不过铁锤和锥子；包裹钱和银首饰的围巾从一层加到了五层，又从白色换成土色，再换成黑色，都没能使她的不安减轻丝毫；门外突然吠叫一声的狗，在房梁上一闪而过的老鼠都让她胆战心惊，吓出一身冷汗。她真心实意地告诉范文梅：

大嫂呀，我哪天要是能像你那样睡个安稳觉就好了！

江心洲最穷的贫困户范文梅因为四壁空空，一次也没有得到小痞子们的光顾。听到史桂花的抱怨，她苦笑着说：

我要是有东西叫他们眼红，死也愿意！

这两个江心洲最有钱和最穷的妯娌边说边扛着锄头一前一后下地，刚出来的太阳陪着她们各怀心思的背影愈行愈远。

11

虽说许多准备今年盖房的也不盖了，结婚的不结了，就连独生子的满月酒也静悄悄地喝，更有谨慎的人家称了半斤肉裹在韭菜堆里，到半夜才敢到锅里烧。

可是大龙情况不同，虽然有大凤的遗憾在前头，可大龙的形象没受影响。一则他念过高中，全公社一共有五个高中生，大龙是其中的一个；二则他是干部，有极大的发展前景，所以这门亲事是公社领导保的媒。大龙的岳父也是会计，算得上门当户对。大龙的对象正慧已经二十三了，算过八字，明后年都不宜嫁。两家一合计，立刻决定今年二月十八这天冒风险把婚事办下来，也算给正慧吃一粒定心丸。

田会计死了之后，吴家珍经常教导儿女们：别顾着眼前的说话，运气要是太好，也不是好事情，一个人身上的运气是有限的，上半生多给的，下半生就讨回去。

小痞子横行的日月，女方家通情达理，同意免了那一套封建迷信的旧形式。主动要求一切从简，只要一台缝纫机，买两套衣裳，请自家的舅舅姨娘叔伯婶子和女方的父母长辈聚在一起吃顿饭就中！头天晚上，吴家珍趁天黑请人把养了大半年的猪杀了，酒也是老早买好藏在山芋窖里了。怕走漏风声，鞭炮一直等到新娘子进门时才放了一挂，没想到，新娘子刚进门，公社和大队新老干部就不请自到。田会计死了好几年了，这些人还念旧情。吴家珍心里一激动，当机立断，那边把准备腌起来的肉都拿出来，炖猪蹄、红烧肥肉、炒肉片、搓肉圆样样加一碗，这边又去邻居家借桌椅板凳碗筷。

场面不知不觉就搞大了。

今天大龙很经看。他今天特意穿了件中山装。好衣裳就是不一样，背直胸挺，两只肩膀变魔术一样宽了许多。大龙的左右胸各有一只口袋，一只口袋里挂着一支笔；大龙的头发也临时由三七分梳成了背背头，这样一看，更像干部的样子。新娘正慧黑黑壮壮，个头跟大龙不相上下，腰板厚实有肉。她一进门，瞧热闹的邻居们经过几分钟的观察，就对新娘子有了结论：

你家媳妇屁股大，身上有肉，能生！

吴家珍一个上午都在提心吊胆。虽然派了人到渡口守着，可到时候真来了，这几十号人和酒肉的香气肯定是藏不住的。她在厨房闷声干活，心里盘算着这些事情。听到邻居的夸奖，她露出多年来未见的笑容，要说今天不高兴是假，要是今天心里不难过也是假的。在经历了接踵而来的几次打击之后，昔日尊贵的吴家珍迅速跟同村其他妇女不分伯仲了。她的头发因为伤心过度而大量脱落，就算梳得再整齐，也遮不住头顶和额角发亮的头皮；她原本显得比一般妇女年轻的皮肤在几番打击后功亏一篑，比一般人更快速老化；而她昔日娇小的身材如今也有些佝偻，使她看起来缺乏气力。即便如此，她走起路来仍是端庄、文静，虚弱里也含有一种不含糊的威仪，仍不能跟其他同龄妇女相提并论。

家珍今天像年轻了五岁！

没脑子的人直通通把这话倒了出来，乍一听是恭维，再一听就不是滋味。那时的吴家珍有人宠，有人撑腰，还有人敬畏，有人羡慕。田会计没倒霉，大凤没学坏。五年前的吴家珍不是吴家珍，是田会计的心头肉；五年后的吴家珍用酒杯盛眼泪。五年前的家珍有两双儿女；五年后，少了一个，等于剜了心上一块肉。提五年前就是扎针、挖心、掏肺。家珍望着人家笑笑，她一笑，嘴巴边上的皮皱起来，一眨眼，又老了十岁。岁月在她脸上躲猫猫。吴家富吴家秀两家都是全家出动，但是能上席的只有吴家富和方达林，吴家秀和史桂花一直坐在厨房里填柴、切菜，吴胜水忙着在门口找没有燃尽的爆竹倒出里面的火药。他对这个十分有兴致，显出平常没有的机灵劲，吴革美配合二凤负责打杂，借碗筷、板凳。

中午十二点整，又放了一挂开席的长鞭炮。这边一番客气过后，四张桌上的筷子刚齐刷刷伸向菜碗，口哨声便从天而降。小痞子们出现了。

他们一行六个，迈着悠闲的步伐径直朝吴家珍的家门口走来。在跨进门槛的一刻，其中一位朝着一头仰头等骨头的狗一脚踢去，然后在它逃窜的屁股后面大声地告诉它之所以踢它的理由：

不睁大你的狗眼看看老子是谁！看下次还敢挡路？

说完，他们朝着酒桌走去，坐在靠门口第一位的方达林被轻轻一拨就屁股离了板凳，他满面通红地让到墙角。

满屋的喧哗顷刻之间不翼而飞。

酒桌上的人一个个僵直地站了起来，胆小的退到了墙角，刚刚

骚　江

被请坐在首席的公社书记清清喉咙，把腰板挺住，用威仪的嗓音告诉来人：

光天化日之下——

"腾"的一声，一只盛肉圆的碗碎了。肉圆顿时骨碌碌滚得满地都是。

简直无法无天——

"哐当"一只酒杯四分五裂。

一眨眼的工夫，狗和孩子们躲到了暗处，妇女们退进厨房。坐在酒桌的上席和下席的客人全部挪开了屁股。大龙拿着酒瓶的手一时不知往哪里放。他怔一怔，把还剩半瓶酒的瓶子顺手放到了自己的脚边，等他直起腰抬起头来时，他的脸色已经由红转白，嘴唇也哆嗦起来。谁都知道，接下来的场面已经不能收拾了，而厨房里的香味还不知就里地一股股往堂屋里窜。

你们吃肉，就不许我们喝汤？说完这六个人已经坐在了空无一人的板凳上，他们招呼挤在厨房里的妇女们：

拿几双干净的筷子！

没有人动。

怎么，让老子用刀子戳着吃吗？

六个人同时从腰里拨出了跟筷子差不多长的匕首。

一场订婚酒席就这样被搅了。

门口的太阳光一暗，一个高大的身躯挡住了大门，这个人笑眯眯地向呆若木鸡的吴家珍鞠了一个躬，妈，我回来了！

吴家珍已经被突如其来的场面吓得茫然不知所措，她根本没看清来人是谁，机械地点了点头，翕动着嘴，不知如何招呼这新成员的加入。

来人轻轻地握住靠近门边的一个小青年的肩膀，轻轻一拍，然后对他说：

起来，看能不能甩膀子。

最近的小青年机械地站起来，他茫然地看着这位比他们往日更笑容可掬的进攻者，艰难地抬了抬手，他的膀子不能动了。

来人走到第二个小青年跟前，第二个小青年预感到来者不善，举起匕首，做一个扬起来的姿势。在妇女们的一声惊呼声中，这只匕首已经到了来人手中，他随手一扬，这只匕首从门口飞出去，直接插在了门前的那只老柳树上，来人同样在这个小青年的右膀子上拍了拍，他很客气地说，要不要甩甩？

他还没有走到第三个小青年身边，这人已经敏捷地跳到桌子的另一侧，来人不得不将先将第四个人的膀子拍了下来。

反正每个人一视同仁。在第三个小痞子准备从门口往外逃的时候，来人细声细气地提醒他：

阿三那里我打过招呼了，你跑得再远，也还是江心洲这巴掌大的地。

他嘴里说着，手脚都没停着，在第三个小痞子一愣神听他说话的工夫，他已经拍到了他的肩膀。

现在，你们能回了！

他说，回去告诉你们老大，江心洲是我吴保国的地盘，江心洲的男女老少一草一木都在我吴保国的保护之下！

不到十分钟，这六个脱了白的小青年排成一队，他们来往江心洲数趟，这是第一次空手而归，并且满脸恐惧之色。吴保国这个原本跟牛屎一样的名字从现在开始在江心洲闪闪发亮。这些手持刀

骚 江

具、一度和和气气地掠夺的痞子们显然对失败毫无思想准备，他们歪歪扭扭的脚步有点拖沓。吴保国嫌他们走得慢了，为了让他们加快步伐，他操起家珍门前的一块砖，把它放在左手上，挥右手一拍，这块砖立刻断成两截。众人的惊叹声传入这些人的耳朵，他们撒开腿一溜烟冲向渡船。

吴保国在他们的屁股后头好心地提醒：九家桥的王瞎子会接骨，接好再回家见你老子娘！

此时的吴家珍已经从对小痞子的惧怕跳到了丧女之恨。她双手紧紧地捏住自己的围裙，人们听到她牙齿清晰地打起了寒战：世道在变，流氓横行，杀人者不偿命，还敢到这里来威风！田大龙和二龙同样没见过这样的场面，在观看过真刀真锤的武力下，他们显得手足无措，不敢轻举妄动。

回过神来的人们脑子里无一例外地响起吴家珍当年的誓言：

要是再回来，我就跟你拼了！

一场比田大龙的婚礼更热闹的场面，已经在一条坝上所有人的脑子里成形了。

预感到大事不好的史桂花和家秀已经各站到了吴家珍的左右边。而吴家富和方达林也跟到了大龙二龙后面，一屋子知情或不知情的客人全部让在一边，新娘子也加入到了观望的行列，所有人都似乎正等待将领吹响战争的号角。

但是，吴家珍只是朝她眼前那山一样的吴保国轻轻地吐出一个字：

滚！

吴保国立即转身大踏步地朝渡口走去。他不疾不徐地迈步，江滩上的泥沙在吴保国迈过之后纷纷下陷。他宽大的肩膀每动一下，脚边的茅草就摇动一下叶子，刚刚被送到对岸的六个人以为吴保国是追赶他们的，重新跑步前进。

吴保国过了江之后，范文梅才得到消息，她和保地急急忙忙往渡口跑。刚到船边，阿三得意地告诉她：

我已经帮你留意他的方向了，你过了江一直朝北追！

公社干部在虚惊之后恢复了常态。在家务事跟前，他们冷静多了，他们擦着头上的汗，拍拍大龙的肩膀：

吉人天相，吉人天相！

重新上桌的亲朋相互敬酒安慰。吴胜水找到了一捧没炸开的炮仗，所有的嘴巴张开等待筷子上的菜进嘴，那边便冷不丁响起一声孤单的鞭炮，比成串的鞭炮更响，更让人吓一跳，夹住菜的慌乱得掉下一根肉丝。不过很快，大人们便稳住阵脚，推杯换盏，倒是桌底下那几只狗一惊一乍的，鞭炮响一次，它们便以为在袭自己，夹起尾巴出逃一次。三番两次之后，它也镇定起来，当叼起一块碎骨头不小心蹭到某人的大腿，遭到主人的呵斥时，居然无动于衷，直到一脚踢到肚皮上才恍然大悟般逃窜。

直到第二天天亮，吴家珍走向江边的石滩，当她坐上江滩压抑而凄婉的哭诉时，江心洲人才明白前头的马兰英的鬼魂是怎么回事了。

现在，江心洲人才来回想这次回来的保国。尽管他制服流氓如此不费吹灰之力，但他身上那种凶狠和好斗的劲头却有减无增，其实他没真和谁认真地干上一架，他身上的东西与其说是他自己的，不如说是别人贴给他的。

吴保国被渲染得成了霍元甲一样的英雄：

骚　江

据说他能将二百斤的铁锁举过头顶。

据说他躺在地上，两个劳动力可以把两脚放在他肚皮上，他的五脏六腑一毫不损。

范文梅和保地两手空空地回到江心洲时，村里人已经对她刮目相看了。刮目相看的还有大队干部，王队长早就候在她家里，关切地问着保国的行踪。

他姑不让，他就不回。

那如果是我们大队出面请呢！

范文梅抬起诧异的眼睛，她被这个"请"字搅懵了。

半个月后，吴保国在几位公社干部的陪同下回到了江心洲。消息一传到吴家珍的耳朵，吴家珍就冲进了大队找王队长理论：你们这样对杀人凶手，你叫田会计死能瞑目吗？

那是家务事，王队长无奈地摊开手：大姐，江心洲不安生，你是晓得的。这年头要有这年头的本事，我们村现在哪能少他？你自己说？何况打碎骨头连着筋，他到底是你娘家侄子，田会计最慈悲的人了！

范文梅向来是活在流言里的，现在，她那久黯无神的眼神发出了神采奕奕的光芒，她左邻右舍地借鸡蛋，借挂面，借一床好被子。她像史桂花款待村干部一样款待自己的儿子：

多吃点，不要客气。

吴保国好奇地看着满面红光客客气气的母亲，几次想对她说点什么又都吞了回去。从母亲这里，吴保国清晰地看到了自己在江心洲的地位，江心洲人对他的看法以及他在江心洲有着怎样的未来。

还不是像老子，老子打起人来也是下得起手，出得起力道。吴家义远远地瞧着儿子，他把功劳往自己身上揽的用意一目了然：

你可不要打老子，你到底是老子的种！

从那天开始，小痞子真的从江心洲销声匿迹。蚕豆大麦玉米和鸡鸭猪牛又可以在光天化日之下出现了。江心洲像浇了水的树又活泛起来了。家家户户就像床底下蒙了灰的瓷坛。重见天日后露出了鲜艳的色彩。

江心洲成了五洲公社治安最好的大队。公社领导立即成立了武装小组。指令吴保国担任保护组的组长时，他一口回绝：

我是粗人，大字不识一个，当什么干部？

这世上还有人不想当干部？江心洲上到七老八十，下到穿开裆裤的个个觉得新鲜。范文梅也不能理解眼下的局面，她儿子一向被认为野蛮霸道，人见人怕，到头来却能有当官的机会居然还拿架子。

事实上不是拿架子，吴保国确实对干部那装腔作势的模样看不惯、学不来。干部一来，他就显得紧张，手脚不晓得往哪里摆；干部鼓励寒暄，他的脸红得像猪肝，只是一个劲地点头或摇头；干部走时跟他握手，他不是捏得人生疼就是捏得人一手汗。后来，干脆，他避而不见。

江心洲村民对流氓小痞子的恐惧消失后，他们恢复了往昔的热情，他们开始对大恩人吴保国的前途和命运有了更多的展望。

更符合理想的想象力把吴保国的前途描绘得一片辉煌：

他迟早受到村里重用！

他肯定能当上乡武装部长！

当上县武装部长也没有问题！

吴家珍做事也不能太绝，万一他以后发达了，还能照应照应。

也有人大胆地设想：要是她认清形势，亡羊补牢，把二凤嫁给

骚　江

他他肯定要。

　　这边村民们把吴保国当人物对待，那边吴保国自己在洲头的空坝上码了一间土房子。起先人们以为他住在这里是为方便看到小痞子的入侵，看热闹的人们围着他的小房子时，吴保国不耐烦地告诉邻居们：

　　那两间老房子留给保地。

　　过了几天，他果然在房子周围砍草平土，开垦荒地时，旁人才明白他真要单独一个人安家落户了。单枪匹马的吴保国就这么着过起了日子，白天埋头大睡，到了晚上在黑暗里惩强扶弱。

　　披着风光外衣的吴保国成了吴家珍的眼中钉。可是她眼睁睁地看着吴保国又在眼皮底下晃来荡去而束手无策。就算大队和公社真愿意帮她一把，也没法制服吴保国，如同先前没办法制服频频进村的小痞子一样，再则，吴保国声名远扬的武功只会对江心洲有利无害，此后，在其他洲屡屡遭到小痞子抢夺、公社和集镇被侵犯时，大队干部们还来邀请吴保国施以援手，他们把形势一一分析给吴保国：

　　强盗横行毕竟有时日，我们这时出面是路见不平，相当于英雄行为。

　　末了，队长叮嘱吴保国：但是最好不要暴露身份，以防日后报复。毕竟你是单打独斗！

　　后头这句不经意的话使吴保国的血一热，吴保国什么都不怕，就怕谁对他好。谁对他好，他就恨不得把命献给他。队长无意中歪打正着。吴保国问队长：

　　帮他们对你没坏处吧？

　　坏处？队长笑着说：你是行侠仗义的英雄，我就是英雄的教导人。

那好，我今晚就动手。

就这句话，吴保国一个又一个夜晚，听着庄稼从泥土里向外爬的沙沙声，听着虫蛙梦里饱餐的咂吧声，裹着黑夜义不容辞地上了阿三的船，进行了一场又一场惊心动魄的拯救。

五洲公社获得了空前的宁静。吴保国的名声也从五洲公社一点点向外围远播。渐渐地，方圆百里不时有人长途跋涉而来，请吴保国施以援手。再后来，吴保国出门不再需要大队出面，他会根据自己的判断决定行动与否。根据他对事情的理解和对自己的要求，他应当是正义的代表，向邪恶开战；他是弱者的守护神，为的是阻挡流氓强盗的入侵。事实上，或者是匆忙或者是疏忽，大多数时候他也没搞清他究竟有没有坚决执行自己的要求，又或者许多邪恶是披着正义的外衣来找他的，而真相，根本就是天黑后掉在桌子底下的一根针，看不见、摸不着。

吴保国的名声日传千里。有人说他会飞檐走壁，有人说他会一指神功，还有人说他会水上漂。就连他的小大吴家富都被这传言哄得晕头转向。有次他到区里卖棉花，在船上他听到一群人在议论吴保国还会蛇拳、轻功和气功，他听得入神，也加入到打听者的行列：

那他不就是刀枪不入了吗？

当然了，旁边的人点点头：现在哪个对头一听到他的名字都会闻风丧胆，不战自败。

他功夫是怎么学来的呢？

他呀，从小就去了少林寺拜了少林寺里的和尚为师，为的是有朝一日替天行道。

骚　江

我侄子我是亲眼看他长大的，他没去过少林寺呀！

你侄子？旁听的人哄堂大笑：你有这样的侄子，你还要卖什么棉花？他在前头走，你跟在后头收钱不就发了？

百口莫辩的吴家富次日与吴保国擦肩而过时，仔细打量这位奇人高手。仍旧是这张脸，毫无表情，亦无大侠的豪气和得意。他困倦的眼睛闪动着阴郁和沉思的幽光。他对小大漫不经心地点点头，算是打了招呼。

因为致力于拔刀相助的事业，吴保国开垦的那一亩荒地没有时间播种，杂草丛生。吴保国在外头往往能得到主人好酒好肉的侍候，可一回到自己窝棚里，往往连一把烧稀饭的柴都找不着。好在这困窘出现没多久，出于感激之情向吴保国送粮而来的人就络绎不绝。这些人用麻袋拎着各种奖励和谢礼往他的小茅屋来。

如同他的秘密拯救一样，这些礼物也都是在黑夜掩护下到达他门口。一开始，吴保国对礼物视而不见，当堆在门前的东西越来越多时，他还多次绕道而行。他等待这些东西自行消失。可是，就连村里最擅长偷拿的人也不敢从保国的家门口捞一根线回来。终于，这些送上门的粮食和礼物很快使吴保国的门堵了有半个月之久，吴保国把头缩到被窝里也闻得到猪肉从门口散发的臭味时，只好将它拿回锅里煮。当然，他企图判断出送礼者的名姓，准备日后奉还。窝棚很快拥挤起来。有天夜里，他把家里的东西清理清理，自己留下一部分，其余一部分送到范文梅的门口，一部分送到吴家珍的门口。一开始，他晚上送过来多少，吴家珍第二天一大早就踢出来多少，但是吴家珍踢到路上的东西并没有回到保国手里，不到一分钟，那些早已虎视眈眈的邻居们立刻顺手牵羊，占为己有。几番数次之后，吴家珍的左邻右舍都眼巴巴地盼着有外头人挑着东西到江心洲来。他们晓得，不到两天，这些东西都会在吴家珍的门口放着。有苦说不出的吴家珍明白，就算她没拿他一根线，现在也说不清了。终于有一次，大龙媳妇将放在门口的一吊肉拎回来时，她装着没看见，再后来，她渐渐能够做到对吴保国的孝敬熟视无睹了。

这年，江心洲许多人娶了媳妇，盖了新房，虽说江心洲还没出过第二个万元户，可江心洲人的学习能力很强，他们盖不起楼房就盖平房，四面墙用不起红砖，就在大门两旁的青砖里嵌上几块红砖。

一九八四年年底，家家户户都忙着过年的时候，来了两个公安。他们在王队长的带领下推开了吴保国没有门闩的茅屋。他们没费劲就用手铐铐走了吴保国。事实上头天晚上，队长就把公安要来的消息传给保国，让他出去躲两天，吴保国的脑子里适时出现了一块铁窗铁墙铁铐的牢房。他给了队一个斩钉截铁的回答：

要跑我就不回来了。要铐就铐吧，反正我没做对不起良心的事。我不相信他们能对我怎么着？

打打杀杀的日子吴保国已经厌倦了。他并不贪恋那堆得跟柴垛一样高的奉承话。一而再，再而三地把人踩在脚底下让其保证决不再欺压乡里也不再能产生快感。他甚至琢磨出他并非一直在行侠仗义，更多的时候是在莫名其妙的搅浑水。更可怕的是，这种生活使他失去了往日的节奏。对他而言，江心洲之所以值得回来，是因为这里的角角落落都有他和大凤的回忆。他十岁搬到江心洲，他的脚踩过这里的每块土地，每块土地都见证过他呼吸困难的模样。当然，这块土地也都亲眼见证了对他的最猛最重的打击。眼下，披着亮晶晶的光环，顶着黑森森的寂静，怀着悚悚然的惊愕心情，他明

骚 江

白了两年前就该明白的道理：

任何东西，一旦放了手，就抓不回来了。

争斗，掠夺了回忆。屡屡，他习惯性地想进入回忆时，被求助的敲门声打断。有一次，他回忆他们在江滩上畅想生儿育女的细节时，居然漏掉了很多对话，这种遗忘使他诧异和惭愧。更要命的是，黄昏来临，温吞吞的江心洲的坝埂上，孩子们在跳跃、家禽进笼，薄暮下蚊子与苍蝇乱舞，家家户户烟囱飘起炊烟。形单影只的他只能孤零零地独坐渡口，而他却渐渐丢掉了自己的回忆。过去的一年多，他单凭记忆里最伤彻心扉的温暖记忆打发独处的时光：爱人的一些面部特征，她说过的温暖人心的话语，一个熟悉的动作，一个温柔的表情以及她身上最隐秘的部位的特征，所以从某种意义上讲，他其实已死。从田大龙向他举起棒槌、宣布他罪孽的一刻起，他已经死去了一半，而他那活着的一半其实就是为一种不服而活：他不明白，明明白白的幸福，怎么说没就没了？他的亲人被夺走了性命，他却找不到复仇对象。他指望有一天能找到答案，可现在，答案没找到，回忆却松动了，那纷至沓来的掠夺与挤压使他离平静和回忆越来越遥远，他不是要为了变成这样才变成这样的，他是因为失去才变成这样的，这样如果会夺走他的回忆，夺走他最珍贵的东西。那可万万不中！

飞黄腾达无非就是万念俱灰。

他正有此意，逃开这过于引人注目的生活，到一个足够远、足够隐秘的地方继续回忆。

这个满不在乎的人对着好心的队长抿嘴一笑，这种笑在一人高的窝棚里，在即将失去自由的前夜显得如此怪异、轻率；这种笑，只有满腹心思却又满不在乎的人才能笑得出来，这笑里，带有自愿而不带遗憾的随波逐流，这轻轻一笑，又更像另一种言语。

这回不同，队长也解释不出所以然，但他晓得：

真会坐牢的，说不定还会枪毙。

可是这也没吓倒吴保国，他坦然地告诉队长：

毙了更好，我就能到那边一家团聚。

两个带了枪的公安没费一点周折就铐到了传说中的侠客吴保国。吴保国的轻易就范显然使他们一时不能适应。他们保持着过度的警惕一路向渡口走去。跟往常一样，吴保国一跃上了阿三的渡船。两个公安在渡船上战战兢兢的模样倒像个犯人，吴保国好心地安慰他俩：

船不会翻的。

心思被猜透后，两个公安恼怒地背过脸去。

倒是阿三像一个生手那样让船在江心里一圈又一个圈地打转，仿佛他的船多转一圈，吴保国昔日的神勇就能恢复一成。不耐烦的公安朝阿三一声断喝：

有意跟政府作对？

吴保国的目光和阿三一碰，他轻轻扬了一下眉毛，阿三便老老实实地把船送到了对岸。

吴保国过了江之后，范文梅才赶到。她和江心洲其他看热闹的人一样，伸长脖子朝江那边望，想望到一个事实确凿的传言。

不要望了，他是束手就擒的。阿三沉痛地发布他的看法：凭他的水性，凭我的船技，他逃到天边都中。

吴保国一走，他的小茅屋里的一切也被没收了。队长雇了两个农民将东西挑到县政府去，挑在挑子上的东西有瓷盆，钢精锅，木头脚盆，有一床棉絮，一袋玉米面，外加一张四方小桌子，甚至就连挑东西的扁担，吴保国也承认是人家给的。

每一样东西在去年还是对吴保国的神勇的敬意和谢意，现在，却成了吴保国横行乡里、鱼肉百姓的罪证。

乖乖，会一身武功真是财源广进啊！有人感叹说。

范文梅对着江心哭喊时，大伙才想起来正是这广进的财源使吴保国进了班房：

不义之财哪能要？

话虽如此，大伙还是给了吴保国一个公平的评价：

他这人心肠并不坏！

虽然范文梅的脑子已经越来越糊涂了，但她还是听懂了人们这是承认吴保国不是坏人：

好人怎么还要坐牢？

不是好人怎么个个来求他打架？

这几年江心洲没人来拿没人来抢不是他的功劳？

有功劳的人还进班房？她频频发问，向她的左邻，向她的右舍，向比她年长的，也向比她年少的，向男人也向女人，可没有一个人给她合理的答案，就连顾医生也说不上所以然。

12

过了两年。

大龙升江心洲大队主办会计了——大队眼下叫村委了。队长改成村主任了，公社不叫公社了，叫乡政府。同年，老队长王储金不当队长了，可是大队里像样点的男人都在外头做生意，剩下来一些，不是年纪太大就是没有文化，这时，跟家富同在一个生产队，写得一手好字，还会写歌颂大好河山的诗在广播里念，又没本钱做生意的沈国友，终于被乡领导挖掘出来当了江心洲村主任。

说起沈国友，大伙都觉得也该当回主任了，回想江心洲哪面墙上的标语不是沈国友的刷子一笔一画刷到墙上去的。他对国家大事了解得最早也最多，他当主任，社员们都能接受。

以往新官上任是要放鞭炮庆贺的，可是沈国友家静悄悄的一点动静都没有。沈国友一早就去了村委，下午他从村委回来时，他的邻居跟他打招呼时已经从"老沈"改口成"沈主任"了，他才不好意思地告诉人家：

现在最不吃香的就是当主任。

说着边给来人敬烟让坐，以显示自己的自知之明和不忘本。

当主任如此谦虚是头一回。可是沈主任谦虚的美德比小脚趾还短，不到半个月，邻居一时改不了口，喊他"老沈"时，他便茫然地瞪着眼睛，侧着耳朵望着人家，意思是：

你不是喊我吧？

沈国友的房子还是十多年前和他父亲一起垒起来的土坯房，坐落在史桂花家的东边。他不由自主生出的优越感被站在一旁的史桂花一下子逮了个正着。这感觉她再熟悉不过，她的心突然动了一下。如果问史桂花在三十多年的生命历程里满足的日子，正是这几年莫属，这几年，她家里家外忙得不可开交，但心甘情愿。马兰英死了之后，她基本上出了头；家富跑买卖后，她又脱了贫；和干部们结交后，她更与往日不一般了。优越感这个东西，就像一只放了红枣的粽子，是人人想要却又是少数人能吃到的东西；它又像一块大红绸布，把许多不好看的东西都遮在里头，光剩下一大片红彤彤的艳丽，到哪里都招人。优越感使她看起来神采飞扬，后来，是神

骚　江

采飞扬使她得到了更多的羡慕的目光。这些目光又像是腌菜坛上压了砖，让她更踏实了。这就像鸡下蛋蛋又变鸡一样。

沈国友上任后第一次招待饭还是在史桂花家吃的。跟以往不同的是，沈国友饭后在一包香烟纸上写了张欠条：

　　今欠吴家富家招待费三十元整。

　　　　　　　　　村主任：沈国友亲笔。

就算写在皱巴巴的香烟纸上，沈国友的字也还是显得漂亮得很。史桂花一下子对这个邻居刮目相看了。沈国友一上任，大伙都望着他能不能烧起三把火，结果，只有史桂花等来了他的好消息，头一个月，他光招待餐就搞了三回，头一顿招待江心洲的大小干部，第二回招待乡政府经过的一个干事，第三回是江心洲的干部们月底总结会。会开着开着天就黑了，天黑了就不知不觉进了史桂花的房子，一见到史桂花，沈国友便亲热地喊：

桂花，炒两个菜，我们就在你家继续谈工作。

吃一回手上多一张条子，条子跟票子一样暖心，所以史桂花无论忙到什么程度，只要沈国友一喊，她就会屁颠颠地撂下手上的活。头一个月，她就拿到了三张欠条，她算了笔账：

一个月差不多能搞八十块。

这相当于吴胜水的语文老师一个月的工资。史桂花得意地向儿女们发布：

就你爸一个人能不靠种地吃饭？

吴家富早出晚归，搞得干干净净的像个公家人，家里家外帮不了什么忙。史桂花心里有点不服气。她天天看到丈夫穿得干干净净的往镇上跑。不听他说话,当他城里人也没多少差别。吴家富张口公分,闭口厘米,说起木头缝里的窍门头头是道,晚上孩子们全围在爸跟前,她史桂花的话一句也听不进去。这回,她自觉自己可以赢得吴家富的刮目相看了。

沈国友如此频繁地吃香喝辣,江心洲人望不过眼了,他们说:

沈国友,烧起火来急吼吼,
一把火煎鱼,二把火炖肉,
三把火烧得史桂花脸上滴油!

史桂花脸上冒的是汗,拿手背抹了把脸,油灯一照,就显得油光光的。其他人也就说说罢了,可是沈国友的老婆肚子里装不下事。沈国友的三间矮屋就在史桂花隔壁,大人走八步,小孩走十步就能从史桂花的墙摸到沈国友的墙。这边沈国友带着村干部在划拳猜棒子鸡,那边沈国友家还是山芋炖小米粥。沈国友当官的好处全在隔壁,沈国友醉醺醺地摸回家,他老婆唾沫星子直往他脸上溅到他脸上。沈国友气不过:

这是工作安排,我才当上干部,你就拖后腿!

事实上坐在亮堂堂的砖瓦房里喝酒,说出的话都有回声,这感觉沈国友向往了很久。从吴家富的砖瓦房一建好,他就魂牵梦萦地想进来喝一回酒。这机会来得这么突然,他吃一回有一种新感受,吃两回有两种新感受,吃三回能吃出不一般的自信,那个短见识的妇女怎么能理解?沈国友指着猪圈里的猪告诉他老婆:

看看你养的猪就晓得你能做出来什么饭。

什么叫悔教夫君觅封侯?就是眼面前的事。沈国友的老婆就

骚 江

一哭二闹三上吊，一激动就把沈国友和史桂花两个人的名字联在一起骂。

吴家富这趟买卖不怎么顺，在江西转悠了四十多天，也没能找到价格合适的木材。他太惦记家里，决定先回趟家。村里选新干部的事他一点不知道，从阿三的渡船下踏上江心洲的沙滩，就听到江滩上有小孩子在唱：

　　沈国友，大瓦房里灌烧酒，
　　左手夹鱼，右手捞肉，
　　恨不得再长一只手摸史桂花奶头！

一见到吴家富，孩子们雀子一样惊恐万状地逃开。

几天没合眼的吴家富满面风尘、手足无措地站在空荡荡傍晚的沙滩上。他睁大眼睛，一动不动，他脸上那层风尘恰到好处地成了遮盖羞耻的阴影。他看到一种陌生的，难以消化吸收的古怪空气在江边上弥漫。好一会儿，他黑着一张猪肝一样的脸站到姐姐家门口，他想听姐姐怎么说，他想知道这些孩子是怎么回事，沈国友是怎么回事，可他张不开嘴。

大龙客气地请舅舅坐，他叫二龙赶紧去称一斤肉，说要留舅舅吃晚饭。家珍说：你舅妈一桌子菜都摆上了，他回去能吃现成的。

大龙说，是的，今天沈主任喊晚上开会，我懒得去，推掉了。

推掉也好，你爸爸当干部的时候哪里这样吃喝？

家富挤出一丝惊讶说：

新主任是沈国友呀？

大龙点点头：能吃能喝！

家富不吭声了。从姐姐家能望到自己楼房的滴水坡、屋檐和门前的几棵柳树，听到鸡鸭踩着灰尘发出枯涩的吱嘎声。黄昏从树梢那头缓慢地爬上来。家富头一回巴望天早一黑，天黑他才能定下来想事情。

墨汁终于浇透了江心洲。他勉强从姐姐家的板凳上拔出屁股往家里挪。到家门口的时候，老远就听到里面在划拳，吴家富没急着进去。他从门缝里望进去，堂屋的桌上正在划拳，沈国友坐上席，史桂花正在给沈国友斟酒，沈国友先夹了一筷子鱼，马上去舀一勺子汤。他端起酒杯的时候，眼睛瞟着史桂花，然后"哧溜"一下把酒喝进去。吴家富气往喉咙口一涌，恨不得一脚把门踹开，想想又忍住了。他绕到后门口。从后门缝里他瞧见端着酒壶的史桂花待在屋边斟酒，沈国友的胳膊肘儿贴着史桂花的腰，史桂花居然动也不动。过去，有人说她跟大队干部周旋的本事像阿庆嫂，他还得意过，现在从后门一看，才看出原来像个荡妇！

他很想一脚踹开门，朝这荡妇脸上扇两掌，把这一桌子酒菜全掀掉。

他看到孩子们全挤在堂屋一角，胜水趴在一张方凳上垂着头写字。他说过多少回了，把脖子抻直，把腰背挺起来，把头放正，可儿子一直没改掉。

贵珠正在打瞌睡。革美在剥蚕豆。家富很清楚，他们的内心是在等待，等待干部们吃剩的汤汤水水。即使是汤汤水水，他们也会冲上去你争我抢。他们跟江心洲其他人家的孩子没什么两样，尽管他们的父亲也算个人物。

人物？什么屌人物？他清楚地感到血从耳朵边往头上涌。他晓得，只要他的脚一动，他们的平静就被打乱。他像是已经经历过这

骚　江

样的场景：他怒气冲天地撞开屋门，他们纷纷从各自的位置上跳起来，发出惊恐的喊叫，然后，他们明白了父亲暴跳如雷的原因，和他一样，他们很快被羞耻感紧紧包裹住了，缩到一边，不再吭声。看到此处，他的目光改变了，屋内的一切都模糊了。他蹲下来，感到胃部一阵阵痉挛，一股巨大的疼痛袭击了他，阻碍了他的愤怒，最强的一股力量迅速从他身上消失不见了。

他坐在滴水坡上等。他也不知道为什么要等。就跟那无眠的黑夜一样，他的心也黑不透底、没边没角。

一直到满桌人散去，吴家富才拖着行李推开前门，孩子们雀跃的欢笑中立刻涌到他耳边。他低下头，尽量不碰到孩子们的眼睛。他避开他们挤进房门，脚也没洗，往床上一倒。史桂花嘴还没来得及擦，她油光光地站到床边，惊奇地"咦"了一声，不晓得家富哪里不舒畅，是折了本还是胃病犯了，她踩在踏板上问吴家富：

哪里不好？

等了半天，吴家富头和脚都没动，史桂花才意识到出了什么大事，她把孩子们轰走。

心里没数的史桂花耐着性子细声细气地询问了半天，才得到吴家富从被子里冒出来的一句话：

不要脸的东西！

什么东西不要脸？

还装，江心洲没人不晓得你干的丑事！

老娘就干了丑事你能怎么着？

史桂花的狠劲就是煤油灯芯，一点就着，她摆出应战者的架势脱口而出。

有些人不是想好了做什么才说什么，而是说过了才回头去想。

就像牛先把草吃到胃里再反刍一样，史桂花没搞清楚什么东西丢到河里就急急忙忙扑进去打捞。吴家富无数次纠正她这个缺点，可她不肯承认，如同她不肯相信那么好吃的酱油就是黄豆做出来的一样。有些坏习惯是贴肉长出来的，去不掉。她完全不知道吴家富何出此言，她脑子飞快地转着，确定没犯下不可饶恕的罪，所以理直气壮地出来应战了：

就算老娘做了丑事，你拿不出凭据也别想老娘认。

史桂花一叫嚣，吴家富的身子就一收缩。他晓得他再多讲一句，儿女们就全听见了，江心洲就全听见了。他把背佝着，一言不发。

就像一块夹心糖，明明白白地尝着甜，突然，咔嚓一口，咬碎的夹心居然比黄连还苦！这是吴家富的惊人体验。在他奔忙于长江沿岸，为梦想颠沛流离，风餐露宿的时候，居然有人往他的头上扣屎尿盆子。他咽不下这口气。不像得个什么病，医一下吃点药打几针就能好。这种事情就像一脚就踏进江心里了，前没有扶后没有拉，一点一点往底下掉，一点办法都没有了。

他一整夜脑子里就两个字：离婚！鸡叫头遍，他一骨碌从床上坐起来，对着脚头的史桂花喊出来：

老子要跟你离婚！

他喊出这两个字的时候，声音就像掉进水里一样湿淋淋的，把毫无准备的史桂花吓了一大跳。突然受到惊吓的史桂花居然没敢说一个不字，吴家富喊出第二声时这声音又有了变化。这回，"离婚"两个字就像从脚后跟冲到喉咙口一样。这两个字一喊出，世界的尽头就在眼前了。"离婚"这两个字对他来说也真是怪气。这两个字蹦出来，他浑身不舒服，就像大热天头上戴个皮帽子，就像穿了件

骚　江

城里人穿的那种领口开到肚脐眼西装一样，又像自己当着旁人的面露出屁股蛋子一样让人害臊。这两个字再次出口，就变成了一根棍子，对着他后脑勺敲下来，史桂花从未见过吴家富这么凶狠过。他脸瘦，牙关一咬，牙根露出来，比保国还凶。她的脸吓得灰白，她从来没想过她会如此怕他，就算他抡起钉耙来她也不会像现在这样怕他。天没亮，他就抬脚出门，她呢，也就稀里糊涂地跟着他往乡政府去。

　　一路上，吴家富浑身发软，金银花和打碎碗花绕得他眼晕，有个孩子在放牛，草绳做的鞭子时不时一抽，抽得牛痛苦地"哞——"可是放牛的还是觉得不过瘾，没等牛呻吟声结束，忙着又来一鞭子。他眼前一黑，他的胸口也疼，他以为丧失家庭使他的身体不能抵抗，事实上，他眼前发黑是数顿没进食，并且他当时已经得了严重的胃溃疡。虚弱的吴家富一手撑着自己的腰，他还有腰肌劳损，另一只手指按住自己的胸口。他想到自己风里来雨里去，为挣几个钱把娘老子的命都搭上了。他在外头，不喝酒，不抽烟，不乱花一分钱，不舍得吃一回肉，起初人家以为他的房子是省出来的，后来才知道光靠省是省不出大瓦房的。归根结底，是他脑子更好使些。出于嫉妒，他们盼着他出点事，他一想到他们盼到了，笑他笑得口水都淌出来他就像硬生生被人扯了脸皮。他哪样不是为这个家，为她和几个儿女？他哪里做错了，得这种报应，这种女人还留什么留？他想到他们才刚刚过上几天好日子，本以为他当爸爸当得合格，哪里想一脚就踏空了，一踏空就摔成这样血淋淋的。他如此热爱这个家，如此热衷于给他们财富和幸福，可是他们却只会暗地里侮辱你。这种女人简直不是人，她要是有骨头就应该死掉。我自己呢，也没脸见人了！他一想到他的儿子从此之后一直佝着肩走在上学的路上，边走边听人讲他妈妈的丑事，他就心酸。想到吴革美吴贵珠从今天开始，就得负责烧洗淘汰，他就不忍，他就眼前发黑。

经过方达林家的时候，家秀正在门口扫地，她欣喜地看到哥嫂走近，以为是来走亲戚的，她口齿不清地喊了声：锅。家富已经铁青着脸从她面前经过了，跟在她哥后头的嫂子也梗着脖子，一副落了枕的样子扬长而去。

方达林闻声从屋里出来：

怕是乡长请吃饭。

看到家秀浑然不懂的样子，他叹了口气：

同是一母所生，你哥哥大嘴吃四方，你呢，连话都不会讲。话没说完，他就被自己的幽默逗得哈哈大笑。

还没到乡政府，刚才还脑子发热，满肚子怒火的史桂花晓得事情真大了。她想来想去，想起昨晚沈国友的手从桌子底下捏她屁股的事，莫非他瞧到了？那么黑的天？她开始心虚了，还不是为了能捞点好处，还不是挣点买盐的钱，还不是为了这个家？

她想到要是回了娘家，她弟弟一准会拿了刀来砍家富，然后整个江心洲都晓得她史桂花不正经了；就算她不认账，她身上的灰是抹不掉了。她想象弟媳妇会把这当作对付她的把柄，她想到以后可能见不到儿子，她的心可真是碎了。碎了也要撑住，她这一辈子穿没穿过绸缎，吃没吃过山珍，她不比别的妇女差，她好不容易熬到婆婆死，她的手头才刚刚松了点，她夜夜守空房，连顾医生她都能抗得住。这村上人女人守空房的除了吴家珍那个寡妇不就是自己？

眼下，夫妻俩都怀着心思、怀着愤恨、怀着不满、怀着委屈，遇到了人还要拿笑脸出来，两个人从来没像今天这样一致过，碰到邻居问到哪里去，一致装着神秘的样子说：

到乡里有点事！

趁人家来不及追根究底，他们也就装着有事的样子，匆匆向前。俩人一前一后，前面的人快，后面的就紧两步，前面的人慢下来，后面的人就两步分成三步，到乡政府的路，本来真是不算远，过了西埂头的渡口，经过凤凰镇，只要走两里地就到了，往常个把钟头的路，他们今天硬是走了两个多钟头，两个人还都嫌路近，都晓得那地方一到，这日子就算到头了。

还好，进了乡政府大门，遇到一个穿着像干部的人，也不知什么职务，家富兜头就问：

办离婚的在不在？

这位干部眼皮抬一抬说：

不在！

两个人没人敢问下句，就坐在门槛上等，看着到乡政府办事的人真不少，都生怕遇到到他家吃过喝过的，都把草帽往脸上盖，一直盖到半张脸都看不见为止。

到了天快黑，人家锁门的时候，吴家富又上前问办离婚的干部来了没有？

来了，又走了！

两个人都觉得心里一松，赶紧又把脸板起来往回走，回头的路上，两个人胆子都大起来。史桂花先开的口，她说：

老娘要是没什么见不得人的事，你就不得好死。

史桂花的声音清朗朗的，乍一听，一点不心虚，要是没看到沈国友的胳膊肘儿贴着她的腰，要是没亲耳听到她浪笑，兴许一切都能推倒重来，可现在，来不及了！

反正老子离定了！以后你想怎么样就怎么样，跟老子不相干！吴家富一路上就甩出这一句，任史桂花把他祖宗八代都从地底里骂上来，他也没吭一声。

一踏上江心洲的地，他们又恢复成了要面子的夫妻。他们一前一后，尽量把肩膀放平，可是吴革美还是清晰地感觉到这两个人像翻山越岭般脚步沉重。

孩子们个个不敢吱声，个个踮着脚尖走路，个个自觉地挑水，扫地，干家务。

就在那天，二丫头吴革美第一个发现，她去年的父亲不见了，她上次的父亲也不见了，那个兴致勃勃地介绍自行车有几种上法的男人像被谁拧了脖子似的。她分明感受到他身体里有一股凉丝丝的味道散发出来。他的脸灰塌塌的，再一瞬间，她又产生了一个错觉，这个父亲是两年前的父亲，最近两年印象中谈笑风生的父亲是粉笔画出来的，眼前的父亲的这张脸如同一只黑板擦子，这只黑板擦子亲手擦掉了自己整整两年的时间。

兄妹三个都乖乖地等待吴家富倾家荡产的消息发布出来，坏消息总是会发出惊天动地的声响。

第二天，吴家富胃疼起不了床，顾医生来挂了葡萄糖。

第三天又挂了两瓶。

第四天家富起床的时候，史桂花已经下地去了。这几天她一刻不停地干活，天没亮就出门，天黑透了才进门，她忙得跟他照不了面。合伙人喊他出门，留下来就是离，走掉也算决心。他一狠心，立刻收拾衣裳走人。临走时他拉过革美：

不要让人到我们家来吃饭，要是晚上她出门，你就跟着！

做女儿的狠狠地点头，她晓得大坏事要发生了，她装着不怕，只是点头。

家富拎起出门带的旅行包，就向渡口去了，在路上，他和一位卖肉的擦肩而过，卖肉的清楚地记得吴家富这几天没买他的肉，他还没他老婆大方！肉贩子终于忍不住叫了出来：

吴家富，你越发财越抠门哪，你一个月回来一趟，也不称肉给孩子们解馋？

吴家富勉强一笑，客气地告诉他：

下趟回来称，下趟回来称！

从那以后，史桂花一次也没招待过沈国友，在莫名其妙受到冷落后，沈国友把请客吃饭的任务挪到了另一户新盖的瓦房户。而打给史桂花的白条子直到他下台史桂花也没有拿出手。

13

平心而论，史桂花在江心洲是算有人缘的，要不是突然成了万元户，要不是分地到户，史桂花在江心洲公开的仇人其实只有两个，一个是死去的马兰英，另一个是范和平的老婆王德秀。范和平家的地和史桂花的地相邻，分地到户之后，江心洲内部又多了一个矛盾点，就是地界沟里的土。江心洲几乎家家都为地界与邻居发生过争吵，大打出手也算平常事。吴家富家的自发代表是史桂花，她眼睛往那儿一睒，就能看出问题：

革美你眼睛瞎啦，那边的土比我家高出一尺开外了，你不过来扒？

说完她抡起锄头自己来，她这边扒完，那边王德秀也急急起来扒。刚扒过来的土马上又被扒过去，三番五次，两个女人就扭到一块打起来。

两个女人打架不稀奇，稀奇的是范和平每回都过来帮忙、下黑手，在史桂花腰里捣一拳，肚子上踹一脚，踹过后还假惺惺地捂着裤裆哎哟、哎哟地叫。

吴家富一年到头不在地里，就算在现场，他也放不下这个脸，事后听到史桂花的抱怨又不肯上门去问罪。

孬种！

史桂花气急了就骂吴家富，吴家富在外头人五人六的，人家拿他当人物，可在她史桂花的眼里，再有钱他也是个胆小躲事的东西。

本来是土多土少的问题，可是后来各自的地里种了棉花，棉花收了，种了玉米，玉米熟了，他们还在吵，吵到后来就成了面子问题。优越感这个东西，你拿它来当镰刀当锄头，它还就真能砍柴锄草。现在的史桂花给村干部做过饭，倒过酒，是村里第一个万元户，就算丢得起这个土，她也丢不起这个脸了。一听王德秀跟哪个说话，史桂花就觉着她在笑自己的男人不给自己撑腰。她哪回下地，见到范和平的老婆就指桑骂槐，她说话的水平又不高：

有的女人现世现报，养个儿子一副痴样！

她指的是王德秀的儿子范彪，那孩子憨头憨脑，只会吃，不会做，最大的爱好是逛镇上的各个店，十六岁了还经常说自己最喜欢闻大粪的味道。

有的女人走起路来蛤蟆相，丑到外国去了！

王德秀走路有点罗圈腿，身上还有狐臭味。真是句句点到要害。

王德秀气得脸发白，她的嘴唇也不停颤抖，憋得脸通红，气急

骚　江

之下，明知不是对手，丈夫又不在旁边，她还是勇敢地直着身子就冲到史桂花跟前，好不容易憋出一句话：

有的女人更不要脸，在大队干部跟前浪，给男人戴绿帽子！

史桂花毫不犹豫地就朝她头上捶了一拳。

两个女人很快在地头扭成一团，边扭嘴里边骂：

我叫我家家富日你这婊子。

那个女人也不甘示弱：

我叫我家儿子日你家女儿！

这句话一出口，史桂花立刻找到了加强攻势的热情。她挥出自己的左手后，立刻补上自己的右手。这女人在瞬间又挨了史桂花一顿嘴巴子，她凄厉地叫起来，手脚并用地往史桂花身子扑。吴革美看到她嘴边淌出了红血，这女人身子瘦，她伸出双手去揪史桂花头发时，吴革美看到她后腰露出来，又瘦又细，她的力气在半空中被她的喊叫分去了一半，落下去的时候就像替史桂花扑叮在头发上的苍蝇。吴革美想过去拉架，又怕听到那些脏话。她握着锄头走到一排玉米后头，蹲下身子呆头呆脑地盯着地里一只虫子看它在土里四处瞎钻，真想自己也钻进去。

史桂花清楚自己占了便宜，可是眼睛下边有一条血印子，最可恨的是一件花衬衫撕开了大口子，敌人落荒而逃之后，她朝着蹲在地上的吴革美就扇了一个嘴巴子：

你这呆货，你站在边上像个死人，就不晓得上来帮一把。

吴革美回不过神来，抬起迷惑的眼睛看着母亲。

养条狗都会过来叫几声！

怎么样骂我都无所谓，就是不能当着人前，怎么样打我都可以，就是不能打我的脸！吴革美捂住自己的脸，这话她在心里说了一遍又一遍，多说一遍她的恨就多一层。

过了两天，史桂花到镇上有事，让吴革美一个人到玉米地里掰玉米。

中午的玉米地静寂无声，只有太阳这个热情的老妖婆，一刻不停地喷她火爆的脾气。偶尔有一只斑鸠，自娱自乐，在玉米地里东寻西找，发出窸窸窣窣的声音，然后警觉地一听，飞快地逃走了。吴革美身上的围兜里已装满了玉米棒子，一人多高的玉米地里透不进一丝风，她正想解开围兜，换只空的再掰。突然从背后传来一阵轻微的沙沙声，她本能一回头，就被一个东西一撞，她轰然一下，连着她身上围着的玉米袋一同跌倒，她听到玉米秆被自己压断的"吱吱"声，又犯错了，她想。随后她感到身上一重，一个人骑到她装满玉米的围裙上，她身上的重量陡然成倍增加了。围裙里的玉米棒子凹凸不平，压住她的人左右扭了几下才稳住。她立刻看见骑在她身上的是王秀德的儿子范彪，范彪没等吴革美发出惊讶的呼喊，就一只手紧紧地捂住了她的嘴巴，吴革美的两只手臂早已被他用膝盖顶住，动弹不了。

范彪说：吴革美，老子要干你！

吴革美使劲一挣，腾出了一只手，她"呼"地朝敌人的脸孔抓去，范彪头一让，捂吴革美的那只手松了，吴革美立刻憋足了劲发出一声尖利的呼叫。

中午的地里没有人。吴革美短促的呼喊立刻被折断倒地的玉米秆玉米叶遮盖了。

范彪朝这咧开的惊恐的嘴巴挥动拳头，透过那挥舞的胳膊。吴革美的草帽翻到一边，她意外地看到了正午太阳的真面目：黯然、散乱而遥远。吴革美哑火后，范彪的拳头砸向吴革美瞪圆的双眼：

老子叫你个万元户狠！

毫无反手之力的吴革美只看见雪花般飞舞的拳头和雪花般飞舞的唾沫，她从憨子语无伦次的控诉中明白他在替母报仇：

老子叫你家天天吃肉！

她说，我哪里天天吃肉了？她自以为她的辩解愤怒而响亮，事实上她的话还在喉咙里打滚，连倒在她耳根边的玉米叶的爬虫都没听见。她只好在地上扭来扭去。见身底下的猎物还不老实，范彪干脆双手掐住吴革美的脖子：

还不老实？

我要死了，我要断气了！为了让敌人也清楚这一点，吴革美手脚一松，停止挣扎，屏住呼吸。

那只掐紧的手这才松开，当一口气喘上来时，吴革美瞧见那庞大的身躯已经把自己的裤子脱掉了。在彻底制服了猎物后，范彪想起了自己最终的目的了：

老子要干死你！

说完，他一把扯开吴革美的衬衣，让吴革美从未见过天日的少女的乳房呈现在光天化日之下，他双手握成两拳，轮番向吴革美的乳房狠狠砸去：

干死你妈，干死你妈！

当吴革美真的疼昏过去后，他痛快地叫道：

狠不起来了吧？

太阳挂到西边的坝头时，吴革美醒了。她第一个反应就是看自己有没有穿衣服，她撑了几次都撑不开眼皮，只凭感觉发现自己身上搭了范文梅的土布裙子。躺在保地和家义抬着一路向乡卫生院狂奔的竹床上。竹床每颠一下，吴革美感觉身上就像又被捣一拳。在竹床后面跟着小跑的家珍和范文梅，这些频频跟死亡打交道的人，却一点没有迎接死亡的勇气，个个嗷嗷直叫，家珍甚至已经哀哀地开始忏悔：

都怪我这张烂嘴。

她回想起大凤死时对娘家发出的诅咒。黄昏的热风把她的话散发到人家的窗户里，使邻居们误以为吴革美已经断了气。

而她的仇家范文梅更是鼻涕一把眼泪一把地跟着嚷：

要是保国在家，哪个敢，哪个敢哦！

哎哟，搞成这样啊？一路走，一路听到有人发表看法。当成打抱不平听就错了，当然也不是幸灾乐祸，是一种本能的参与劲头的表现。

江心洲紧张起来。扁担长扁担宽的江心洲太波澜不惊了。可是现在，这一家零乱的脚步打破了江心洲的规律，洗菜的不洗了，收被子的也不收了，挑水的放下挑子，喂鸡的也不管鸡了。他们不仅要看到躺在竹桌上面目不清的吴革美，他们还要挖掘到吴革美躺在竹床上的缘由，他们更要观瞻吴家珍和范文梅这对昔日的冤家对头同时呼天抢地的奇特景象。

事实上，吴革美离死还很遥远，她还没到卫生院就从范文梅的哭诉中明白是一个放学的女孩看见满脸鲜血的范彪从玉米地里冲出来之后，好奇地沿着他庞大的身躯践踏过的路找到了奄奄一息的自己。这家人在灾难面前异常团结地走到一路，他们将憨子范彪的凶残一路传播，但途经之地，观众已经一边观望一边将范彪的凶残转换成更具有刺激性的想象加以揣摩和咀嚼：

骚 江

怕是被强奸了吧？

流言即刻启程，当晚遍布全乡。

史桂花从镇上回来赶往卫生院的时候，脊柱已经感受到流言带来的瑟瑟寒气。发现对范家的控诉达到了相反的效果，损害了吴革美的名誉后，这家人又在第二天晚上急急忙忙把吴革美从卫生院接了回来。

在大龙的指挥下，憨子被村干部制服后关进仓库，仓库四周的村民都竖起耳朵听仓库里发出来的有节奏的叫喊：

干死你妈，干死你妈！

在村干部的问询笔录上，他也直言不讳地告诉乡干事：

老子就是要干死她！

在公安询问细节时，他不情愿地翻着眼皮：

反正就是先揍后干！

在公安上门要为吴革美做笔录时，吴革美像个哑巴似的一言不发。沉默使这家人对自己受伤害的程度难以度量。面对探头探脑的邻居，史桂花若无其事地说：

一个憨子，除了打人，还能干什么？

其实她心里也没底，娘家人听到消息赶来时，她才哭哭啼啼地叹息：

她才十四岁，要是怀上了怎么办？

在事实不清的状况下，她犹豫不决地发狠话：

这种人迟早要吃枪子。

两天后，经过紧张磋商、权衡，史桂花同意了大队干部的调解，在拿到对方五百元的赔偿之后，她签字放弃了进一步追究。

放回家的范彪显然被村干部修理过了，又被家人教导怎样开口了。他对每一个经过他门口，向他打听细节的人宣布：

老子没干她，就揍了她几拳！

他脸上布满了吴革美手抓的印子，嘴角挂着憨子特有的笑意，这使他的话显得暧昧不清，真假难辨。

一连七天，吴革美没有离开自己的床。她的胳膊抬不起来，她的脖子上像挂了五斤铁饼，她的眼睛上像挂了十斤猪油；更可耻的是她的胸部，肿胀得厉害，就连空气擦过去就会痛得她浑身冒汗。她眼前一直挥不去的是那张铁青粗暴的脸，对那个肮脏、反常的人的惧怕使她一睡着就做梦。梦见大粪一桶桶往自己身上浇，浇得她透不过气来，好不容易浇完了，她扑到水里洗啊洗啊，可洗了半天才发现自己在粪坑里洗……巨大的羞耻和恐惧感像一块大石头已经挂在她的脖子上了，把她压得直不起腰了。她的身体缩成一团，像打结的枯草。一想到那天下午，一想到那两只汗津津的发狠的拳头，一想到他呼出来的气息，她的胃里就想作呕，她的牙齿就会打战，一块脏东西贴在她的胸口粘着她的皮肉了。外面的太阳很大，可是她觉得冷得不行。那个下午像一间铁笼子把她罩住了。

眼部的血肿消失后，她从床边望出去。傍晚的时候，云渐渐地往西边推涌，像麦秆被拢成一堆，渐渐又化为乌有，有电影散场、观众离场的悲凉。她能望见女孩子们在江边扒树叶，能望见鸡在啄食，看到铁铲和铁锹，看到慢慢踱步的牛，有小孩子在向江里扔泥块，扑通扑通一块块石头在江面上跳跃的声音，她还听到老鸹的叫声。

尽管纠纷已经结果，对真相的探究才刚刚开始。乡卫生所的医生每天来查看她的脖子上的伤，他们给她打葡萄糖，他们更想窥探真相，可惜，吴革美既不开口说话，也坚决不肯掀开被子的一角，

骚 江

大热的天，她裹得严严实实的，自尊心受到损害，居然只能如此麻木地躺着。她究竟有没有被糟蹋成了一个解不开的谜。在她不肯吃饭的时候，全家人走路的声音都很轻，他们一改往日的风风火火，一切都寂静起来，跟往日大大不同。她脖子上的淤青褪了以后，仍然没有起床的意思，他们也没人反对，没人指责。从那天开始，她的生活彻底变了，她感觉到周围全是窃窃私语，说的全是那天玉米地里的事。

跟母亲的将信将疑不一样，吴革美认定自己脏掉了。一直担心自己的肚子会突然大起来，可她的经验不足，在每月准时来的那个东西来了几次，她母亲早已解除怀疑之后，她自己仍在担心。甚至到了冬天，她每晚都谨慎地检查自己的肚子是不是大了起来，她甚至有几回梦见自己不小心生出了个孩子。她无数次醒来后反复摸着自己的肚子，确信自己没有怀上孩子后才重新睡去。

从那天开始，吴革美再次对死产生了浓厚兴趣。她躺在床上最热衷想象自己已死。有一次，她走进茅房，看看家里的一六零五还剩多少时，吴贵珠跟她同时进了茅房：

你出去！

妈要我跟着你。

而茅房里根本没有农药的影子。她走到灶间，原来放在灶台上的菜刀也不见了，她走向堂屋，捆柴的麻绳也没了踪影。她立刻明白她们在防备着她。她想象自己被穿上手工缝制的棉布衣裳，躺在刷着红漆的棺材里，面目安详，神情宁静，而她父母在棺材前哭作一团，这情景使她充满了悲壮感。后来，她便自觉不自觉地以死人的眼光看待这个世界、这个家。

她想象在天堂与表姐不期而遇，她想表姐一定会惊异地看着她的肚子，追问她的心上人是谁，一想到这里，她就沮丧得不想见到朝思暮想的表姐了。犹豫不决之间，她一天天活了下来，起了床，重新到那块地里施肥、扒土，听邻居们对做错事的儿女声嘶力竭地叫骂。

余下的整个夏天她就是这样默不作声地度过的。她干她母亲指令的一切，她打扫麦场、挑水、劈柴，端着一大盆的衣服到江边去洗。有时候，她仿佛灵魂出窍，在头顶看着自己，有时候她梦见自己成了一条害虫，一只爬爬虫，她茫然失措，四下环顾，她厌恶自己所经过的每个地方：地头，水边，菜园和房前屋后，她在窗玻璃上看见自己，生硬的脸庞和紧绷绷的肩膀，她从落满灰尘的窗玻璃后头看见邻居们看她的眼睛里的疑问。她的心怦怦跳，觉得唇干舌燥，她瞧见自己神情萎靡不振，像一株被风削断了根的芦苇。

她突发奇想：说不定正是我的倒霉才使我家逃过更大的不幸，她进一步想，否则我的父母肯定真的要离婚了。一种冥冥之中的承担使她突然超脱了：

只要其他人没事就好！

她再也不是那个动不动顶嘴、抱怨母亲不公、暗地里对哥哥使坏的姑娘了。她变成了一个沉默寡言的大姑娘了。

吴家富是在吴革美被打后二十多天后才回到江心洲。他是有意延迟回到江心洲的时间，他相信江心洲每个人都在议论史桂花的不忠和放浪；他更相信所有人都在等着他表态，等一个最终的结果。可是眼下横在他面前的是可供他选择的就是要么家庭解体，要么甘做王八的两难绝境。过去近一个月来交替出现的愤怒、痛恨和绝望的浪头一个接一个朝他的头上撞。当他满面菜色、无精打采地踏上

骚 江

江心洲的渡船时，他其实已经被撞得全身麻木了，阿三一见到他，吓了一跳：

你急成这样哪？你女儿早就好了！

吴家富这才晓得发生在女儿身上的事。见到史桂花的第一桩事变成了了解事情的经过，在听取了汇报后，他以少有的豪迈和冲动冲进了憨子家。憨子到镇上逛商店去了，吴家富摔碎了范家一只碗，踢翻了一只小板凳，在将范家的锅从灶里拎出来时，范和平的老婆泪眼婆娑地跪倒在地：

这个锅一砸，这个呆子要是晓得了，他还要报复的呀！

你还敢威胁我？就是你教唆你儿子干的。跟在后头的史桂花抢白说。

我哪敢？他要是听我的话，他现在就在地里干活了呀。

吴家富放下了这只锅，回了自己的家，他对跟在屁股后头的史桂花训斥道：

好日子才过几天，都是你这惹是生非，争强好斗的性格才搞成这样！

史桂花的眼泪刷地淌了下来，她委屈地辩解：

哪家不为地界争，怂就怂在我们单门独户，没有兄弟帮衬，人善被人欺，马善被人骑！

尽管她对此事的理解跟吴家富的南辕北辙，但她给吴家富传递过来的信息足以使吴家富心胆俱裂。而且，听贵珠说，他走后，沈国友就没在自己的楼房里喝过酒。他慢慢走向自己的家，他看到了自家的楼房，昔日带给他无比荣耀的楼房今天看来却显得那么孤独无依，楼房前矮小的儿子正眯着那双高度近视的眼可怜巴巴地看着他。要是下次儿子被憨子逮到，可没有女儿这么经打，说不定三下两下就没了命！他突然记起了自己的理想：培养儿子读书，离开这个鬼地方，到城里去吃公家饭。

一瞬间，像一盆凉水从头顶浇下一样，吴家富打了一个激灵，突然醒了过来。羞耻感瞬间消失，一种更强大的情感笼罩了他。他应该晓得自己向谁做过承诺，为谁而活，他最惧怕的是什么？他想起自己的母亲，想到她无限爱怜的目光，想到她藏在胸口的黄豆，想到她在失去粮食时那绝望的哭泣，他想到父亲，想到父亲坚韧、狂暴地守护着自己，既为他而活，也为他耗尽最后一口气。如果有一天他与父母相遇，说他居然想当江心洲第一个离婚的人，置孩子们以破碎的家庭里，令他们在残缺不全的家庭里活下去，父亲肯定会一如往昔地暴跳如雷。他们会伤心而死——哪怕已死。他早就明白自己活在这世上的意义：那就是谦逊地活着，顽强地拼搏，将自己的血脉一代一代往下传，不要让儿女在自己眼皮底下受苦、受辱，或死。想到这里，他艰难地吞了一下唾沫，像吞下一只苍蝇。在澎湃的喉咙吞下苍蝇的一刻，他的外表却显得格外的静穆，他的脚步落到哪里，静穆就落到哪里，在他的身前身后，全是死水一般的静穆，令人窒息的静穆。

吴家富对自己的生活进行了尽可能的思考。正是这些思考，削弱了他的痛苦，消解了他的羞耻感和怒气。那些以为绝对不能容忍的事情眼下看来即使发生了，也能面对，何况——他过去也三番两次侥幸地想过——可能事情没有那么糟。眼下，他轻而易举地相信了这种可能性——史桂花可能没那么大的胆子。正是这种回旋的念想使他寒冷了多日的心灵重新获得了温暖和软弱。此时，那多时感染不到他的太阳重新露出它的火热和光明，他那膨胀在身体各个部分两个多月之久的自尊、不安、羞耻突然微妙地缩小了，缩到体内的某个角落。而他作为父亲的爱和责任感此刻从体内爆发出来，他幡然而悟：尽管发生了这许多不能接受和理解的事，但是，世界还是这个样子，而生活，也仍然没有抛弃他，没有再进一步夺走他什么。这已经够了。豁然开朗的吴家富一下子挺直了腰身，他呈菜色的脸上微微露出了笑意，他看也不看自己的妻子，他脸色平静，甚至很安详地大步走向儿子。

14

在吴保国意外风光又意外进牢房之后，吴保地带着顾医生写的状子，带着全村人的联名求情信，带着村里的、乡里的和区里对吴保国替天行道的证明，代表全家一趟趟到县里申诉，吴保地一趟趟被拒之门外，对花花肠子般的外部世界，申诉之路毫无进展。吴保国昔日的英雄行为恰恰使他成为流氓地痞恶霸的一员，在定罪之前，吴保地代表吴家一趟趟到县里喊冤告状，尽管队长给了他们一张挨家挨户按了手印的纸，也没能使吴保国躲过牢狱之灾，这个家在短暂的风光之后陷入更深的窘境，大伙总结说他们家的发达就跟沙地上盖房子，根基不牢。吴保国过于复杂的经历和命运，使吴保地对外面的世界充满了恐惧和绝望，他牢里的哥哥回来后肯定是讨不到老婆养不成儿子了，他想，他要负担起传宗接代的艰巨任务了。

令人意外的是，这年春上，牢里的吴保国比想象中早了半年回到了江心洲。从渡船上下来的吴保国身后还跟一位个头矮小的妇女，背上还背着一个刚刚足月的孩子，江心洲人诧异地惊呼：

牢里还帮犯人娶妻生子？

吴保国对于自己身上的问号丝毫没有解答的兴趣,他拉着他的新人径直走向吴家珍家。他满脸堆笑强行从没来得及关严的门缝里挤了进去,他指着身边那弱不禁风的女人告诉吴家珍:

往后她就是你亲生的!

面对这像走了趟亲戚回家的吴保国。吴家珍表现出不知所措的茫然,跟在保国后头的女人个头跟家珍差不多高,她扭扭捏捏地喊了一声妈,这声"妈"乍一听像是在问:嘛?过半天吴家珍才听出她是在喊自己。她的气从小肚子往上冲,一冲冲到嗓子眼,在牙齿里头停住,全靠她把牙咬住,不让它泄出嘴巴:

你这个畜生!

失去田会计已快十年,吴家珍还保持着干部家属的矜持,仿佛已经失去了做一个泼妇的能力,她哆哆嗦嗦半天又憋出几个字:

你到底想怎么样?你这个不得好死的坏种!

但是吴保国不是来闹事的。半个月后,当初又黑又瘦的女人再从窝棚里出现时,大伙诧异地发现她果然跟大凤有几分相似。尤其是她说话的样子,这个四川女人每说出来的一句话对于江心洲的村民来说都是外国话,即使是下过江西的吴家富也只能听得懂三言两语,但她喊吴保国几个字时不仅吐字清晰,就连音调都像极了当初的田大凤:

保—国—大—哥!

她跟在吴保国身后去看范文梅。当吴保国的大步子将她甩开后,她就急不可耐地加快步子,她那零碎急速的步伐伴着她对吴保国的呼唤,成了江心洲一道特别的风景。有一次,在她经过家珍门口的时候,她那熟悉的声音听得吴家珍轰的一声跌倒在堂屋里。

骚　江

　　吴保国把这个女人安置在渡口的窝棚里。一边种他的一亩二分地，一边到镇上打零工，扛沙包、挑水泥、搬砖头，靠这些力气活来养家糊口。

　　经过大半年的断断续续的探询，江心洲人才搞清全过程：这个叫秀来的女人是吴保国从牢里出来时在路边捡到的。当时她未婚先孕，从家里逃出来，要饭的路上生下了孩子，生下孩子后，她在准备捏死孩子再自尽前，突发奇想在一家饭店吃了顿霸王餐。吃得饱饱的秀来梗着脖子准备让人打死，结果只是被人揪着头发扔到了马路上。就在她跌倒在地头破血流之时，幸运从天而降。一个五大三粗的男人对她端详半天，然后抱起她的孩子拉起她就走。她想都没想，立刻顺从地跟着他稀里糊涂地踏上了到江心洲的渡船。江心洲搞清楚她的来路时她也明白过来：原来她长得像一个死掉的女人——大凤，尤其是怀里抱着一个吃奶的孩子，使吴保国相信，这是大凤换一种形势回到他身边。他当即重燃回乡的渴望，带着她回到了江心洲。

　　这个被养得白白胖胖的女人在略懂江心洲方言后，终于明白自己作为大凤的替身才有幸有了一个窝棚时，她对吴保国从昔日的感恩变成了怨恨：

　　以后不要喊我大凤，我叫秀来!

　　她同时反复向她的邻居们，向婆婆范文梅申诉：

　　我叫秀来!

　　她那难懂的四川山地方言使全村人没法照她的意思喊她，大伙在称呼她时，自然而然地喊她大凤。

　　有天晚上，她穿着单衣敲响了范文梅的家门，她指着自己的眼睛和嘴巴上的肿块，向范文梅哭诉：

他喊我大凤,我不肯应他,他就打我!

后来,范文梅终于凭着母亲的直觉明白了一个最隐秘的真相:每天晚上吴保国在和媳妇同房时,都一次又一次地喊着大凤的名字。以往这个走投无路的女人总是有喊必应,如今,在吃饱之后,她答应起来不那么爽快了,相反,一到关键时刻,她就逼吴保国喊她秀来。正在兴头上的保国一回回被她从梦境喊回现实,他气不打一处来,就给她一顿拳脚。

对于秀来的申诉,范文梅显得不屑一顾:

不想讨打就依他喊!

面对伤痕累累的秀来,她不可避免地想起了自己挨过的打:

什么样的老子就有什么样的儿子。

范文梅的口气里没有对挨打者的一丝同情,这话只不过是用来替儿子开脱的武器。她对这个外地女人没有丝毫好感。这个冒牌货只有吴保国自欺欺人地养着,她范文梅是能识别这个女人的贱相的:

你连大凤的一个手指头都不如。

秀来对本地方言一知半解,范文梅这话与其说是说给秀来听的,不如都是对吴家珍的讨好。

吴保国回乡一年,唯独自损形象的行为,就是在夜晚对这个女人的拳打脚踢。人们经常看到这个女人跛着脚、吊着膀子或者歪着嘴出现在窝棚门口。

生怕江心洲人对吴保国有什么误会,范文梅及时作出了解释:

就是让她学学大凤,这有什么难的,四川女的就是犟!

从那以后,江心洲人对遥远的四川有了铁的印象:

四川女的犟死了!

骚　江

　　犟女人秀来再一次不肯被当成大凤时，被吴保国从床上扫下来，她穿着单衣单裤，赤着脚从窝棚里蹿出来，跑到江边哽咽，后头跟着那刚学会走路的大儿子。往常，吴保国会看在那个孩子的分上，从江边把她领回去，可这回，吴保国在往江边走的时候，突然一个箭步，跳上了阿三的船，他叫阿三：

　　划，划到江那边去。

　　面对阿三好心的询问，吴保国只说了一句话：

　　这屌日子，越过越窝得慌。

　　同为男人的老阿三似懂非懂地点头附和。这个结实威武的男人此刻不像个施暴者，倒像个丢失了心爱之物似的垂头丧气。他的命运显然错了位，他像个孤儿似的被形势孤立，他既无法扭转时光、纠正冤屈，也没法洗刷耻辱、抹掉仇恨，他剩下的只有抛弃和逃脱。他突然明白了，其实江心洲人谁都看得出，这就是他的命运，而他自己还像一只被揪住耳朵的野兔在垂死挣扎。他还以为能搞出一种新衣裳把旧伤疤盖住。

　　小船径直劈开流水向江那边划去，船头要去的方向等待他的是什么他完全不知道，不知道等待在那里的是什么命数、什么状况，什么判决也一概不知。他留给江心洲的只是一个宽大而孤独的背影，决绝而茫然。

　　吴保国天蒙蒙亮走的，江心洲天亮就炸开了锅。一拨人端着饭碗，边吃边围住秀来，听她控诉吴保国的残暴和无情，另一批人则悄悄观察范文梅的反应。如同当初吴保国制服四乡八村的流氓后无意把荣耀带给范文梅，范文梅仍然借助他的威力获得了短暂的风光一样，如今他也没想把负担带给范文梅，然而他对秀来突然兴起的救援以及现在莫名其妙的逃离，使得留在洲头窝棚里的对平原里的庄稼活一窍不通的秀来以及那来历不明的孩子，成了范文梅最大的负担和累赘。

每天到了吃饭时间，不管这家人上工有没有回来，这个女人总是准时带着她的孩子坐在范文梅的门槛上。每次范文梅老远地往家门口走的时候，一看到这几个影子，嘴里都会发出一声惊呼：

你又来了！

吃过一顿饱饭之后，她要求秀来：你带着你儿子走吧。

我怀上了呀！秀来无可奈何地拍拍自己的肚子。一开始，她的肚子是平的，范文梅催她一次，她就拍一次，两个多月后，秀来的肚子果然凸出来了，所以，在范文梅看来，秀来的肚子不是吴保国搞大的，而是她饭后拍大的，这更使她对这个莫明其妙的女人充满了怨恨，她一次次强烈感觉到这个女人配不上吴保国，她衣来伸手的懒散和对庄稼的无知更使范文梅充满了厌恶：

我儿子怎么看上了你？

她吃定这个女人不懂江心洲的方言，在这个女人狼吞虎咽的时候一次又一次地攻击她：

还拖个野种！

保国走后半年，秀来生下了一个男孩以后，范文梅的牢骚这才一扫而光。她主动把饭菜送到保国的茅屋里，服侍了秀来十五天。半个月后，她示意秀来她的义务尽到了：

我坐月子，不要说鸡蛋，就是玉米糊都没吃饱过，你比我好多了。

玉米糊我也吃。

可是，装聋作哑的范文梅第二天果然没有再来。身上有病、缸

骚　江

里没米的窘境使她的心肠硬了起来,她干脆采取了睁一只眼闭一只眼的做法,尽量不让自己想起这个儿媳妇,也尽量不路过大儿子的家门,直到秀来满月后白生生地从屋里出来时,她才知道有人偷偷服侍了秀来半个月。

在秀来饥肠辘辘的时候,她听到一阵轻微的脚步声在门口。她以为是范文梅来了,挣扎着从床上起来,打开门,她朝门口一望,只有一只蓝布包裹,打开一看,是一碗干饭上面堆两只肉圆。她忙不迭地捞起大碗,呼哧呼哧几大口干掉。这以后的半个月,太阳顶头顶心的时候,单薄的脚步声就会在门外响起。

15

江心洲人仔细算算,才晓得江心洲其实离城里并不特别远。

先坐摆渡船过夹江到镇上。步行二十分钟到镇上的码头;码头天天有小轮船"突突"往区里开。区里的码头比镇边的大两倍,那里天天有冒滚滚浓烟的铁船往县里开。

县里过去百把里就是铜城,铜城隔一天就有一列火车呜呜叫地跑上海。

不晓得是先有了对城市的渴望,才有了这许多可以到达城市的船,还是先有了这些船,江心洲的人才迫切地想到要进城。总之,最近几年江心洲发生的大事都跟城里有关。

比如说顾医生的两个儿子,顾军考上上海医学院,念了五年又分配了在上海的医院,顾民也被招到部队当了兵,复员后直接分配到铜城当了工人。还比如江心洲人的手表是从铜城的商店里买的,江心洲人结婚都到铜城置办一身新衣新裤。

这天晚上，江心洲人捧着碗到老顾家串门时，只见老顾又在数邮递员送来的钱。老顾数到二百零七的时候，东邻西舍男女老少已经把他围得水泄不通了。

这是干什么？顾医生用手上的钱扇了扇：挤成这样，你们不嫌热啊？

你上个月不是还只有一百七十二块吗？

工资从这个月涨上去的。

想想老顾刚到江心洲的时候，灶膛里堆满了柴，可就是烧不熟饭。别人吃中饭，他吃早饭，别人睡一觉醒了，他还在烧洗脚水。那时江心洲人手把手教他引火，教他砌砖，教他握镰刀。老顾对哪个不是左一个"难为费心"右一个"承蒙搭把手"。江心洲早拿老顾当自己人了。虽说江心洲后来又有了本地医生，可顾医生的威信还排头名。这几年，他倒又不是江心洲人了。每个月上海那边都寄钱给他，江心洲人集体想不通：

你凭什么拿钱？

凭什么？老顾叹口气：这是我应该得的呀。

可是你不是下放了吗？

我下放前是国家科研人员呀。

下放前干的活他们没按月给你钱？

给了。

那凭什么现在还给？现在你不是有地有菜园吗？

这点算什么？老顾摊摊手：我这一辈子还剩什么？他的神情就像他全身赤条条的，连条裤头都被人抢走了似的。往日的随和、亲切瞬间不见影踪，这一刻他身后抹了乳胶漆的楼房和楼房里的诊所就像不是他的一样。江心洲人盯着他的手，担心他手指一松，票子

骚 江

掉到地上。但是没有,顾医生两只手指夹得很牢,过一会,把钱揣进带扣子的口袋里了。

这边顾医生刚涨工资,那边田大龙突然就不是田会计了。这可是村里的大新闻,新闻太新了,信的人就少,一直到大龙扛起行李上了渡船,大伙才相信大龙真不当会计,去铜城投同学顾民去了。

本来会计是坐在村委拨算盘的。可是每年到年关时整个村委大大小小的干部都全体出动去收农业税,收不到钱就扒粮,抬桌子,扛板凳。村民们对大龙破口大骂、拉拉扯扯,大龙很不习惯。他想到城里去工作。头一回他这么一说,家珍当他伤风发热脑子不清楚,第二回他又提,家珍说,你忘记你外公怎么死的啦?你的书念到狗肚子里啦?你到菜园里问问你老子,他答应我就答应。

没过几天,大龙在收农业税时被人打掉了一颗牙,膀子吊在胸口被人搀扶着进了门,家珍一问,才晓是只为算错了三毛六分钱。三毛六分钱就打断会计的膀子,这是什么世道?家珍气得一屁股坐在地上,她仰头望着儿子白衬衫上的血印子,嘴巴和腿脚都直哆嗦。好半天才哭出声音来。所谓明枪易躲,暗箭难防。有天晚上,大龙和沈国友从乡政府开完会回家,沈国友被背后飞来的半块砖头将脑袋敲出个窟窿,他捂着血糊糊的伤口拍了四五户门都没有人出来替他包扎,大龙只好把衣裳脱下来抱住他的头找到了老顾家。天亮后乡里派人来事发地点调查,那些不开门的人居然异口同声告诉乡领导:

以为江滩上野狗叫,哪晓得是主任?

"主任"这名头像一个炸弹,大龙怎么望都像是炸弹边上挂着的那根引线。

正慧结婚六年一直不开怀，家珍还要带着她三天两头去找郎中那里讨药方。她怕自己哪天刚好不在家，大龙就被这些不讲理的东西暗算了。

原先大龙爸当会计时哪遇到过这样的事，就算人饿死在路上，也没见人敢对干部怎么样。现在呢，说造反就造反，说抡起钉耙就抡起钉耙。这打人抗税就像传染病，一得就一大片。天地良心，虽说村干部经常吃吃喝喝，可他田大龙从来不沾边的呀！听说今年棉花又降价了，这样下去，想要社员缴税肯定还得动武。前思后想一番，吴家珍看清楚了：

当干部是一年不如一年了。

可是不当会计，大龙能干什么呢？他念书念到快二十，也没真正劳动过。一个不爱劳动的人不当干部能当什么？

大凤一死，家珍就尽量不沾姓吴的。姓吴的发财，她不稀罕；姓吴的倒霉，她也不笑话。就算家富愿意带大龙做木材贩子，她也不能答应。再说江心洲许多人当二道贩子、跑买卖，名声很大，可是赚到钱的终究少。木材有好有孬，要眼光、胆量、本钱三样兼备才能赚到钱。赔了本从此负债累累的也大有人在。不然这欠税的怎么这么多？说明江心洲是驴子拉屎外面光，真正的万元户也就那么几户，否则哪个愿意跟干部对着干？

自从错过三毛六之后，大龙还错过七毛八分、四毛五分、一块八毛；江心洲的账他明显算不过来了。要是有人议论外头的事，他一改往日的矜持，像一般爱凑热闹的农民那样竖起耳朵听。

家珍晓得大龙的心早就不在江心洲了。跟马兰英一样，家珍相信死亡或死亡的警告都是命中注定，只能躲避，不可还击。田会计死后，她便认定是自己的过错。田会计要不是娶了自己，他不会

骚　江

得胃癌，大凤要不是跟保国糊到一起，也不至于这种下场，总结下来，她要自己牢记两点：姓吴的命太硬，连累了田家，儿女们以后尽量少跟姓吴的来往，自己也应该尽量少把晦气带给儿女。这种想法使她对儿子的去留有了新的认识：

铜城好歹不能跟姓吴的沾在一起。

受伤的不能吃劲的左胳膊使田大龙的自尊受到了极大的伤害。他到走的时候还在恨着打断他胳膊的农民。一蹬开阿三的渡船，田大龙望到母亲站在洲头，偏东风吹起家珍的刘海，把她脸上的惶惑一览无余地呈现出来，田大龙陡然明白过来：要不是农业税不好收，他田大龙是没有机会摆脱江心洲的。

靠着复员军人顾民的介绍。田大龙顺利地进了铜城二纺厂当了会计。同样是当会计，大龙在江心洲的工资是三十七块五。而到了城里，他的工资是一百六十三块。

大龙从城里寄回来的涤纶布料、武侠小说、方片膏和贴关节疼的膏药都似乎无声地佐证他的辉煌。他还白纸黑字地保证：

一旦厂里分到宿舍，就把媳妇和妈妈接到城里去。

吴家珍立刻隐约想起了田会计在世时的风光日子，她刚嫁过去时那种有别于常人的幸福感常常使她觉得受之有愧。果然，随后而来的厄运也让她招架不住，因此，她不得不对自己眼下的好运感到惴惴不安：

没福的人享了福，就会祸害到边上人。

她让二凤写信给大龙，要他落稳脚跟后就把老婆接到城里去，而她这个老娘：

肯定不会离开江心洲半步的。

有想头的日子长了腿。大龙是夏至离家的，一晃半年过去了。

立秋后的一天半夜，家富听到敲门声，他端着灯盏从门缝里瞧出去，门外抽着一个湿淋淋的脑袋，是大龙。他闪身进来的时候，满头满脸水珠排队往下淌。吴家富的眼珠子都快出来了：

你妈哪个啦？

没哪个！

二龙哪个啦？

没哪个！

二凤哪个啦？

好像他傍晚没和以上这些人打过照面似的。不在场的活人都没出事，家富的眼睛才朝眼面前这个活人身上望：你哪个啦？

舅，我刚回来，从坡底下绕过来的，还没进门。

你在城里犯了什么事？

没犯什么事。嘴上这么说，他的眼光却嚯地绕过舅舅的审视，躲闪到灯光的暗处，嘴角也不知不觉地挂起来，呈现出罪孽深重的歉意。得知人都活着，家富的脑子恢复正常思维了。他料想这个外甥怕是在城里贪污腐化了。没等他进一步打探，史桂花也穿好衣裳从房里出来，大龙喊了声舅妈后就死不开口了。

家富把史桂花支去下碗挂面。史桂花下了挂面来，又被支去烧开水；水倒好又支去睡觉。可史桂花有关心大事的习惯，她去了又来，一直耗到下半夜。在耐心上史桂花到底输一筹，趴在桌子上睡着了。她鼾声一起，家富就表了态：

招了吧，天大的事舅替你顶着！

鸡叫二遍的时候，大龙还像头闭驴，吴家富也不催他，只是脸色凝重，像抹了一层铁，有种大祸临头的强作镇静。

鼓足了勇气，大龙硬邦邦地冲出来一句：舅，我要离婚。

骚 江

就这事？

就这事。

想当陈世美？

当就当。

吴家富突然把绷得紧紧的肩膀放下了，他微微地笑了，是那种退回悬崖后部的笑，紧接着他长吁一口气，说：

你妈知道要生气的呀！

隐藏在他底下的话大龙听明白了：生气比伤心好，生气比恐慌好，生气比死好。年过四十的吴家富已经从外甥身上发现一种冲昏头脑的气势。这种气势跟他怕的完全是两码事。刚刚他猜测外甥在城里可能杀了人放了火贪了污要坐牢砍头。现在看来，不过是针尖大的小事一桩。变心是吓不到他吴家富的。他心底一块石头落了地，用能掌控局面的轻飘口气说：

早晓得今天，当初又急个什么急呢？

这些话也只有当事人才懂：舅舅是承认陈正慧配不上他的；舅舅是看到自己在城里的光明前途的；舅舅也理解爱情存在的。一切都明白了，大龙的脸色比刚刚有了起色，他大胆地告诉舅舅：

城里有人喜欢我了。

大龙的艳遇毫无悬念。大龙天生就长着一副被人看上的相貌。看上大龙的这个姑娘不是一般的城里人，她是铜城二纺厂财务科长的女儿，本人是财务室的记账员，跟大龙也算志同道合。最重要的是，她不嫌弃他在农村被父母强迫结婚的事实，愿意等他把过去抹掉后嫁给他。这是田大龙人生最为闪亮的一刻，他对自己能够受到城里女孩的垂青而受宠若惊，他毫不迟疑地迅速进入状态。眼下，新的情感已经彻底洗涤了他：

这才叫真正的爱情。

有了舅舅这见过世面的人撑腰，大龙理直气壮了许多。第二天，陈正慧被支回娘家。大龙趁人不备溜回家。二龙作为家里的劳力，和舅舅一并听了大龙的详细汇报，在被母亲问到女方长什么样子时，他毫不含糊地回答：

雪白雪白的！

吴家珍对这种回答显得很茫然。她更想知道这姑娘的人品如何，是不是很贤惠，会不会孝敬长辈，能不能生养，过去清白不清白？

她是城里的呀。大龙的这句话这么一撂，就像一块铁铊落水，吴家珍无所适从了。

那么，科长官到底有多大？久没发言的吴家富提出了跟姐姐不同的疑问。

三把手，除了厂长副厂长就是他。

你们的厂有没有我们村大？

这是二龙的问题。田大龙不屑地看了二龙一眼：

虽然没有我们村面积大，但这个厂一年的收入是我们村二十年的收入。会算账的田大龙仅此一言就足够说明问题了，所有人都沉默了。

过了很久，吴家珍恍然大悟似的告诉大龙：

你结过婚了呀！

我哪里晓得有今天？

陈正慧在吴家珍眼里无可挑剔。她任劳任怨，沉默寡言，挑锄洗刷，样样在行，但这种好眼下就是秤砣底下粘着的一粒米，显得

骚　江

那么无足轻重。

你当了陈世美，叫我们以后怎么见人呢！

见人重要还是幸福重要，你瞧瞧我小舅过的什么日子？

正慧比你舅妈通情达理一百倍。

光通情达理有什么用？

母子俩的话题就像绕着水缸转圈，转了半天还在原地。协商无果后，田大龙在天亮离开了江心洲，他把难题甩给了妈妈：

反正我是铁了心要离婚的。我下趟就回来办手续。

你妹妹腊月要结婚呀！

那最迟等到二凤出嫁，然后我就跟她去办手续。

那个昏白的清晨，田大龙如一匹只顾往上冲的烈马，看上去根本没有回头的余地。他的背影显示给吴家富的是一个年轻气盛的有为青年如高加林一样向新生活迈进的豪情。吴家富突然被感动了。他想，他懂得这个外甥，他要成全这个外甥。他理解婚姻对于一个男人是多么的重要，对于生活下去的意义有多么的大。

突然之间，吴家珍和娘家的关系密切了。从那天开始，吴家珍和家富进行了长达数次的悄然会面，有时在棉花地里，有时在菜园里，有时装着都挑水在江边沟通，有时就在漆黑一团的夜里，站在大坝上争辩：

大龙娶了城里姑娘，不仅能在厂里立住脚，从一个没户口的编外人员转为正式工。

可是无缘无故被休掉的正慧说不定会想不开，跳江了怎么办？

大龙的孩子会因为他母亲的户口而成为真正的城里人。

正慧的娘家还不带人把我家砸个稀巴烂？田家的脸还要不要？二龙还想娶媳妇呢。

大龙会是江心洲第一个真正吃国家饭的人,搞得好会接财务科长,管起城里人。

我倒不怕人骂我吴家珍,我怕田会计一世英名被毁了。

可是再过几年,等大龙混出了人样,江心洲肯定人见人夸。

我怎么开得了口啊!

好在正慧还没生养!

做人忘恩负义,要遭报应的呀!

大龙的心不在这里了呀,她会拖累他的呀!

……

吴家富和家珍俨然成了正义和邪恶的代表。这边吴家珍一摆出道理,那里吴家富就列出好处。一来一往,一进一退,悄无声息而又如火如荼。

史桂花隐隐约约感觉到大龙在外头有事,她对吴家富鬼鬼祟祟的做法颇为不满:

凭什么瞒着我,你既然拿我当外人,也不要怪我不客气。

在数次三番没有撬开家富的嘴之后,她派出了小间谍贵珠。一个礼拜之后,她总算搞清了状况。这边家富和家珍还在唇枪舌剑,分不清何去何从,那边史桂花已经被一种凛然气概所笼罩,她在地头找到了正慧,以主持正义的口气告诉正慧:

你家男人早就有外心了你还在这里累死累活?

嫁过来六年的正慧早已深知舅妈的为人,她疑惑地望着舅妈,史桂花不高兴地告诉她:

你把好心当作驴肝肺,不信去问问阿三就真相大白了。

正慧放下挑水的扁担,蹲在地里放声大哭。

我要是你,就一不做二不休,到铜城去找他。

骚　江

在正慧抬起无助的泪眼时，史桂花没忘叮嘱她一句：

男人脸皮薄，心肠软，你只要一哭二闹三上吊就中。

在正慧频频点头的间隙，史桂花被自己的点子镇住了，她仿佛已经看到成功在望，正慧也已经跻身城市，她激动地提出了要求：

你到了铜城之后，别忘记你胜水表弟就中了。

当天晚上，正慧收拾几件衣裳出了门，她告诉婆婆：

我娘家带信要我回去一趟。

家珍也没多想，过了几天，家珍收到一封从铜城拍回的一封电报：

媳已到铜勿念。

既不晓得是大龙拍的也不晓是正慧拍的。那一刻，吴家珍顿时释然，她告诉家富：

这样也好！

吴家富在正慧回娘家之后就隐隐约约明白家里出了内鬼，这封没头没脑的电报看不出城里的波澜，他失望地望着大江，望望手上的电报，叹了口气：

这大龙，就这么大力道？就这么个胆量？

江心洲的许多大事都发生在逢年过节。一九九一年腊月二十八是算出来的黄道吉日，二凤这天出嫁。头天晚上大龙夫妻从铜城回来了，正慧穿上了水红色涤纶褂子，头发烫成大波浪，手上还提着一只人造革的黑包，她微微隆起的肚子显示：她即将成为一个母亲了。

16

转眼之间,江心洲的格局发生了微妙的变化。出去做二道贩子跑买卖成了不稀奇的事,江心洲除了房子之外还有了另外一样固定财产——水泥船,江心洲共有五条十来吨的水泥船。这些船到镇上卖棉花,到区里买米,使江心洲省了许多脚力,但这不是最体面的事,最体面的还是到城里去工作,这工作不是指到城里做木匠和瓦匠,而是坐办公室。

所以,吴家富之后,又出了一个学习的榜样——田大龙。

除了本来就是城里种的顾军顾民,大龙是江心洲第一个去城里工作的,他的前途远比大能人家富更为广阔、体面。吴家珍沉睡多年的笑纹又爬上了眼角,别人一提这事,这些笑纹荡漾开来。

像大龙那样,翻身做城里人,成了江心洲母亲对儿子最大的期望:

哪天能像大龙那样坐办公室,睡着了也能笑醒。

而前任红人吴家富对于田大龙的暗中支持,成了他最大的失算。这个江心洲第一位成功人士,自认具有超前意识的男人很珍惜自己辛苦获得的地位和威信。所以,在日后数年与史桂花的斗争中,只要史桂花旧事重提,嗓门一高,他就心虚气短,偃旗息鼓,甘拜下风。即使在以后,田大龙的命运陷进泥坑,证明了吴家富当年的计谋得当,但是,大局已定,覆水难收!

陈正慧的肚子一显,史桂花立刻自诩为有功之臣,自那以后,陈正慧对史桂花感激涕零,逢年过节都不忘送铜城的布料和毛线上门致谢。

事实上，拯救她婚姻的是她自己。她揣着弃妇的勇气来到铜城，按照田大龙信里的地址找到了铜城二纺厂。她一迈进厂门口，就用铜城人很难听懂的江心洲话高声地宣布：

我是大龙的家里人，我男人叫我来的。

门卫把她送到财务室。看到妻子从天而降，毫无思想准备的田大龙从椅子上站了起来，他傻愣愣地捏着手里的自来水笔，竟然不晓得怎么样说出头一句话，该摆出怎样一张脸，犹豫不决之间，陈正慧已当着财务室众人的面向大龙传达了虚假的婆婆令：

我不要来，她偏叫我来！你舅也支持我来。

她俨然成了吴家珍的使节。她走到呆若木鸡的田大龙身边，情意绵绵地补充一句：

我再不来，你就快瘦成猴了！

一贯腼腆内向的陈正慧如此超出常规的做法使田大龙大惊失色，他后来明白，他真正的失败就是从那一刻开始的。他昏头昏脑地拉着正慧离开财务室，把她领到自己的宿舍，让她先休息一下，然后急匆匆溜回财务室，等在财务室里的情人早就怒火万丈了：

你回去一趟就是叫她到厂里来？

不是，我回去跟我妈商量离婚的。

结果就是厂里全晓得你是结过婚的了！

我尽快叫她走，尽快了断！

后来田大龙回想自己失败的细节时，才明白过来，正是从此刻，把她带到自己住的地方起，他就已经失去对付这个女人的力量了。

为了给自己打气，下班的路上，他想象自己是父母包办的牺牲品，是旧式婚姻的悲剧人物。他满肚子愤愤而又绝情的话语，可是一见到陈正慧，就土崩瓦解。一种心虚的感觉袭上心头，他积攒了两月的男子汉的勇气怎么也翻不到喉咙口。

从当晚开始的一个又一个夜晚，陈正慧放下了一个乡下女人代代相传的矜持，只要田大龙一推开宿舍门，她就急如星火地往大龙的身上爬。她一次次被推倒一边又一次次迎难而上，屡次三番，没完没了。她以一个体力劳动者良好的身体素质乐此不疲地整夜重复这一个动作。在日复一日的无声战争中，年轻的田大龙露出了他乡下男人的胆怯和无能，他竟然没有勇气喝令她：走开！他遵循着耳濡目染的乡下习俗向他的情人描述他的担忧：

我要是真把她赶走，她真会寻短见的呀！

说来也怪，他一再要求自己相信他对她只有同情没有爱情，却没有做到对自己要求的那样，对她热乎的肉体毫无感觉。他奇怪地感受到自己在她三番五次的纠缠中充满了渴望，他的身体已经发现这个他心里正在嫌弃想要抛弃的身体居然如此神秘如此执着如此富有激情。有天晚上，他的膨胀不小心抵住了她的柔软，他一心虚，抵住正慧肩膀的劲头减缓了一些，在第二个晚上，他的胳膊便一点儿使不上劲了，一瞬间的工夫，他把理智抛到脑后，一骨碌爬上来，扑到他开垦过若干次却又新鲜陌生的肉体上……

次日早上，当他苍白着脸、憔悴不堪地出现在厂财务室的时候，他软绵绵耷拉的头颅使他的情人茅塞顿开：

原来你就是这种没出息的孬种！

一本刚刚记上数字的账本正中田大龙的脸庞，未干的墨迹在田大龙的鼻梁上抹上了一道清晰的印迹，如同一条没长腿的蜈蚣。

对手一撤，田大龙自动归了原主。说来也怪，吃了几水桶中药，五六年没开怀的正慧就在那阵子怀上了。

来年正月，害嘴的正慧吃不惯铜城的饭菜，她一路吐回江心洲。她想吃只有江心洲的沙滩上长出的芦笋、芦蒿，她婆婆做的腌咸菜和臭豆腐吃到肚里才服帖。

这天早上天边刚吐白，家珍踩着露水在沙滩上找野菜。只见大凤拎着一只蛇皮袋悄无声息地走到她跟前：

妈，我要走了。

家珍一听急了：你到哪里去？你为什么要走？

我地不会种，粮不会收，保国又不回来，我日日守活寡。

保国，保国，他都把你害死了，你还惦记他？

就是，我晓得了。说完大凤就往渡口走去。

家珍扔掉手里的铲子，紧跟在大凤后头：

不要走，不要走！

脚下的芦柴一绊，家珍扑通一声趴到地上，等她哭喊着从泥巴地里满脸满身地爬起来的时候，大凤早没影了。家珍这才想起大凤死去有好几个年头了。

天大亮的时候，范文梅做好早饭准备扛着锄头下地时，住在吴保国小屋里秀来生的两个小兄弟，现在取了名叫吴文和吴武的，战战兢兢地站到了门口：

我妈不见了。

到地里去找。

地里没有。

到江边去找。

江边也没有。

到茅房里去找。

茅房里也没有。

范文梅也无计可施了，这时，站在旁边的史桂花突然插话了：

赶紧追，说不定还没有走远！

两兄弟的脸上出现了茫然的神色，他们显然被这个建议吓着了。受到点拨的范文梅急慌慌地向洲头跑去，两个孩子稀里糊涂地跟随着她，这一老两小屁颠颠地走远后，史桂花同情地说：

追得上才是怪事！

关于秀来的记忆，江心洲到此为止。她的脸、她的背、她说话的声音全是抄袭田大凤的。只有她的脾性是她自己的，因为想还原她自己，就是她失去自己的时候。她留给江心洲人属于她自己的东西到末了也只有那肿胀的嘴角以及一声声委屈的抗议：

我叫秀来！

傍晚的时候，范文梅牵着两个孩子从镇上无功而返。每遇到一个熟人，她便迫不及待地哽咽着告诉人家：

我哪里养得活这么多呀！

范文梅每天忙不过来。她家里家外，门前屋后，只能任他俩自由自在。这两个家伙，用土块打得鸡鸭东飞西跑，他们爬到桑树上摘桑葚，自己动手做根钓竿，挂一条蚯蚓，回回蚯蚓啃完了，也没把钩拽上来，他们钓鱼缺的不是技术而是耐心；到了收割，他们勉强能看看场子上的麦子别给猪啃鸡吃人偷；下雨天他俩还不闲着，捏烂泥巴往人家门上钉，钉一下就跑，兄弟俩就躲在墙角等人出来撵。

没人出来找他俩麻烦。

骚　江

　　看不过眼的过来撵，他们跑得比兔子还快。

　　大多数时候他们在江滩上扒沙子垒房子，房子边上用沙做的泥碗泥桌子泥板凳泥爸爸泥妈妈。

　　哪个好心人喊到别在太阳底下晒，这兄弟俩会异口同声地回一句：

　　狗拿耗子！

　　说完就跑，瞬间即逝。

　　吴文吴武偶尔窝里斗。一打架，两个就显得差别了，吴文打出来的拳头像棉花果子砸到人脸上，不疼；吴武虽然个头不高，人也精瘦，出手次数不多，但次次中要害，他小两岁，但回回哭着求饶的总是吴文。

　　养种将种，冬瓜像水桶！

　　三言两语，吴文基本上就知道自己来路不明了。虽然从眉眼上兄弟俩都酷似秀来，但性格却大相径庭。打架他没有吴武下手狠，性子也比吴武温和，吴武能将在外面的派头带回到饭桌上，扒饭明显比哥哥快，捞菜也放得开手脚。吴文呢，反而晓得望大人的脸色添饭。他越谨慎小心，就越显出外人的生分。范文梅也觉得这孩子有点生分，她坐在门口，忧伤地申诉道：

　　两根筷子一样长，我一点都没偏哪！

　　可是吴家义就管不了这么多。他心情一不好，抢起手就打。他现在老了，操家伙使腿都有点跟不上节奏，所以，他只能在第一次出手时收到成效。

　　给老子小心点！

　　这是他第二次失手后必送在吴文吴武兄弟俩背后的一句话。

　　要是在饭前遭到痛殴，他们也会神情忧郁地踏进吴家珍的门槛讨要一碗米饭。像是定额粮票，这兄弟俩晓得要省着点使，除非饿得跳不动，否则他们不轻易上门。这是天生的，无师自通。

吴家兄弟在江心洲的地位跟他们的父亲显然有着显著的区别。他父亲年纪轻轻就以一双拳头扬名江心洲，而这兄弟俩则以邋遢、调皮、捣蛋在江心洲成为抨击的对象：

这两个哪像人？

眼巴巴等了一年又一年，吴保国还是音讯全无，范文梅无可奈何地向江心洲人发布她的看法：

他是没脸见人。

天下就数她对吴保国最了解。她累极了就骂这两个野杂种，骂完了照常管他们吃、管他们住、管他们穿，当然还管他们的教育。她一再地对着两兄弟强调：

不能学坏，不能像你爸，不能偷，不能抢，要学好！

她的话就像拽风筝的那根线，看着管用，实际上不管用。大伙都晓得，大风一吹，这兄弟二人该怎样就会怎样！

江滩上的孩子就这样一天一天地在敌意中唠叨中审视中防备中嘲笑中长大了。他们自己浑然不觉，埂上的人则是一目了然，晓得时间就是从他们邋里邋遢风一样经过的时候往前淌的。

他们偶尔回自己的窝棚一趟，主要是看看妈妈说不定哪天突然从天而降又坐在窝棚里等他俩。其余的时候他们跟着保地到东到西。保地经常肩上挑两只筐，后面跟两个孩子，两个孩子后面跟一条狗，有时从地里往家走，有时从家往地里去。

骚　江

17

　　九十年代到底不比八十年代。

　　农村户口的大龙当了城里会计，替城里人管起账来；成绩一直考倒数的吴胜水居然上了高中；最令人意外的是江心洲最穷的吴保地娶了老婆，而且不秃不瘸不麻，据说还去过北京当过保姆的。

　　保国离家之后，和吴家义平起平坐的只有保地了。虽然吴家义经常喝得神志不清，但长幼有序男女有别这些问题他看得很重。他没吃饭，范文梅等人是不能先捧碗的。能够坐在桌子边上和他一起一边夹菜一边吃饭的，就是保地。范文梅和保霞蹲在门槛、靠在门框上，或者干脆在灶台边上把饭吃完。

　　和父亲平起平坐，保地也高兴不起来。

　　保地比保国温和，但亲兄弟难免相互影响。大多数时候他沉默寡言、不争不论，可偶尔，他哥哥的性子就会出其不意地在他身上出现。

　　有一次，队长安排洒农药时，连续三天让他背药水筒，别人都是一天一换，一是三十斤药水桶太重，一般人吃不住；二是掺了药的水能够渗到身上容易中毒。不知是队长偶然的疏忽大意还是有意试验保地的性情，让他一背就是三天。第三天全队喷灌结束后，队里的人差不多走光，只剩下队长和保地时，保地放下药水筒，对着正在写明天劳动计划的队长的脑门就是一拳。队长一个跟跄摔倒在地，半天爬不起来。保地眼里的凶光完全是模仿他哥哥的，可就算是暂时性的模仿，也的确惟妙惟肖。短暂的慌乱之后，队长明白了缘由。他不声不响地擦去嘴角的血。第二天上工，他没有声张，给保地加了三分工。

可这昙花一现的霸气消失之后，保地又变成保地了。

保地长得不丑，也是高个子，宽肩膀，羞涩沉默的脸，五官也端正，可是既不容易建立威信，也不轻易被人喜欢。他的眼睛经常迎着太阳眯起来，走到跟前才能看清对面人是谁；整枝锄草的时候，他的腰比旁人弯得更狠。所以他有一个外号叫"眯瞅眼"。搬到江心洲后，才听到有文化的老顾说他是近视眼，"眯瞅眼"是生理缺陷，近视眼是常人的小毛病，两者有本质区别。他茫然地听着，然后羞涩地走开。

他听到旁人在跟老顾说，他们家八辈子没出一个识字的人，怎么能长出近视眼？他们的意思，他不配近视。

正是这个抬举了他的毛病在很大程度上阻碍保地的发家致富。江心洲人在大集体时就养成了偷东西的习惯，春天偷江滩上的芦笋，夏天偷冬瓜南瓜玉米大豆。在旁人看来，偷东西轻而易举，可对于保地来说，无论勘察地形、顺藤摸瓜，还是得手后的逃跑，他比一般人要慢得多。更不用说大庭广众之下到镇上的油条铺子里偷油条麻花、杂货铺子里偷盐，这些副业对吴保地都如登天。江心洲人多数爱偷。偷，是人人参与理直气壮争先恐后的，却更是脸面大事，心知肚明秘而不宣的。逮着比偷本身要丢脸百倍。

吴保地不能偷。所以，吴家的穷，他是要担大部分责任的。

保地还有一个特征，就是黄头发。黄头发跟黄牙一样是缺点，小时候保地用墨汁涂过一两回，感觉自己一下精神起来了，只是管用的时间短，一下雨准成大花脸，衣服裤子一条条的；另外就是墨水太贵，一毛八一瓶，买不起，最后他装着无所谓的样子接受了自

骚　江

己的黄毛头。

保地每天白天下地，晚上打土坯。他把打好的土坯两个一组，约三十米一排。他已经码成十多排了。从坝上往下看，那一排排的土坯就像一对两口子并排着走路。下雨的时候，草盖子盖住，天一晴，掀出来晒太阳，这一晒就晒出许多话来了。每个经过保地门口的人都不由地开起了玩笑：

保地，你码的土坯都是双的，你想媳妇了吧？

当然是想娶媳妇。可是经这些人说出来，就有了"保地，你想搭梯子上天吧"这层意思了。江心洲人这不经脑子光动嘴皮子的三言两语，每一句都是一根锥子，一趟趟往保地心里扎。

他一直以为自己想媳妇是因为哥哥坐了牢，坐了牢的人肯定要打光棍，他就有义务替这个家传宗接代。可坐了牢的人一下子有了两个儿子后，他想媳妇的念头一点也没动摇，他这才晓得想媳妇是自己肚子里的事、心肺里的事，挖不掉的。

赶集的时候保地的眼珠子都看直了。

姑娘们都挑了这一天出来见世面。个人打扮得很漂亮，穿了新衣裳，裤子中间的缝清清楚楚，一看就是穿头水；头辫子梳得一丝不乱，头上别个发夹，红的、绿的、还有带牡丹花的，走起路来斯斯文文。她们除了皮肤晒得黑透透的，手脚又大又粗之外，还真不像种地种田的。保地卖掉一捆柴之后就铆足劲看，脖子伸得老长，眼皮子累得直跳也不眨。到了太阳要落山的时候，他差不多是最后一个往回走，第三天，他相中了一个姑娘，他闻到她头上一股香皂的香味，他在顾医生的家里闻到过，这是城里的味道。这味道使他昏头昏脑，身体鼓胀得老粗。他跟着这味道走了几里路，姑娘扎到人堆里才把他丢了。

他想跟他死去的家财大伯一样，从镇上捡回来个媳妇，就算短命也值得。可是，连着三天，也没一个姑娘朝他看一眼，朝他直瞪眼的都是大婶子老婆子。她们看透他的心思，走过去时声音小小地骂他一句：

花疯子！

日子就像风吹的似的，眼一眨妹妹保霞出嫁了，眼再一眨保地满三十了。保地清楚了自己的命运：

断子绝孙，光棍一条！

范文梅的背一年比一年高起来，只要有个话头，她就停下来跟人说：

都是急保地急的。

挑水时遇到人，她就放下水桶，要是挑粪时就放下粪桶。只要有人跟她打个招呼，她都要逮住机会，求着各位婶子婆婆四处打听，找找有没有一家刚好有一位光棍哥哥带小妹的，来换亲。范文梅再三表态，相貌不挑，年龄不挑，个头不挑，头婚二婚也不挑，只要人好就行了，人好在这里是个虚词，就像一层纱蒙住一点脸面。

正月初三，江心洲人拜年的拜年，赌钱的赌钱，吴保地无事可干，拿起一只铁锹到坝下挖树根。正忙得浑身是汗，听到笑声，把头抬起来望望，望到嫁在饺子湾的妹妹保霞正笑嘻嘻地站在他跟前。旁边站着一个姑娘。

从保地的角度，一眼望到这姑娘白色紧身羊毛衫里两个尖尖的奶头，再往上，是一张白生生的瓜子脸。她披肩发，头上戴一顶饰

骚　江

有花朵的白绒帽子。保地一惊，江心洲人只在有孝时戴白。可这白帽子戴在她头上，衬着耳边直直的黑发，清爽干净。保地脸一红，他愣在那里，心怦怦地乱跳，像是看到自己夜里的梦暴露在光天化日之下一样。他浑身一哆嗦，赶紧把头埋下去，心里想：

这女的长得真好。

他的心思立刻被保霞望穿了：小翠姐，你瞧我二哥这脸红的！

保地从沟里爬上来，两眼不敢抬，只顾拍身上的灰，搓手上的泥，抹脸上的垢，他听到小翠悄悄跟保霞说：

你哥人高身子壮嘛！

保地心头一热，江心洲人只喊他"黄毛""眯缝眼"。他头一回听到人夸他。他忍不住又朝这个陌生姑娘望去。

天寒地冻的，这姑娘的大衣敞开着，坝上的风一吹一吹的，她的衣角就一掀一掀的，掀开的大衣里最招眼的还是那两只尖尖的奶子。下身穿一件勒屁股的牛仔裤，脚上穿一双黑色的高帮皮鞋。再望一眼，又跟刚才一样慌张，不敢盯时间长，只注意她的皮肤白，白得江心洲人都不相信这是人脸。一个女的怎么有这么白？她脸上的肉就跟江心洲奶孩子屁股上的肉是一色的，一个人除非整天不出门，不然，怎么能这么白？

吴保地的眼光一和姑娘的眼睛对上，立刻像被刀背砸了一脑壳一样，头一垂，吴保地头顶的旋暴露在姑娘的眼皮底下，她盯着保地的头以及头上密密麻麻的头皮屑。保霞也注意到了保地的头皮屑，保地没洗头。

保霞立刻叫那姑娘：

喝点水，喝点水！

这个肉乎乎、白生生、落落大方，保霞说名叫马小翠的姑娘，小心地端起碗，把嘴巴撮成一道红褶，凑近茶碗，在滚烫的开水接触唇舌时皱起眉头。吴家一无所有，但水格外的烫，嘬了一小口之后，她随手把碗往桌上一顿，用力太大，碗里的水啪一声漾在桌面上。意识到这样子不太礼貌，她松开脸上的神情，歉意地微微一笑。她的笑洋溢出一股浓浓的暖意。吴保地的脑门大颗汗珠滴下来，他面色通红，吸气声盖过他妈妈的说话声。他的眼睛不敢朝上望，只好看着自己的膝盖和膝盖上的手，很快他发现自己的手指缝里的泥没抠干净，他悔死了，怪妹妹带人来也不提前打个招呼。

爱热闹的江心洲人早已赶到现场。他们在边上仔细打量、悄声议论。这几年，江心洲人多少也见过世面了，他们下江西、跑铜城，在各大城市做木匠瓦匠小工，带回来许多新闻趣事，可是瞧瞧吴保地，再望望马小翠，个个不看好这段亲事，觉得这是八竿子打不到一起的人。就连范文梅，一见到马小翠，也当保霞是瞎闹：

这怎么可能成？保霞想嫂子想坏脑子了。

保霞刚给女儿娟娟断了奶，她笑眯眯地向小婶子讲述遇见这个新嫂子的经过：

小翠姐姐老早在北京当保姆，人在北京，心在家里，虽然家里上人不在，按理说，她心野了，可她不，听说她年年回来，今年回来被我撞上了。

去过北京的小翠姐姐，她人漂亮，又和气，不摆架子，不欺生人，我俩相处可好了。

我哪里想到她没对象，她说只愿意回老家找，过年回老家就是想寻老家对象。

我跟她实打实在讲我哥以往的事，以为她瞧不上，哪晓得小翠姐姐左不嫌右也不嫌，还说没见面就晓得我哥这样的人才懂感情，

骚 江

才靠得住!

像是验证她的真诚,马小翠接过保霞怀里的孩子,像自己人那样对着孩子左边脸右边脸各亲一口,亲得孩子扭来扭去咯咯地笑。

白天在融洽的氛围中过去。天一黑,马小翠就在保霞的追问下点头应许了亲事。

思考不是保地的强项和爱好,直到他妈妈喜出望外地跟他商量办酒的事,他还有三样事没想通。头一样想不通的就是保霞的婆家门口怎么会有这么漂亮的姑娘?第二样想不通的是,她怎么就能接受自己的头发,自己的眼睛,自己的草屋和自己的两个白吃饭的侄子?第三样想不通的就是一个跟他相亲的怎么能这么漂亮?

可事情不是想成的。保地的婚事不光成了,还快。

这一桩婚事还有三奇:因为娘家老子死得早,娘家妈妈改了嫁,保地不需要拜年送节,不需要过礼钱,不需要望门头,这是一;马小翠二月初二圆房,三月初开始吐,四月里肚子就显了,这是二;第三,马小翠有在上海火车站拍的照,还有在北京天安门拍的照,摆在保地家唯一的一张带抽屉的桌子上。这么说来,马小翠是江心洲头一个去过北京的人。

六月里,她提出来盖房,保地也觉得很合理,那张吱吱叫的破床天天晚上响,那不隔音的墙把吴保地的快活全漏出来了,可他刚被钱难住,小翠就递给他一摞票子,全是他没见过的百元大钞。虽说还算是一家之主,家里又盖了三间房,可是到底花了多少钱,吴家义还真没数,因为后来买的水泥、木材什么的都是儿子媳妇做的主。说起来,马小翠也是第一个把包头工请到江心洲的人,她把大大小小的事都承包了,这边工匠们在如火如荼地打墙角、量地基、和泥浆,那边她自己手脚闲着,只在心里一合计,记个账付个钱就中了。

石头运来的那天,范文梅抢先上船,准备扛几块下来,心想能少付几毛钱,船上人就笑她:

小工钱都算在里头了。

江心洲上百户人家,哪家盖房子,全家老少都要蜕一层皮,勒紧裤腰带省吃俭用许多年,就是下江西的吴家富添置砖瓦也花了三年时间。可吴保地的新房,从头到尾两个月就盖好了,用江心洲人的话说,拉泡屎的工夫!

吴保地最东边的正房,其余一间一隔为二,吴家义夫妻得一间,吴文吴武兄弟俩也捞了一间,总算不用睡灶台下了。

七月初,江心洲连着办了三桌酒席,一户为庆上人六十大寿,另一户是新房落成,第三桩就是吴双全出生。立秋第二天,马小翠母子平安从县医院回到了江心洲。江心洲人都围在渡口看保地的儿子吴双全,按日子算应该是早产,还是剖腹拿出来的,可孩子足足有八斤二两,这是县医院医生秤出来的,更奇的是,这孩子既不黄毛也不黑,一双大眼亮晶晶的,这也是吴保地得意之处。可是他妈妈居然把他拖到一边说起了混账话:

这孩子怎么没一处像你呀!

像我有什么好呢?

不是好不好,总要像才没人说闲话。毕竟孩子没足月。

不是说早产嘛!

到了晚上,保地抱着吴双全轻轻地抖,边抖边拨拉着孩子的小脸说:

骚 江

怀胎十月，怀胎十月养个孩子真不容易。

马小翠白他一眼：

七个月就容易？

是不容易，不容易。

七个月能养活你还不知足？

知足，当然知足。保地讪讪地笑，晓得老婆不爱听十月和七月这些话。

江心洲像是做了一个梦，梦醒了其他都没有变，只有吴保地眨眼之间成了有妇之夫，有子之父。他架上老婆特意带他到县里配的眼镜后惊喜地发现：

我自己长得还很清楚呢！

他是"老吴"了，他会抽烟了，他爱笑了，他的腰一挺，个头似乎又高了些，人看上去既文气又阳刚。他媳妇给他买了个电动剃须刀，每天一大早，吴保地的剃须刀一响，剃头匠四麻子就生气，那城里来的玩意儿吸引了许多人到吴保地家借剃须刀，他的生意受到了很大的影响。

到了第二年开春，除了下江西跑买卖的那几户人家，借钱买肥的还在东借西借，借钱买米的也在上借下借，跟村干部捉迷藏的还在南躲北藏，可是这一年，吴保地是第一户缴农业税的，也是第一个到地里下肥的。

河流会拐弯，山路会拐弯，风也会拐弯，运气也会拐弯。眼下这运气拐到吴保地这边了。

这几档子事过后，发生再稀奇的事也唬不住江心洲人了。

第一条水泥船开到江心洲的渡口十多年后，江心洲有了一条自己的大木船。这天,这条一百吨的大木船缓缓停靠在岸边,从船上走下吴家富和小六子等四个江心洲人,就连岸上捧着碗吃饭的贵珠也能做到不露声色了:

哦,是我爸的船呀!

埋头继续扒饭。

这条一百吨的木船有吴家富四分之一的股份。吴家富转行是大势所趋。木材生意越来越难做了。这几年赣皖两地来回奔波,长年饱一餐饿一顿,吴家富的胃溃疡也越来越厉害;加上长年在水里泡,把两条腿泡成了老寒腿,一到下雨天就疼得迈不开步子。这还不算,最根本的问题是他的信息跟不上行情的变化,有时辛苦一个月贩回一批木材来,哪晓得船一靠岸才晓得这边行情跌得很凶;有时买得一船便宜的好木材正暗自欢喜,那边政策一紧,关卡重重,很快就被巡逻队将木材全部没收。买船跑运输是政府点头支持的了。因此,用吴家富的话说,投资木船做黄沙运输生意也算是顺应时代潮流。

顺应时代潮流的还有史桂花的体重。

吴胜水一念高中,史桂花出门的机会就多了。有次到区里看儿子,经过粮站门口,她心血来潮,在粮站的秤上称了一下,一望数字,她吓了一跳,自己有一百三十斤了。

我做姑娘时不到九十斤!

心宽体胖嘛,江心洲哪家有你家这样十全十美的。

年头真是变了,哭穷的越来越少,显富的越来越多。这种时候,史桂花总算承认自己的日子过得比旁人好一点。热天她做酱,把肉切成肉丁放进去,她做的酱又鲜又香;冬天呢,她的咸肉咸鱼挂在红砖墙上晒太阳,瞧见的人都馋得想流口水。磨汤团别人家用

骚 江

面盆端，她家用大桶挑：

儿子放假要回来，家里三天两天还要来亲戚。

吴胜水一从学校回来，家里的伙食就大大不同。精肉剁碎了搓成圆子，肥肉炸了油烧黄豆，骨头头天晚上就熬了汤。史桂花就怕吴革美偷嘴，肉烧好后，她旁敲侧击地提醒女儿们：

半斤肉只搓了十六个，这精肉也太不经吃了。

吴贵珠只顾玩，没听妈妈在说啥；吴革美就晓得妈妈怕她偷嘴，她对肉的兴趣不大，听了这话，她偏偏做点手脚，妈妈一走，她跑到厨房捧起汤盆就一口气灌个肚子饱，然后在汤里加了几碗水。

这样的汤，尝到吴胜水嘴里实在不是个味，要是吴胜水把眉头皱起来，表示不想喝时，史桂花就赶紧提醒他：

骨头汤是好东西，城里人就喜欢喝汤。

其实她只见过顾医生一家人喝汤。

即便如此也弥补不了学校的伙食。吴胜水长年营养不良，越来越苍白精瘦，他的眼镜也达到了四百度，而这些更成了史桂花的理由：

你这么瘦，肩不能挑，手不能提，怎么在农村待下去？

她接着说：

我们都是为了你好，为了你，不要说送你到城里，就是把心掏出来也愿意。

话说得温柔，却犹如泰山压顶。吴胜水除了学习，别无选择。

承认自己在江心洲算人上人之后，史桂花的肚子就像皮球一样鼓了起来。去年做的一条涤纶裤子套不上去了，前年买的一件开衫也扣不起来了。几天没照面的人见到她就叫：

吴小嫂，你又发了。

史桂花优雅地笑笑，坦然地接受着奉承。唯一不称心的是养了个怪物吴革美：

养了这么个祸害！

用史桂花的话说，这货越来越不好管了。做事情她有条有理不用操心，可气的是她的心野了。叫她给哥哥织件毛衣，她半年也织不出衣襟；一到雨天，也不肯做鞋补衣裳，只顾到处借书瞧；旧年叫她卖菜，一连卖了四个月，史桂花暗地里算算也有四五十块。叫她到镇上买油买米，结果她买回来七八本砖头一样的书，史桂花一望到这些就气不打一处来：

你也要考大学吧？

我自己挣的！

你瞧这么多书也没见你机灵半点。

革美白她一眼，转身往里一躲，半天不出来。

书瞧得越多，人就越坏。这是史桂花的看法。这几年，村里的姑娘确实越来越不像话了。今天这个去了上海，那个到了北京。这个当保姆，那个当工人。就连结了婚的保霞也去了北京。她一到北京就给范文梅寄回了几件女主人的羊毛衫，给吴家义寄回几件男主人的西装，当吴家义夫妻穿着保霞寄回来的衣服到镇上赶集时，就连镇上人也频频向他俩行注目礼。史桂花晓得吴革美向往城市的热闹，向往踩着水泥路，在电灯下帮人拖地板挣工钱。她还在女儿的抽屉里搜到香港明星的大头照，照片后头密密麻麻写着许多字。

史桂花干脆地告诉她：

不要胡思乱想，你这种人，就怕一下火车就被拐卖掉。

出去人那么多，被拐的才几个？吴革美愤愤回嘴。

骚 江

　　事实上史桂花有史桂花的算盘。吴家富长年不在家，吴胜水又进城念高中，贵珠还小，身子又弱，这么多地全靠她一双手，她忙不过来。眼看着再过两年吴革美就到了谈婚论嫁的年龄，那时就更指望不上了。

　　你才几岁就不听老人言了。

　　吴革美说：

　　让我担粪的时候你怎么不嫌我小？

　　不识好歹的货！顶嘴的结果是挨骂。吴革美不长记性，屡教不改。史桂花的骂声能从厨房窜到堂屋，能从堂屋散发到门前，能被门前的风带到左邻右舍。吴革美怕这个，史桂花也晓得吴革美怕这个，可脑子清醒过来时，再闭嘴已经来不及了。史桂花的火气一旦冒出来，一时半会很难压下去的：

　　小货，我受你奶奶的气，受你爸爸的气还没受够，还来受你的气？

　　她忘记自己昨天还承认自己过得好了，她说：

　　不晓得你祖上做了什么缺德事，养出你这种不听话的呆货来！

　　史桂花的失望是真实的，这件糅合着她的血液和乳汁的作品，确实时时使她感到失望。骂人是需要体力的，不久，邻居们就看到史桂花端着碗坐在门口吃，吴革美呢，该下地下地，该洗衣裳洗衣裳。

　　范文梅好心地告诉史桂花：

　　小婶子，你骂得狠了点！

　　狠？不狠能管得住？你要有你家保霞一半听话就好了！

　　各家养女儿有各家的难处。说保霞听话一半是真话，一半是讽刺。在家务活上，保霞是不及革美的。范文梅心里赏识革美，想替她讨个人情。可拿人手短，吃人嘴短，范文梅不是缺钱买盐就是差钱买肥皂。史桂花是江心洲唯一没让范文梅跑空趟的人。

再怎么错，也是亲生的。

江心洲江滩上的野猫、江滩上的芦柴都是吴革美挨打挨骂的见证者；庄稼地里的棉花、茅房里的苍蝇都是吴革美哭泣时的陪伴者。

有段时间，吴家富对吴革美既不长胖又不长高起了疑心，他两回从江西回来看到女儿脸上有淤青，走路一拐一拐的。他怀疑史桂花把她打坏了。有天史桂花上街，他把吴革美拉到厨房详细地问她：

你妈打不打你？

吴革美白他一眼，觉得爸爸说废话。

拿什么东西打？

革美眼睛一瞟。她头一个瞟到杂物间。杂物间墙上挂着一对水桶钩子，钩子边靠着一只扁担，扁担旁竖着一只扫把，扫把边上有一只棍子，棍子边上还有一把镰刀，鸡笼上还有一只棒槌。吴家富看她眼睛扫来扫去没停，就以为不是。吴革美眼珠子再往厨房边里找。她找到筷子，扫到一只小板凳，这些东西她都尝过。她望一眼这些东西再望她爸爸一眼，吴家富还一脸急切地瞅着她等她回答。她心里有气，气他到今天才问，气他一无所知。

没打过！

没打你怎么这么瘦？不长肉？脸这么黄？

遗传你。

骚 江

18

旁观者吴家珍不断地看到好事喜事跟滔滔不绝的江水一样滚滚而来。她今天看到江心洲的新媳妇伴着她的陪嫁进门,听到大衣橱搬新房时碰到门框的吱吱声音；明天看到人家的女儿伏在她大伯或大舅的背上出门,跟在她后面的孩子们争先恐后大呼小叫地追逐喜糖。可是如火如荼的江心洲生活感染不了她的儿子二龙。他端坐在门前,眼睛望着江水,他妈妈连叫他三声,他都没听到。家珍喊到第四声时,他一惊站了起来,走到家珍跟前,才比家珍高小半个头,显然还没有长到该有的尺寸就提前停住了。吴家珍叫他去吃中饭,听了这话,他漠然地回话:

我不饿!

十年前,坐在坝上望江里行船的是小学生二龙；五年前,坐在坝上望对岸的是初中生二龙；现在,坐在坝上望天边的是劳动力二龙。

劳动力二龙的眼里,江心洲像一双大号的胶鞋,不合他的脚。

热天的江滩上,挤成眼眶里的芦柴青翠翠的。风一吹,铺天盖地地一摇,把什么都遮住了,只剩下一片翠茫茫的绿,绿得像另一条长江。还有那响声哗啦啦响,乍一听,像有人在唱歌,再一听,像有人再申冤,还听的话,就能听到鬼哭狼嚎。

而那铺天盖地的江水,以令人生疑的深沉杵在那里,几乎不给人流淌的感觉。直到一艘游轮开过来,它才人来疯似的扑腾几下。

从江滩上朝埂上望,能望见家家户户大门前都织着丝瓜藤、扁豆架、葫芦南瓜也爬了一地。最显眼的还是舅舅的楼房，屋檐下加了走廊，下雨天也能站到门外。变化最少的是洲头吴保国那歪歪倒倒的窝棚和自家那三间墙壁长绿苔的青砖屋和那曾经气派的屋檐。田会计还在的时候造的房子比一般人家高，比一般人家宽。如今呢，只有它，颜色暗暗的，墙角长着青苔，既显出陈旧，也显出当初的气派；屋檐墙根下靠得几捆干芦柴，干芦柴既能编成柴席当床铺，也能扎成柴排晒棉花，或是等孩子们大了，编得结结实实的隔房用。这芦柴隔出来的房是不隔音的。哥哥弟弟房里的动静姐姐妹妹全听见，姐姐妹妹房里的响动哥哥弟弟也心里有数。喜欢作对的，用锥子把芦柴锥一个眼，专门用来偷看姐姐洗澡、妹妹尿尿，没有恶意，只是恶作剧。不过，这芦柴到底不能久放，时间一长，就慢慢烂了。烂了的芦柴，理所当然成了烧锅柴，到了来年，空了的屋檐下再放上一两捆。二龙清楚这流程。眼下，这房子漏雨太凶。雨一下，床上床下，锅台上堂屋中间全是盆盆罐罐。这边天上还在打雷，那边娘俩就给床挪地方。一开始挪个一寸两寸的，现在呢，越挪越远，整个床到雨天就不在原位了。

农闲的时候二龙坐在门口借日光看武侠小说。他看书的时候打雷下雨都听不到，要么他皱眉沉思，要么他如泥菩萨呆坐不动，要么呼吸急促，满脸通红像喝了酒。他想着自己身子一扑就奔到了外部世界，着一身白色长袍，腰里别着把剑，这剑一点重量都没有，杀起敌来则所向披靡。他往往在跟江湖败类决战时被雨淋得全身湿透也浑然不觉，过半天才扭头发现旁边围了一圈人在看自己的笑话。

他于是又急急地站起来做他的农民，洒药水，锄草，浇园子，栽菜苗子。

骚 江

但是二龙到底跟其他人不一样。首先，他的收音机从不离身，他到哪里，收音机里的声音就跟到哪里，换句话说，要是听到收音机里发出的标准的普通话声，随后就能看到衣着整洁的田二龙。再忙的日子，二龙的头发都要梳得一丝不乱地出门。江心洲恐怕也只有他能做到在太阳底下晒了整天，头发还听话地贴着他的头皮。时间一长，大伙都晓得他是在头上抹了菜子油，菜子油的香气哪个都喜欢闻，可到了二龙的头上，哪个闻到哪个不舒畅。二龙有一双不舍得穿的皮鞋。他的皮鞋也黑亮黑亮的，有心人经过多次观察才发现二龙用刷牙的牙膏抹他的皮鞋。他保持着随时能出远门的讲究派头，他洁净的衣领以及洁净的额头，十分分明地划开了他与江心洲的距离。

二龙觉得自己的痛苦是独一无二的，他认为人人不理解他。可江心洲人心里有数，他这屌样人人都有过，二龙充其量就是一头没经任何世面、原地转磨的驴子。可家珍不晓得。

已经六月天了，江面上还平平静静，雨水也不算多，看这阵势，今年是个好年。江滩边上的沙地上种上了一垄垄花生，这几年江水安稳，江滩上原本长满了一株株茂盛的灌木的地方现在被利用起来种起了花生。

眼下，在热日头底下锄草的是吴家珍和二龙。田二龙的锄草声从昨天的响亮而富有节奏变成了现在的用力不均，吴家珍判断出他在赌气。

吴家珍说：

妈不是不想让你当兵，你今年都二十了，这当兵一去就是两三年，到那时回来，好姑娘都被挑走了，你还能找到？

沙地开阔，那天又顺风，埂上的邻居们都听到二龙在顶嘴：

我不要，我不要没有文化的对象，我要找有共同语言的女朋友！

二龙最反感的就是在村里找一个跟他喝一江水、一道拖着鼻涕长大的姑娘，只会绣花、只会纳鞋底，不懂人生意义、没有目标和前途，也没有任何神秘可言的姑娘。

吴家珍叹口气，她想：二龙怕还没养实，等到他晓得外头凶险，晓得一口饭不易吃，他就不七想八想了，就晓得轻重、认得好歹、懂得将就。

其实二龙懂得将就。他平常干活一直穿哥哥大三号的旧鞋子。田大龙进城后，仍然保留着把穿旧的鞋子带回来给二龙的习惯。苦不堪言的田二龙天天小心不被鞋头绊倒，却从没跟家珍吭一声。

这天的谈话在江心洲成了笑话。江心洲人一听到"文化"这么怪的词就会想起二龙，一听到"对象"这种电影里的话也会想起二龙。不像保地，摸了姑娘奶子又嫌人家没奶子，二龙是嫌人家没"文化"，还有二龙要的"共同语言"，江心洲人也觉得新鲜！

有天有个劳力在地里碰到二龙在锄地，就问他：

二龙，我俩说会话中不？

中。二龙说。

今天不怎么热，对吧？

对。二龙说。

你是不是有点饿了？

是的。二龙说。

早上喝的稀饭吧？喝稀饭饿得快！

对。二龙说。

骚　江

二龙，那人突然笑嘻嘻地看着二龙：我俩有共同语言吧？

二龙突然明白过来，他的脸刷一下子白板板的，他白板板的脸着实让江心洲人快活了半天。下一次，再遇到故伎重演的，他就一言不发，他一言不发的样子也很招人笑。

人家就无奈地撇着嘴说：

哎，吃一江水长大的人到头来都没有共同语言。

他们又被这情景逗乐了，等他们笑停了才听到二龙小声嘀咕：

无聊透顶。

这些年纪轻轻就晒得一脸皮皱皱的江心洲人，他们无拘无束的姿态早已显示他们对梦想的放弃。二龙其实并不恨这些既没有过去也没有将来的人，相反，他同情他们。每张老脸都可能是自己的将来，每张脸下拖着的劳累过度的弓着驼着的背都是他自己的明天。他有时在梦里一翻身就发现自己撑着锄头跃到了天上，掉下来的时候就老了，梦得多了他就怕醒了。他仿佛觉得这些人就是在他一觉醒来时变成这样的。担忧使他吃不香，睡不着，干活没力气，两捆稻草他从地里扛到门前就吁吁地喘个不停。

这时的江心洲岂止乏味、更是无情：蒿草枯了，焉在地里灰不溜秋的；房子旧了，塌在那里灰里灰气的；埂上的土，年久月深地杵着，更是灰头灰脸的。

太阳烧得后颈子热辣时，家珍回去烧锅了，江滩上只剩二龙一人。他四下瞧瞧，对着江边大喊一声：

大江啊！

想想不妥，看到一只麻雀在不远处唧唧叫，他又喊了一句：

小鸟啊！

想想还是不够劲道，一缕风刮过他头顶，他又憋着足叫了一声：

大风啊！

他觉得自己一下子有劲了。老远的，他看到有人急急地走过来，他装着没事人一样，若无其事地向家走去。

他趁着刚才的勇气没失，又开始了一轮的谈判：

妈，那我想到铜城去。

你哥进了城，你也进城，这水哪个挑，这地哪个翻？你爸死得早，我一天比一天老。

话还没说完，她的眼圈就红了。

过几天他再提：

我要跟小舅到江西去。

你舅妈是什么人你不知道，只准她占人的，人不能占她的，你跟你小舅出门，她能少给你小舅气受？再说你到了江西，这柴堆哪个堆，这药水哪个打，你爸死得早，我一天比一天老。

说完她的鼻子就抽起来了。

再坚持一段时间，他还提：

妈，我要到少林寺去学武功。

学好武功就等着进班房。你好的不学，专跟那不得好死的学？

过了一阵，二龙又有了新主意：妈，我要跟张木匠学木匠。

做木匠整天跟刨子锯子打交道，吃百家饭，受百家气。我们田家，还没到这个地步。

村小学要招一名代课老师，做代课教师不用跟村民催账，没有危险，这回他估计家珍肯定愿意托托人帮他搞进去，可是吴家珍也没去。

二龙哪天晚上想到镇上看场露天电影，他妈会说：

什么坏事都是晚上出的，不怕把妈烦死你就去！

骚 江

白天,他想到镇上的理发店去理个新发式,他妈又说:

你忘记那些明抢暗偷的小痞子了吗?千万别沾到镇上的坏习气。

念书算是最理想的出路,可二龙也失去了。他差了二十几分没考上高中,吴家珍没给他二次中考的机会。他晓得他妈供不起他。他主动扛起板凳回家。那天江心里一只轮船发出一声长长的鸣叫,这怪物般的嘶叫如同惊雷,使他明白:这条路一断,就断了他广阔的天地、思想和爱情,而江心洲只有愚昧的无知和难以倾诉的哀愁。

出门无望的二龙老实起来了,就像被老虎钳把脚筋拧断了。吴家珍对二龙说:

二龙你去劈柴。

二龙说好。

二龙你去挑水。

二龙说好。

二龙你去打猪草。

二龙说好。

斗争了这么多年,对手突然投降,吴家珍有点接受不了,战场没有战争,吴家珍反倒惶惑不安了。她看到儿子的墙上写着两行字,她悄悄叫来吴革美念给她听,革美瞄了一眼就立刻朗读出来:

面朝黄土背朝天

人生路上无知己

革美对江心洲的感受跟二龙没两样。

天没还醒,阿三就清嗓子,阿三一动,江水也闹起来,随后鸡就开始吵，鸡一吵人就睡不踏实了；人一醒，天就睁眼了；天一放光，刷锅的、挑水的、淘米的统统出场了。接着就是鸡飞狗跳猪要食，牛也哞哞地跟着起哄。这些声音就像用铁丝串起来似的，不仅绝望而且要下地了。这一下地就要到天黑，天黑了庄稼也伺候不完，没关系，还有第二天，日复一日，没完没了。

别人家的情景他们也能想到，有的早早上床，有人家点一根灯芯做手工。江心洲人脚上的鞋子，头上的帽子，衣服上的大小补丁全是这晚上一根灯芯做出来的。要是留心，就经常看到这个大娘那个婶子的刘海焦了一处，少了一缕。还有人家半夜剥豆子、捆菜，天一亮就挑到镇上卖。还有一些惯偷，不管日子好不好，他们半夜就喜欢偷鸡摸狗，搅得江心洲的黄狗半夜里还要扯着嗓子叫半天。

江心洲的夜生活大致就是如此。

闭起眼睛，革美也能清楚门内的摆设：堂屋正中有只立几，立几上摆两只热水瓶，五只茶杯，立几上头挂一只大镜框，镜框里过去摆着爸爸在江西和合伙人的彩色照片，哥哥胜水的初中毕业合影，还有一张全家福。革美望见站在左边的自己那呆若木鸡的脸像白衬衫上的黑点，极不协调。除此之外，堂屋里还有几条板凳，板凳一头挤着大门，大门左边立着把锹，右边竖只扁担，扁担边上是镰刀，窗沿上放把老虎钳，这些都是她整天打交道的伙伴。这些伙伴屁字不识、没眼没珠、没嘴没牙、又聋又哑，没劲得很！革美提醒自己，要喜欢，喜欢她的大锹，喜欢她的砍刀，喜欢扁担和水桶，还喜欢眼面前的家长里短，可是很困难。她不爱这片单调的荒野，不爱瘦长的棉花地，不爱灰蒙蒙的江面，不爱这无边无际的寂静，正是这无边的寂静，使一天和另一天一模一样，毫无差别。

骚　江

冬天，埂上的树全秃了，滩上滩下门前屋后就是毛孩子的屁股，溜光光的一眼到底，毫无秘密可言。江边的冷风锥子般往人脸上梭，可是革美要挑水。爸爸不在家，哥哥要学习，挑水的事几乎是革美的专利。

肩上担着两桶水，革美经常与田二龙不期而遇。她与田二龙长相惊人相似，吴革美长得像姑妈，田二龙长得像舅舅。不清楚的都把他俩当亲兄妹。吴革美一望到二龙就忘记怜悯自己。她瞧见表哥被扁担压得脸红脖子粗，两只脚左一叉右一拐，别别扭扭地迈，心里生出别样的同情。

你歇一下，歇一下！

两个人站在江滩上你望望我，我望望你。表兄妹俩心意相通，都相信在江心洲之外有一个广阔的世界。这个世界上车水马龙、热闹非凡，犹如人间天堂，独没有灰尘和泥土和杂草。这个世界和自己之间，隔着一个巨大的无法挪动的栅栏。这个栅栏是看不见，也摸不着的。

喘过气来后，二龙说，革美你怎么不出去打工？

全村的人全走光了也轮不到我。

你要争取。

你自己怎么不争取？

我总有一天会出去闯，再过十年你看我混出什么样子回来给你看。

吴革美瞥他一眼：

我十年后还要混出样子给你看呢。

他们各怀心思，各怀愿望。愿望一经泄露，肩膀就不如平时稳。水桶里洒出来的水一路歪歪扭扭地跟着他们，像一个不识趣的偷听话的人。

19

保地的儿子双全周岁那天，一帮子工人正好把一根根冬瓜粗的水泥杆从镇上运过来，在堤坝上隔几十米栽一根。传闻已久的通电正式成为事实。电线杆上的线刚牵上，小翠的黑白电视机就买了回来。老顾是江心洲最早谈论电视机的人，可江心洲的第一台电视机，既不是老顾买的，也不是吴家富买的，而是保地头一个抱回来的。

通电之后，她相继搬回了洗衣机、电冰箱和电风扇，东西从渡口被吴保地和吴家义抬着回家，这些在太阳底下发出的耀眼光芒的华贵东西几乎每个江心洲人都情不自禁地伸手一试，那种光滑并冰凉的感觉使江心洲人感慨万端：

好东西就是滑手！

马小翠的挥霍比吴家富那藏得不见天日的钱更能使人产生敬畏和莫名的伤感以及隐隐的疑惑。家富用钱像挤牙膏，他作为江心洲的传奇，始终为人低调、生活朴素，可马小翠的钱简直不是花不出去是甩出去的，她的做派使人相信她的钱取之不尽用之不竭。现在，江心洲有十几户人家都欠着吴保地的钱。原来来借的时候，三十五十的，倒也不算多，时间一长，保地把账一理，才发现外面欠着自家快一千了。

马小翠不断地听崇拜者冠冕堂皇的奉承话，也不断遭到小偷悄无声息的造访。头一回是保地清晨下地时没有锁门，小偷溜进他们的房里，从熟睡的她身旁将门边的一张桌子抽屉里的东西全部掳

骚　江

空。所幸里头只有一些梳子剪刀和头线。第二次是在大白天,马小翠和她的麻友们正为一张有争议的牌吵吵嚷嚷时,小偷从后门进来,拎走了马小翠一只旅行包。当天晚上,马小翠才发现失了窃,这一回,她对着门外的空气怒不可遏地放开了嗓门扬言:

我能把钱放在包里等你这个狗杂种来拎?

当她和保地一起想列出一个嫌疑犯名单时,才不得不苦恼地承认:

江心洲个个都长了一张缺钱的脸。

她连失窃当晚才回村的大龙也列到了自己的名单里。在保地诧异声中,她不屑地告诉他:

这个人一脸倒霉相,肯定在城里混得不好。

但是口说无凭,她也只能在晚上向吴保地滔滔不绝地批评江心洲人的无耻行径,以示自己的警惕和愤怒。到了白天,她则仍然向每个经过她房子的嫌疑人没事人似的微笑着打招呼,向江心洲人展示她的包容和大度。

不逢年不过节也不是星期天,在城里上班的大龙回乡,确实令人意外。

他穿一件西装,脚上蹬一双亮锃锃的黑皮鞋,尽管一副城里人的派头,一踏上阿三的渡船,还是暴露了随身携带的忧愁。阿三就奇怪地问他:

田会计,你怎么这个时候回来了呀?

我回来瞧瞧我妈。

哦,哦。阿三嘿嘿地答道。

从渡口到家不过百把米,他仍然要回答三个邻居的疑问:

我回来瞧瞧我妈。

在进家门之前，大龙已经发现自己整个人成为一个错误，是一个错误的时间出现在一个错误的地点，他不得不把头垂下来。正是他垂头的样子被马小翠看到了眼里：

做了亏心事的样子！

家珍感到事情不对，儿子的屁股刚沾上板凳，她就迫不及待地开口：

田新颖田新锐没什么事吧？

还好。

正慧怎么样了？

她能怎么样？她还能怎么样？牢骚随身携带，说拿就拿出来，他告诉母亲：

她到哪里，哪里就还是农村。

自从陈正慧第一次以她孤注一掷的顽固捞回了田大龙之后，顽固的特点就成了她身上一面随时随地飘扬的旗帜。她以此作为护身符和撒手锏，来克服异乡给她带来的种种挑战。她带着故乡的眼光购置衣物，按故乡的风俗吃腌制的食品，她讲江心洲的方言。这种方言使铜城人轻而易举地识别她的身份。在受到鄙视后，她以故乡的方式解决纠纷。她使田大龙几年如一日地看到一幅故乡的民俗风景。田大龙数次三番对她的行为方式提出抗议，她每次都温顺地低下头，一边听田大龙的牢骚，一边忙着给大龙烧饭、洗衣、端洗脚水，在大龙拒绝吃饭或洗脚时，她耐心地应付他：

好了，好了，好了，好了！她的言语里包含着无限的慰藉和容忍，又是那样的乐观和坚决。

骚　江

面对这样的女人，田大龙就像铁锤锤在沙地里，一点脾气都没有。

吴家珍面对委屈得满脸通红的儿子，也只能做出象征性的安慰：

她是土气了一点……

何止？她简直害死我了。

正慧出现后，大龙在城里的第一份工作只维持了半年，副厂长女儿那鄙视的眼神，犹如烈日灼伤了他的心。离开工厂后，他以为凭着他的能力可以找到同样的单位。找了一个多月，大龙没找到跟先前一样好的单位，几经周折，才在一家小得多的厂里做了仓库保管员。

瞎子都晓得保管员跟会计不是一码事。迫于生计，他一边将就着干这个工作，一边在铜城四处寻找重新当会计的机会。如同世上没有两条相同的大江一样，好运气也没有来两次。可是，即使做一个仓库保管员，因为外地户口，也只是一个临时工。眼下，他的工资实在不够养育四张嘴了，而他的贤淑妻子：

两年了也只认得街上厕所上的"男"和"女"。

何止这一点点，她成天就只会洗洗刷刷。她当城里是江心洲，水不要钱还是怎么的，成天洗啊洗啊，我告诉过她，脏点没关系，可她的眼睛里只有灰。

家珍递给儿子一串不解而警惕的目光。这目光像一道无形的门，一下子将大龙的心关在门外。他说着说着突然嘴唇开始扭曲、变形，脸上的肉也开始抖动起来，一开始，他还想控制自己的脸部肌肉，但是几次无果之后，他索性牙齿一松，放开声音大哭起来。

你该不会是回来跟她离婚的吧？直到儿子肩膀抽动频率慢下后，家珍才小心翼翼地说，你都一双儿女了。

我早就断这个想头了。大龙说，为四张嘴吃饭就够我忙的了。

经过悠长而层层叠叠的回忆和发泄，在母亲已经完全被同情套住之后，田大龙艰难地表达了自己的来意：

我要买户口。

你不是有户口吗？

不是江心洲的户口，是铜城户口。只有铜城户口才能转正，只有转为正式工，工资待遇才能提上去，才够养活一家四口，才算真正意义上的铜城人。

吴家珍坐在门槛上，她的头低着，侧着脸听儿子倾诉。风吹乱了刘海遮住了一大半脸，黑夜遮盖了她的表情。好半天，她抬起眼睛告诉大龙：

妈来想办法。

走向新世界的田大龙以这样的方式向吴家珍展示了一个崭新的形象。从午后到黄昏，从黄昏到黑夜，吴家珍在心里一点一滴地接受了现实：大龙不是田会计，田会计是可以依靠的，大龙是需要她来扶持的。他一度是母亲的骄傲和寄托和指望，但他此刻的处境如同一条受伤的狗，需要有人给他喂食、来抚慰，才能振作精神上路。她听出他的委屈、难处和他回来的目的。她暗暗下决心为儿子的前途想法子。

从嫁给田会计至今，吴家珍就没这么艰难过。无论是旱涝灾害颗粒无收，还是田会计生病开刀，还有为儿女婚娶，家珍都没向人借过钱，她一桩桩面对、一件件应付，可是眼下，事情不在她的能

骚　江

力范围了。

　　她清晨起来，瞧见一只只叽叽喳喳的鸡，她专心地盯着鸡们看，心里估算出它的斤两；到了上午，她扛着锄头下地的时候，遍地的庄稼已经不是庄稼，花生是钱，山芋是钱，棉花是钱。眼睛遇到花生，脑子里就想到它的价钱，她摸到山芋，就算出一只山芋几两重。她先到镇上卖了自己的金耳丝，一只金花生，一只玉坠子，不够；又卖掉了一张床，雕龙画凤的老式床，还不够；卖了刚上市的嫩玉米，连卖五回，一亩的玉米就只剩杆子在风里响了，秋收的钱提前取了，去年存下来的二百斤麦子和三十多斤花生也都挑出去了。

　　一大堆的东西换来的有十块的大票子、毛票子和分角子，它们全堆在一起才九百二十七块。

　　大龙在城里没当会计，只是个保管员。这点她对整个江心洲都守口如瓶，现在，她开不了口。家富刚买了一百吨的木船，他手头肯定没有闲钱，就算有，史桂花也不愿意借。她不想弟弟为难，她晓得弟弟一进门，史桂花就要帮他洗衣裳，衣裳里的块票、毛票她都数得一清二楚。她凭着自己的缝纫技术帮家富缝了一个布袋子，然后把所有的钱全部放进去保管，一点打不下马虎眼。最有钱的亲戚最靠不得。

　　她去了几趟别的洲，是田会计多年不来往的本家，出了五服的都有。她一见到那些人的脸就晓得自己开不了口。他们一直在夸她，夸她有个有出息的大儿子，回忆田会计的人品，倾诉他们自己的不幸。这些不幸没有一桩事不是跟钱联系在一起的。她很想告诉他们，钱不是最要紧的，但他们肯定听不进去。她晓得他们在心里对田会计有意见，他们没得到过田会计的好处，在最困难的日子都没有。他们的话把家珍带回到最甜蜜的"大跃进"时期,那是她最得意的日子。那时候,她是田会计的星星和月亮,田会计是为她一个人活的,现在,即使他们一个字也不说,这些甜蜜早就转化成一丝丝的愧疚在敲打她的良心了。她很感激他们现在仍如此客气地招待她。她什么也没有透露就回来了。

回来的路上,她感到一种深深的疲倦,她晓得自己被钱给围住了,透不过气来了。

十月份,大龙又写了信回来:

政策说变就变,年底再凑不齐钱,说不定明年有钱也买不着了。

儿子的痛苦就如铡刀一样铡着家珍的心,她吃不下一口饭,吞不进一口水了。

要不,找马小翠借借?

她只是在心里这么一想,立刻伸手想扇自己两个嘴巴子:怎么就忘了脸上这层皮。

二龙啊,我这么没用,要是到了地下,你爸爸肯定会怪我的。

二龙垂下头,作为田会计的儿子,他早就晓得自己矮父亲一大截。

他在的时候,你们兄弟姐妹过得多好,现在呢,你哥户口买不起,你怕也找不着对象了。现在的姑娘没有三间瓦房哪里肯进门?

不需要儿子的回应,家珍自顾往下说:

吴保地那样的都能找着对象,你连他也不如?

当然不是的。运气在他那边。运气这个东西,望也不望不到,抓也不抓不住,不分青红皂白,不论规矩方圆,偷不来抢不来!

母亲的无助像石磨一样往二龙的胸口撞。他的心里溢满了怜悯、沮丧、无助和悲伤的情绪。他望着窗外，雨后的晚秋天色黯淡，光秃秃的树枝在料峭的寒风中发抖，整个江心洲，坝上的埂地和泥泞的菜园，都弥漫着一种潮湿的阴郁的气息。

第二天早上，家珍起床的时候，看见大门虚掩着。她把头伸进二龙的房里，二龙床上的被子叠得整整齐齐的；她把头探进二龙的床底，寻找二龙那双油光光的皮鞋，床底下只有一双旧的绿球鞋。她打开二龙床头的一只木头箱子，箱子里少了两身衣裳。桌子上多了一张纸，纸上写得密密麻麻的。她走到门口，喊住一个江心小学的学生，请他帮念念：

妈，我去挣钱给哥买户口，你不要担心我，我会处处小心的。

家珍抬脚往洲头去。她问阿三：

二龙几时过的江？

二龙没过江呀！

家珍围着江心洲的坝埂就找了起来。在江心洲雷打不动的清晨里，一切照旧，挑水的挑水，喂鸡的喂鸡，下地的下地。只有她，踩着棉花一样的步子机械地寻找她的儿子。在绕过堤岸整整一周后她又回到洲头。她看见吴家富家的木船正缓缓驶向江心。她的弟弟捂着胸口站在岸边：

你的船要到哪里去拉货？

芜湖。

你怎么不去？

我的胃不好，这趟就没去。

那船上有谁？

老王和小六子这趟去，我和胡文学跑下趟。我们轮着上船管事。

就两个人？

就两个。

不请小工？

现在手头紧，撑杆下锚自己来就是了。

吴家珍狐疑地盯着弟弟，盯着那张因为疼痛而有些变形的脸。这个江心洲数一数二的富人不过如此模样，他瘦削的脸颊挂着心事重重的忧伤，这个人的内心充满了野心，所以，他不会在已有的财富跟前停下脚步，但是他的身体呈现出操劳过度的疲沓。

回去重担子不要挑了。

我不挑哪个挑？家富苦笑着望着姐姐，他不想说史桂花的坏话。史桂花的品行如同晾在竹竿上的衣裳，太阳、风和大地都有目共睹。

随后，家珍跟她的兄弟各走各的，她没有透露二龙出走的消息，他也没向她抱怨身体的不适。他们彼此体谅。

第二天，江心洲有人说，他亲眼看到二龙上了他舅舅的船。三天以后，芜湖传来消息，家富参股的木船撞上一条运煤的铁船，船上的人老王和小六子都随船失踪，打捞多日仍尸骨难寻。

20

太阳光洒下来，洒到树叶上，洒不到树根里；风刮得呼呼响，吹得庄稼东倒西歪；老鼠在屋梁上蹿下跳，咬得棉花袋子左一个窟窿右一个口子，还有那人来疯似的鸟雀，不知天高地厚地长一声短一声地"啾—啾"地乱叫。

家富躺在床上。他一手撑着床面，一手按着胸口。他的嘴巴抿得紧紧的，使得他高高的颧骨更尖锐地突出来。他向来有一双忧愁的眼睛，此刻，忧愁被疼痛裹住，在他的眼睛周围，是一道道横竖交错的深沟。这双眼睛无力地望着窗外。

不幸就是手上的老茧，只要长了，就能再长。

失去了四分之一的木船，失去了几乎一半财产，失去了外甥，同时也失去了健康的吴家富也成了江心洲人议论的焦点：

他的船沉了，他却偏偏胃疼，他的命跟他老子一样硬。

他的好运从田会计那里转来的。田会计一家三口顶了吴家富一条命。

家富是在准备去芜湖处理沉船事件前，才听说二龙也上了那条船。家富寻访了半个多月，没寻回一具尸首，甚至根本没人确定船上到底是三个人还是两个人。他拖着灌满了泥水的步子挪到姐姐门口。吴家珍一如既往地剥她的棉花，晒她的绿豆，家富看见一道黑光从眼前划过，他虚弱地靠到姐姐门上，家珍不等他开口，眼皮一抬：

听哪个乱嚼蛆？二龙到铜城做小工去了。

有人望到他上的甲板。

真是鬼话，二龙去铜城，你船到芜湖，又不是一条路。

那他怎么没过江？

阿三老糊涂了，你也老糊涂了，一个劲咒你外甥死？

可是，铜城的大龙找了许多地方也没有二龙的消息，任何人任何地方都没有二龙的消息。家珍说这很正常，这孩子有志气，他不混个样子不见江心洲父老，她说她晓得他的打算，所有往坏处想的人都居心不良、别有用心。她把这个信息传达给每一个希望她正视现实的人。她比他们的态度更坚决，她毫不迟疑地把事情带到了迷局里。

死亡应该是一块乌云，到了哪个亲人头上，哪个头顶都一片墨黑，唯有放声痛哭，寻死觅活。凄婉的哭声和寻死的激情既可以是对乌云的诅咒，也可以叫覆盖在头顶的乌云魂飞魄散，随后，活着的人才能慢慢挺过来，继续过日子。可是在家珍这里，死就像一个脏东西，像是有人硬要塞给她的东西。她坚决不伸手去接。事情就是这样，吴家珍一日不认账，二龙就一日不算死。就在江心洲为死去的人和沉掉的船伤心欲绝、懊恼不已，哭破了喉咙哭肿了眼的时候，她一个人端坐在门前，双手抱着膝盖，抬眼望着天。那种镇静夸张地摆在江心洲人面前，她认真地观察天上的星星和白云。太阳和白云如同一把伞撑在她头顶。使她稳如泰山。

可是家富清楚，事实随着他的船跌进了深渊。他在毫无知觉的情况下看着强大的、健壮的生命几乎是莫名其妙地化为风，化为云，化为空气，化为了乌有。那种陈旧的疼痛、陈旧的绝望以及陈旧的疼痛感出现了。他的胃病加重了。早晨，那恶作剧般的阳光爬到他的脸上，像秤砣一样压着他的被子，他起不了床。一种恍惚而又真实的枯萎感从脚心往上蔓延。他的亲人们一个又一个在他眼皮底下消失，他回忆一次次从天而降的死亡，每一次他都似乎能阻止死亡的靠近，但死亡每一次似乎都从他眼皮底下把人带走，毫无余地。

他内心清楚，他是渺小的，对发生过的以及即将发生的他都无能为力，他不堪重负。想这些又有什么用呢？童年、家庭、亲情都一一被埋葬到菜园里。这些流不尽的眼泪！当他在心底为他们哭泣的时候，他感受到的并不仅仅是痛苦，其实还有更深的恐惧，一种

骚 江

　　无能为力的恐惧，一种难以掌握的恐惧。无论是早年的下江西，为的是摆脱饥饿给全家带来的阴影和恐惧；后来，他争取更多的财富，是为了保证他的婚姻能长久而稳固。他倾尽全力，结果却与他的愿望大相径庭；现在，世道不一样了，贫穷改善了，腿脚更自由了，生活像镜子一样有了光泽，可死亡这狗日的冷不丁就来朝他的心上剜一刀，使白晃晃的天变得像墨汁一样乌漆抹黑。

　　这段日子，吴家富都靠在床头捂着胸口望着窗外。他跟风中的芦柴一样细瘦，脆弱，一阵风就能吹走似的。他更像条被踢坏了肚子的狗，正独自舔着自己的伤口。无数次他虚弱地产生一种先逃走的想法，这样，他就可以不必为他们离去而难过了。如果说死亡的念头曾经像一根麻绳拉过他，那活下去就是一截电线绊住了他；麻绳虽粗，但它不会发光。他仿佛从这拉扯当中懂得了一些事情。当短暂的白天被黑暗一层层遮盖直至全无的时候，他躺到冰冷的床上，什么也不能使他的心温暖起来，他的心像秤砣一样又重又凉。

　　三个多月后，家富才勉强能从床上爬起来下地，可是在给菜园浇灌时，他只能挑两个半桶水就上路，他走得歪歪扭扭，每个遇到他的人都生怕他会突然摔倒。

　　哪家的男人像你这样手无缚鸡之力。我倒了八辈子霉了，嫁给你这么个没用的东西。史桂花那毫无约束的牢骚果断地响起。她岂止是忘记了昔日的荣耀，她连锅端地忘记了一切。她摒弃幸福时光的记忆就像斩断乱麻一样，决不拖泥带水。

　　吴胜水已经考两年的大学了，屡战屡败，屡败屡战。最近，他被转到一家劳改农场子弟校。据说这个地方学号管理不严，高考分数比外面低不少。

其实,全家人,包括他自己都晓得考上大学其实是跟登天一样的幻想。一把他送出江心洲,史桂花看待儿子就更不以事实为依据了。她的幻想破灭一波又生出了另一波,她说:

这回说不定农场的老师能发现你有另外的天分!

经过四年多的住校生活,吴胜水长成了一颗豆芽菜,胳膊伸出来没有吴革美的粗,腿肚子连吴贵珠的尺寸也够不上。

儿子两个礼拜回来一趟,史桂花左问右问,想问出点奇迹来。吴胜水的耳朵里灌满了母亲的关心期待和好奇,除了点头就是摇头。史桂花也到学校看过两回,都说儿子口碑好,上课坐得正,睡觉不翻身,不跟同学打架,不到校外瞎逛,到点睡,到点吃,规规矩矩。可是,学习一直不理想。

三四个学期之后,史桂花放弃对儿子其他方面天分的探索,眼下,她又盼望儿子在狗屎运里打转:

说不定今年考的刚好就是你会的,你不会的统统不考呢!

每个星期天中午,肚子里灌满了好汤好菜的吴胜水拎着妈妈准备的干粮又上了路。他走几步回回头,再走几步又回回头。整个江心洲的男孩子都羡慕他,那些在地里晒得头上冒油的都远远地敌意地盯着他,嘴里直羡慕他不晒太阳不扛锄头不浇粪。每回跟这些人的眼光一接上,胜水的嘴里就冒出四个字:

跟你们换!

明知都是废话,大家伙心里也晓得一个事实,胜水也做不了自己的主,他是他妈妈手里的一个木偶。

有次吴胜水没回来,史桂花差吴革美去给哥哥送菜、送米、送钱。革美颠簸了两个多小时才到哥哥的学校,拐了半天才找到哥哥

的宿舍。她望到一张床,正待一屁股坐下来,胜水眉毛一扬,就冲过来了。他找条干毛巾,先抖一抖,铺好,然后示意妹妹可以落屁股了。吴革美舔一下干巴巴的嘴唇,等了半天,胜水才洗好瓷缸倒过来一杯开水。那瓷缸白生生的,一点污点都不沾,一伸出手指,革美就觉得自己不配用这个喝水。他真是爱干净,妹妹坐在床上,他没有工夫跟她讲话,一边整理桌子一边擦水泥地上的泥巴。刚刚擦过地,又要整理床铺,中间有点闲暇,就拿起书来急急忙忙看两眼。上课铃一响,就匆匆忙忙往教室奔,跟妹妹告别的时间都没有,边走边掸裤腿上的灰。吴革美觉得像看电影,电影上也找不到这么怕灰的人。

这一趟回来,吴革美悟出哥哥成绩不好的原因了。回来讲给史桂花听,史桂花只回了两个字:

放屁!

话虽如此,她也承认儿子越来越有外头人的做派了。他偶尔回来一趟,也是扫地擦桌子卫生工作样样干。史桂花让他去学习,他点点头,跑到桌子边坐下来,坐下来后,拿一张纸,在桌子上来来回回擦了几十遍,直到那张纸在桌面上一个来回后还是雪白干净的,他才捧起书。他一捧起书,天就要黑了,油灯一点,吴胜水的眼睛就眯起来,眯起来什么也看不见。他只好拿块抹布来擦灯罩,每回吴胜水回来那几天,家里的玻璃灯罩都是雪亮雪亮的。

到后来吴革美不生他的气了,只记住他脾气好,玩的时候少,经常搞卫生,读书的时候没响声。从不害人。

但是她还是不服。她凭什么就只能待在这里?她晓得关于她自己的风言风语很多。她晓得许多人都知道她被人压在身子底下摸了奶子的事,她晓得她不干净了,怕很难找到婆家了。保国哥哥那短暂的鼓励带来的温暖和信心如同一块石子扔进长江，早就沉到江底了。

她想到二伯伯死在江里，二龙死在江里，她知道自己长得像他们，她也排行老二，自己怕也得死在这江心里了。她心里怕。

一件喜事后面肯定跟着一件坏事。二龙的死再一次使革美确信冥冥之中有根命运之棒在指挥凡间的一切。每逢家里有个什么喜事之后，她就会警惕地等待那随时随地要敲下来的棍棒。母亲的镰刀、扁担和水桶钩子比起它来简直不值一提。她最初产生这种感觉是在她十岁那年，出门多日的父亲归来的那种极度喜悦之后爷爷瞬间死亡产生的古怪体验：你笑得多开心后头就会哭得多伤心！再后来，她看到保国哥哥和大凤那狠命的爱，那时她没有能够捕捉到空气里的悲伤气氛，她也没有像惯常那样寻找死亡，事实上，现在证明，这是她的失误，她之所以忽略了在保国的江滩上寻找不幸，是因为她当时没有能够明白爱情的巨大快乐。大凤冰凉而变形的身体呈现在她眼前时，她才突然回忆起她一刻也未曾忘却的感受：保国和大凤在江滩上紧紧相拥是多么多么大的幸福，是比天还要大的幸福！事实确凿，巨大幸福之后的巨大不幸就是死！只不过，这种不幸的时空都被拉长了，才令她忽视它的关联性。二龙在临走前送给她的三本《读者文摘》成了吴革美揪心的恐惧，她想到在挑水的路上碰到他，他让出平的地方给她歇肩。他话不多，满脸同情，这同情再也找不着了。她晓得，这都是大龙在城里的传奇传染了二龙。她认定自己对此负有责任，如果当时他告诉他，告诉他获得去闯荡世界的自由就可能是他的死这样巨大的代价，那他说不定就不会轻举妄动！

随后，吴革美安慰自己：就算她告诉他，拉住他，哀求他，他也不会停止他追求幸福和自由的脚步,这都是命运之棒的指挥,她无能为力。

　　世上没有一种不幸能超越预知的不幸。她惶恐地泡在生活当中。她害怕听到母亲那放肆的笑声,她生怕她笑过之后,不幸就会光临。这几年,吴胜水一直在高考,每一次,全家为吴胜水的前途而充满信心时,吴革美的恐惧达到了顶点,不幸就要来了,肯定就在吴胜水跳出农门那一刻到来。她在等待,等待她轰然压顶的悲伤。在担忧而期待的日子里,她内心经常处于激荡不安之中。一个绚丽得无法形容的宇宙展现在脑海里,她独自在这个宇宙当家做主。她既为拥有这个宇宙而欣喜,也惧怕这个宇宙会脱离她的脑海,会轰然倒塌。吴胜水落榜的消息一再传来,她一再松口气又一再重陷担忧之中。

　　有几回,邻居们发现吴革美一个人在地里嘤嘤哭泣,他们善意地提醒史桂花:

　　你偏心,你家大女儿起早贪黑,辛辛苦苦地累,你也要给她做几件好衣裳!

　　他们以为她只想要几件好衣裳或者平起平坐。她哪有这么渺小?只要爸爸的胃病能好;只要他的船能浮上来;只要二龙能回来,只要哥哥考上大学,其他的算什么呢?

　　史桂花一望到她哭肿的脸就不问青红皂白地讥讽她:

　　瞧你这副倒霉相,白送都找不到婆家!

　　面无表情的吴革美立刻在心里松了一口气:如果家里的喜悦仅仅是以自己嫁不出去为代价的话,那简直是太好了。吴革美如梦初醒:她提心吊胆地过日子,偏偏把自己给忘记了。

　　在所有的不幸里头,还有比这种不幸更让人愿意接受的吗?吴

革美随后心情好了起来,她唱着歌洗碗,主动挑水,胃口也特别的好,这使史桂花更为不满,她在吴革美走后忧心忡忡地自语:

这丫头脑子怕是有问题!

脑子有问题才好呢,真是我自己有问题才好呢!做母亲的永远不晓得半夜全家睡得沉呼呼的时候,唯有一个人还在为这家人求神仙保佑。吴革美信神、信鬼,她跟马兰英一样,常常趁没人时双掌合一,对天对地各拜三拜。她晓得迷信不好,可要是没有的话,为什么她的恐惧为何每次都能应验呢?

21

一九九四年三月份,好似从天而降,吴保国突然归来。

这些年吴保国不在江心洲,但江心洲从来没有少了他的传说。有人说他在给大官当保镖,有人说他在码头扛沙包,也有人看到他在菜市场吆喝他的菜刀,还有人说他发了大财,在外头娶了妻又养了一大群儿子。所有的传闻毕竟拐了几十道弯来到江心洲。使范文梅倍感安慰的是,源源不断的传闻能够确定一个她要的事实:儿子还活着。

年过三十的吴保国大变了样,重量还跟着他,但强悍从他身上被抽走了,他的脸因为痛苦、漂泊而增添了沧桑和严峻。他穿着一件既不过时也不新潮的夹克;他腰背仍然挺直,但看得出,那背上扛过不少东西。这使他当保镖和发了大财的传闻当场失效。他仍旧沉默寡言,但不再令人害怕,他的表情是那样平静,看不出对于回到江心洲,是高兴还是难受。江心洲人已经许久不见棍棒与刀子的交锋了。时代不同了。人都变得温和了。当阿三昏花的眼光和保国

骚　江

对接以后,他不露声色地问候道:

还好吧?

阿三的沉着就代表了江心洲的沉着,江心洲人已经颇有见识了。当保国一步步接近家门口,他的眼光接触到保地崭新的瓦房时,倒像个没见过世面的人那样惊奇地"咦"了一声。

但紧接着他垂下头钻进母亲住的草屋时,从鼻子里哼哧着说:

什么屌儿子,自己住大瓦房,让大大妈妈钻窝棚?

正准备到镇上打酒来招待哥哥的保地兴高采烈的脸一下子红到了耳根,他还没来得及解释,马小翠挺身而出,四两拨千斤地反击道:

你是好榜样嘛!

马小翠心里有数了,传闻中的吴保国不过如此。她满脸不屑地把眼光从他身上移开,瞟瞟刚得到消息冲上坝埂的吴文吴武兄弟俩。范文梅吓得脸发白,她生怕保国一拳就捣向这个精贵媳妇。可吴保国没事人似的朝她瞟了一眼,就把目光移开,他惊奇地看着自己的亲儿子吴武,在范文梅的几番要求下,吴武扭扭捏捏地喊了声:

大!

接着他又急急地改了口:

爸!

就像捡到一块金砖一样,吴保国弯下腰来,把双手插进儿子的胳肢窝里把儿子拎起来试了试儿子的重量。然后他蹲在儿子跟前惊奇地摸摸儿子的脸蛋,眉目清秀的吴武比哥哥矮了一头,他绷住细胳膊细腿,期望给吴保国一个强大的印象。在儿子即将失去耐心想走开时,他慌张地跟儿子说了第一句话:

你长得真像你妈。

吴武惊奇地问他：

你认得我妈?

我们从小一块长到大。吴保国露出他多年未见的自豪。

吴武立刻明白了，他一把甩开吴保国的膀子，一如甩开寻仇的敌人，撒腿就跑。跑出一丈开外，才恶狠狠地啐一口唾沫到地上：

老子是秀来生的，秀来是我妈，我妈没死。

这个怒气冲冲的孩子立刻获得了吴保国的好感，他不仅在他身上找到昔日爱人的眉目，他同时也找到了自己童年的野蛮。

他聪明得很，大人说闲话他都仔细听呢！范文梅歉意地跟儿子解释。

疼爱之情瞬间爬上吴保国的额头，惊喜交集的吴保国意识到自己的鲁莽之后，他客气多了：

中，我说我的，听不听由你。

他的脸上挂出了歉意讨好的笑，过于粗大的笑纹使他昔日的威武荡然无存。他的脸上随后一直保持着与他形象不符的温柔，就像一张喜气洋洋的年画贴在江边的一棵老柳树上。

跟以往一样，他去了大凤的坟头。这个江心洲威名赫赫，身上充满了大男人气的壮汉满不在乎地在全国各地随意漂泊，而此时却毫不掩饰自己的痴情。这座坟头跟其他任何坟头毫无二致：坟头下陷、杂草丛生，这是谁也阻挡不了的与活人之间的气氛。他蹲在坟头，接连抽了七八根烟，然后轻轻地扯去她坟头的杂草和碎瓦块。他那一堵墙似的背影使人相信他仍旧沉浸于对往日幸福岁月的念想之中。吴保国沉默而阴郁的痴心无比坚定地显示出他的感情绝对可靠。江心洲人确信，田大凤具有一种穿越时空的魔力，这种魔力致

骚　江

使吴保国无论走到哪里，最终都会回到她的坟头。

当天晚上，革美正在厨房里洗碗，突然灯芯闪了几闪，她一抬头，原来是保国进了门。

她不好意思地喊他一声，然后回到自己房里。他紧跟在后，也迈步进来。革美的房间摆设毫无奇特之处，一只纳了一半的鞋底扔在床上，一只装着碎布头的小箩筐是为雨天缝缝补补用的。革美羞红了脸，想象见过世面的保国对她的平庸一目了然。然而他的目光好奇地落在一串玻璃珠子上。他随手一拨，珠子就发出孩子气的叮当脆响。随后他盯着靠床边的墙上贴着的调皮开朗的小虎队的招贴画，这幅画使本来昏暗而沉静的少女房间增加了一道亮色。桌子上一瓶墨水，墨水边上一本练习册。保国刚看到一个"爱"字，本子就被革美抢去藏到身后。

你越长越漂亮了！

革美脸一红，脱口而出：

哪里漂亮，我是江心洲最丑的。

什么话？保国纳闷地望着妹妹，声调里透出疑惑的责备；又包含着强烈的肯定：

你是江心洲最漂亮、最聪明、最善良的姑娘！

我？

我肯定不会看错。

吴革美活到这么大，历来只晓得自己呆、笨、蠢、倔，一无是处，且嫁不出去。史桂花每次对着她吼叫、骚货、呆货地叫的时候，革美仿佛觉得这些词是从她身上长出来的，只不过偶然掉到地上，由她妈妈重新贴上来。吴保国温柔信任的目光令革美有了一件

337

新衣裳的惊奇，这件衣裳不是一般人给的，是这个武功盖世、经历奇特、身上充满了正义和男人气概的保国哥哥给的。保国哥哥不在江心洲的泥泞里日复一日地受煎熬，他已经摆脱了江心洲渡口那不可逾越的屏障，所以他又是神秘的、陌生的、不可捉摸的，他至少对自己的命运有选择权和处置权。当然，他从来都是可信的、可靠的。

一种温暖的感觉渐渐浸入她的身体，那是一种强烈而灼人的新鲜体验，一种崭新的体验慢慢从脚底升腾，这种体验里包含觉醒的惊奇和含糊的期待。她诧异地望着保国，那双久经世事的眼睛坚定地注视着她。她的腰不知不觉挺了挺，感激而难为情地垂下头。

你喜欢看书？桌子上摆着一排书，保国伸出手，挨个抚摸过去：

都瞧过，真不少嘛！

又有什么用？

肯定有用！

他对她的一切都那么好奇，书里夹着的一支干花、画在练习册上的一支蔷薇，他都仔细观察，他打听她对江心洲的看法，在她说出她有朝一日也想出外闯荡的秘密后，他还是那种笃定的语气和神情，他告诉她：

你这么善良，这么勤快，这么爱学习，往后一定能走得更远，站得更高！

他的脸上始终保持着保国式的严肃。表情庄重得有点滑稽，口气肯定得更是突兀。

真的？革美的姿态看起来好像正在下沉的江里逮着一根救命稻草般。

骚　江

　　当然！依然是那故作轻松的严肃表情。他不在江心洲，他却似乎什么都晓得。正因为他不在江心洲，他才什么都看得清。她低下头羞涩地一笑。

　　你还小，可不能自暴自弃，时代不像以前了，机会说来就来。

　　你瞧瞧你的手。保国拉过革美结满茧子的手心：

　　要做过多少事才能把手摸成这样。他爱怜地看着她的手。

　　你的还不是一样？这是我们的命。革美同时也注意到了哥哥的手。保国的手坚硬而生满老茧，小指上的肉被剜掉一块，鸡冠形的伤疤，使他的小指突兀地张开，他的每个指甲缝里都有着明显的黑色的污垢。

　　你的命在你自己手心里。

　　我手里什么都没有。

　　心里有，手上就有。

　　那天晚上，革美听保国说的话，比她记忆中十几年听他说的都多。

　　十多年来，他沿着苏南各大城市奔波，或是做排档的洗碗工，或是在菜市场杀鱼，在码头当搬运工，干着所有能够为他挣来食宿的杂事。对于城市生活，他抱着一种不难理解的谨慎态度，一种吴保国式的保守方式。当然，他不是冲着钱干这些的，有没有钱他都这么干的，说他自己主动到了今天，还不如说是回忆把他带到了今天。他期望搞清内在的规律，辨明里头的奥秘，可文化的匮乏使他常常不得要领。无须怀疑，在那些漂泊的日子里，他挨过饿，挨过欺压，有过靠在墙根睡着的经历；当然也有过站在马路上，差点让疾驰的汽车将他碾成碎片的时候。他当然幻想过天堂，在那里，兴许能与大凤重逢。但他到底是新中国的青年。再后来，大凤的温暖的感觉渐渐游离而去，最终只剩下零星的回忆。而他一度以为这个无与伦比、无法替代的人已经和他重叠在一起了，这些关于她的记忆像是嵌在他血液、皮肤和骨骼里一样会跟随他永远的。

又过了十年，革美才明白保国这番话。

他把大凤放在心里。起先，他强令自己相信她在江心洲等她，再后来，他一直强令自己相信她跟着他到处漂泊。他看到什么，她就能看到，他拥有什么，她自然也能分享。

他的话里充满了追思回想，但却没有任何自哀自怜。他一直不曾放弃，放弃早就烟消云散的爱情。这个几乎目不识丁的男人眼下竭力想把自己的信念传达给这个对外部世界一无所知的妹妹。

他不能说外头比江心洲好，但是，他说，那是不一样的体验。是值得的体验。这种体验本身对生活是没有坏处的，如果在江心洲觉得没有意义，那就应该到外头去闯一闯。

保国不善言辞，他的意思是断断续续表达出来的。他的面孔阴郁，非常沉寂。那个夜晚，与其说他在鼓励革美寻找新路子，不如说他向革美展现新路子的崎岖和空寂。

窗外有萤火虫在飞舞，远处一两声狗的习惯性号叫。这个夜晚因为保国的存在而显得格外柔和、凄凉。

第二天一早，吴保国再度上了渡船，屁股后面紧跟着并排着的吴文吴武。即将闯荡江湖的两兄弟难得地穿戴得规规矩矩。他们对从天而降的好运欣喜又惶惶。他们的眼睛瞪得比平时都大，密切地盯着吴保国宽大的屁股，生怕他的屁股会突然停下来，那可能意味着他改变主意。

在上渡船前，吴保国递给范文梅一叠厚厚的百元大票。

范文梅本能地伸手一接后，不好意思地笑了：

你现在要养两个，我不要你的。

她的笑容无力地向耳边延伸，使她的脸有点错位，儿子的平安给她带来的安慰以及离别给她带来的酸楚搅和在一起，这位老娘变得有点不知所措。

吴保国摇摇自己两只肩膀：

我一身力气。

你这么多力气怎么还打光棍？

保国咧嘴一笑：

我懒得烦。

注视着儿子的背影，习惯了儿子来去无踪的范文梅体谅地向邻居解释：

江心洲容不下他，他在外头能干大事。

范文梅那温柔而浑浊的目光无限深情地盯着儿孙的背影，盯着儿孙踏过的土地，盯着儿孙离去的方向。她不一定搞得清儿子的行踪，但她搞得清儿子的心思，他被生下来，他并不想惹人注意，他努力想把事情做好，他一直跟旁人不一样，他最终都跟别人不一样。看得出他总算熬下来了。跟她一样！她的儿子，跟她一样！

眼泪不自觉地溢出眼眶，淌满了脸颊，直往她的脖子里钻。

22

一九九四年五月二十，这个日子，革美再过十年、二十年、三十年都会记得。那天是她一种生活的结束，也是另一种生活的开始。

此时的革美和母亲的关系仍然很僵。

母亲时不时在人前责骂她，以多年一贯的方式管束她，甚至经常会压制一下她露出端倪的不安分。但这已经不会对她造成更多更大的伤害。困扰她的是生活本身，是一眼望不到头的水面，是一成不变的堤坝，是黑不见底的夜晚和日复一日的季节。是死亡的阴影。但如果没有那天，她没有足够的勇气逃开。

即使人有权选择将过去的某一天推倒重来，革美也不后悔。

事情跟那封信有关。

那天早上，她一起床拉开窗帘，窗台上一张折叠起来的白纸，一页练习册上撕下的纸。上面只有两行字：

晚上我在江滩上等你。

开宝

稍一思忖，她便判断出给她写条子的是给沈国友家盖房的小瓦匠或是小木匠。她没有搞清到底谁是这个叫"开宝"的人。不过，很显然，她被注意了。她悄悄从窗户瞧他们。那些年轻的刚刚从初中校门出来不久的男孩子，几乎全都稚气未脱。但是，她不确定是哪一个。是专门和泥浆的那个，还是拿着刨花正在刨木头的那个？

是哪个并不重要。重要的是，有人想追求她，这才是最要紧的。这封信使她发生了变化。早些日子，保国使她自信起来。她并没有明白自信对于一个姑娘是多么重要。她突然觉得保国是多么正确。她一刹那真相信自己是江心洲最漂亮的姑娘。

一整天，她一直保持一种很好的状态。她的行走，她的步态，

骚 江

她干活时的轻盈劲,她面部柔和的神情。她期待夜晚来临,她将躲在窗户后头瞧瞧是谁将走向江滩,准备跟她约会……

她的内心一直排练着一种自导自演的情景剧。如果他再在半夜把要求约会的条子放在窗台上,她也可能会回放一张,很温柔也很坚决地告诉他:

这是不可能的,我的归宿不在这里。我肯定要出去闯荡的。

突然之间,她从一个只会埋头苦干的孩子变成了矜持和骄傲的姑娘。她听到身体内变化的声响。

这正是她这几年的愿望、理想和目标。她渴望有一个机会能够到外面去见见世面。当售货员、纺织工人都无所谓。她喜欢那种干净的、没有灰尘的洁净空间在她的白日梦里。

她排练了好几回,场场情景不同。她甚至已经幻想是那个拿刨子刨板子的木匠给她写的信。他是所有工匠里头最高挑斯文的一个。如果是他,她甚至觉得拒绝会有点困难。然而,她总有机会离开这里的。她想。

中午,一个邻居带信过来说胜水晚上回来。史桂花立刻让革美放下手上的活到镇上称肉。自那条船沉了之后,吴家的伙食状况一落千丈,这家人已经足有一个月没闻到肉香了。

史桂花一回家,闻到厨房里的肉就开始生气:

骚货,这肉都有味了你还买,你鼻子长到屁股上去啦……

骚货,说起来你神五神六的,做点事尽让老娘生气……

很显然，她心情不好。一斤肉、一捆青菜、一句不经意的话都能引起她的咆哮。近两年，家里的状况很不好，日子在大幅度后退。她更加容易被点着，容易抱怨、容易愤恨、容易发怒。

但今天，革美的口袋里已经有一封情书。她不再是昨天，是去年那个少不更事的丫头，她已经有人感兴趣了。事情已经完全不同了。

沈国友家的红砖房已三米多高，在夕阳的照耀下，这已具雏形的房子已经显得那么喜庆、亮堂、温暖。

就在史桂花跨进家门的瞬间，那边的瓦工师傅刚说了一句逗笑的话，工地上一片笑声。假装蹲在门口摘菜的吴革美也跟着笑了。她这一天都在暗暗留意，寻找那个叫"开宝"的小伙子。

笑容还凝固在她的眼眶边上，母亲的声音便突兀而尖锐地响在黄昏的空气里，很快散布在整个工地上，散布在门前的长江里。

刚刚还笑声朗朗的工地顿时安静下来。只有一个工匠手上的铁锹搅拌水泥浆的声音，听起来，就像一只受伤的老猫在哀叫。

革美感到两只手都僵住了，她机械地保持着自己的脸色，尽量显得若无其事。她在等待，等待奇迹的发生，等待天塌下来，或者等待一双从天而降的大手将她从这羞耻的大雾中拉开。

她沉默的身影在史桂花看来就是无声的抗议和对峙。史桂花怒气冲冲地从屋里走出来，她的声音伴随着身影在吴革美的眼眶边慢慢放大，很快，这影子撞在了西边那堵墙上，停了下来。

史桂花的唾沫终于溅到革美的脸上。母亲竖起的眉毛清晰可见，自欺欺人的把戏结束了，吴革美已经无路可逃，她的身体和她的心都仿佛消失了，只留下了一个硕大无朋的胆，她停下手上机械地来回扯菜叶的动作，直直地瞪着史桂花。

骚　江

小骚货，你胆大包天啦，理也不理？

你骚货。

吴革美毫不迟钝地轻声回答。人真多，像是不止二十多号呢，真是黑压压一片，木匠瓦匠的眼睛和耳朵似乎都成倍增多了。

什么？！小贱货，你敢回嘴？

你小贱货。

史桂花和吴革美母女十八年，无数次发生冲突。作为女儿的吴革美如此正面地回嘴却是头一回。再过二十年她可能仍然会毫不迟疑地回嘴。一种像枯枝败叶一样在眼前不停晃荡的乱蓬蓬的力量左右了她，一种像江水一样急速而来的勇气裹挟了她。她收不住自己的嘴了。

你全家都是贱货。

史桂花的眼睛眯了起来，这个气势汹汹的女人突然哑然了。她脸上的表情奇怪地消失了。她开始东张西望，身子在原地打起转来。很快，她瞄准了邻居地上一只和泥浆的铁钩子。铁钩子从地上迅速划了一个弧形的线准确地飞向吴革美的脑袋。吴革美顿觉眼前一片通红，夕阳一下子散开。随后铁钩子劈头盖脸地朝她头上、肩膀上、胳膊上落。史桂花的胳膊起起伏伏，像极了过年时唱秧歌的敲鼓手，不同的是秧歌队的鼓声抑扬顿挫，而她的动作又快又急，一点节奏感都没有。吴革美直挺挺地立在原地，保持着僵直不动的姿态，不躲也不闪。

吴革美的眼前出现吴家富模糊的身影。在她通红的眼前，父亲也染上了一片通红。吴家富奔跑时嘴里发出"哎哟哎哟"的呻吟，仿佛他本人的某个部位疼痛不止。他扑上来一把推开史桂花，然后张开双手在吴革美头边左右挥舞着，似乎要干的事太多，一时不知从何下手。

被推倒在地的史桂花立刻爬起来手脚并用地朝家富扯打过来：打，让你们打，打死我算了，我不想活了。

吴革美奇怪地发现，她可怜的父亲是如此的瘦弱而矮小，他惊慌失措地死死盯住女儿的脑袋，双手竟然不晓得放到哪里为好。

很快，范文梅出现了，她一把捂住吴革美头上往外冒血的部位。再后来，所有的工匠和顾医生都围过来了，有的挡在史桂花和吴家富之间，有的过来察看吴革美的伤情。

一切都在动，真是一个动荡的世界。只有吴革美，一声不吭地立在那里，眼前是一片糨糊般的茫然。

史桂花和吴家富被拉开了，他们一个站在屋东头，一个站在屋西边，双双哑然无声，像是在同一个战壕里连打了十场败仗的战友，失去了战斗能力。

夜晚如期而至。被扶进屋的吴革美端坐在窗前。月光从窗口溜进来。带着清冷的凉意。正是这股凉意，使通往江滩的路上更显空寂。正是那条清晰的小径使她清晰地看到了走过的路。那单调饥渴的岁月如同电影一点点显现出来，整个往昔就像一江春水，波澜不惊地向前流淌。今天如此，明天如此，以后的无数个日日夜夜莫不如此：无数的重复，永无变通。

她拿起镜子，长时间地看着镜中的自己，在头顶心和耳朵边的地方有两处手心大的头发被顾医生剪掉了，涂了消毒剂，盖了纱布。这块巴掌心大的纱布如同一顶滑稽的帽子。帽子底上是这样一副面孔。她看见自己的模样，跟昨天似乎并无多大的差别，脸膛稍宽，高颧骨，嘴唇丰厚，头发枯黄、蓬松，更为糟糕的是她的皮

骚 江

肤，很明显是那种久经暴晒又欠缺保养的粗糙，神情麻木、呆滞。这是镜子暴露的信息。

难怪她打我！难怪她那样骂我！我怎么会是这样？！我怎么能是这样？！

三天，革美没有离开自己的房间，她久久地趴在窗台向外张望。爱说笑的工匠又说了新的笑话。不知道那个写信的工匠是不是也露出会心的微笑？屋外有苍蝇嗡嗡不停地叫，埂边上栽的老槐树的叶子一片片往下掉。她再一次强烈感觉到这一切应该结束了。这种担忧，这种惶恐，这种日复一日的煎熬。如果生活就是这样，活着还有什么意思？

死的念头一下子冲到脑部，革美猛地打了一个寒战：难道所有的一切都命中注定？

决不！

又一个黄昏来临，收工的瓦匠们到江边去洗脸洗手，他们将毛巾拧成绳索，向工友进攻。他们时而贴着耳朵叽叽喳喳，时而敞开嗓子你争我辩。他们干净轻松的笑声从芦苇棚的缝隙向吴革美的心里钻。她听不清他们在说些什么，没有谁注意到她，她被遗忘了，忽略了，甚至是抹杀了。她开始体味一种被排斥在外的滋味，是不合时宜的存在。他们无意她的痛苦和羞耻，哪怕他们当中有一个曾经对她动过心思。就像没那回事一样。或者说，因为那件事，她的形象已彻底被改变了。

她突然清楚地看清了一切，自己的生活就像一个死结。生活过的日子与她脑子里想要的东西纠结在一起，这是不可解的死结。这个死结已经捆了她很久。现在，她清楚地明白，如果她不采取行动，她将随着这个死结葬送在这片江滩上，永无出头之日。

像是一朵潜伏在她体内的花朵迅速开放，她霍然全身通透，一种强烈的奔跑欲望产生了。

又一个清晨来临。头上的伤口已渐愈合。革美揭开那块已染成黑红色的纱布。简单收拾起几件衣裳，趁着天微明时的寂静，顺利地从后门出来。经过姑妈家门口的时候，她的目光与早起的坐在门口望江的吴家珍的目光有过一次短暂的对接。家珍无力地坐在门槛上。她的一只手耷在膝盖上，脚边一只母鸡正和她一道发呆。她的脸因为瘦而显得比实际小，唇色暗淡，脸色黯淡。门前的树杈上搭着家珍的一件裢子，随风左右摆动。透过树枝的缝隙，可望见铁灰色的江面。过了短短年把，二龙差不多就被人忘记了。村子里的孩子们，该长大的长大；该出门的出门；打工的打工；做买卖的做买卖；盖房的盖房；娶媳妇的娶媳妇。门前的船照常来，照常去。那没心没肺的大太阳呢，可不管事，照常升上来，滑下去。但很显然，二龙藏匿在此地，在家珍的胸怀里，一刻也不曾离去。

她就要垮了，她正在垮下，我将永远也见不到她了。

心酸被狠狠地压下去。革美到底转过脸，对准远处的地平线。大河被雾气笼罩。河两岸仿佛隐没不见，大江像是与远天相连，江水滚滚向前，无声无息。这是假象。她见过它汹涌澎湃的时候，见到它狂涛拍岸的豪迈。许多年之后，吴革美一直记得自己临行时对着江水那泪流满面的情景。

阿三看了看她鼓鼓囊囊的蛇皮袋，好心地安慰她：

头回出门是有点舍不得。

吴革美没回答。她转过来，再次望了一眼自己的家，望了望姑妈的家。

骚　江

雾气还没散尽,她看到房子也还没睡醒。她仿佛已经看到了接下来发生的事:披头散发的母亲拖着鞋,气急败坏,正在对着渡口唾沫乱飞地放声咒骂,她甚至已经看到母亲伸出的巴掌,她清晰地看到母亲有力的向下落的臂膀。好了!这一切结束了。现在,那些背负在她身上的忧虑和疼痛和纠结彻底消失了。她感到一种自由贯穿全身,从此之后,她将海阔天空,无拘无束。

我再也不会回来了,她对自己说,无论如何都不回来,就是死,也要死在外头,死在他们望不到的地方,死在水泥路上。总之,我永远不会再回来。

揣着这个她根本没有辨别真假的决心。她坚定地迈开步子,梗着脖子上了大坝,穿过凤凰镇,纵身一跃,踏上了开往县城的铁船甲板。